AF301619

Ella Quinn ist eine USA Today-Bestsellerautorin von intelligenten, sinnlichen Regency Romances, darunter „The Worthingtons" und „The Marriage Game Series". Bevor sie Liebesromane schrieb, war Ella Quinn Assistenzprofessorin, Anwältin und die erste Frau, die einer Green Beret-Einheit zugeteilt wurde. Sie ist Mitglied der Romance Writers of America und hat die Regency-Ära ausgiebig recherchiert, um ihre Geschichten mit dem Flair und dem Gefühl dieser Zeit auszustatten, so dass die Leser:innen sich in diese Zeit hineinversetzen können. Sie und ihr Mann leben derzeit in Deutschland, wenn sie nicht gerade mit ihrem Segelboot um die Welt segeln.

Die Lady seines Herzens

ELLA QUINN

Dieser Roman ist für meinen Mann, der wirklich nicht wusste, worauf er sich einließ, als ich sagte: „Schatz, ich glaube, ich werde einen Regency-Roman schreiben." Und er antwortete: „Du schaffst das."

Kapitel 1

Lord Marcus Finley schenkte sich ein drittes Glas Brandy ein und schlenderte zurück zum Fenster der Bibliothek. Die sonnendurchflutete Terrasse und der Rasen bildeten einen starken Kontrast zu dem schummrigen, holzgetäfelten Raum, in dem er über seine düstere Zukunft und die bevorstehende Verbannung auf die Westindischen Inseln nachdachte.

Sein Blick wurde von der zierlichen Figur von Lady Phoebe Stanhope angezogen. Die Sonne reflektierte ihre rötlich-blonden Locken und schuf einen Heiligenschein-Effekt, während sie lachte und mit den jungen Mädchen der Worthingtons spielte. Ihre Freude zu sehen, erleichterte seinen Schmerz etwas.

Alles an Lady Phoebe war perfekt, von ihren Locken und den himmelblauen Augen bis hin zu ihren kleinen Füßen und den schön geformten Knöcheln. Es bestand eine Verbindung zwischen ihnen. Er hatte es gefühlt. Sie war die Einzige, die je versucht hatte, ihn zu verstehen. Er wollte sie heiraten, aber das schien nun unmöglich zu sein. Warum nur hatte er die einzige Frau, die er je wollte, nur wenige Tage vor seiner Abreise kennengelernt?

Er fragte sich, wie ihre Kinder wohl ausgesehen hätten. Ein weiterer Anfall von Wut durchfuhr ihn, und er lockerte gewaltsam die Finger, die er um sein Glas geschlungen hatte.

„Marcus, hier bist du."

Er drehte sich um, als sein Freund, Lord Mattheus Vivers, Erbe des Grafen von Worthington, auf ihn zukam. Vivers war der einzige Grund, warum Marcus auf der Hausfeier war.

Sein Freund zeigte auf den Brandy. „Das wird nicht helfen, weißt du."

Marcus starrte das Glas einen Moment lang an und beobachtete, wie die Sonne die bernsteinfarbenen Schattierungen der Flüssigkeit einfing, bevor er das Getränk hinunterstürzte. „Ich komme so oder so in die Hölle. Was spielt es für eine Rolle, auf welche Weise das geschieht?"

Vivers rieb sich mit einer Hand über das Gesicht. „Wann warst du das letzte Mal völlig nüchtern?"

„Als mein Vater mir sagte, dass ich verbannt werde – und wohin." Marcus wandte sich wieder dem Fenster zu, seine Wut verzehrte ihn. Nicht einmal sein Bruder Arthur hatte Marcus verteidigt. Das war der schlimmste Verrat gewesen.

Vivers trat zu ihm ans Fenster. „Was ist denn da draußen so interessant?"

Marcus widmete sich wieder dem Anblick von Lady Phoebe. „Mein letzter, unerfüllter Traum."

Vivers blickte hinaus. „Lady Phoebe Stanhope? Gib es auf."

Mit finsterer Miene erwiderte Marcus: „Warum? Ich bin zwar nur der zweitgeborene Sohn, aber ich bin immer noch erbberechtigt. Sobald ich volljährig bin, bekomme ich das Erbe von der Tante meiner Mutter."

Sein Freund fuhr sich mit der Hand durch die Haare und brachte die modische Frisur in Unordnung. „Nun gut, ich werde die Gründe aufzählen. Du bist minderjährig und brauchst die Zustimmung deines Vaters, um zu heiraten, desselben Vaters übrigens, der dich auf die Westindischen Inseln verbannt, bevor du dich hier in einen Skandal verwickelst, der nicht mehr zu kitten ist. Dazu kommt, dass sie noch nicht ihr Debüt hatte."

Marcus' Magen krampfte sich zusammen, als hätte man ihm einen Schlag verpasst. „Was soll das heißen, sie hatte noch nicht ihr Debüt?"

„Sie. Hat. Noch. Nicht. Debütiert. Sie ist nicht alt genug, um auf dem Heiratsmarkt zu sein", machte Vivers deutlich. „Mit zwanzig bist du selbst fünf Jahre zu jung. Glaubst du wirklich, dass ihr Vater damit einverstanden wäre, dass du sie heiratest? Damen heiraten mit zwanzig, nicht Herren."

Marcus schüttelte den Kopf und versuchte, seine Gedanken zu sortieren. Warum war sie auf dieser Hausfeier? War das ein Scherz, den ihm das Schicksal spielte? Oder war es eher eine Bestrafung? „Wie alt ist sie?"

„Ich weiß es nicht genau", sagte sein Freund achselzuckend. „Sechzehn oder siebzehn, vielleicht. Sie hat ein sehr ausdrucksvolles Gesicht, deshalb ist es schwer, sicher zu sein. Schade, dass du nicht hier sein wirst, wenn sie debütiert", sinnierte Vivers. „Ich glaube nicht, dass sie lange auf dem Heiratsmarkt bleiben wird."

Marcus fühlte sich, als ob er sterben würde. Bis er fünfundzwanzig war, würde sie verheiratet sein und Kinder haben. „Vielleicht würde Lady Phoebe mit mir zu den Westindischen Inseln gehen. Gott weiß, dass ich sie liebe."

„Wir werden in der Taverne zu Abend essen und uns den Hahnenkampf ansehen", sagte Vivers. „Das wird dich in eine bessere Stimmung versetzen. Sie reist morgen früh ab. Es ist besser, wenn du sie nicht siehst."

Marcus schenkte noch ein Glas ein und kippte es weg. „Es muss doch etwas geben, was ich tun kann."

Er wollte noch mehr Brandy in sein Glas füllen, aber Vivers riss Marcus den Tumbler aus der Hand.

„Du hast mehr als genug getrunken. Großer Gott, Mann. Krieg es in deinen Kopf. Du kannst sie nicht heiraten. Jetzt geh in dein Zimmer und schlaf dich aus, bevor du eine Dummheit begehst."

Vivers ging, und Marcus folgte ihm. Er schwankte ein wenig, als er einen Schritt machte.

Lady Phoebe winkte ihm zu, als sie sich auf den Weg zum Haus machte. Er würde sie abfangen und sein Anliegen vortragen. Dies war seine letzte Chance, sie für sich zu gewinnen.

In neun Tagen würde er auf einem Schiff zu den Westindischen Inseln sein, aber zuerst würde er sie nach Gretna Green bringen.

***

Phoebe betrat das Haus durch eine Seitentür. Sie hatte gedacht, Lord Marcus würde sich draußen zu ihnen gesellen, und fragte sich nun, ob er mit Lord

Mattheus unterwegs war. Lord Marcus war so nett – nein, besser als nett – und gutaussehend. Ihr Magen kribbelte vor Schmetterlingen, wann immer sie an ihn dachte. Er hatte einmal ihre Hand berührt und es hatte gekribbelt. Sie konnte nicht einmal richtig atmen, wenn er in der Nähe war, seine Gegenwart erfüllte sie mit so viel Freude und ihr Herz schlug schneller, wenn sie miteinander sprachen. Phoebe war sich sicher, dass sie verliebt war. Nichts anderes konnte so magisch sein.

Sie zögerte und erinnerte sich an das, was Lady Worthington gesagt hatte. Dass Lord Marcus ganz und gar nicht der Richtige sei und dass man ihn verbannen wolle, bevor er einen großen Skandal verursache. Aber wenn das stimmte, hätte sich Phoebe sicher nicht in ihn verliebt. Es blieb ihr nichts anderes übrig, als ihn zu den Gerüchten zu befragen.

Eine Stunde später machte sich Phoebe in einem sehr hübschen Kleid aus Musselin auf den Weg in den Salon, wobei sie durch die Gemäldegalerie ging. Die Nachmittagssonne beleuchtete eine Hälfte des breiten Korridors. Lange Sprossenfenster wurden von roten und goldenen Brokatvorhängen flankiert, und an der Außenwand standen mit rotem Samt überzogene Bänke.

An den getäfelten Innenwänden hingen jahrhundertealte Porträts von düster dreinblickenden Vivers. Als sie sich der alten, geschnitzten Doppeltür näherte, die zur großen Treppe führte, bewegte sich etwas. Sie blieb stehen.

Lord Marcus taumelte leicht, als er aus der Ecke schlenderte. „Ich habe Sie gesucht, meine Liebe." Seine Worte waren undeutlich, als wäre er betrunken.

„Lord Marcus, haben Sie getrunken?“ Ein Schauer lief ihr über den Rücken, als sie sich daran erinnerte, was Lady W. gesagt hatte.

„Nur ein bisschen“, sagte er. „Flüssiger Mut und so weiter. Ich habe etwas Wichtiges mit Ihnen zu besprechen.“

Sie hob ihr Kinn und ging um ihn herum. „Ich habe Ihnen nichts zu sagen, Mylord.“

„Aber ich habe Ihnen eine Menge zu sagen, meine Liebe.“ Er streckte eine Hand aus, um ihr den Weg zu versperren. „Kommen Sie zu mir, Phoebe.“

Ihre anfängliche Beklemmung verwandelte sich in Wut. Sie kniff die Augen zusammen und sprach in ihrem kältesten Tonfall. „Wie können Sie es wagen, mich so anzusprechen? Gehen Sie mir aus dem Weg und lassen Sie mich vorbei.“ Wie hatte sie sich nur so täuschen können, und was sollte sie jetzt tun?

Lord Marcus’ Arm streckte sich aus, um sie zu packen. „Ich habe eine bessere Idee.“

Phoebe sprang zurück und versuchte, um ihn herumzulaufen, aber er hielt sie fest. Der starke Duft von Brandy stieg ihr in die Nase. Ihr Herz pochte wie wild. Was für einen Fehler sie gemacht hatte. Lord Marcus war ganz anders, als sie es sich vorgestellt hatte. Sie musste von ihm wegkommen.

Sein Arm schlang sich fester um sie. Er nahm ihr Kinn in die Hand und drehte es zu sich hin. „Ich liebe Sie, und ich möchte, dass Sie mir gehören.“

Sein Blick brannte heiß. Sie schüttelte den Kopf hin und her und versuchte, seinen Lippen auszuweichen, während seine Finger ihre Brust berührten. Ein

Schauer durchfuhr sie, gefolgt von überwältigender Panik. Was geschah mit ihr?

Zum ersten Mal in Phoebes Leben hatte sie wirklich Angst. Verzweifelt löste sie sich aus seinem Griff und schlug ihm mit der Faust auf die Nase.

Blut spritzte heraus. Lord Marcus taumelte zurück und fiel mit einem Grunzen zu Boden.

Sie stand über ihm und zitterte vor Wut. „Sie Schurke! Sie haben das Privileg und den Reichtum eines Gentlemans, und wofür nutzen Sie ihn? Für nichts. Ich wollte die Geschichten nicht glauben, aber Sie haben sie wahr gemacht. Sie behandeln Menschen mit Verachtung und wundern sich, warum Sie nicht respektiert werden. Solange Sie nicht lernen, andere an die erste Stelle zu setzen und Ihre Macht und Ihren Reichtum zu nutzen, um Menschen zu helfen, anstatt sie zu verletzen, werden Sie der armselige Abklatsch eines Gentlemans bleiben, der Sie jetzt sind. Ich will Sie nie wieder sehen."

Phoebe drehte sich auf dem Absatz um und schritt schnell davon. Sie würde ihm nicht die Genugtuung gönnen, sie laufen zu sehen – oder zu erkennen, wie sehr sein Verhalten sie erschüttert hatte. Sie hatte gedacht, sie würde ihn lieben. Wie konnte sie jemals wieder ihrem Urteilsvermögen trauen?

Als Phoebe ihr Zimmer erreicht hatte, läutete sie nach dem Dienstmädchen.

Rose kam aus dem Ankleidezimmer und ließ die Kleidungsstücke fallen, die sie trug. „Oh, Mylady, Sie sind so blass. Warum haben Sie Blut auf Ihrem Kleid? Sind Sie verletzt?"

Phoebe blinzelte die Tränen zurück. Sie würde nicht weiter um Lord Marcus weinen. Er war es nicht wert. „Ich bin nicht verletzt", sagte sie und hasste das Zittern in ihrer Stimme, „aber ich kann nicht zum Essen hinuntergehen."

„Machen Sie sich keine Sorgen", sagte Rose. „Ich werde Ihrer Ladyschaft eine Nachricht schicken, dass Sie sich nicht zu ihnen gesellen, und Ihnen etwas warme Milch und Toast bringen lassen."

Rose ließ sie kurz allein. Als sie zurückkam, half sie ihrer Herrin, sich auszuziehen und in ihr Nachthemd zu schlüpfen, während sie zuhörte, wie Phoebe die ganze Geschichte erzählte.

„Mylady", sagte Rose, „Sie müssen Ihrer Mutter erzählen, was passiert ist. Dieser junge Mann sollte bestraft werden."

Phoebe schüttelte den Kopf. „Nein, ich möchte nicht, dass jemand anderes davon erfährt. Ich schäme mich so sehr. Oh, Rose, was habe ich getan, dass er mich so schlecht behandelt hat?"

Das Dienstmädchen kämmte Phoebe das Haar und machte beruhigende Geräusche. „Sie haben nichts getan, Mylady, und denken Sie das bloß nicht. Lord Marcus Finley ist jung, wild und eigensinnig wie kaum ein anderer. Ein fauler Apfel. Ich habe am Tisch im Bedienstetensaal alles über ihn gehört. Nach dem, was sein Stallbursche erzählte, hat Seine Lordschaft in der Nähe anständiger Leute nichts zu suchen, bis er sich bessert."

Die Milch und der Toast kamen, und Rose ließ Phoebe trinken und essen, bevor sie ihre verzweifelte Herrin schließlich ins Bett brachte und die Vorhänge zuzog.

Phoebe lag in der Dunkelheit und versuchte, Lord Marcus Finley aus ihren Gedanken zu verdrängen. Er war ein abscheulicher Schurke und ein arroganter Troll. Gott sei Dank wurde er nach Westindien geschickt. Sie würde ihn nie wieder sehen müssen.

Acht Jahre später, Juni 1814, Newhaven, Sussex, England

Guy, der siebte Marquis von Dunwood, beobachtete, wie sich der nach amerikanischer Art gebaute Schoner dem Dock näherte. Ein großer, braungebrannter junger Mann in den späten Zwanzigern stand am Bug, ein Tau in der Hand, bereit, es einem der Hafenarbeiter am Pier zuzuwerfen. Er sah eher aus wie ein Seemann als ein wohlhabender Herr.

Sein jüngster Sohn. Derjenige, dachte Dunwood reumütig, den er vor zwei Jahren nicht erkannt hatte, als Marcus zu Besuch gekommen war.

Das Tau segelte durch die Luft und schlängelte sich perfekt um einen Pfosten. Nachdem er das Seil festgebunden hatte, ging Marcus zurück und wandte sich an den Kapitän, bevor er außer Sichtweite verschwand.

Nicht mehr als eine halbe Stunde später begrüßte Dunwood seinen Sohn. „Willkommen zu Hause. Du hättest schon früher zurückkehren können.“

Die gute Laune wich aus Marcus' Augen. „Nein, und ich habe Vorkehrungen für Lovets Familie getroffen. Als er starb, waren sie in arger Bedrängnis.“

Dunwood würde nie verstehen, warum sein Sohn die Notwendigkeit sah, sich um diejenigen zu kümmern, die nicht seine Angehörigen waren. Offenbar hatten die Westindischen Inseln einen größeren Einfluss auf ihn gehabt, als Dunwood gedacht hatte. Nun, was Marcus mit seinem Privatvermögen anstellte, war nicht Dunwoods Sache. Anstatt zu streiten, fragte er: „Wie macht sich der neue Steward?"

Die breiten Schultern seines Sohnes entspannten sich. „Sehr gut. Er hat früher für die Familie Spencer-Jones als Verwalter gearbeitet, aber als deren drittältester Sohn heiratete und den Besitz übernahm, verlor er seine Anstellung. Der Mann wurde mir wärmstens empfohlen. Ich habe ihm ein Angebot gemacht, bevor jemand anderes mir zuvorkommen konnte."

„Gut. Ich bin froh, dass du jemanden finden konntest." Dunwood machte sich auf den Weg zu den beiden großen Kutschen in der Nähe eines Gasthauses. „Wo sind deine Truhen?"

„Ich habe nur eine. Covey, mein Helfer, wird dafür sorgen, dass sie verstaut wird", sagte Marcus. „Wie geht es Arthur und den Mädchen?"

„Deinem Bruder geht es so gut, wie man es unter den gegebenen Umständen erwarten kann, und seinen Töchtern auch."

Marcus blickte sich um und sah, wie Covey ihm zuwinkte. Das letzte Mal, als er seinen Bruder besucht hatte, war Arthur gesund und munter gewesen. Jetzt starb er an der Schwindsucht. Seine Frau war vor ein paar Jahren gestorben und hatte ihm zwei Töchter, aber keinen Erben hinterlassen. Infolgedessen war Marcus aus der Verbannung zurückgerufen worden. Er fragte sich, wie schwierig es sein würde, nach all den Jahren, in denen er sein eigener Herr gewesen war, bei seinem Vater zu leben und unter Dunwoods Kontrolle zu stehen.

Als er sich in der kleinen Stadt umsah, fühlte er sich wie in einem fremden Land, aber er war auch lange fort gewesen. Er schaute zu seinem Schiff, der *Lady Phoebe*, die am Kai festgemacht war. Vielleicht zu lange.

„Wenn du ein paar Tage bei deinem Bruder warst, bringe ich dich nach London." Die Lippen seines Vaters verzogen sich zu einer Grimasse. „Du musst Weston und Hoby aufsuchen und dich um deine Kleidung kümmern, bevor die Kleine Saison beginnt. Eine deiner ersten Aufgaben wird es sein, eine Frau zu finden."

Marcus nickte. Endlich waren er und sein Vater sich über etwas einig. „Das werde ich zu einer Priorität machen."

Letzte Augustwoche 1814, Cranbourne Place,   England

Phoebe ging zügig in den großen, sonnigen Frühstücksraum, die Schleppe ihres blassgrünen Nanking-Reitgewandes über einen Arm drapiert. Sie grüßte ihren Bruder Geoffrey, den sechsten Grafen von Cranbourne. „Guten Morgen."

Als er von seinem Nachrichtenblatt aufschaute und ihren Blick erwiderte, sah Phoebe die Müdigkeit in seinem Gesicht.

„Ach, du Ärmster", sagte sie. „Ist es das Baby?"

Miles war der sechs Monate alte Sohn von Geoffrey und seiner Frau Amabel.

„Ja“, antwortete Geoffrey. „Er bekommt gerade seinen ersten Zahn. Hätte ich gewusst, dass er so große Schmerzen haben würde, hätte ich ihm geraten, sich die Mühe zu sparen.“

Grinsend sagte Phoebe: „Ich bin sicher, dass er diesen Rat zu schätzen gewusst hätte.“

Geoffrey reichte ihr einen Ausschnitt aus dem Nachrichtenblatt, und sie saßen in geselligem Schweigen, bis ihre Schwägerin zu ihnen stieß.

Nachdem sie sich eine Tasse Tee eingeschenkt hatte, fragte Amabel Phoebe: „Wann fährst du in die Stadt?“

Sie verschluckte sich fast an einem Stück Toast. „Nächste Woche.“

„Ich wünschte, ich könnte mit dir gehen.“

„Was für ein Pech!“ Phoebe lächelte. „Du hast überhaupt keine Lust, nach London zu fahren und mich zu beaufsichtigen, und ich habe auch keine Lust, dass du das tun musst. Ich bin ganz zufrieden damit, bei meiner Tante St. Eth zu bleiben. Die politischen Partys, die die St. Eths besuchen, sind mir viel lieber.“

Ihre Schwägerin verzog das Gesicht. „Aber die sind so trocken.“

Phoebe lachte, als Amabel die Nase rümpfte. „Ich weiß, für dich ist das Thema todlangweilig, aber ich genieße es außerordentlich.“

Ihre Schwägerin runzelte die Stirn. „Meine Liebe, wie willst du jemals einen Ehemann finden, wenn du nur auf politische Veranstaltungen gehst?“

„Es ist ja nicht so, dass es *keine* unverheirateten Herren auf den Veranstaltungen gibt“, entgegnete Phoebe. „Außerdem habe ich wohl jeden unverheirateten Gentleman in ganz England kennengelernt. Keiner hat in mir den geringsten Wunsch geweckt, zu heiraten. Vielleicht werde ich einen Salon eröffnen und ein berühmter Blaustrumpf werden."

Ihrer Schwägerin blieb vor Schreck der Mund offen stehen. „Das kannst du nicht ernst meinen!"

Phoebe versuchte, ihre Enttäuschung zu verbergen. „Ich weiß, dass du dich sehr bemüht hast, einen Partner für mich zu finden. Ich wünschte, du würdest nicht so hartnäckig darauf bestehen, mich zu vermählen. Ich werde heiraten, wenn ich einen Mann gefunden habe, den ich lieben kann, und nicht vorher."

„Aber du musst heiraten", sagte Amabel. „Du bist fast vierundzwanzig, und du bist viel zu schön, um eine alte Jungfer zu werden."

„Ich bin mir meines Alters sehr wohl bewusst", sagte Phoebe so milde, wie sie konnte. „Ich gehöre noch nicht zum alten Eisen."

Nachdem sie einen Schluck Tee getrunken hatte, sagte Amabel unbekümmert: „Ich habe meinen Bruder eingeladen, uns zu besuchen."

Phoebe zog die Stirn in Falten. „Evesham? Ich dachte, er sei zu krank, um zu reisen."

„Nein, Arthur ist tatsächlich zu krank", sagte ihre Schwägerin. „Ich habe meinen anderen Bruder, Marcus, eingeladen. Er wird in drei Tagen eintreffen."

„Lord Marcus?"

Amabel zögerte, bevor sie fortfuhr: „Er muss jetzt heiraten, und da habe ich sofort an dich gedacht."

Bei der Erwähnung von Lord Marcus Finley krampfte sich Phoebes Magen zusammen, und die Demütigung, die sie seit Jahren nicht mehr gespürt hatte, brodelte in ihr auf und nährte ihren Zorn.

Sie holte tief Luft und sagte ruhig, aber bestimmt: „Ich habe Lord Marcus getroffen, wir passten nicht zusammen. Amabel, bitte entschuldige mich. Mir ist gerade etwas eingefallen, was ich tun muss." Phoebe stand auf und verließ den Raum.

Als sie ihr Zimmer betrat, schloss sie die Tür mit einem Knall. Die Kontrolle, mit der sie sich bisher zurückgehalten hatte, drohte sich aufzulösen. Lord Marcus Finley war zurück.

Myriaden von Gefühlen der Angst, des Schmerzes und der Verzweiflung stürmten auf sie ein. Es verwirrte sie, dass sie beinahe so aufgewühlt war wie vor acht Jahren, als er ihre kindlichen romantischen Vorstellungen zunichte gemacht hatte. Damals hatte sie ihn verdrängt und seitdem, abgesehen von den schlechten Träumen, nicht mehr bewusst an ihn gedacht.

Sie hatte gehofft, seinen Namen nie wieder zu hören, und sie wollte ihm ganz sicher nicht begegnen. Sie hatte gelernt, sich zu schützen, aber sie trauerte immer noch um den Verlust ihrer Unschuld, die er ihr geraubt hatte. Sie würde nicht wegen Lord Marcus weinen. Es konnte nichts Gutes bringen, an ihn zu denken. Es war leichter gewesen, jenen Tag zu vergessen, als er auf der anderen Seite des Ozeans gewesen war.

Phoebe atmete tief durch und schritt zu ihrem Schreibtisch, einem wunderschönen Kirschbaumsekretär. Wütend richtete sie ihre Feder, dann nahm sie ein Stück heißgepresstes Papier, tauchte die Feder in das Tintenfass und schrieb zuerst einen Brief an ihre Tante, die Marquise von St. Eth.

Meine liebste Tante Ester, ich habe mich sehr über Deinen Brief gefreut, in dem Du mir mitteilst, dass Du jetzt im St. Eth House residierst. Liebe Tante, ich muss dringend meine Garderobe aufstocken, und ich hoffe, dass es nicht zu sehr stört, wenn ich am Donnerstag zu Dir komme. Ich freue mich darauf, bald bei Dir zu sein. Deine ergebene und liebende Nichte, P.

Als Nächstes schrieb sie einen Brief an das Gasthaus, in dem sie zu übernachten gedachte, und dann eine Nachricht an Amabel.

Eine Stunde später klopfte sie an die Tür von Geoffreys Arbeitszimmer, betrat den Raum und begann auf und ab zu gehen.

Er hob die Brauen. „Irgendetwas beunruhigt dich. Geht es um Amabels Bruder?"

„Ja." Phoebe ging noch ein Stück weiter, bevor sie sich an ihn wandte. „Geoffrey, ich kann ihn nicht wiedersehen, ich will es nicht. Es tut mir leid, aber ich habe beschlossen, meine Reise nach London auf morgen vorzuverlegen."

„Willst du mir sagen, worum es geht?", fragte er mit ernster Sorge. „Soll ich deine Ehre verteidigen?"

„Nein." Sie hielt inne, als sich ihr die Kehle zuschnürte. „Ich möchte nicht darüber reden oder auch nur darüber nachdenken."

„Nun gut. Wenn du deine Meinung änderst, bin ich da und höre zu." Er hielt inne. „Ich nehme an, du brauchst die Kutsche für das Gepäck?"

Phoebe lächelte dankbar. „Du bist der beste aller Brüder, aber nein, danke. Meine Ausrede bei Tante Ester wird sein, dass ich einkaufen muss. Ich werde nur das mitnehmen, was in meiner Kutsche transportiert werden kann." Sie reichte ihm ihre Briefe. „Würdest du

diese für mich frankieren? Ich möchte, dass sie per Eil-
post verschickt werden."

„Ja, natürlich." Er nahm die Briefe, versiegelte sie mit
Wachs und seinem Siegelring, kritzelte seinen Titel darauf und gab sie ihr zurück. „Richte Wilson von mir
aus, dass einer der Stallknechte sofort in die Stadt reiten soll. – Um wie viel Uhr willst du morgen aufbrechen?"

„Ziemlich früh, denke ich. Bevor Amabel zum Frühstück kommt", sagte Phoebe leise und verließ den
Raum.

Sie fand ihr Dienstmädchen im Ankleidezimmer.
„Rose, wir reisen morgen früh ab und werden nur eine
Kutsche nehmen. Ich würde gerne um sieben Uhr ab-
fahren."

„Darf ich fragen, Mylady, ob unsere frühe Abreise etwas mit Lady Cranbournes Bruder zu tun hat?"

Phoebe seufzte. „Ich nehme an, die Nachricht von seinem bevorstehenden Besuch hat sich in den Quartie-
ren der Bediensteten herumgesprochen?"

Rose nickte.

Phoebe antwortete ihr offen: „Ja, das ist der Grund."

Das Gesicht ihres Dienstmädchens wurde kämpfe-
risch. „Es wird alles bereit sein, um bei Tagesanbruch
aufzubrechen, Mylady. Es gibt keinen Grund in der
Welt, warum Sie diese Ausgeburt des Teufels noch einmal sehen sollten!"

***

Früh am nächsten Morgen half Geoffrey ihr in die
Kutsche. „Wir sehen uns, wenn ich zu den

22

Abstimmungen in der Legislaturperiode komme", sagte er. „Grüß mir Hermine und Edwin und Tante und Onkel St. Eth …"

Phoebe lachte. „Ja, ja – und William und Arabella und Mary", fügte sie hinzu. „Das werde ich. Danke, dass du so verständnisvoll bist. Ich kann mir nicht vorstellen, dass Amabel darüber glücklich sein wird."

„Nein, wahrscheinlich nicht." Er lächelte verschmitzt. „Natürlich weiß ich, dass sie nicht in die Luft gehen wird, weil ich keinen Hausdrachen geheiratet habe, wie meine Schwestern es sind."

Phoebe schlug ihn spielerisch. „Nein, du stehst gewiss nicht unter dem Pantoffel deiner Frau. Sie verwöhnt dich."

Geoffrey grinste reumütig. „Wie wahr. Sag mal: Ist Marcus Finley wirklich so schlimm, Liebes?"

„Er ist ein ekelhafter, vulgärer Schuft!", erwiderte sie wütend.

„Oho, du bist ihm also zutiefst abgeneigt!"

„Ja." Und nun musste sie einen Weg finden, um ihn dauerhaft zu meiden.

Kapitel 2

Nachdem sie ihrem Bruder zum Abschied gewunken hatte, lehnte sich Phoebe gegen die weichen Polster und versuchte, sich vom Schwanken der Kutsche beruhigen zu lassen. Das Gefährt war der neueste Stil, leicht und gut gefedert. Die Außenseite war dunkelgrün mit goldenen Paspeln, und die Innenpolster waren in ihrem Lieblingsfarbton, dem Apfelgrün, gehalten.

Gegenüber von Phoebe fielen Rose die Augen zu. Phoebe seufzte und stellte sich auf eine ruhige Reise ein. Wenigstens war sie entkommen, bevor Lord Marcus angekommen war. Vielleicht würde Lord Marcus, da sein Bruder so krank war, zur Kleinen Saison nicht in die Stadt kommen. Nach dem, was sie über ihn wusste, würde er wahrscheinlich in London sein, und sei es nur, um die Spielhöllen und andere sündhafte Orte zu besuchen.

Sie verdrängte ihn rücksichtslos aus ihren Gedanken.

Ihr erster Reisetag verlief so, wie sie es erwartet hatte. Das Wetter war schön und warm, und die Straßen waren trocken. Nach einiger Zeit begann sie mit der

Lektüre von *Patronage*, dem neuesten Roman, der ihr in die Hände gefallen war.

Am Nachmittag kam sie im Haus ihrer Schwester Hermine an. Die schrille Stimme ihres Neffen William schwebte durch die Luft.

Phoebe lehnte sich aus dem Fenster, lächelte und winkte ihren Nichten und Neffen zu, als die Kinder in die Einfahrt gerannt kamen.

William rief: „Mama, schau, Mama, schau, es ist Tante Phoebe!"

Lachend stieg sie aus der Kutsche. William und Arabella, die fünfjährigen Zwillinge, nahmen Phoebes Hände, und Mary, drei Jahre alt, klammerte sich an ihre Röcke. Phoebe umarmte und küsste sie alle. „Meine Lieben, ich freue mich auch sehr, euch zu sehen, aber ihr müsst mir erlauben, eure Mama zu begrüßen." Phoebe löste eine Hand und reichte sie ihrer Schwester.

Hermine und ihr Zwilling Hester waren ein paar Jahre älter als Phoebe, aber jünger als Geoffrey. Ihre Schwester umarmte Phoebe, und Hermines Augen funkelten, als die Kinder versuchten, ihre Tante wegzuziehen. „Nicht, dass ich mich nicht freuen würde, dich zu sehen, meine Liebe. Aber was, wenn ich fragen darf, führt dich eine Woche früher und ohne Vorankündigung zu mir?"

Phoebe verzog das Gesicht. „*Amabel* ist wieder am Verkuppeln."

Auf ein beharrliches Zupfen an ihren Röcken hin, hob Phoebe die kleine Mary auf.

Hermine zuckte mit den Schultern. „Amabel versucht schon seit der ersten Saison nach ihrer Heirat mit

Geoffrey, in der du sie völlig fertig gemacht hast, eine Ehe für dich zu arrangieren."

„Ja, aber dieses Mal hat sie die Grenze dessen überschritten, was ich ertragen kann." Phoebe presste die Lippen aufeinander. „Aber um fair zu sein, sie weiß nicht, was sie getan hat."

Ihre Schwester hob fragend eine Braue. Phoebe schloss kurz die Augen. Hermine hatte gesehen, wie sie an diesem Tag die Galerie verlassen hatte, aber sie hatten nie darüber gesprochen.

„Amabel hat ihren Bruder, Lord Marcus Finley, eingeladen, mich in zwei Tagen zu treffen." Phoebe rückte Mary an ihrer Hüfte zurecht. „Ich habe ihm vor acht Jahren auf dem Anwesen der Worthingtons, als wir diesen unglücklichen Zwischenfall hatten, gesagt, dass ich ihn nie wieder sehen will, und daran hat sich nichts geändert."

Hermine nickte. „Ich weiß noch, wie wütend du warst."

Phoebe drückte Mary an sich und sagte: „Jetzt, wo er endgültig zurückgekehrt ist, weiß ich, dass ich es nicht vermeiden kann, ihm irgendwann zu begegnen, aber ich möchte nicht in die Lage kommen, mit ihm allein zu sein. Genau das wäre passiert, wenn ich in Cranbourne Place geblieben wäre." Phoebe wurde von ihrer Nichte abgelenkt, deren Zappeln immer heftiger geworden war. „Was ist los, meine Liebe?"

Mary nahm Phoebes Gesicht zwischen ihre kleinen pummeligen Hände. „Mach dir nichts draus", sagte Mary und küsste Phoebe. „Es ist alles in Ordnung."

Sie drückte sie enger an sich. „Ja, Süße, ich bin gleich wieder in Ordnung. Tante Phoebe muss nur dem Troll entkommen."

Hermine runzelte die Stirn. „Das war wirklich eine große Einmischung von Amabel. Meine Liebe, was *wirst* du tun, wenn du ihn wiedersiehst? Als Dunwoods Erbe wird Lord Marcus sicher bei vielen der gleichen Veranstaltungen sein, die du besuchen wirst."

Ihre Schwester hatte Recht, Lord Dunwood war politisch sehr aktiv, ebenso wie ihr Onkel, Henry, der siebte Marquis von St. Eth. Phoebe hob eine Augenbraue und blickte hochmütig auf ihre Nase. „Wenn wir uns treffen, werde ich natürlich höflich sein", sagte sie eisig.

Ihre Schwester brach in Gelächter aus. „Oh ja, dieser Blick sollte ihn auf den rechten Weg führen."

Phoebe erwiderte: „Nun, das hoffe ich doch sehr. Beim letzten Mal musste ich ihm auf die Nase schlagen, um ihn davon abzubringen. Schade, dass ich zu jung bin, um einen eigenen Haushalt zu gründen."

„Oh, Phoebe!" Hermines Augen weiteten sich. „Willst du die Gesellschaft auf den Kopf stellen?" Sie tippte sich an die Wange, als wäre sie tief in Gedanken versunken. „Hmm. Ich habe genau das Richtige. Du könntest einen Ehemann finden."

„*Et tu, Brute?*" Phoebe versuchte, verletzt auszusehen, konnte sich aber das Lachen nicht verkneifen. „Eine Heirat mit irgendjemandem ist doch keine Lösung."

„Phoebe, wir haben nur dein Bestes im Sinn. Es muss doch jemanden geben."

„Nun, Hermine, wenigstens versuchst du *nicht*, mich zu verkuppeln."

„Nein, und das werde ich auch nicht tun“, antwortete ihre Schwester. „Du wirst es wissen, wenn du den richtigen Mann triffst, ohne dass ich oder jemand anderes dir dabei hilft.“

Plötzlich wehmütig, hob Phoebe ihren Blick zu ihrer Schwester. „Meinst du wirklich, ich werde es wissen?“

„Das glaube ich in der Tat. Du musst nur daran denken, was Mama uns gesagt hat. Wenn du den Mann deines Herzens gefunden hast, wird es dir vorkommen, als sei er der einzige Mensch, den du siehst.“

Hermines Ehemann, Edwin, der Graf von Fairport, sagte vom Portikus aus: „Was ist das? *Et tu, Brute.* Du bist gerade erst angekommen und diskutierst schon über die Klassiker? Du bist sehr trübsinnig geworden, meine liebe Schwester.“

„Nein, Dummerchen.“ Hermine lachte, als Edwin sich näherte. „Wir reden über die Ehe.“

Seine grauen Augen funkelten. „Aber was, frage ich, hat der Verrat an Julius Cäsar mit der Ehe zu tun?“

„Nicht Julius Cäsar“, sagte Hermine. „Amabel.“

„Ich kann dir nicht folgen.“ Edwin umarmte und küsste Phoebe.

Seine Frau tätschelte ihm liebevoll den Arm. „Wir werden es später erklären.“

Er nickte in Richtung von Phoebes Pferden, die gerade zu den Ställen geführt wurden. „Ist das das Gespann, das du vor Marbury hattest?“

„Ja. Gefallen sie dir?“

„Nicht nur.“ Er gab dem Pferdepfleger ein Zeichen zum Anhalten und begann, sie zu begutachten.

Hermine nahm Edwins Arm und zog ihn zu den Stufen. „Oh, nein, du kommst mit ins Haus, sonst werdet ihr beide bis zum Abendessen über Pferde und Kutschen diskutieren." Sie blickte wieder zu Phoebe. „Und du, meine Liebe, du musst etwas Zeit mit deinen Nichten und deinem Neffen verbringen, wenn wir überhaupt Ruhe haben wollen."

Mit einem Blick auf seine Kinder fragte Edwin trocken: „Wie kommt es, dass meine sonst so braven Kinder plötzlich zu Heiden werden, wenn ihre Tante Phoebe auftaucht?"

Arabella und William leugneten lautstark, Heiden zu sein, sondern freuten sich nur sehr, ihre Tante zu sehen. „Damit du es weißt, Papa", sagte William, „sie ist die lustigste von allen unseren Tanten, und sie ist immer daran interessiert, mit uns Spiele zu spielen und zu wissen, was wir tun."

„Was ich weiß, du junger Spinner", erwiderte sein Vater liebevoll, „ist, dass *meine* Definition von heidnisch und *deine* wenig gemeinsam haben."

Kichernd ließ sich Phoebe von Williams und Arabellas kleinen Händen in die Spielstube im hinteren Teil des Hauses zerren. Mit Mary auf dem Schoß setzte sie sich auf das bequeme Sofa und schwärmte von Williams Zeichnungen und Arabellas Aquarellbildern. Viel zu schnell war es Zeit für die Kinder, ins Kinderzimmer zurückzukehren. Nachdem ihnen versichert worden war, dass ihre Tante Phoebe kommen würde, um ihnen eine gute Nacht zu wünschen, folgten die Kinder der Amme gehorsam aus der Stube.

Edwin und ihre Schwester kamen sofort auf den Grund für Phoebes frühen Besuch zu sprechen. Phoebes Herz raste bei der Erwähnung von Lord Marcus Finleys Namen. „Bitte, können wir nicht über ihn reden? Ich würde viel lieber über die anstehende Gesetzgebung zu den Handelsfragen sprechen."

Ihr Schwager warf ihr einen neugierigen Blick zu, wechselte dann aber diplomatisch das Thema.

Später in ihrem Zimmer angekommen, versuchte Phoebe, die Erinnerungen zu verdrängen, die seit ihrem Gespräch mit Amabel immer wieder auftauchten. Sie konnte immer noch den Brandy riechen und seine Hände spüren, als sie ihre Brüste berührten. Sie schauderte, erinnerte sich an die seltsamen Gefühle, als er sie berührt hatte, und an die plötzliche Angst, die sie empfunden hatte. Warum musste er zurückkommen?

Nachdem sie sich eine Träne von der Wange gewischt hatte, tauchte sie ein Tuch in das Wasserbecken und wischte sich damit das Gesicht ab. Wenn sie im Salon erschien und aussah, als hätte sie geweint, würden Hermine und Edwin nur noch mehr Fragen stellen.

***

Edwin betrat das Ankleidezimmer seiner Frau, um zu versuchen, dem Kummer seiner Schwägerin auf den Grund zu gehen. „Meine Liebe, was ist zwischen Phoebe und Lord Marcus passiert?"

Hermine schüttelte den Kopf. „Ich weiß es nicht genau, nur dass es auf der Hausparty geschah, auf der wir beide verlobt wurden. Eben noch fragte mich Phoebe nach der Liebe, und als ich sie das nächste Mal sah, verließ sie wutentbrannt die Galerie. Als ich den Korridor hinunterblickte, lag Lord Marcus auf dem Boden."

„Auf dem Boden? Und was tat er?", fragte Edwin.

„Er blutete.“ Er gab ihr ein Zeichen, fortzufahren. „Aus der Nase, glaube ich. Phoebe hat ihn geschlagen.“

„Was zum Teufel hat der Mann getan?“

„Ich habe keine Ahnung“, sagte Hermine. „Phoebe wollte nicht darüber reden, und sie hat sich entschuldigt, dass sie nicht zum Abendessen herunterkommen konnte. Als wir am nächsten Morgen aufbrachen, verhielt sie sich ganz normal und ruhig. Ehrlich gesagt, war ich so in unsere Hochzeitspläne vertieft, dass ich das ganz vergessen habe.“

„Hmm, sein merkwürdiges Verhalten ergibt jetzt viel mehr Sinn.“

Seine Frau lehnte sich zurück und schaute ihn an. „Was macht mehr Sinn?“

„Du erinnerst dich doch sicher, dass ich in die Stadt gefahren bin, um die Unterlagen für die Vergleichsvereinbarung zu besorgen?“

Sie zog die Brauen zusammen. „Ja.“

Er fuhr fort. „Finley kam nach London zurück, als ob der Teufel hinter ihm her wäre, mit einer geschwollenen Nase und einem blauen Auge. Er hat sich wie ein verrückter Narr aufgeführt. Er war ziemlich betrunken, als er zugab, dass eine Frau ihm einen Haken versetzt hatte. Aber er war klug genug, ihre Identität geheim zu halten.“ Edwin schmunzelte bei der Erinnerung an diese Nacht. „Finley war, wie man hört, ziemlich verblüfft von ihr. Er nannte sie seine Vision. Natürlich war es am nächsten Tag schon überall in der Stadt bekannt. Sein Verhalten war schockierend unerhört.“ Edwin blickte seine Frau an. „Aber Finley hatte sich noch nie gegenüber einer Frau, ob Dame oder nicht, in einer Weise verhalten, die eine derartige Reaktion hervorgerufen hätte.“

„Ach ja?“, sagte Hermine knapp. „Ich dachte, er sei nur ein junger Kerl, der ein Mädchen ausnutzen will, das noch nicht in die Gesellschaft eingeführt wurde. Woher weißt du, dass er verblüfft war? *Ich* habe nie etwas gehört.“

Edwin grinste. „Nun, meine Liebe, du hättest kaum erwarten können, dass man es dir sagt. Schließlich bespricht man so etwas nicht mit einer Dame. Außerdem wusste keiner von uns, *wer* die Frau war.“ Er küsste seine Frau. „Finley hat sich seither sehr verändert. Ich habe ihn vor ein paar Jahren kennengelernt und kann ohne Zweifel sagen, dass die Westindischen Inseln ihn geprägt haben.“ Edwin blickte zu Boden. „Gesellschaftlich und politisch wäre es eine gute Partie. Phoebe könnte es viel schlechter treffen.“

Hermine legte ihre Hand auf Edwins Wange und küsste ihn. „Wie dem auch sei, mein Liebster, ich würde mich wundern, wenn Phoebe sich dazu *bringen ließe*, mehr als nur höflich zu ihm zu sein. Glaubst du wirklich, sie wird Lord Marcus nahe genug heranlassen, um sie zu *umwerben?*“

Edwin hob eine Augenbraue und antwortete: „Vielleicht erkennt sie ihn nicht. Ich habe ihn fast nicht erkannt, und ich habe eine viel längere Bekanntschaft mit ihm als Phoebe.“

„Nun“, erwiderte seine Frau. „Ich glaube nicht, dass sie ihn in ihre Nähe lassen wird.“

Edwin küsste seiner Frau die Stirn. „Wann fahren wir in die Stadt? Ich glaube, wir werden dieses Jahr gut unterhalten werden.“

„Wie *unverbesserlich* du sein kannst." Hermine kniff die Augen zusammen. „Ich weiß nicht, was du dir davon versprichst. Wie du ja weißt, hat Phoebe dem Pöbel noch nie Anlass zu Spekulationen gegeben."

„Ja, das stimmt alles", er knabberte an Hermines Ohr, „aber dasselbe kann man von Finley nicht behaupten. Es wird zwar erwartet, dass er den Titel übernimmt, was ihm wieder zu Ansehen verhelfen wird. Trotzdem würde ich sehr gerne sehen, wie sich dieses Werben entwickelt. Es wird ein Werben geben. Darauf würde ich wetten."

„Ich finde dich sehr vulgär, Mylord", sagte Hermine mit einem übertriebenen Schnauben.

„Oh nein, meine Liebe, nicht vulgär. Ich mag nur ab und zu ein bisschen Unterhaltung." Edwin hob seine Frau hoch und küsste sie innig. „Und jeder verdient es, so glücklich zu sein wie wir."

„Edwin, lass mich runter. Du weißt doch, wie empört Tuttle sein wird, wenn ich sie wieder zu mir rufen muss, um mich zu frisieren."

Er küsste Hermine weiter, denn er wusste, dass sich hinter dem forschen Äußeren des Dienstmädchens seiner Frau eine ungemein romantische Veranlagung verbarg, und eine der Freuden ihres Lebens bestand darin, die Verwüstungen auszubessern, die Seine Lordschaft bei seiner Dame anrichtete. „Ich habe sie jahrelang schockiert."

„Ich kann froh sein, dass sie nicht abgehauen ist", murmelte Hermine und erwiderte seinen Kuss.

***

Am nächsten Morgen begleiteten Hermine und Edwin Phoebe zu ihrer Kutsche. Hermine umarmte ihre Schwester. „Wir sehen dich bald in der Stadt, meine Liebe. Ich werde Tante Ester schreiben und unsere Pläne mitteilen."

Edwin blickte in den wolkenlosen Himmel. „Es scheint, als hättest du einen guten Tag zum Reisen. Wann gedenkst du in Littleton anzukommen?"

Phoebe blickte ebenfalls nach oben. „Wir sollten die Stadt am späten Nachmittag erreichen. Wir werden in kleinen Etappen reisen, um die Pferde zu schonen."

„Übernachtest du im White Horse Inn?", fragte er.

„Oh, ja, immer", antwortete sie. „Der Wirt und seine Frau sind *sehr* zuvorkommend, und ihr Oberkellner lässt Sam, meinen Stallknecht, gewähren, wie er will. Das ist unabdingbar."

Edwin brach in schallendes Gelächter aus. „Natürlich sind es die Pferde, um die du dich am meisten kümmerst."

„Nun, sie *sind* wichtig." Phoebe warf einen liebevollen Blick auf ihr Gespann. „Es fällt mir viel leichter, mein Gefolge in denselben Gasthäusern und Kutschstationen unterzubringen. Außerdem mag ich die Beständigkeit."

„Ja. Umso besser, wenn Sam die Ställe übernehmen kann. Du bist schon eine außergewöhnliche Person."

Phoebes Augen funkelten, aber sie hatte den Anstand, zu erröten. Sie umarmte Edwin und sagte: „Ich freue mich darauf, dich in der Stadt zu sehen."

„In der Tat, es verspricht, eine sehr interessante Saison zu werden." Er lächelte rätselhaft, als er zuerst ihr und dann Rose in die Kutsche half. Er fragte sich, wie schnell er und Hermine für die Abreise nach London bereit sein würden.

Er wartete, bis Phoebes Kutsche die Auffahrt hinuntergefahren war, bevor er seine Frau zurück ins Haus begleitete. „Wirst du deiner Schwester Hester schreiben?"

„Ich denke, das werde ich."

Edwin zog sich an seinen Schreibtisch zurück und schrieb einen Brief an seinen Schwager Geoffrey, in dem er erklärte, er wisse, dass Phoebe sich geweigert habe, Finley zu treffen, aber dass der Mann sich merklich verändert habe. Edwin forderte Geoffrey auf, sich so lange in Cranbourne Place aufzuhalten, bis er einen Grund habe, in die Stadt zu kommen, da seine Frau in Versuchung geraten könnte, sich einzumischen.

Hermine nahm ihren Füller in die Hand, vergewisserte sich, dass sie scharf war, und nahm ein Blatt ihres eleganten Schreibpapiers.

Liebe Schwester, Du wirst Dich erinnern, wie wütend Phoebe auf Lord Marcus Finley während der Hausfeier von Lady W war. Edwin scheint jedoch zu glauben, dass es noch Hoffnung für Lord M. gibt, da Phoebe noch nie so lange auf jemanden wütend gewesen ist. Edwin ist überzeugt, dass Lord Marcus versuchen wird, ihr den Hof zu machen. Ich bitte Dich – komm in die Stadt, um unsere Schwester zu unterstützen. Es wird zumindest abwechslungsreich sein! In aller Liebe, Hermine

Kapitel 3

Die Kutsche rollte auf der Great North Road nach Süden. In letzter Zeit konnte Phoebe nicht aufhören, an Lord Marcus zu denken, und in der letzten Nacht waren die bösen Träume zurückgekehrt, die sie vor acht Jahren gehabt hatte.

Phoebe freute sich darauf, ihre Aufregung mit ihrem üblichen Spaziergang durch das kleine Marktstädtchen Littleton vor dem Abendessen zu vertreiben. Sie würde die alte normannische Kirche besichtigen und an den malerischen kleinen Cottages vorbeigehen, die sie immer entzückten.

Wie sie vorausgesehen hatte, kamen sie am späten Nachmittag in Littleton an. Phoebe lehnte sich vor und blinzelte, unfähig zu glauben, was sie da sah. Die Stadt war voller Gentlemen jeglicher Statur, Größe und Position. Eine erstaunliche Anzahl von Gefährten, Phaetons, Gigs und Curricles, sowie andere bescheidenere Fahrzeuge säumten die Straßen.

„Oh, nein." Sie lehnte sich gegen den Sitz, um nicht aufzufallen. „Jetzt werde ich nicht mehr spazieren gehen können."

Rose rührte sich aus ihrem Nickerchen. „Was ist los, Mylady?"

Seufzend antwortete Phoebe: „Es scheint, dass wir mitten in einem Sportereignis angekommen sind. Ich kann mir keinen anderen Grund vorstellen, warum so viele Männer in Littleton sein sollten. Ich bin froh, dass ich eine Eilmeldung geschickt habe, um unsere Ankunft zu verschieben."

Rose rutschte auf dem Sitz hin und her. „Selbst wenn Sie das nicht getan hätten, hätte Mr. Ormsby dafür gesorgt, dass Sie Ihr Zimmer bekommen."

Phoebe lächelte. „Du hast natürlich recht. Mr. Ormsby und seine Frau sind sehr gut zu uns. Ich werde mich von Sam hineinbegleiten lassen. Es macht mir überhaupt keinen Spaß, durch diese Menge von, ähm, Herren zu gehen."

Die Angestellten des Gasthauses riefen ihrem Kutscher über das Getümmel der anderen ankommenden Fahrzeuge hinweg zu, dass er den anderen Kutschen, die versuchten, in das White Horse zu gelangen, vorausfahren solle.

Phoebes Gefährt kam vor dem großen, weitläufigen weißen Gebäude zum Stehen. Nachdem ihr Kutscher sie abgesetzt hatte, gab Phoebe ihm ein Zeichen, ihr in das Gebäude zu folgen.

Verlegen und sehr auf den Anstand bedacht, blickte Phoebe geradeaus zur offenen Tür des Gasthauses. Ein junger Bursche trat vor sie, beugte sich vor und grinste sie unverschämt an. Phoebe war versucht, ihm auf die Nase zu schlagen, aber das hätte nur zu der Art von Szene geführt, die sie zu vermeiden hoffte. Mit zusammengebissenen Zähnen hob sie eine hochmütige Braue und warf ihm einen kalten, verächtlichen Blick zu. Er verbeugte sich hastig, bat um Verzeihung und ging ihr schnell aus dem Weg. Sie fegte an ihm vorbei, dann durch die Menge der Männer in der Halle und ignorierte jeden, der versuchte, ihren Blick zu erhaschen.

Der Gastwirt, Mr. Ormsby, ein schlanker Mann, etwas mehr als mittelgroß und mit gebeugten Schultern, trat vor, um sie zu begrüßen. Phoebe streckte ihre Hand aus, um seine zu schütteln. „Guten Tag, Mr. Ormsby. Sie scheinen heute eine Menge Leute zu haben."

Mr. Ormsby verbeugte sich und zog an seiner Stirnlocke, bevor er ihre Hand nahm und sie schüttelte. „Guten Tag, Mylady. In der Gegend findet ein Preiskampf statt, und wir sind voll besetzt, sogar die Ställe. Aber machen Sie sich keine Sorgen. Wir haben Ihre üblichen Zimmer für Sie." Er senkte seine Stimme. „Ich mag diesen Haufen von Gentlemen nicht, Mylady. Sie sollten darauf achten, dass Sie Ihre Zimmertür fest verriegelt und Ihr Dienstmädchen bei sich haben. Diese Herren mögen jetzt noch harmlos aussehen, aber wenn sie erst einmal anfangen zu trinken ... Nun, ich und meine Frau wollen sichergehen, dass Sie in unserem Gasthaus sicher sind."

Phoebe nickte. „Ja, in der Tat, Mr. Ormsby. Sie haben recht. Ich werde auf meinen üblichen Salon verzichten, wenn Sie das Abendessen und das Frühstück in meinen Gemächern servieren werden."

„Das ist eine sehr gute Idee und wird meine Frau viel glücklicher machen." Mr. Ormsby zog seine buschigen grauen Brauen zusammen. „Denn ich muss Ihnen sagen, dass sie sich ein wenig Sorgen gemacht hat, dass Sie kommen, wenn so viele Leute in der Stadt sind. Ich werde meinen Sohn Jamie bitten, Ihr Dienstmädchen aus der Kutsche zu holen, und dann wird er Sie und Miss Fitchley auf Ihre Zimmer bringen."

Phoebe lächelte grimmig. Die Vorkehrungen des Gastwirts waren das Beste, was sie tun konnte. „Ich danke Ihnen, Mr. Ormsby."

***

Nachdem sie sich eingerichtet hatte, schritt Phoebe durch das große Zimmer. „Was für ein Pech." Sie warf einen Blick auf Rose. „Ich hoffe, es macht dir nichts aus, auf diesem Klappbett zu schlafen."

Rose zog den Spitzenvorhang beiseite und blickte aus dem Fenster ihres Zimmers im zweiten Stock. „Ich werde es schon schaffen, Mylady. Sehen Sie sich diese Menschenmenge an. Sie bauen draußen die Tische für sie auf."

„Rose, geh bitte zurück, damit dich niemand sehen kann." Phoebe rieb sich zwischen den Augen. „Wir wollen keine Besucher vor unserer Tür empfangen. Mindestens ein halbes Dutzend Herren – und Tunichtgute – müssen gesehen haben, wo wir sind. Oh, das ist so ärgerlich." Phoebe hielt inne und betrachtete den Faustkampf, der für die Überbelegung verantwortlich war. Sie hätte sich den Kampf wirklich gerne aus der Nähe angesehen. „Ich frage mich, wer hier kämpft. Es muss Figg sein oder jemand in der Art, denn es sind so viele Leute da. Ich wünschte, Damen dürften solchen Veranstaltungen beiwohnen."

„*Mylady.*"

„Ich weiß, dass ich das nicht darf." Phoebe schritt wieder umher. Es gab so viele Dinge, die Damen nicht tun

39

durften – vor allem unverheiratete Damen –, dass es frustrierend war.

Mrs. Ormsby, eine mollige, fröhliche Dame von unbestimmtem Alter, klopfte und rief durch die Tür. Phoebe öffnete sie und begrüßte sie. Das Gesicht der älteren Frau errötete vor Freude, und die gekräuselten, ergrauten Locken unter ihrer Schirmmütze wippten, als sie eine von Phoebes Händen nahm.

„Mylady, ich bin gekommen, um mich um Ihr Abendessen zu kümmern. Ich habe eine schöne klare Suppe und einen Kapaun, den ich für Sie brate. Er ist mit einer Rosmarinsoße garniert, ganz nach Ihrem Geschmack, dazu gibt es Brechbohnen und Pilzkrapfen. Zum Nachtisch gibt es Käse und Obst. Miss Fitchley", – Mrs. Ormsby wandte sich an Rose –, „wir hatten uns schon darauf gefreut, Sie bei uns zum Essen zu haben. Ich kann einen meiner Söhne bitten, Sie hinunterzubegleiten, wenn Ihnen das recht ist."

Rose warf einen Blick auf Phoebe.

„Geh zum Abendessen, wie du es gewöhnlich tust", sagte Phoebe. „Nur weil ich auf dem Zimmer eingesperrt bin, heißt das nicht, dass du das auch sein musst. Ich werde einigermaßen gut zurechtkommen."

Ihr Dienstmädchen lächelte. „Mylady, wenn es Ihnen nichts ausmacht, würde ich lieber hier bei Ihnen bleiben."

Phoebe seufzte leise. Sie wollte Rose nicht den Spaß verderben, aber sie war erleichtert, dass sie den Abend nicht allein verbringen musste. „Wenn du dir sicher bist, dass du das willst, kann ich nicht sagen, dass ich über die Gesellschaft unglücklich wäre."

Rose blieb bei ihrem Wunsch, und Mrs. Ormsby verließ eilig den Raum.

Als Phoebe sich gewaschen und wieder angezogen hatte, war das Abendessen schon da. Zusätzlich zu den besprochenen Gerichten war eine Flasche guten Rotweins mitgeschickt worden.

Nach dem Essen kam die Hausherrin zurück. „Miss Fitchley, es war gut, dass Sie sich entschlossen haben, bei Ihrer Ladyschaft zu bleiben", sagte Mrs. Ormsby, während sie das Geschirr abräumte. „Ich lasse alle meine Söhne draußen servieren, und auch im Schankraum. Ich erlaube meinen Mädchen nicht, sich unter diese Männer zu begeben. Als Gentlemen werde ich sie nicht bezeichnen, auch wenn einige von ihnen gute Leute sind."

Rose lächelte mitfühlend. „Ich beneide Sie nicht, Mrs. Ormsby. Ich bin ganz froh, wenn ich meiner Lady Gesellschaft leisten kann."

Phoebe nickte und sagte: „Ich stimme Rose zu – ich beneide euch überhaupt nicht. Sie machen so viel Lärm, dass wir ihn hier oben hören können."

„Wenn es *nur der Lärm* wäre, Mylady, über den ich mir Sorgen machen müsste", sagte Mrs. Ormsby mit einem finsteren Blick, „aber mehr will ich dazu nicht sagen. Ich wünsche Ihnen eine gute Nacht."

***

Marcus Finley kam mit seinem Freund Robert, Viscount Beaumont, im White Horse Inn an, der dort Zimmer reserviert hatte.

Marcus fand auf der anderen Straßenseite im Red Unicorn ein Zimmer. Später trafen sie sich zum Abendessen in einem Privatsalon, den Marcus gemietet hatte.

„Sie haben hier einen ziemlich guten Standard." Robert lehnte sich in seinem Stuhl zurück und schob einen hochglanzpolierten Stiefel über den anderen. „Der Brandy ist so gut wie jeder andere, den ich getrunken habe. Muss französisch sein, obwohl ich nicht wissen möchte, woher der Wirt ihn hat."

Marcus grinste. „Ja, er ist sehr gut und wahrscheinlich geschmuggelt."

Einige Augenblicke lang herrschte Schweigen, dann setzte sich Robert aufrecht in seinem Stuhl auf. „Marcus, mein Junge, ich habe im White Horse das schönste Mädchen gesehen, das ich je in meinem Leben gesehen habe."

Marcus lehnte sich in seinem Stuhl zurück und hob fragend eine Augenbraue. Robert war bekannt dafür, dass er bei den vielen desillusionierten Damen der *Gesellschaft* sehr beliebt war. „Und wo hast du diesen Wunder der Natur gefunden?", fragte Marcus in einem trägen Tonfall. „Im Zapfhahn?"

„Nein, nein, mein Junge, keine Prostituierte. Ganz und gar nicht. Sie war eine *Dame*."

Marcus hob fragend sein Monokel und betrachtete seinen Freund genauer. „Verheiratet?"

„Nein. Steck das Ding weg, du weißt, dass ich es nicht mag. Außerdem ist mit mir alles in Ordnung. *Sie ist eine wohlerzogene, unverheiratete Dame.* Wunderschön, sage ich dir. Winzig. Sie hat eine gute Figur, einen hübschen Knöchel und das herrlichste rotgolden schimmernde Haar. Perfekt in jeder Hinsicht."

Marcus' Finger verkrampften sich um sein Glas. Roberts Eroberungen waren Legende, aber sie erstreckten sich nicht auf wohlerzogene Unschuldige. Ein erschreckender Gedanke ging Marcus durch den Kopf. Das konnte nicht Phoebe sein. Sie war in Cranbourne Place. Oder? Er bemühte sich, sein Gesicht ruhig zu halten, und richtete seinen Blick auf seinen Freund. „Wer ist diese Dame, weißt du es?"

„Ja, ich habe meinen Diener gebeten, einen der Stallknechte zu fragen. Dumme Kerle, diese Stallknechte, die solche Informationen herausgeben", sinnierte Lord Beaumont, eindeutig auf dem Sprung. „Ja, wenn ich so darüber nachdenke, werde ich wohl ein Wort mit dem Hausherrn reden. Die Dienerschaft sollte so etwas nicht weitergeben."

Marcus tippte mit den Fingern auf den Tisch. „Ihr *Name*, Robert? Ihr Name?", wiederholte er und winkte ungeduldig mit der Hand, um seinen Freund zum Weiterreden zu bewegen.

„Oh, ja", sagte Robert schließlich. „Lady Phoebe Stanhope. Ich habe natürlich von ihr gehört. Habe sie aber noch nie gesehen. Ich gehe in der Regel nicht zu solchen Veranstaltungen. Ich stehe nicht auf den großen Rummel, weißt du. Ich muss die Heiratsvermittlerinnen meiden. Meine Großmutter will, dass ich heirate. Lady Phoebe ist ein teuflisch gut aussehendes Mädchen. Vielleicht muss ich es versuchen."

Marcus war wütend. Lady Phoebe. Seine Vision. Freunde hin oder her, er würde verdammt sein, wenn er Robert in ihre Nähe lassen würde.

Marcus schenkte noch einen Brandy ein und lenkte das Gespräch absichtlich auf den Kampf am nächsten

Tag. Kurz darauf wurde ihm klar, dass seine Chancen, den Kampf zu sehen, gering sein würden, wenn er Robert nicht zum White Horse zurückbringen würde.

Marcus rief seinen Stallknecht Covey herbei.

„Ich muss Beaumont in seine Kammer helfen. Lady Phoebe Stanhope ist hier. Finde heraus, was zum Teufel sie zu diesem Zeitpunkt in Littleton macht." Stirnrunzelnd fügte er hinzu: „Ich kann mir keine unangenehmere Situation für sie vorstellen. Sie muss die einzige Dame von Rang hier sein."

Danach half Marcus seinem Freund über die Straße und die Treppe des Gasthauses hinauf in sein Zimmer, wo er Robert an seinen Diener übergab.

„Henley, sieh zu, dass er um acht Uhr im Schankraum ist. Ich möchte einen guten Platz, um den Kampf zu beobachten."

Der Diener verbeugte sich. „Ja, Mylord, ich werde mein Bestes tun." Als Marcus sich zum Gehen wandte, begann jemand an eine Tür am anderen Ende des Saals zu hämmern. Aus den fast unverständlichen Worten der Liebe, die von dem blutjungen Mann kamen, der versuchte, das Gemach zu belagern, ging hervor, dass der junge Mann ganz in seinem Element war und Phoebe gefunden hatte. Zumindest glaubte Marcus nicht, dass der Idiot jemand anderem schlechte Gedichte vortragen würde. Verdammt. Zu seinem großen Widerwillen erkannte Marcus in dem betrunkenen jungen Mann etwas von seinem eigenen früheren Verhalten gegenüber Phoebe wieder.

Mit langen Schritten legte Marcus schnell den Weg zu ihrer Tür zurück. Er packte den anderen Mann am Kragen seines Mantels, hob ihn hoch und schüttelte ihn.

Fest. Mit einem tiefen, grimmigen Knurren sagte er: „Du, mein Junge, gehst jetzt mit mir, und du kehrst nicht zurück, um diese Dame noch einmal zu belästigen. Wenn du es doch tust, werde ich dir mit großem Vergnügen jeden einzelnen Knochen deines Körpers brechen."

Durch den alkoholischen Dunst versuchte der Mann, sich auf seinen Peiniger zu konzentrieren. Marcus empfand eine grimmige Genugtuung über die Angst in den Augen des Burschen. Er ließ den jüngeren Mann langsam hinunter, bis seine Füße den Boden berührten, dann führte er den Burschen den Flur hinunter zur Treppe und zur Vordertür hinaus, wo er ihn einem der noch diensthabenden Stallburschen übergab.

„Nimm diesen Narren mit und lass ihn nicht mehr ins Gasthaus."

Der Stallknecht beäugte Marcus misstrauisch. „Aber, mein Herr, er übernachtet doch hier."

Er blickte den Stallknecht mit einem kalten, harten Blick an. „Es ist mir scheißegal, wo er übernachtet. Er hat einen weiblichen Gast belästigt. *Du* wirst ihn nicht wieder ins Gasthaus lassen, oder du wirst dich vor mir verantworten müssen."

„Natürlich, Mylord. Ich bringe ihn in die Scheune."

Als der Stallknecht sich auf den Weg machte, fragte Marcus: „Wo ist der Hausherr?"

„Ich weiß es nicht, mein Herr."

Marcus blickte finster drein, als der Stallknecht mit seinem Auftrag davon eilte. Als sein Stallknecht Covey rief, blickte Marcus hinüber. „Was hast du entdeckt?", fragte er knapp.

„Sieht aus, als wäre es einfach nur Pech, Mylord, dass Ihre Ladyschaft auf dem Weg nach London ist. Sie hält sich oft hier auf. Sie sollte eigentlich nächste Woche ankommen, aber sie kam früher.“

„Haben ihre Bediensteten dir etwas erzählt?“

„Halten dicht wie eine Muschel. Sie hat niemandem etwas gesagt. Ich habe die Information von einem der Stallknechte. Sie reist mit einem Stallknecht, einem Kutscher und einem Dienstmädchen.“

„Diese verdammten Stallknechte reden zu viel“, entgegnete Marcus wütend und schritt zurück zum Gasthaus und in die Halle vor Phoebes Zimmer. Wenn der Gastwirt sie nicht beschützen konnte, würde er es tun.

***

Phoebe war ruhig geblieben, hatte ihre kleine, von Manton gefertigte Pistole in der Hand und hatte zugehört, wie ein Mann mit einer tiefen, sehr kultivierten Stimme mit starkem Befehlston dem Mann, der gegen ihre Tür schlug, mit Nachdruck befahl, aufzuhören und zu gehen. Sie glaubte, etwas von Knochenbrechen gehört zu haben, und grinste bei der Erinnerung daran. Seine Drohung muss gewirkt haben. Das Klopfen hatte sofort aufgehört. Dann bahnten sich zwei Fußpaare, das eine mit festem, langem Schritt, das andere stolpernd, ihren Weg durch den Flur zur Treppe.

Nach einer langen Stille seufzte Phoebe erleichtert auf und flüsterte Rose zu: „Ich glaube, wir wurden gerettet, aber ich frage mich, von wem?“

„Ich weiß es nicht, Mylady, aber ich bin froh, dass es jemand getan hat." Rose kehrte zu ihrem Bett zurück, und Augenblicke später hörte Phoebe leises Atmen.

Wie konnte Rose einfach so einschlafen?

Etwa zehn Minuten waren vergangen, als sie ein leises Klopfen an ihrer Tür hörte und die tiefe Stimme, die sie als den Herrn erkannte, der sie vorhin gerettet hatte.

„Öffnen Sie nicht die Tür, Mylady. Ich wollte Sie wissen lassen, dass ich den Rest der Nacht hier draußen schlafen werde. Ich wollte nicht, dass Sie sich erschrecken, falls ich schnarche."

Fasziniert fragte sich Phoebe, wer das sein könnte. Er nannte sie „Mylady". War sie mit ihm bekannt?

Sie ging schweigend zur Tür und wollte sich bei ihm bedanken, aber stattdessen fragte sie mit einem leichten Kichern: „*Schnarchen* Sie?"

Es lag Humor in seiner Stimme. „Man hat mir nie gesagt, dass ich schnarche, aber ich halte es für durchaus möglich. Viele Männer schnarchen, wissen Sie."

Nun, sie wusste es nicht. Es gab ja auch keinen Grund, warum sie es tun sollte. „Oh, darüber habe ich wirklich noch nicht nachgedacht."

„Ich nehme es nicht an. Also, gute Nacht."

Mit dem Ohr an der Tür hörte sie, wie er sich auf den Boden setzte. Er wollte wirklich ein weiches Bett aufgeben, um auf dem kalten, harten Boden zu schlafen, für sie.

„Wird der Boden nicht zu unbequem sein?" Seine Stimme war leise und tief. „Ich habe schon an schlimmeren Orten geschlafen."

Sie überlegte, was sie tun konnte, um ihn von einem solchen Opfer abzuhalten. „Ich bin sicher, der Wirt würde jemanden hochschicken."

„Die schlafen doch alle schon." Er hielt inne, und als er fortfuhr, war sein Ton rauer. „Ich würde es als eine Ehre betrachten, Sie beschützen zu dürfen."

Phoebe legte ihre Hand auf die Tür und versuchte, sich den Mann auf der anderen Seite der Tür vorzustellen. Seine Stimme überschwemmte sie wie eine warme Welle und gab ihr ein Gefühl der Sicherheit. Das war seltsam. Normalerweise schützte sie sich vor Männern. Wie überaus nett von ihm. Ein kleines Raunen in ihrem Hinterkopf ließ sie vermuten, dass sie seine Stimme schon einmal irgendwo gehört hatte, aber sie konnte sie nicht zuordnen. Hätte er doch nur darum gebeten, ihr vorgestellt zu werden. „Ich kann Ihnen eine Decke oder ein Kissen geben."

„Nein", sagte er mit Nachdruck. „Öffnen Sie nicht die Tür. Ich möchte nicht, dass jemand einen falschen Eindruck bekommt."

Ihr Herz schlug schneller. Er war nicht nur freundlich, sondern auch ehrenhaft. „Ich danke Ihnen."

„Nein, Sie brauchen mir nicht zu danken. Es ist mir ein Vergnügen, Mylady."

Phoebe lächelte. „Aber ich *danke* Ihnen, dass Sie mich gerettet haben, und ich fühle mich geehrt, dass Sie mich beschützen. Sind Sie sicher, dass es Ihnen nicht zu unangenehm sein wird?"

„Ich werde es Ihnen sagen, wenn wir uns wiedersehen, Mylady, aber jetzt sollten Sie versuchen zu schlafen."

Wenn sie sich wiedersahen. Vielleicht wollte er nur nett sein. „Nun gut. Ich wünsche Ihnen eine gute Nacht."

„Gute Nacht, Mylady."

Phoebe dachte an den Herrn, der im Flur schlief, und fragte sich, wer er war. Sie erwartete, dass ihr der Schlaf verwehrt bliebe, doch als sie erwachte, hörte sie die Geräusche von Kutschen und Pferden, die bereit gemacht wurden, und das Gasthaus erwachte mit dem Ruf nach Frühstück, Kaffee und Ale. Der unbekannte Herr kam ihr sofort in den Sinn.

Ihr Dienstmädchen wandte sich mit einem Krug Wasser in den Händen von der Tür ab. „Rose, hast du ihn gesehen? Den Mann, der uns letzte Nacht beschützt hat?"

„Das kann man wohl sagen, Mylady." Sie grinste. „Ich bin über ihn gestolpert."

Phoebe war fast atemlos vor Aufregung. „Sag mal, wie hat er denn ausgesehen?"

Rose zuckte mit den Schultern. „Er sah so aus, wie er sich anhörte. Er ist ein großer Mann, hochgewachsen. Er hat breite Schultern und ist gut gebaut. Dunkles Haar. Sieht aus wie um die dreißig oder so. Sehr modisch gekleidet, wenn auch heute Morgen ein wenig zerknittert." Rose stellte den Krug ab und nahm eines von Phoebes Kleidern, um es auszuschütteln. „Er war auch sehr nett. Er entschuldigte sich dafür, dass ich gestolpert war, und sagte, ich solle Sie schlafen lassen, da Sie erst gehen könnten, wenn die Kämpfer weg seien. Ich bat ihn, ein Dienstmädchen mit Wasser zu uns zu schicken, was er auch tat."

Phoebes Herz klopfte wie wild. „Hat er dir seinen Namen gesagt?“

„Nein, Mylady.“

„Oh.“ Sie spürte, wie die Enttäuschung sich in ihrem Gesicht breitmachte. So enttäuschend. Sie hatte gar nicht bemerkt, wie sehr sie daran interessiert war, seine Identität zu erfahren.

Ein Klopfen an der Tür kündigte Mrs. Ormsby an. Sie rang die Hände in ihrer Schürze und trug einen besorgten Blick auf ihrem sonst so fröhlichen Gesicht. „Oh, Mylady, es tut uns so leid. So etwas ist uns noch nie passiert. Wir führen hier ein anständiges Haus. Wenn dieser nette Gentleman nicht gewesen wäre … Bei dem Krach haben wir nichts gehört. Er sagte dem Bediensteten Harry, er solle den jungen Mann nicht ins Haus lassen, und das taten wir auch nicht. Bitte nehmen Sie es mir nicht übel, Mylady.“

Phoebe machte sich daran, sie zu beschwichtigen. „Natürlich nicht, Mrs. Ormsby. Ich nehme es Ihnen überhaupt nicht übel.“ Phoebe hielt inne und hielt den Atem an. „Der Herr, der letzte Nacht vor meiner Tür geschlafen hat, wissen Sie, wer das war?“

„Nein, Mylady. Es tut mir leid. Er war kein Gast.“ Mrs. Ormsby ging, und Phoebe versuchte, sich damit abzufinden, dass sie den Namen ihres Galans nicht erfahren würde.

Nach dem Frühstück las sie und wartete darauf, dass sich die Stadt leerte, als sie ein Klopfen an einer Tür am Ende des Flurs und die tiefe Stimme des Herrn hörte, der sie gerettet hatte. Sie öffnete die Tür einen Spalt, gerade so weit, dass sie den Rücken eines großen Mannes sehen konnte, der einen dunkelblauen Mantel trug, der über seinen breiten Rücken perfekt geschnitten war. Er trug auch Hirschlederhosen und glänzende hessische Stiefel. Ein kleiner Schauer durchlief sie. Sie schloss leise ihre Tür und wünschte, es wäre angemessen, nach seinem Namen zu fragen.

***

Finley klopfte erneut an Beaumonts Tür, erschöpft und müde, aber mit einem Gefühl der Freude. Marcus war im Morgengrauen in sein Zimmer zurückgekehrt. Jetzt, um fast acht Uhr, kehrte er zum White Horse zurück. Nachdem er einen kurzen Blick in den Schankraum geworfen hatte, um Robert zu finden, war Marcus in den zweiten Stock hinaufgestiegen und hatte zwei Stufen auf einmal genommen. Er klopfte noch einmal an die Tür seines Freundes.

Henley öffnete sie und verbeugte sich. „Mylord, Lord Beaumont wird gleich herunterkommen. Wir haben heute Morgen ein wenig Mühe, aufzustehen. Aber wenn Sie sich noch etwa zehn Minuten gedulden könnten, wird Seine Lordschaft sicher zu Ihnen in den Schankraum kommen.“

Marcus hörte das Klicken einer sich öffnenden Tür am Ende des Flurs und ein Zittern lief ihm über den Rücken. *Phoebe.* Sie war die Einzige, die ihn so berührte. Verdammt, er wollte nicht, dass sie ihn jetzt schon sah. Er erstarrte auf der Stelle und zwang sich, sich nicht umzudrehen. „Henley, du kannst deinem Herrn sagen, dass ich zehn Minuten warten werde, nicht länger. Wenn wir noch länger warten, sind wir so weit hinten in der Menge, dass wir den Kampf nicht mehr sehen können.“

Marcus hörte das Schließen der Tür von Phoebe nicht, sondern fühlte es. Er stieß einen Atemzug aus, von dem er nicht wusste, dass er ihn angehalten hatte, drehte sich um und ging nach unten, um zu warten.

Robert folgte ihm zwölf Minuten später. Der Morgen war klar und sonnig und versprach einen weiteren warmen Spätsommertag.

Marcus manövrierte sein Curricle geschickt durch die Menge, bis sie nahe genug am Ring waren, der auf einem brachliegenden Feld aufgebaut worden war. Matt Vivers, jetzt der Graf von Worthington, und Lord Rutherford, beides langjährige Freunde von Marcus, waren ebenfalls anwesend. Aber Marcus hätte genauso gut gar nicht da sein können, so wenig Aufmerksamkeit schenkte er dem Kampf. Er verbrachte seine Zeit damit, zu entscheiden, ob er in die Stadt zurückkehren oder zu seiner Schwester fahren sollte, um zu sehen, was sie über Phoebes Pläne wusste. Phoebe. Er hatte so viele Briefe von seiner Familie und anderen gemeinsamen Freunden erhalten, dass es Marcus schwer fiel, sie als Lady Phoebe zu bezeichnen.

Sie musste Cranbourne Place verlassen haben, um ihm aus dem Weg zu gehen. Was für ein unwürdiger Kerl er doch vor acht Jahren gewesen war. Seine Lippen kräuselten sich vor Selbstvorwürfen. Kein Wunder, dass sie weggelaufen war. Sie hatte keine Ahnung, wie sehr ihre Worte ihn beeinflusst hatten. Wie sehr er sich bemüht hatte, ein Mann zu werden, der ihrer Hand würdig war.

Seine Familie und Freunde hatten ihn gewarnt, dass er aufgrund seines Vermögens, seiner Herkunft und der Möglichkeit, den Titel zu erben, ständig von allen Kupplerinnen verfolgt werden würde. Aber es gab nur eine Frau, die er wollte. Die einzige Frau, die sein Interesse geweckt hatte. Selbst nach all den Jahren, die er fort gewesen war, hatte er ihr Gesicht noch vor Augen. Ein ovales Gesicht, eine gerade kleine Nase und ein markantes Kinn. Ihre Anmut und Schönheit hatten ihn zuerst in ihren Bann gezogen, doch mehr als alles andere während seiner Abwesenheit erinnerte er sich an ihre Intelligenz und Freundlichkeit. Phoebe war fürsorglich und verständnisvoll zu allen gewesen. Sie half einer jungen Dame, die sich an diesem Wochenende in der illustren Gesellschaft sichtlich unwohl fühlte, und reagierte mit einer ungewöhnlichen Leichtigkeit auf das zänkische Mädchen, das gerade erst in die Gesellschaft eingetreten war.

Phoebe war die einzige Person, die versucht hatte, ihn zu verstehen. Er hatte eine Verbindung zwischen ihnen gespürt, und dann hatte er sie ruiniert, indem er sich betrunken und sie wie ein Flittchen behandelt hatte. Er erinnerte sich genau an den Moment, als das Mitgefühl in ihren schönen blauen Augen in Misstrauen, Angst und dann in Wut umgeschlagen war.

Seine Hand hatte ihre Brust berührt. Marcus stöhnte auf. Sie würde sich niemals auf ihn einlassen, und nach ihrer Flucht würde er es verdammt schwer haben, ihr nahe zu kommen. Dennoch würde er nicht eher ruhen, bis er sie davon überzeugt hatte, dass er sich geändert hatte.

Er konnte sein Leben ohne sie als seine Frau nicht leben. Er würde zu seiner Schwester gehen und herausfinden, was sie über Phoebes Flucht nach London
wusste. Vielleicht würde ihm das einen Hinweis geben,
wie er sich ihr nähern konnte, ohne dabei ein blaues
Auge oder eine blutige Nase zu bekommen.

<h1 style="text-align:center">Kapitel 4</h1>

Marcus kam am Tag des Kampfes spät in Cranbourne Place an. Als er von seinem Curricle abstieg, erschien seine Schwester Amabel an der Tür und war sichtlich erfreut, ihn zu sehen. Sie war so hell, wie er dunkel war. Sie trug ein hauchdünnes weißes Tageskleid, das sie zu umschmeicheln schien, als sie anmutig die Stufen der Säulenhalle hinunterstieg und ihm die Hand zur Begrüßung reichte. Sie hatten im Laufe der Jahre Briefe und Porträts ausgetauscht, aber als er sie das letzte Mal gesehen hatte, war sie noch im Schulzimmer gewesen und hatte Zöpfe auf dem Rücken getragen.

„Marcus, komm doch bitte herein. Ich bin so froh, dass du hier bist. Wie ist es dir ergangen? Du bist doch nicht zu müde, oder? Willst du dich ausruhen? Aber nein, du hast zu viel Energie. Du musst mir alles erzählen."

Er glückste. „Was für ein Wildfang du bist, Amabel. Ich nehme an, ich kann dein Haar nicht mehr zerzausen, wo du es doch so modisch trägst. Ich werde dir alles erzählen, sobald du mir eine Tasse Tee gibst und wir es uns bequem machen können."

Sie legte ihren Arm um seinen und führte ihn ins Haus.

Ein großer Mann stand in der Tür. Geoffrey, Graf von Cranbourne, sein Schwager, war mindestens so groß wie Marcus, Mitte dreißig und für das Land in Hirschlederhosen, ein weites Hemd, eine Weste und eine Jagdjacke gekleidet. Mit gesenkten Brauen warf der Graf Marcus einen strengen Blick zu. „Lord Marcus, willkommen. Ich bin erfreut, Sie endlich kennenzulernen. Sie können mit mir kommen. Wir müssen den Grund besprechen, warum meine Schwester es für nötig hielt, ihr Zuhause zu verlassen, anstatt Sie zu treffen.“

Marcus betrachtete seinen Schwager einige Augenblicke lang, bevor er zu seiner Schwester sagte: „Amabel, bitte entschuldige uns. Cranbourne hat recht, ich muss es erklären. Es ist besser, wenn ich es gleich erledige.“ Marcus beugte sich hinunter, um ihr einen Kuss auf die Wange zu geben, und folgte seinem Schwager ins Arbeitszimmer.

Cranbourne setzte sich hinter seinen großen Nussbaumschreibtisch und winkte Marcus zu einem Stuhl auf der anderen Seite. Sie verbrachten einige Augenblicke damit, sich gegenseitig zu begutachten, während Cranbournes Butler den Tee servierte. Als sie allein waren, brach Marcus das Schweigen.

„Was hat Lady Phoebe Ihnen erzählt?“

„Phoebe hat mir nichts gesagt, außer dass sie Sie nicht treffen möchte. Wenn Sie die Gelegenheit bekommen, sie besser kennenzulernen, werden Sie feststellen, dass sie sich an ihre eigenen Regeln hält.“ Cranbourne warf Marcus einen unfreundlichen Blick zu. „Ich möchte von Ihnen hören, Sir, ohne Umschweife, was zwischen Ihnen vorgefallen ist.“

Sie sahen sich in die Augen. Wenn Phoebe seinetwegen geflohen war, verdiente ihr Bruder, die Wahrheit zu erfahren. „Ich versuche nicht, mein Verhalten zu entschuldigen. Es war unentschuldbar. Ich war jung, gerade in der Stadt, unreif, gedankenlos und leichtsinnig. Es gab nur wenige Laster, denen ich nicht frönte. Nicht ganz ein Peep o' Day Boy, der die ganze Nacht lang zecht, aber sehr nahe dran. Zu nahe für meinen Vater, was der Grund für meine Verbannung war." Marcus wandte den Blick ab. Das war schwieriger, als er es sich vorgestellt hatte. „Ich dachte, ich könnte mir alles und jeden nehmen. Lady Phoebe und ich waren vor acht Jahren auf der gleichen Hausfeier, nicht lange bevor ich zu den Westindischen Inseln aufbrechen sollte. Ich war im Salon, als ich sie zum ersten Mal mit Ihrer Mutter und Ihren Schwestern eintreten sah." Er senkte seine Stimme zu einem Flüstern. „Zu sagen, dass ich von ihr überwältigt war, wäre eine grobe Untertreibung. Ich hatte das Gefühl, eine Vision zu sehen. Ihre Schönheit erschütterte mich wie nie zuvor oder danach." Wenn er an diesen Moment zurückdachte, wurde sein Ton weich und wehmütig. „Ich hatte noch nie jemanden gesehen, der so schön war, so sicher, mit so viel Antlitz und Freundlichkeit." Marcus hielt inne und fuhr zügiger fort: „In meiner Arroganz und Dummheit dachte ich, ich könnte einen Finger rühren und sie so sehr beeindrucken, dass sie, wenn ich es wollte, mir gehören würde." Er starrte Cranbourne an, dessen Miene sich verfinstert hatte. Marcus' Stimme war voller Sarkasmus. „Sie werden sicher erstaunt sein, dass sie von mir als betrunkenem Flegel überhaupt nicht beeindruckt war."

Der Gesichtsausdruck seines Schwagers hatte sich nicht verändert, und er deutete Marcus an, fortzufahren.

Er nahm einen Schluck Tee und räusperte sich, weil seine Kehle plötzlich schmerzte. Er hatte dieses Wochenende, diesen Tag, im Laufe der Jahre so oft wieder erlebt. Wenn er sich nur anders verhalten hätte. „Am Ende habe ich mich schlecht benommen. Ich habe meine Familie wieder einmal enttäuscht, aber noch wichtiger ist, dass ich Lady Phoebe enttäuscht habe. Eine Frau, die ich respektierte und verehrte."

„Was genau haben Sie meiner Schwester angetan?"

Marcus straffte seinen Kiefer und begegnete Cranbournes Blick. „Ich habe gewartet, bis sie allein in der Galerie war – da ich wusste, dass sie nicht draußen war und dass es schändlich wäre, sich ihr zu nähern –, aber ich habe mich zu erkennen gegeben, als sie versuchte, an mir vorbeizugehen. Ich fasste sie um die Taille und versuchte, sie zu küssen. Was ich nicht wusste, war, dass sie trainiert worden war, sich zu verteidigen." Marcus trank die Tasse aus und stellte sie auf den Tisch. „Sie löste meinen Griff und verpasste mir einen der härtesten Schläge, die ich je erleben durfte. Als ich auf dem Boden lag, benutzte sie mich, um ihre Zunge zu schärfen." Er hielt inne und fuhr dann mit selbstironischem Humor fort. „Da war ich nun, zwanzig Jahre alt, ein Mann, zumindest dachte ich das, und wurde von einem winzigen Mädchen besiegt. Stellen Sie sich meine Bestürzung ruhig vor, wenn Sie wollen. Erstens, dass sie mich niedergeschlagen hatte, aber anstatt zu fliehen, stand sie da, hochnäsig und völlig furchtlos, und erzählte mir ausdrücklich alles, was mit mir nicht stimmte. Als sie fertig war, befahl sie mir, an diesem Tag das Haus zu verlassen und ihr nie wieder in die Quere zu kommen. Ich lag noch immer fassungslos auf dem Boden, als sie mit geradem Rücken davonging. Sie war fantastisch. Wenn ich sie nicht schon vorher geliebt hätte, wäre mein Schicksal in diesem Moment besiegelt gewesen." Marcus hob die leere Tasse auf und fummelte daran herum, bevor er sie wieder abstellte. „Ich entschuldigte mich bei meiner Gastgeberin und verließ das Haus, so schnell ich konnte, mit eingeklemmtem Schwanz und stark geschwollener Nase und Auge. Ich habe Phoebe nie wiedergesehen, aber ich habe sie nie vergessen."

Sein Schwager würde wahrscheinlich darauf bestehen, dass Marcus das Haus verließ, aber zum ersten Mal seit acht Jahren hatte er es gestanden. Er unterdrückte einen Seufzer der Erleichterung.

Der Ernst in Cranbournes Gesichtsausdruck hatte nicht nachgelassen. „Wenn meine Schwester Ihnen gesagt hat, dass sie Sie nicht wiedersehen will, was machen Sie dann jetzt hier?"

Marcus setzte sich aufrechter hin. „Als Amabel mich eingeladen hat, dachte ich, Lady Phoebe wüsste von der Einladung. Dass sie den Vorfall vergessen hat, oder dass er zumindest so weit verblasst ist, dass sie es in Betracht zieht, mich wieder zu treffen." Marcus hielt inne und blickte zu den geschnitzten Deckenstürzen hinauf, bevor er traurig fortfuhr: „Es scheint, ich habe mich geirrt."

Sein Schwager erhob sich, trat an die Anrichte und schenkte zwei Gläser mit Brandy ein. Cranbourne nahm eines und bot Marcus das andere an, bevor er sich einen Stuhl nahm. Er betrachtete Marcus lange Zeit, bevor sich seine Miene aufhellte. „Es überrascht mich nicht, dass Phoebe Ihnen die Leviten gelesen und Sie zur Schnecke gemacht hat. Meine Eltern haben alle meine Schwestern darauf trainiert, sich zu schützen. Und sie haben auch eine teuflisch scharfe Zunge." Der Graf nahm einen Schluck von seinem Brandy. „Sie mögen der erste Mann gewesen sein, der sich um Phoebe gerissen hat, aber Sie waren sicher nicht der letzte. Sie ist nicht nur ein gut aussehendes Mädchen, sondern auch eine Erbin. Mehrere Herren haben versucht, was Sie mit Phoebe gemacht haben. Ich kann mich nicht daran erinnern, dass sie je einen Groll gegen einen von ihnen hegte. Das finde ich interessant."

Marcus versteifte sich. „Andere haben auch versucht, sie zu küssen?"

Cranbourne grinste. „Natürlich haben sie es nicht wieder getan. Die meisten haben festgestellt, dass ein blaues Auge oder eine blutige Nase durch eine Frau mehr als genug Demütigung ist, um diesem Unsinn ein Ende zu bereiten."

Diesen Teil hatte Marcus nicht gehört. Dass Phoebe sich verteidigen musste, war seine Schuld. Hätte er sie anders behandelt, wäre sie sein gewesen, und kein Mann hätte das vergessen dürfen. Er stellte sein unangetastetes Glas Brandy auf einen Tisch. Es gab etwas, das sein Schwager ihm nicht gesagt hatte. „Sie sagten, sie würde mich nicht empfangen, aber da war noch mehr, nicht wahr?"

Cranbourne lächelte mit unheiliger Belustigung. „Ah, ja, da *war* noch etwas, dass Sie ein arroganter Troll sind. Aber selbst ich kann sehen, dass Sie, so schlecht Sie früher auch waren, sich sehr verbessert haben."

Die Spannung im Raum löste sich, und Marcus stieß ein bellendes Lachen aus. „Sie hatte Recht. Ich habe keinen Zweifel daran, dass ich tatsächlich ein arroganter Troll war." Er nahm einen Schluck von seinem Brandy. „Wie gut sind Ihre Schwestern in den Verteidigungskünsten ausgebildet?"

Cranbournes Augen leuchteten schelmisch auf. „So gut, als seien sie Jungen gewesen. Boxen, Ringen, Kurzschwert und Pistolen. Mein Vater sagte ihnen immer, sie hätten einen Vorteil und einen Nachteil. Kein Mann würde einer einfachen Frau zutrauen, sich zu verteidigen, was ihnen einen Vorteil verschaffte. Der Nachteil war, dass sie immer kleiner und körperlich schwächer als jeder Mann sein würden. Vater lehrte sie, das zu tun, was sie brauchten, um sich zu schützen. Ich habe Phoebes Training nach seinem Tod fortgesetzt."

Wie sehr sich das doch von Dunwoods Ansichten und der Art, wie Amabel erzogen worden war, unterschied. „Aber wie kam es zu dem Interesse Ihrer Eltern, ihre Töchter über das übliche Maß hinaus zu erziehen?"

Cranbourne lehnte sich in seinem Stuhl zurück. „Das dürfen Sie ruhig fragen. Meine Mutter war eine große Bewunderin von Mary Wollstonecraft, Jeremy Bentham und dem Marquis de Condorcet. Sie alle setzten sich für die Rechte der Frauen ein. Mein Vater sagte, er sei nur praktisch veranlagt. Es kann nicht sein, dass drei schöne Erbinnen nicht in der Lage sind, sich selbst zu schützen. Er hatte Recht."

Das war faszinierend. Marcus hatte schon von Frauen gehört, die so erzogen wurden. Er hatte nicht gewusst, dass Phoebe eine von ihnen war. Er musste mehr wissen, mehr über sie erfahren. „Mussten sich Ihre Schwestern verteidigen, abgesehen davon, dass sie unbedachte Küsse abwehrten?"

Cranbourne antwortete stolz: „Oh, ja. Fairport, mein Schwager, hat mir erzählt, dass sie letztes Jahr von Straßenräubern überfallen worden sind. Er und die anderen Männer wurden außerhalb der Kutsche festgehalten. Die Wegelagerer ließen Hermine drinnen, weil sie sie als Geisel benutzen wollten. Natürlich dachte der Anführer, dass Hermine als Frau wenig ausrichten könne." Cranbourne gluckste. „Zu seinem Pech hatte Hermine noch ihre eigene Pistole und den zweiten Satz Kutschenpistolen, den sie unter ihrem Mantel versteckt hatte. Sie erschoss den Anführer, als er sich gegen das Fenster lehnte, und hielt dann seine beiden Komplizen in Schach, bis Fairport und die anderen sie fesseln konnten." Cranbourne hob sein Glas und nahm einen Schluck. „Keine meiner Schwestern hat irgendeine Angst. Phoebe ist die Mutigste von ihnen. Als ich heiratete, gründete sie ihren eigenen Stall, und sie wird nie Vorreiter haben, da sie so fortschrittlich ist. Vor ungefähr einem Jahr beschloss ein Gentleman, oder ein Mann, der wie einer gekleidet war, es bei ihr zu versuchen. Ein paar Schläger waren bei ihm, und sie hielten Phoebes Kutsche an. Sie schoss eine Kugel in einen der Schläger und eine weitere in den Mann. Leider konnten sie fliehen. Es war eine Schande, dass sie sich nicht dazu durchringen konnte, sie zu töten. Ihr Stallknecht hat den dritten Mann erschossen." Cranbourne runzelte düster die Stirn. „Ich wünschte, ich wüsste, wer der Hauptschurke war. Er hatte ein Kopftuch über dem

Gesicht, aber Phoebes Zofe hat seine Augen gesehen. Sie sagte, sie würde ihn wiedererkennen." Er hielt einen Moment inne. „Nicht, dass es uns viel nützen würde, es sei denn, er läuft eines Tages in der Nähe des Hauses oder in der Bond Street herum."

Marcus hatte im Laufe der Jahre viel über Phoebe gehört, aber niemand hatte ihm die Informationen gegeben, die sein Schwager hatte, und Marcus wollte unbedingt alles über sie wissen. „In Anbetracht der Tatsache, dass die *Gesellschaft* Skandale und Klatsch liebt, hätte man meinen können, dass man über solche Ereignisse etwas zu hören bekommt. Meine Mutter und meine Freunde halten mich über alle *Vorkommnisse* auf dem Laufenden, aber ich habe nichts gehört."

„Werden Sie auch nicht", sagte Cranbourne. „Meine Schwestern sind sehr selbstherrlich, was das alles angeht, *und* sie tragen es mit Fassung. Sie weigern sich, darüber zu reden. Ich habe gesehen, wie sie, wenn sie gefragt wurden, eine Augenbraue hochgezogen und erklärt haben, dass sie es nicht für nötig halten, dem Pöbel Nahrung zu geben. So verpufft jedes Gespräch schnell."

Marcus runzelte die Stirn. Er hätte zu gern gewusst, wer die Männer waren, die versucht hatten, Phoebe zu küssen, aber es war wichtiger zu wissen, was sie jetzt wollte. „Lady Phoebe hat sich offensichtlich für keinen der Herren interessiert, die sich für sie interessiert haben, und das sind meines Wissens die meisten Junggesellen der *Gesellschaft*. Kennen Sie die Art von Mann, die sie sucht?"

Cranbourne stieß einen Seufzer aus. „Nein, das kann keiner von uns herausfinden, und sie wird sich nicht mit weniger zufrieden geben als dem, was sie will. Außerdem ist da noch die Familientradition zu berücksichtigen."

Marcus schüttelte den Kopf. *Tradition?*

„In unserer Familie heiraten wir nur aus Liebe. Phoebe braucht nicht zu heiraten, wenn sie es nicht will, und niemand von uns wird sie dazu drängen."

***

Nachdem Cranbourne seinen Schwager in ein Schlafgemach geführt hatte, ging er zu Amabel in ihr Ankleidezimmer. Es würde ihr nicht leichtfallen, seine Neuigkeiten zu hören, aber sie würde es kaum erwarten können. Nachdem er ihr erzählt hatte, was ihr Bruder ihm erzählt hatte, saß sie einige Sekunden lang schweigend da, als könne sie nicht begreifen, was Geoffrey gesagt hatte. „Großer Gott! Ich war noch nie so schockiert!" Amabel ließ ihr Gesicht für einen Moment in ihre Hände sinken. „Kein Wunder, dass Phoebe gegangen ist. Was für eine schreckliche Sache, die man einem jungen Mädchen angetan hat. Ich kann es kaum glauben, was Marcus da getan hat. Aber warum hat sie es uns nicht gesagt?"

„Meine Liebe, du kannst kaum erwarten, dass sie dir all dies über deinen Bruder erzählt." Cranbourne streichelte Amabels Schultern. „Phoebe würde dir um nichts in der Welt Schmerz zufügen. Das wäre ohne Zweifel geschehen."

„Oh, ja, ich wäre sehr beschämt gewesen." Amabel schnitt eine Grimasse. „Aber ich habe nichts davon gewusst. Warum hat es mir niemand gesagt? Sicherlich hätte sie sich jemandem anvertraut."

Geoffrey spürte, wie sich seine Lippen verzogen. „Du weißt so gut wie ich, dass niemand mit dir darüber gesprochen hätte, als du jünger warst, und als du in die Gesellschaft eingeführt wurdest, war Marcus schon eine Weile weg." Geoffrey umarmte Amabel. „Natürlich war es falsch von ihm, aber ich glaube, Marcus hat es am schlimmsten erwischt. Er ist sich völlig darüber im Klaren, dass sein Verhalten unhaltbar war, und er denkt so, wie es sich gehört, über die Sache nach. Er hat gar nicht erst versucht, sein Verhalten zu rechtfertigen. Ich bin überzeugt, dass es eine Verirrung der Jugend war, und ich stimme mit deiner Meinung überein, meine Liebe, dass er ein guter Mensch ist. Ob Phoebe jemals zustimmen wird, bleibt abzuwarten. Ich werde sie nicht drängen, und ich hoffe, du wirst es auch nicht."

Amabel blickte schnell zu ihm auf. „Oh nein, Geoffrey, das könnte ich nicht, jetzt, da ich weiß, was passiert ist. Ich hoffe nur, dass dies keinen Riss zwischen Phoebe und mir verursacht hat."

Geoffrey zog sie zu sich heran. „Ich glaube nicht, dass es das könnte, meine Liebe. Phoebe hängt sehr an dir. Sie wusste, dass du keine Ahnung hattest, was geschehen war. Ich denke jedoch, dass dies das Ende deiner Verkupplungsversuche sein muss."

Die hübschen Lippen seiner Frau verzogen sich. „Ja, ich nehme an, es muss so sein. Was habe ich da nur für einen Unsinn gemacht."

***

Amabel und Cranbourne begrüßten Marcus, als er kurz darauf zu ihnen in den Salon kam. Marcus sah die Verärgerung in Amabels Gesicht. „Es tut mir leid, meine Liebe, dass ich so ein Schuft gewesen bin. Kannst du mir verzeihen?"

Sie lächelte schwach. „Es ist schon so lange her, aber eigentlich gibt es für mich nichts zu verzeihen. Du warst immer so charmant zu mir als deine kleine Schwester. Die Situation mit Phoebe ist jedoch eine andere."

„Ich werde versuchen, das zu korrigieren."

„Ich danke dir." Amabel richtete sich auf und lächelte etwas freundlicher. „Wir werden jetzt nicht viel Zeit miteinander haben. Ich weiß, dass Papa dich wieder in der Stadt haben möchte."

Marcus grinste. „Ja, du bist nicht die Einzige, die versucht, eine Ehe zu arrangieren. Papa hat mich mit jeder unverheirateten jungen Dame, die er kennt, bekannt gemacht."

Cranbournes Augen funkelten schelmisch. „Sie müssen aufpassen, dass Sie keine falschen Hoffnungen in den unschuldigen Herzen all der jungen Damen wecken, die Ihnen nachstellen, und Sie sollten sich vor Fallen hüten. Ich muss sagen, das Beste daran, verlobt zu sein, war, dass die Damen nicht mehr hinter mir her waren."

„*Geoffrey*", sagte Amabel erschrocken.

„Nein, nein, meine Liebe, friss mich nicht. Du hast mich nie gejagt, sondern mir erlaubt, dich zu jagen. Das war sehr belebend."

Sie errötete heftig. „Geoffrey, du solltest nicht so vulgär sprechen."

Marcus grinste über seine Schwester und seinen Schwager, die sich offensichtlich liebten, und fragte sich, ob seine Jagd ebenso erfolgreich sein würde.

***

Am nächsten Tag, nachdem Marcus seinen Neffen Miles bewundert und sich mit seiner Schwester und seinem Schwager zu einem frühen Mittagessen getroffen hatte, verabschiedete er sich und stieg in seine Kutsche. Sobald er die Tore des Ortes hinter sich gelassen hatte, ließ er die Pferde schneller galoppieren.

Covey, sein Stallknecht, rief ihm zu: „Und was, wenn ich fragen darf, Mylord, machen wir auf dieser Straße, als wäre Davy Jones hinter uns her?"

Marcus hörte sich den Rest des Vortrags seines Stallknechts gut gelaunt an. Covey hatte als Stalljunge angefangen, und als Marcus alt genug war, um sein erstes Pony zu reiten, war Covey zum Stallknecht des zweiten Sohnes ernannt worden. Covey war mit Marcus nach Jamaika gereist, auch wenn das bedeutete, seine große Familie in England zurückzulassen. An Bord des Schiffes erweiterten sich die Aufgaben seines Stallknechts zu einer Art allgemeinem Faktotum, das sich um Marcus, seine Kleidung, seine Pferde und, wenn nötig, um seinen Rücken kümmerte. „Du weißt, dass ich in die Stadt zurückkehren muss. Mein Vater will nicht, dass ich so lange weg bin."

Sein Stallknecht blickte zu ihm hinüber, Unglauben stand ihm ins Gesicht geschrieben. „Was haben Sie vor, Mylord? Wenn Sie zurück in die Stadt wollen, sollten

Sie die Pferde lieber bremsen, sonst schaffen wir es vielleicht gar nicht mehr.“

Marcus unterdrückte ein Kichern und erwiderte: „Nach allem, was wir durchgemacht haben, willst du mir doch nicht erzählen, dass du dich bei mir in eine alte Frau verwandelst?“

„Nein, Mylord, aber geben Sie doch bitte nach. Wenn Sie dieses Curricle umkippen, werden wir viel später zurück sein, als wenn Sie ein anständiges Tempo halten.“

Marcus hielt seine Pferde gut im Zaum, lächelte aber vor sich hin. Da er Coveys letzte Bemerkung nicht beachtete, verfiel sein hartgesottener Gefolgsmann in missbilligendes Schweigen.

Am späten Abend erreichten sie das Dunwood House am Grosvenor Square. Die Lichter brannten noch, was bedeutete, dass sein Vater noch nicht nach Hause gekommen war. Marcus hatte nur angehalten, um die Pferde zu wechseln und in den Pausen einen Happen zu essen.

Wilson, der Butler seines Vaters, öffnete die Tür und rief Lakaien herbei, die den offenen Zweispänner zu den Ställen bringen sollten. „Guten Abend, Mylord. Seine Lordschaft ist in seinem Club, falls Sie ihn sofort zu sehen wünschen.“

Marcus reichte dem Butler seinen Hut und seinen Mantel und erwiderte: „Nein, danke, Wilson. Wir sind direkt durchgefahren. Ich muss mir den Staub abwaschen. Bitte bestellen Sie ein Bad und sagen Sie Cook, dass ich in meinem Zimmer speisen werde.“

Später, als Marcus in sein Bad eintauchte, dachte er an Phoebe. Er musste einen Weg finden, damit sie ihn ohne Abscheu in ihren schönen Augen ansah. Er hatte sich seit Jahren nicht mehr so hilflos gefühlt. Es musste einen Weg geben, ihr zu zeigen, dass er sich geändert hatte, aber wie konnte man die Hand einer Frau gewinnen, die sich weigerte, ihn auch nur zu treffen?

Kapitel 5

Phoebe erreichte die Londoner Residenz ihrer Tante Ester, der Marchioness von St. Eth, kurz nach Mittag. St. Eth House, im letzten Jahrhundert erbaut, war eine der größeren Residenzen am Grosvenor Square und eines der wenigen freistehenden Häuser; die anderen waren miteinander verbundene Stadthäuser.

Seit dem Tod von Phoebes Mutter hatte Phoebe fast jede Saison dort verbracht. Ihre Wohnung befand sich auf der Vorderseite mit Blick auf den Park und einen der kleinen Seitengärten. Sie bestand aus einem in verschiedenen erdigen Grüntönen gehaltenen Schlafzimmer, in dem ein Himmelbett stand, einem Ankleidezimmer, einem kleinen Salon mit einem hübschen Schreibtisch, einem Sofa und zwei bequemen Stühlen.

Ferguson, der Butler von St. Eth, verbeugte sich vor ihr durch die Tür. „Mylady, es ist mir eine Freude, Sie wieder bei uns zu haben."

„Ich danke Ihnen, Ferguson." Phoebe wartete, während er ihr die Pelisse abnahm. „Es ist schön, wieder hier zu sein."

François, der *Chef de Cuisine* ihrer Tante, schickte eine Auswahl an kalten Wurst- und Käsesorten sowie Obst in Phoebes Salon.

Nachdem sie gegessen und sich gewaschen hatte, zog Phoebe ein einfaches, blassgelbes Twill-Tageskleid und einen leichten Paisley-Spenzer in den passenden Grün- und Gelbtönen an.

Sie rief den Butler zu sich und sagte: „Ferguson, ich gehe in die Bond und die Bruton Street, um einzukaufen. Ich werde einen Diener brauchen. Ist Jim verfügbar?“

„Ja, Mylady, ich werde ihn rufen. Möchten Sie eine Kutsche?“

„Nein, danke, Ferguson. Ich bin in den letzten Tagen zu sehr in der Kutsche eingesperrt gewesen und brauche dringend einen Spaziergang.“

Ihr erster Halt war bei Madame Lisette in der Bruton Street. Madame Lisette war seit Phoebes Einführung in die Gesellschaft ihre Modistin.

„*Bonjour, Madame*“, rief Phoebe und betrat den Laden.

Eine kleine, dunkelhaarige Dame trat aus dem hinteren Teil heraus. „*Mon Dieu*, Lady Phoebe, Sie sind aber früh in der Stadt, *n'est-ce pas?*“

„Ja, ich fürchte, ich bin eine Woche zu früh und brauche dringend Kleider. Ich hoffe, das stellt kein Problem dar?“ Da Phoebe ihre Garderobe jede Saison auffüllte, vertraute sie darauf, dass Madame einige der Kleider parat haben würde.

„*Mais non.* Ich werde in ein paar Tagen *naturellement* mehr für Sie haben. *Bien*, ich zeige Ihnen, was ich fertiggestellt habe, Mylady.“ Madame verschwand hinter den Vorhängen, um kurz darauf wieder aufzutauchen, gefolgt von zwei jungen Frauen, die eine Auswahl an Kleidern trugen.

Phoebe wählte aus, was sie in den nächsten Tagen brauchen würde, und stellte sich für die Anprobe bereit.

Nachdem sie zwei Stunden später veranlasst hatte, dass der größte Teil der Kisten nach St. Eth House geliefert wurde, ging sie weiter zur Bond Street und kehrte zum Grosvenor Square zurück, als ihre Tante Ester gerade eintraf.

Ihre Tante war Phoebes Mutter so sehr ähnlich. Sie war eine gut aussehende, elegante Frau und hatte Phoebes funkelnde blaue Augen und ihr rotgoldenes Haar, das allerdings mit dem Alter verblasst war. Tante Ester hatte all die Größe, die Phoebe fehlte. Die Marquise war wie immer topmodisch gekleidet, in einem auberginefarbenen Seidenkutschenkleid mit zwei bestickten Volants am unteren Ende und langen Ärmeln, die am Handgelenk zugeknöpft wurden.

Ester lächelte, als Phoebe den gepflasterten Weg zum Haus hinaufging. „Oh, Phoebe, meine Liebe, ich bin so froh, dass du angekommen bist." Beim Anblick des mit Kisten beladenen Lakaien fragte sie: „Schon eingekauft?"

Phoebe umarmte ihre Tante. „Ich freue mich so sehr, hier zu sein. Tante Ester, du wirst nicht glauben, wie schäbig meine Garderobe geworden ist. Ich habe beschlossen, sofort damit anzufangen, sie aufzubessern, und ich muss noch *viel* mehr einkaufen."

Ester, die Phoebe so gut kannte, glaubte nicht einen Augenblick, dass ihre Nichte zugelassen hatte, dass ihre Garderobe in so schlechtem Zustand oder so veraltet war, dass dieser plötzliche Gang in die Stadt notwendig war.

Ester und Phoebe gingen in den hellen, luftigen, mit cremefarbenen und blauen Kacheln gepflasterten Flur und entledigten sich ihrer Hauben, Handschuhe und der Pakete, die Phoebe trug. Ester ordnete an, dass der Tee im Morgenzimmer auf der Rückseite des Hauses serviert werden sollte.

Phoebe ging zu einem bequemen Sessel hinüber, der neben dem Sofa stand, auf dem Ester gewöhnlich saß, und ließ sich anmutig darauf nieder.

Während Ester den Tee einschenkte, betrachtete sie ihre Nichte einige Augenblicke lang. Phoebe war für Ester das, was einer Tochter am nächsten kam, und irgendetwas stimmte nicht. „Ich muss dir sagen, dass ich diese Geschichte mit deiner Kleidung nicht glauben kann. Was hat dich wirklich so plötzlich in die Stadt gebracht?"

Phoebe erwiderte den Blick ihrer Tante und seufzte. „Ich bin abgereist, um einer Begegnung mit Lord Marcus Finley aus dem Weg zu gehen, den ich vor acht Jahren kennengelernt habe und gegen den ich immer noch große Abneigung hege. Amabel hatte ihn eingeladen, mich zu treffen, und er sollte drei Tage später ankommen. Genau genommen heute."

Ester setzte sich heftig auf. „Aber wo war Geoffrey? Was hatte er zu all dem zu sagen?"

Phoebe schüttelte den Kopf und antwortete: „Ich habe Geoffrey nur gesagt, dass ich gehen muss. Er war sehr verständnisvoll. Weder Geoffrey noch Amabel kennen den Grund, warum ich Lord Marcus nicht treffen möchte. Ich habe es Amabel nicht gesagt, da ich nicht möchte, dass sie sich über ihren Bruder aufregen müssen. Geoffrey vertraut darauf, dass ich tue, was richtig und angemessen ist. Ich habe Amabel geschrieben, um ihr zu versichern, dass mein Weggang nichts mit ihr zu tun hat. Ich glaube nicht", fuhr Phoebe grimmig fort, „dass Lord Marcus überrascht sein wird, dass ich nicht da bin, um ihn zu begrüßen. Ich kann nicht glauben, dass er denkt, ich würde ihn wiedersehen wollen."

Ester runzelte die Stirn. Phoebe war noch nie vor etwas weggelaufen. „*Wann*, meine Liebe, hast du ihn kennengelernt? Du warst ja noch nicht einmal in die Gesellschaft eingeführt, als er nach Westindien ging."

Phoebe erzählte ihrer Tante von ihrer Begegnung vor acht Jahren.

„Nun, wir werden Lord Marcus sicher nicht ermutigen." Ester tätschelte die Hand ihrer Nichte. „Ich bin froh, dass du verstehst, dass du ihm nicht ewig aus dem Weg gehen kannst, obwohl du in der Tat nicht mehr als höflich sein musst." Ester schürzte die Lippen und fuhr fort: „Es ist eine Schande, dass deine Mutter damals gestorben ist. Seitdem bist du sehr auf dich allein gestellt. Ich habe immer geglaubt, dass es ein Fehler von Geoffrey war, dir zu erlauben, in so jungen Jahren so sehr eine eigenständige Frau zu werden. Er hat dich dazu ermutigt, die Leitung des Haushalts zu übernehmen, als du erst siebzehn warst. Seit er Amabel geheiratet hat, bist du noch mehr auf dich allein gestellt." Phoebe öffnete den Mund, um zu protestieren, aber Ester hielt eine Hand hoch. „Es ist nicht so, dass ich Geoffrey kritisiere, nun ja, nur ein bisschen, aber ich kritisiere dich überhaupt nicht, meine Liebe. Du hast überragenden Verstand bewiesen, besonders für dein junges Alter. Dennoch lässt sich nicht leugnen, dass es dir erlaubt war, dein Leben selbst in die Hand zu nehmen, wie es keiner anderen jungen Dame in meinem Bekanntenkreis erlaubt war." Ester hielt inne, um ihre Tasse nachzufüllen. „Ich war sehr froh, als du Amabel den Haushalt so leicht überlassen hast und ihr gezeigt hast, wie man zurechtkommt. Zum Glück hat man dich wegen deines sehr korrekten Verhaltens nie für exzentrisch gehalten, denn *das* wäre nicht gut."

Phoebe knabberte abwesend an einem der kleinen Teekuchen. „Ganz so schlimm ist die Situation nicht. Ich verstehe mich gut mit Amabel, außer natürlich, wenn sie versucht, Verabredungen für mich zu arrangieren. Sie und Geoffrey freuen sich immer, dass ich bei ihnen bin, und ich habe sie sehr gern. Ich denke nur, dass sie Zeit für sich brauchen, besonders jetzt mit Miles. Amabel möchte *wirklich* nicht mehr in die Gesellschaft gehen." Phoebe zuckte leicht mit den Schultern. „Wenn ich dort bin, nun ja … Ich glaube, sie fühlt sich verpflichtet, mir einen Ehemann zu suchen."

Ester erwiderte säuerlich: „Ich habe kein Mitleid mit Amabel. Hätte sie es dabei belassen und nicht darauf bestanden, dich zu begleiten, als sie Lady Cranbourne wurde, wäre sie jetzt nicht so unglücklich über das Ergebnis." Sie nahm Phoebes Hände und sagte: „Ich habe Mitleid mit dir, meine Liebe. Du bist fast vierundzwanzig, was *wirst* du tun?"

Das war es, was sie sich ebenfalls zu fragen begonnen hatte. Aufgrund ihres Alters befand sie sich in einem Niemandsland. Zu jung, um einen eigenen Haushalt zu gründen, und zu alt, um wie ein junges Fräulein behandelt zu werden. „Ich weiß es nicht. Ich würde sehr gerne heiraten. Wenn es nur einen Herrn gäbe, für den ich *Zuneigung* empfinde. „Leider", – sie konnte die

Unzufriedenheit und Enttäuschung nicht aus ihrem Tonfall heraushalten –, „habe ich noch nie einen Mann getroffen, für den ich mehr als Freundschaft empfinde. Mama sagte, ich würde es wissen. Sie sagte, als sie Papa zum ersten Mal sah, war es, als könnte sie *ihn* sehen, wie sie noch nie einen anderen Mann gesehen hat." Phoebe spielte mit ihrer leeren Tasse. Sie wünschte sich verzweifelt die Art von Liebe, die ihre Mutter, ihre Tante und ihre Schwestern hatten. „Das habe ich noch nicht gefühlt, und ich will es. Ich werde nicht nur der Stellung wegen heiraten. Ich habe ein gesundes Maß an Kompetenz. Wenn ich niemanden kennenlerne, habe ich mir überlegt, dass ich einen eigenen Haushalt gründen werde."

Tante Ester nickte. „Mehr als eine gesunde Kompetenz, meine Liebe. Du bist sehr wohlhabend. Aber, meine Liebe, wie willst du einen solchen Gentleman kennenlernen, wenn du nie einen von ihnen in deine Nähe lässt?"

Phoebes Gedanken schweiften zurück zu Lord Marcus Finley, einem Mann, den sie für so vielversprechend gehalten hatte, bevor er sich gegen sie gewendet hatte. Was er getan hatte, wie er sie behandelt hatte, verfolgte sie seit Jahren. „Ich weiß es nicht. Ich weiß nicht, ob ich mir zutraue, den richtigen Gentleman auszuwählen."

Ihre Tante reichte Phoebe einen weiteren Keks. „Aber du bist noch viel zu jung, um an ein eigenes Haus zu denken."

Phoebe blickte auf und zog eine Grimasse. „Ich weiß, aber wo soll ich wohnen, jetzt wo Lord Marcus zurück ist? Da er Amabels Bruder ist, muss ich mich vielleicht von diesem Ort entfernen. Vielleicht wird Tante Clara mich aufnehmen, bis ich alt genug bin. Ich wünschte so sehr, der Mann wäre nicht zurückgekommen."

„Wenn es so weit kommt", sagte Tante Ester fest, „wirst du bei uns wohnen. Bei deinem Interesse an der Politik wird das niemand für seltsam halten."

Phoebe war dankbar, als ihre Tante das Gespräch auf Phoebes Garderobe lenkte. Die einzige Person, der sie von diesem *Tag* erzählt hatte, war Rose. Hermine und damit auch ihre Zwillingsschwester Hester wussten, dass Lord Marcus sich schlecht benommen hatte und dass Phoebe wütend gewesen war, aber sie hatte es sonst niemandem erzählt. Sie konnte sich auch nicht erklären, warum sie sich jedes Mal weniger wie eine Dame fühlte, wenn ein Gentleman versuchte, sie zu küssen.

Viel später saßen Phoebe und ihre Tante mit den Köpfen zusammen über den neuesten Modetafeln, als die Tür aufging.

Phoebe blickte auf und sah Onkel Henry, den Marquis von St. Eth, eintreten. Sie lächelte, als sie bemerkte, dass in seinem dunklen Haar ein wenig mehr Silber zu sehen war als beim letzten Mal, als sie ihn gesehen hatte. Seine grünen Augen funkelten jedoch, als er sie beide ansah.

Zur Begrüßung gab er seiner Frau einen kurzen Kuss auf die Lippen, bevor er sich an Phoebe wandte. „Was für ein hübsches Bild ihr beide abgebt. Nun, mein Mädchen, du siehst gut aus, würde ich sagen."

Phoebe erhob sich und knickste, bevor sie ihre Hand und ihre Wange anbot. „Ich danke Ihnen, Sir." Ihr zurückhaltender Tonfall täuschte über ihr schelmisches Lächeln hinweg. „Es ist gut, dass Sie das bemerken."

Er lachte. „Frechdachs. Was für Pläne habt ihr zwei ausgeheckt, während ich weg war, und wie bin ich darin verwickelt?"

Tante Esters Blick ruhte liebevoll auf ihm. „Heute Abend haben wir nichts vor, mein Lieber, aber morgen ist der Ball der Fancotts. Dann gibt es ein sehr gutes Theaterstück, das Phoebe gerne sehen möchte, ein Abendessen mit den Stavelys ..." Tante Ester fuhr fort.

Die Augenbrauen ihres Onkels hoben sich, als seine Frau die Liste der Einladungen aufzählte, die sie bis jetzt erhalten hatte. „Ich hatte keine Ahnung, dass so viele bereits in der Stadt sind."

„Ich weiß nicht, wie es ist, mein Lieber", sagte Tante Ester, „aber es scheint so früh in der Saison schon viel zu tun zu sein. Phoebe hat mir gesagt, dass wir Hermine und Edwin in einer Woche oder so erwarten können." Sie warf einen schnellen Blick auf die Uhr und schickte sie beide hinaus, um sich für das Abendessen anzuziehen.

Als Phoebe sich umzog, erinnerte sie sich an den Herrn im Gasthaus und sie fragte sich erneut, wer er war und ob sie ihn in der Stadt sehen würde. Wie seltsam wäre es, wenn er sich als der richtige herausstellen würde. Vor Lord Marcus Finley wegzulaufen, war vielleicht das Beste, was sie je getan hatte.

***

Am nächsten Morgen betrat Henry den Frühstücksraum und fand dort bereits Ester vor. „Ich nehme an, du und Phoebe wollt den Vormittag mit einem Einkaufsbummel verbringen?"

„Nein, heute nicht", antwortete seine Frau. „Phoebe ist nur deshalb so schnell in die Stadt gekommen, weil sie ihre Garderobe auf Vordermann bringen wollte. Sie hat nur das mitgebracht, was sie in ihrer Kutsche tragen konnte. Obwohl sie gestern Lisette aufgesucht hat – ich glaube, um mich von ihrer Geschichte zu überzeugen –, wird Phoebe noch viele weitere Einkäufe tätigen müssen, wenn sie genug für die Saison haben will."

Henry hatte seinen Platz am Tisch eingenommen und Ester schenkte ihm Kaffee ein. „Heute haben wir ein volles Programm mit morgendlichen Besuchen und Nachmittagstee, damit bekannt wird, dass Phoebe in der Stadt ist. Die Einkäufe werden bis Samstag warten müssen."

Henry füllte Zucker in die Tasse und sagte: „Ich wollte das nicht vor Phoebe fragen. Hat sie dir gesagt, was sie so eilig hergeführt hat?"

„Ja. Es scheint, als gäbe es ein wenig Unruhe um Lord Marcus Finley." Ester fuhr fort zu erklären, was Phoebe ihr erzählt hatte.

Henrys Miene verfinsterte sich. „Dieser junge Mann muss einiges erklären."

Wenige Minuten später kam Phoebe ins Zimmer gestürmt. „*Lieber Onkel Henry*." Sie schenkte ihm ein freches Lächeln. „Hast du in deinen Ställen Platz für meinen Phaeton und meine Pferde? Der Phaeton steht in Cranbourne House, aber da Amabel während der Kleinen Saison nicht in die Stadt kommt, wird Geoffrey natürlich nur bei Bedarf kommen. Es ist verständlich, dass dann niemand vom Stallpersonal in der Stadt bleibt. Wenn es möglich ist, würde ich es vorziehen, die Pferde und den Phaeton am selben Ort zu haben, aber wenn das eine *zu* große Zumutung ist, werde ich Sam und John Coachman bitten, sie in den Ställen der Cranbournes zu versorgen."

Henry lachte. „Zusätzlich zu deiner Reisekutsche? Was für eine Art, den Morgen zu beginnen. Du hast großes Glück, mein Mädchen, dass ich nicht zu den Herren gehöre, die sich weigern, am Frühstückstisch über irgendetwas zu reden." Er lehnte sich in seinem Stuhl zurück. „Ich nehme an, du beziehst dich auf den hochsitzenden Phaeton, den du letztes Jahr gekauft hast, und deine dazu passenden schwarzen Pferde? Ja, du kannst sie hier unterbringen. Ich hatte noch keine Gelegenheit, sie zu sehen, und ich freue mich darauf, mit dir ihre Besonderheiten durchzugehen." Nachdem er nach mehr Kaffee gerufen hatte, sagte Henry: „Robert erklärte, sie seien ein ‚klasse Paar'. Echtes Blut und Knochen. Er war ganz schön neidisch, dass seine Verwandte – seine *weibliche* Cousine – einen solchen Wagen fährt. Er bedrängte mich, ihm einen Phaeton und ein Pferdepaar zu kaufen. Ich sagte ihm, wenn er mit den Zügeln so gut umgehen könne wie du, meine Liebe, würde ich es in Betracht ziehen. *Das* hat ihn auf den Boden der Tatsachen geholt."

Phoebe lachte vergnügt. Sie nahm sich ein Stück Toast und nahm die Tasse Tee an, die ihre Tante ihr reichte. Als sie ihren Onkel ansah, lächelte sie breit, mit einem boshaften Schimmer in den Augen. „Aber, mein lieber, lieber Onkel Henry, was du nicht weißt, ist, dass ich nicht nur ein Paar habe, sondern ein Team. *Perfekt aufeinander abgestimmt.*"

„Hast du, bei Gott? Ich bin sehr froh, dass Robert nicht hier ist. Ich kann es kaum erwarten, sie zu sehen. Wie bist du an ein passendes Team gekommen?"

Sie hatte einen Bissen von ihrem Toast genommen und schluckte. „Ich hatte sie letztes Jahr von Marbury bekommen, als er gezwungen war, seinen Stall zu verkleinern. Wie du dir vorstellen kannst, wollte er sie nur ungern verlieren, aber da er seine Taschen leeren musste, hatte er keine andere Wahl."

„Er muss glücklicher gewesen sein, dass du sie gekauft hast als irgendjemand anders", bemerkte Henry.

Phoebe nickte schief lächelnd. „Nun, ja, er wusste, dass zumindest ich mich gut um sie kümmern würde."

„Hast du vor, diese Saison zu reiten, oder wirst du nur fahren und zu Fuß gehen?" fragte Henry.

Phoebes Stirn legte sich in Falten. „Ich möchte auch reiten, aber ich habe die alte Jessie nicht mitgebracht. Ich hatte gehofft, dass du mir beim Aufsitzen helfen kannst. Ich muss mir eine neue Stute suchen, aber ich möchte mich in Ruhe umsehen." Phoebe runzelte die Stirn. „Es ist wirklich schade, dass es Damen nicht erlaubt ist, zu Tattersall's zu gehen. Das macht den Kauf von Tieren so viel schwieriger."

„Ich habe genau das richtige Pferd für dich", sagte Onkel Henry. „Eine sehr hübsche, temperamentvolle Stute, schnell wie der Wind, die ich letzten Monat bei Tattersall's gekauft habe. Sie ist sehr lieb und hat ein lebhaftes Gemüt. Ich glaube, sie wird dir sehr gut gefallen. Sie sollte genau das Richtige sein."

Phoebe lächelte. „Ich danke dir vielmals. Du bist wirklich der beste Onkel der Welt."

Henry dachte, nicht zum ersten Mal, wie viel Phoebe in eine Ehe einbringen würde, wenn sie nur den richtigen Mann finden könnte. Verflucht sei Marcus Finley, weil er ihr in so jungen Jahren Angst gemacht hatte.

***

Am Samstagmorgen besuchten Phoebe und ihre Tante Madame Lisettes. Phoebe kaufte unter anderem neue Spazier- und Kutschenkleider, zu denen natürlich auch neue Hüte gehörten.

Als sie den Hutmacherladen in der Bond Street verließ und nach unten blickte, um ihre Handschuhe zu schließen, wurde sie umgestoßen. Ein Paar kräftiger Arme packte sie von hinten, um sie zu stabilisieren, und dann wurde sie plötzlich, als wäre sie eine Stoffpuppe, gegen einen ebenso starken wie harten Männerkörper gezogen. Phoebe keuchte, als ein Zittern ihre Wirbelsäule hinunterlief. Ihre Sinne wurden von einer Emotion ergriffen, die sie nicht sofort erkannte, und ein seltsames Verlangen überkam sie, mit der Person zu verschmelzen, die sie hielt. Eine tiefe Stimme, die sie schon einmal gehört hatte, schimpfte leise über rücksichtslose Jungen. Zugleich schien der Mann sie absichtlich loszulassen. Was zu Phoebes Überraschung ganz und gar nicht das war, was sie wollte.

Sie drehte sich um, um ihrem Retter zu danken, und blickte in das schönste Paar blauer Augen, das sie je gesehen hatte. Der Farbton erinnerte sie an die Farbe des Wassers auf Bildern aus den Tropen. Türkis. Die

Wirkung wurde durch sein tief gebräuntes Gesicht noch verstärkt, als er auf sie herabblickte. Kleine Falten bildeten sich in seinen Augenwinkeln, und er lächelte mit perfekt geformten Lippen.

Phoebes Atem ging schnell und sie versuchte, ihr Herz zu beruhigen, das beschlossen hatte, wie verrückt zu rasen. Als sie ihren Blick von seinen Lippen löste, betrachtete sie sein schlankes, robustes Gesicht und seine markante Nase. Eine Locke aus dunklem Haar fiel ihm über die breite Stirn. Seine Augen wurden wärmer, je länger er sie ansah. Er war großartig. Phoebes Arme und Rücken kribbelten bei der Erinnerung an seine Berührung. Warum war er ihr nie zuvor aufgefallen?

***

Marcus hatte sich dem Hutmacherladen genähert, als ein Jugendlicher, der unbekümmert die Straße hinunterlief, ihn fast umgerannt hatte. Genau in diesem Moment trat eine junge Frau aus einer Ladentür. Der Junge stieß mit ihr zusammen und brachte die Frau auf gefährliche Weise zu Fall. Marcus griff sofort nach ihr, um sie vor dem Sturz zu bewahren, und hätte sie dabei fast fallen lassen. In dem Moment, in dem Marcus ihre Arme berührte, zitterten seine Hände so heftig, dass er sie fest an seine Brust zog, was eine noch stärkere Vibration in ihm auslöste. Er brauchte sie nicht einmal anzusehen, um zu wissen, dass es seine Phoebe war.

In Erwartung ihres Schocks und ihrer Wut darüber, sich in seinen Armen zu befinden, ließ er sie langsam und bedächtig los.

Lady Phoebe starrte zu ihm auf, und er verlor sich in ihren Augen, einem intensiven Himmelblau. Er lächelte auf sie herab und konnte ihren Blick nicht mehr loslassen. Phoebes weiche, weibliche Rundungen ließen seine Hände immer noch kribbeln, obwohl er sie nicht mehr berührte.

Sie erwiderte sein Lächeln mit ihrem eigenen. „Vielen Dank, dass Sie mich gerettet haben."

Noch immer fokussiert auf sie, blinzelte er. Sie war nicht weggelaufen, und sie hatte ihn nicht geschlagen … Großer Gott, sie hatte ihn nicht erkannt!

Er hatte nicht vor, sie aufzuklären, jedenfalls nicht jetzt.

„Es war mir ein Vergnügen. Ich bin nicht oft in der Lage, ein Fräulein in Not zu retten."

Phoebes Kichern war leise und gehaucht. „Nein, vermutlich nicht, zumindest nicht in der Bond Street. Sie müssen mein Ritter sein."

Eine Position, die er gerne einnehmen würde. „Mylady." Er verbeugte sich und führte ihre Hand an seine Lippen. Ihre Finger zitterten, als er ihnen einen sanften Kuss aufdrückte. Er hielt sowohl ihren Blick als auch ihre Hand fest, nachdem er sie geküsst hatte. Das war zu schön, um wahr zu sein. Sie kannte ihn nicht. Er sehnte sich danach, sie wieder in seine Arme zu nehmen. Ihr zu sagen, dass sie zu ihm gehörte. Aber so hatte dieses ganze Durcheinander begonnen.

Ohne auf den Anstand zu achten, sagte sie: „Ich bin Lady Phoebe Stanhope."

Genau in diesem Moment erschien eine ältere Frau. „Phoebe, was …?"

„Oh, Tante Ester." Er hielt Phoebes Blick fest, und obwohl sie mit ihrer Tante sprach, sah sie ihn an. „Ich wurde fast umgeworfen von einem ..."

Sein Lächeln vertiefte sich. „Ein leichtsinniger Junge." Sie hatte ihm ihren Namen genannt, aber wenn er ihr seinen sagte, würde sie ihn verlassen.

Phoebe nickte und hielt ihren Blick auf den seinen gerichtet. „Ja, sehr leichtsinnig, und dieser nette Herr hat mich vor einem Sturz gerettet."

Wenn Lady Phoebe es erlaubte, würde Marcus sich nichts sehnlicher wünschen, als den Rest seines Lebens damit zu verbringen, sie zu beschützen.

***

Ester betrachtete den Mann misstrauisch. Anders als Phoebe, die sich nur für seine Augen zu interessieren schien, die einen besonders intensiven Blauton hatten.

Ester warf einen prüfenden Blick auf ihn, wobei sie den modischen Schnitt seines Mantels, seine perfekt gebundene Krawatte, seine Weste, seine Pantalons und seine glänzenden hessischen Stiefel bemerkte. Ihr fiel auch auf, dass er sich nicht mit den Schmuckstücken und Ringen eines Dandys überfrachtete. Sein einziger Schmuck waren eine ungewöhnliche Krawattennadel, ein Monokel und ein großer goldener Siegelring. Aber was ihn betraf, so hätte sie genauso gut nicht anwesend sein können. Er achtete auf nichts anderes als auf Phoebe, und Phoebe benahm sich auch nicht besser.

Ester konnte nicht glauben, dass ihre Nichte tatsächlich einem fremden Mann ihren Namen gegeben hatte, der sie nicht einmal gebeten hatte, sich vorzustellen.

Ester schaute sich diskret um und war erleichtert, niemanden in der Nähe zu sehen, den sie kannten. In der Tat war die Gegend gottlob leer.

Ester wandte ihre Aufmerksamkeit wieder Phoebe zu und konnte kaum glauben, dass ihre überaus vernünftige Nichte, die immer auf den Anstand achtete, mitten in der Bond Street *viel* zu nahe bei einem Herrn stand, den sie noch nie zuvor gesehen hatte. Schlimmer noch, Phoebe starrte ihn an und lächelte! Ester wusste nicht, ob sie lachen oder schockiert sein sollte. Wie lange würden die beiden noch wie gebannt voreinander stehen? Die Antwort war eindeutig: zu lange. Wenn sie nicht schnell etwas unternahm, würden sie einen Skandal auslösen.

Ester räusperte sich. „Nun, Sir …“ Ester wartete darauf, dass er darum bat, sich vorstellen zu dürfen. Als er das nicht tat, hob sie eine Augenbraue und schaute ihn einen Moment lang scharf an. Doch die erwartete Antwort blieb aus. Irritiert nahm sie Phoebes Arm. „Ich bin sehr dankbar, dass Sie hier waren, um meine Nichte vor Schaden zu bewahren. Phoebe, meine Liebe, wir *müssen* jetzt gehen.“

Phoebe wandte den Blick nicht ab, sondern runzelte nur leicht die Stirn. „Ja, ich denke, ich muss gehen. Nochmals vielen Dank, Sir.“

„Eure Dankbarkeit ist unnötig. Ich bin Ihnen immer zu Diensten, Mylady.“ Der Mann ließ Phoebes Hand nur widerwillig aus seinem Griff gleiten, während Ester ihre Nichte wegzog.

Phoebe zitterte vor Aufregung, als sie zur Stadtkutsche von St. Eth zurückging. „Tante Ester, er war es.“

„War was, Kind?“

„Der Gentleman. Ich habe es gespürt! Dieses Gefühl!"

Ester hielt inne, bevor sie schneller als zuvor weiterging, ihren Arm fest um Phoebe geschlungen. „Warte, bis wir zu Hause sind, dann können wir es besprechen. Wir wollen ja nicht belauscht werden."

Trotz Esters Warnung schien Phoebes Heiterkeit aus ihr herauszusprudeln.

Endlich im Morgenzimmer angekommen, schenkte Ester ihnen beiden eine Tasse Tee ein und betrachtete das glückselige Gesicht ihrer Nichte. Oh je. Die verliebte Phoebe würde eine Herausforderung werden. Ester hatte ihre Nichte noch nie so aufgewühlt gesehen. Ihr kam der Gedanke, dass sie vielleicht etwas Stärkeres als Tee brauchte, wenn diese Geschichte zu Ende erzählt war. „Nun, meine Liebe, bitte, was ist heute mit diesem jungen Mann geschehen? Die ganze Geschichte, wenn ich bitten darf."

Phoebe holte tief Luft. Ihre Augen waren groß und ihre Wangen errötet. „Weißt du, ich habe den Laden kurz vor dir verlassen und es hat mich von den Füßen gerissen. Der Herr nahm mich in die Arme, und ich spürte – *den Nervenkitzel. Den Schauer.* Und ich glaube, er hat ihn auch gespürt. Oh, Tante Ester, ich bin sicher, dass er derselbe Herr ist, der mich im Gasthaus gerettet hat! Verstehst du nicht, das ist Schicksal."

Ester wurde plötzlich klar, dass hinter dieser Geschichte viel mehr steckte, als sie ursprünglich gedacht hatte.

Was hatte Phoebe angestellt?

„Er hat dich im Gasthaus gerettet? Welches Gasthaus? Warum musstest du gerettet werden? Phoebe, ich glaube, du fängst am besten ganz von vorne an und lässt nichts aus. Was bist du doch für ein Federhirn geworden."

Phoebe erzählte ihrer Tante die Geschichte von dem Herrn, der sie vor unerwünschter Aufmerksamkeit beschützt und dann außerhalb ihrer Kammer geschlafen hatte, um ihre Ehre zu bewahren. „Du siehst also, Tante Ester, er hat mich zweimal gerettet, und ich kenne nicht einmal seinen Namen."

„Ja, mir ist aufgefallen, dass er nicht um eine Vorstellung gebeten hat", erwiderte Ester trocken, in der Hoffnung, Phoebes Eifer ein wenig zu dämpfen. „Oh, mein liebes Kind, ich hoffe, dass er ... nun ja, dass er zu unserer Klasse gehört. Es wäre furchtbar, wenn er es nicht wäre, wo du doch so sehr an ihm hängst."

Besorgnis überschattete ihr Gesicht. „Tante Ester, er sah wie ein richtiger Gentleman aus. Findest du nicht?"

Ester bezweifelte ernsthaft, dass Phoebe etwas anderes als seine türkisfarbenen Augen bemerkt hatte. „Ja, in der Tat, er war sehr ordentlich gekleidet und sah gut aus. Oh, wie peinlich ist das. Wie schade, dass er nicht mit jemandem zusammen war, den wir kennen, oder dass er sich nicht zu erkennen gegeben hat. Wenn es so ist, wie du sagst, und er sich in unseren Kreisen bewegen kann, wird er dich finden. Glaub mir, der Mann weiß, wer du bist, auch wenn wir nicht wissen, wer er ist."

Phoebe öffnete ihren Mund, um zu protestieren. Ester hob ihre Hände. „Ich weiß, ich weiß. Es ist schwer für dich, meine Liebe, dich zurückzuhalten. Aber du kannst nicht immer mit dem Kopf durch die Wand rennen. Wenn *du* offen nach *ihm* suchst, wirst du nur als

Närrin dastehen, und das habe ich bei dir noch nie erlebt."

Phoebes Gesicht verfinsterte sich. „Nein, du hast Recht. Das würde ich überhaupt nicht wollen."

„Dann ist es abgemacht. Es wird ihm guttun, nach dir zu suchen, wie es sich gehört, und Gentlemen sind gern die Jäger." Ester konnte nur hoffen, dass Phoebe auf sie hörte und dass der Herr sie aufsuchen *würde*, sonst würde es zweifellos einen Skandal geben.

***

Phoebe lag in dieser Nacht im Bett und dachte an die klaren, blauen Augen ihres Retters. Doch da war noch etwas anderes, ein Strahlen, als sei er froh, bei ihr zu sein. Die Erinnerung an seinen Körper an ihrem und an seine starken, muskulösen Arme, mit denen er sie vor dem Fallen bewahrte, ließ sie vor Freude zittern. Sie hatte nie gewusst, dass sich die Brust eines Mannes wie ein warmer Stein anfühlen konnte. Es war himmlisch gewesen.

Phoebe berührte ihre Hand dort, wo er sie geküsst hatte, und es kribbelte wieder. Wie würden sich seine Lippen auf ihren anfühlen? Darüber hatte sie sich noch nie Gedanken gemacht, sie hatte noch nie gewollt, dass ein Mann sie küsste.

Sein schmales Gesicht war rauer als das eines typischen Gentleman der Gesellschaft, obwohl das vielleicht an seiner tiefen Sonnenbräune lag. Phoebe seufzte. Wie wunderbar hatte es sich angefühlt, beschützt und gewollt zu werden! Tante Ester musste Recht haben. Er würde sie aufsuchen.

Eine plötzliche Angst, dass sie sich in diesem Mann täuschen könnte, dämpfte ihre Freude. Konnte sie heute einen Mann besser einschätzen als vor acht Jahren? Sie wünschte sich, es gäbe jemanden, dem sie sich anvertrauen könnte. Phoebe fühlte sich plötzlich allein und verängstigt, und sie war sich nicht sicher, ob sie ihr Herz schützen konnte.

Kapitel 6

Marcus konnte sein Glück nicht fassen. Phoebe hatte ihn nicht erkannt. Das war seine Chance, ihr zu zeigen, wie er wirklich war.

Wie gut es sich angefühlt hatte, sie in seinen Armen zu halten, auch wenn es nur für einen Moment war. Es war klar, dass ihre Tante überhaupt nicht glücklich darüber war, dass er nicht getan hatte, was er hätte tun sollen, und um eine Vorstellung gebeten hatte. Aber wie konnte er das tun und den Moment ruinieren? Was würde Phoebe tun? Wie würde sie reagieren, wenn sie herausfand, dass er ihr Erzfeind war?

Ein Plan machte sich in seinem Kopf breit. Würde es ihm gelingen, sie in seinen Bann zu ziehen, bevor sie wusste, wer er war, sodass es sie hoffentlich nicht mehr interessierte, was er in der Vergangenheit getan hatte?

Mit neuem Optimismus wühlte er sich durch die Einladungen, die ihn bis dahin nicht sonderlich interessiert hatten. Marcus fragte sich, welche Bälle Phoebe besuchen würde, wann er sie wiedersehen würde und wie er seine Identität geheim halten könnte.

***

Drei Abende später hielt sich Marcus auf der Suche nach Phoebe an den Seiten des großen Ballsaals auf, um nicht noch mehr jungen Damen vorgestellt zu werden, die einen Ehemann brauchten. Seine Frustration wuchs, als ihm klar wurde, dass er weder den Namen noch die Anschrift ihrer Tante kannte, und es gab niemanden, den er fragen konnte, ohne dabei Fragen aufzuwerfen, die er nicht beantworten wollte.

Dies war der zweite Ball, den er an diesem Abend besuchte, der vierte in den drei Tagen, seit sie sich kennengelernt hatten. Dank seiner Größe konnte er über die meisten Köpfe hinwegsehen, aber von Phoebes einzigartigem rotgoldenen Haar war nichts zu sehen. Marcus verzweifelte langsam an der Möglichkeit, sie niemals wiederzusehen. Genauso gut hätte er an dem politischen Abendessen mit seinem Vater teilnehmen können, von dem er sich losgesagt hatte.

Enttäuscht machte er sich auf den Heimweg.

Am nächsten Morgen, nach dem Frühstück, ging Marcus zu seinem Vater ins Arbeitszimmer, um an einem Gesetzentwurf zu arbeiten, den sein Vater vorgelegt hatte.

„Du hättest gestern Abend zu dem Essen im Abemarle House kommen sollen, Marcus", sagte Papa. „Du hättest einige der jüngeren Mitglieder der Partei kennenlernen können. Lord St. Eth sagte mir, dass Fairport bald in der Stadt sein würde. Du erinnerst dich doch an ihn, oder?"

Marcus hörte abwesend zu. „Ja, ein Freund von Arthur." Wenn Marcus nicht nach Phoebe suchte, war er lieber bei seinem Bruder. Wie viel Zeit würde er noch mit Arthur haben, bevor er starb?

Sein Vater nickte. „St. Eth hatte seine Nichte bei sich. Das ist eine charmante junge Dame mit sehr viel Verstand. Ein hübsches kleines Ding, Lady Phoebe Stanhope, die Schwester von Cranbourne, wie du weißt. Wir haben sie nur ein paar Mal getroffen. Sie schien nie da zu sein, wenn wir ihre Schwester besucht haben. Sie wird eines Tages eine sehr kluge politische Gastgeberin sein, wenn der richtige Mann sie sich schnappt. Genau die Art von Frau, nach der du suchen solltest." Sein Vater hielt einen Moment inne. „Wenn ich so darüber nachdenke, war das nicht der Grund, warum Amabel dich eingeladen hat, sie zu besuchen?"

Marcus hatte das Gerede seines Vaters über sich ergehen lassen, bis er den Namen von Lady Phoebe hörte. Sein Herz schlug schneller, während er sich bemühte, ein träges Lächeln beizubehalten. „Ja, Papa. Nur Lady Phoebe war nicht da. Nach deiner und Amabels Empfehlung klingt Lady Phoebe tatsächlich wie eine Frau, die ich gerne kennenlernen würde. Weißt du zufällig, welche Bälle und Abendveranstaltungen sie besuchen wird?"

Sein Vater hob den Kopf von seinen Papieren, runzelte die Stirn und richtete seinen Blick schließlich auf seinen Sohn. „Da Lady Phoebe bei ihrer Tante und ihrem Onkel, dem Marquis und der Marchioness of St. Eth, wohnt, nehme ich an, dass Lady Phoebe an den eher politischen Veranstaltungen teilnehmen wird." Dunwood legte seine Papiere zur Seite. „Da du dich für die Verbindung zu interessieren scheinst und deine Mutter eingetroffen ist, werden wir morgen alle zusammen Abend Lady Trevors Ball besuchen. Bevor der

Tanz beginnt, wird es eine politische Versammlung geben.“

Wenn die Möglichkeit bestand, dass Phoebe anwesend sein würde, hatte Marcus vor, dabei zu sein, obwohl es bei dieser Art von Veranstaltung schwieriger sein könnte, seine Identität vor ihr zu verbergen. Doch angesichts von Beaumonts Interesse an Phoebe lief Marcus die Zeit davon.

***

An diesem Abend blickte Isabel, die Marchioness von Dunwood, von ihrem Buch auf, als ihr Mann ihr Schlafgemach betrat.

„Du siehst erfreut aus, meine Liebe.“

„Das bin ich. Ich glaube, Marcus wird endlich auf meinen Rat bezüglich einer geeigneten Dame hören“, sagte sie stolz.

„Er schien sehr interessiert, als ich ihm von Lady Phoebe Stanhope erzählte.“

„Ich frage mich, woher er Lady Phoebe kennt“, sinnierte Isabel leise.

„Glaubst du wirklich, dass er ihr schon einmal begegnet *ist*?“, fragte ihr Gatte mit einer gewissen Skepsis. „Er hat sie nie erwähnt, und er hat nichts gesagt, was mich zu der Annahme veranlasst hätte, dass er sie kennt. Sie war meine Empfehlung.“

Isabel lächelte sanft. „Mein Lieber, wann hast du jemals erlebt, dass Marcus sich für eine Dame interessiert hat, weil *du* sagtest, sie sei interessant? Ich wage zu behaupten, dass du ihm seit seiner Rückkehr sehr viele junge Frauen vorgeschlagen hast, und er hat an keiner von ihnen Interesse gezeigt – außer an dieser einen. Natürlich hat er Lady Phoebe schon kennengelernt." Isabel tippte sich ans Kinn. „Aber wie und wo? Ein Rätsel."

***

Phoebes Frustration erreichte einen neuen Höhepunkt. Obwohl sie am Sonntag zu Hause geblieben waren, hatte es seither zwei Abende mit Bällen und Dinners gegeben. Bei keiner der Veranstaltungen hatte sie ihren Ritter gesehen.

Sie stand auf und ging auf und ab, die Röcke flatterten um ihre Knöchel, das einzige Geräusch im Morgenzimmer außer dem Öffnen der Post durch ihre Tante.

„Tante Ester, wo könnte er sein?" Phoebe blieb stehen. Der schreckliche Gedanke, dass er vielleicht kein Mitglied der *Gesellschaft* war, kam ihr wieder in den Sinn, doch sie verwarf ihn sofort wieder. Das Leben konnte nicht so grausam sein. „Ich verstehe nicht, warum wir ihn nicht gesehen haben."

„Vergiss nicht, meine Liebe", antwortete Tante Ester ruhig, „wir sind nur zu den politischen Veranstaltungen gegangen. Vielleicht ist er nicht in diesen Kreisen."

Hätten sie nur etwas mehr Zeit miteinander verbracht, bevor Tante Ester kam, dann hätte er vielleicht nach ihrem Haus gefragt. Hatte sie ihm eine Abscheu vor ihr eingeflößt, indem sie zu dreist war und ihm ihren Namen nannte? Aber nein, er hatte ihre Hand nicht loslassen wollen, als Tante Ester sie wegführte. Wenn Phoebe nur etwas einfiele, um ein weiteres Treffen herbeizuführen. Aber da war nichts.

Sie versuchte, die Unzufriedenheit aus ihrer Stimme zu halten. „Ich weiß, dass ich ihn wiedersehen werde. Aber ich wünschte, es würde nicht so lange dauern."

„Meine Liebe", sagte Tante Ester und sah von ihrer Post auf, „ich habe einen Brief von Hester erhalten. Sie und John kommen in die Stadt. Sie werden ihre Reise mit Hermine und Edwin unterbrechen, und dann werden sie alle zusammen hierher reisen."

Das war zumindest eine gute Nachricht. Phoebe rief aus: „Oh, Tante Ester, wenn mir jemand helfen kann, meinen Ritter zu finden, dann meine Schwestern."

***

Später am Abend kuschelte sich Ester zu Henry ins Bett und sprach mit ihm über die letzten paar Tage. Sie hatte noch keine Gelegenheit gehabt, ihm von Phoebe zu erzählen, und wusste nicht, was er von dem jungen Mann halten würde, in den Phoebe so verliebt war. Sie runzelte die Stirn. „Es scheint, mein Liebster, Phoebe hat Interesse an einem Gentleman gefunden."

Er legte die Zeitung weg, in der er las. „Welch erfreuliche Nachricht. Wer ist es und warum bist du nicht glücklich darüber?" Henry begegnete ihrem Stirnrunzeln mit seinem eigenen. „Sag mir nicht, dass er ein Tory ist."

Sie erzählte ihm, was sie wusste. Als sie geendet hatte, fragte Henry: „Du sagst, meine Liebe, er sah wie ein Gentleman aus? Du weißt doch, dass sie sich nicht für einen unpassenden Mann entscheiden kann."

„Ja, Phoebe weiß das auch. Kleidung, Gesichtsausdruck, ein wohlerzogenes Auftreten. An seinen

Manieren scheint es ein wenig zu fehlen. Obwohl ich ihn sehr eindringlich ansah, weigerte er sich, seinen Namen zu nennen. Ansonsten ist er eindeutig ein Gentleman. Obwohl ich sagen muss, dass er so von Phoebe eingenommen war, dass er meine Anwesenheit nicht zu bemerken schien.“

„Hmm, interessant“, sinnierte Henry. „Jetzt müssen wir ihn nur noch finden.“

„Henry, bitte sag das nicht zu Phoebe. Wenn man sie nur ein wenig ermutigt, wird sie sich selbst auf die Suche nach ihm machen. Ich habe sie davon überzeugt, dass er sie zuerst aufsuchen muss. Und ich bin sicher, das wird er auch tun.“

Henry gluckste. „Nach dem, was du mir erzählt hast, bezweifle ich das nicht. Das sollte es natürlich einfacher machen.“ Er zog Ester näher an sich heran. „Ich habe einen Brief von Fairport erhalten. Er sagte voraus, dass diese Saison interessant werden würde. Er ist der Meinung, dass Lord Marcus Jagd auf Phoebe machen wird.“

Ester versteifte sich missbilligend. Nach dem, was Phoebe ihr über ihre letzte Begegnung mit Lord Marcus erzählt hatte, konnte Ester über diese Aussicht nicht glücklich sein. „Nun, ich wünschte, er würde es nicht tun.“

„Ich muss dir zustimmen, meine Liebe. Wir müssen hoffen, dass er von ihrem neuen Gentleman ausgestochen wird. Ich bin ebenso wie du gespannt, wer er ist. Er kann noch nicht lange in London sein, sonst hätte sie ihn schon früher kennengelernt.“

Ester setzte sich plötzlich auf. „Natürlich, Henry, du hast recht. Ich frage mich, warum ich nicht daran gedacht habe."

„Ich habe so meine Vorzüge", murmelte Henry.

Sie ignorierte ihn und sagte: „Ich glaube nicht, dass er schon einmal in der Stadt gewesen ist. Ihre Anziehungskraft schien so stark zu sein, dass ich nicht glauben *kann*, dass sie sich vorher schon gesehen haben und der eine den anderen nicht bemerkt hat." Sie schmiegte sich wieder an ihn und genoss seine Wärme. „Wenn er Phoebe bis zur Ankunft von Hermine und Hester nicht gefunden hat, soll Hester mit ihr zu den Veranstaltungen gehen, die wir nicht besuchen."

„Übrigens", fragte Henry, „glaubst du, dass Hesters Mann, John Caldecott, daran interessiert wäre, für das House of Lords zu kandidieren?"

„Mein Lieber!" Ester kniff verärgert die Augen zusammen. „*Du* wirst selbst mit John sprechen müssen. Wir Damen versuchen, eine Ehe zustande zu bringen, was genauso wichtig wie das Parlament und viel interessanter ist."

***

Isabel, die Marchioness von Dunwood, blickte von ihrer Stickerei auf und lächelte, als Marcus ihren Salon betrat. „Bist du gekommen, um etwas Zeit mit mir zu verbringen?"

Seine Lippen schürzten sich kurz, aber sein Blick war verwirrt. „Ja, Mamma, wenn du willst."

Er hatte sich gut eingelebt, besser als sie gehofft hatte. Aber er ließ sich nicht in die Karten schauen, und sie fragte sich, ob er glücklich war. Sie klopfte auf den Platz auf der Couch neben ihr. „Sag mir, was hast du außer Politik und Nachlassangelegenheiten noch gemacht?" Er war so lange fort gewesen, ihr schwieriger Sohn. Irgendetwas bedrückte ihn. Sie wartete und fragte sich, ob er es ihr sagen würde.

Sein Ton war gedämpft. „Mama, ich habe ein Problem, bei dem du mir vielleicht helfen kannst."

Vielleicht würde sie jetzt mehr über Lady Phoebe erfahren. Isabel behielt ihre aufkeimende Aufregung für sich und bewahrte eine nüchterne Miene. „Ja, mein Schatz, natürlich habe ich Zeit."

Marcus ging kurz auf und ab, bevor er sich auf einen Stuhl neben ihr setzte. „Mamma, bevor ich nach Westindien ging, habe ich mich verliebt, aber ich habe es vermasselt. Sie war aus gutem Grund sehr böse auf mich."

Sie nickte aufmunternd. Marcus erzählte ihr, was er Phoebe vor acht Jahren angetan hatte, was im Gasthaus und in der Bond Street geschehen war, und von der Anziehungskraft, die die Dame seiner Meinung nach verspürte. „Sie hat mich nicht erkannt, und dann hat ihre Tante sie weggebracht."

Der Gesichtsausdruck ihres Sohnes erinnerte sie stark an die Zeit, als er noch ein Kind war und sich auf eine schwierige Aufgabe konzentriert hatte. Isabel biss sich auf die Unterlippe, um sich ein Grinsen zu verkneifen. „Marcus, was meinst du damit, dass sie sie weggebracht hat? Was hast du da gemacht?"

Er erklärte es genauer.

„Und hat diese Dame auch einen Namen?"

„Ihr Name ist Lady Phoebe Stanhope.“ Aha. Das Rätsel war gelöst. „Ihre Tante hat sich sehr korrekt verhalten. Und nicht einen Moment zu früh, nach dem, was du mir erzählt hast. Was, bei allem, was heilig ist, habt ihr beiden euch dabei gedacht, ausgerechnet in der *Bond Street* so dicht beieinander zu stehen, während die ganze Welt zusieht?“

Er sah lächerlich schuldbewusst aus und fragte: „Was soll ich tun?“

Es gab Zeiten, in denen man ihn mit dem Wort schwierig nicht ausreichend beschreiben konnte. „Ich verstehe, warum du dich nicht vorstellen wolltest. Trotzdem wirst du irgendwann die Quittung dafür zahlen müssen.“

Marcus hob eine Augenbraue in einem offensichtlichen Versuch, seine Würde wiederzuerlangen. Sie beugte sich vor und tätschelte den Arm ihres Sohnes. „Es hat keinen Sinn, mich auf diese abfällige Weise anzuschauen. Ich bin ganz und gar nicht beeindruckt. Ich bin zwar *sehr* schockiert über dein äußerst schändliches Verhalten vor acht Jahren, aber es hat auch keinen Sinn, etwas zu beklagen, was so weit in der Vergangenheit liegt. Du wirst Lady Phoebe natürlich *überzeugen* müssen. Aber, mein Lieber, was für ein Feigling du bist, das steht fest.“ Sie nahm das Glas Wasser, das auf dem Tisch zu ihren Füßen stand, und trank einen Schluck. Was für eine Aufgabe, die er sich da gestellt hatte. Das Objekt seiner Zuneigung war bekanntlich unempfindlich gegenüber Männern.

„Bist du sicher, dass sie die einzige Frau für dich ist?“

Er nickte. „Sie ist die einzige Frau, die ich lieben kann. Sie ist die einzige Frau, die ich je geliebt habe.“

Isabel stieß einen Seufzer aus. „Nun denn, wir müssen herausfinden, ob sie deine Zuneigung erwidern kann. Ich nehme an, sie wird dir ganz schön auf der Nase tanzen.“

***

Als Phoebe mit ihrer Tante und ihrem Onkel auf dem Ball der Trevors ankam, füllten sich die Räume mit Gästen. Tante Ester schaute sich um. „Eine sehr gute Beteiligung dafür, dass es noch so früh in der Saison ist.“

Ein Mann winkte Onkel Henry zu, und der entschuldigte sich bei den Damen. „Es sieht so aus, als ob wir das Treffen früher abhalten, als ich gedacht habe.“

„Mach dir keine Sorgen, mein Schatz“, antwortete Tante Ester, „ich wusste, wie es sein würde. Du wirst zurück sein, bevor der Tanz beginnt. Wir werden uns mit den anderen Damen gut unterhalten können. Solange ihr Herren auf die Zeit achtet, werde ich zufrieden sein.“

Onkel Henry nahm ihre Hand und küsste sie, bevor er sich verabschiedete.

Phoebe entdeckte zwei Damen, die sie kannte. Man hatte ihr gesagt, dass Lord Marcus in der Stadt sei. Glücklicherweise war sie ihm bei keiner der Veranstaltungen, die sie besucht hatte, begegnet. Er war wahrscheinlich zu sehr damit beschäftigt, die Spielhöllen zu besuchen. „Tante Ester, ich sehe Mrs. Spencer und Mrs. Burwell dort drüben, lass uns zu ihnen gehen.“ Phoebe deutete auf zwei Frauen mittleren Alters auf der anderen Seite des Raumes.

101

Phoebe und Tante Ester schlenderten zu dem Sofa, auf dem Mrs. Spencer mit Mrs. Burwell saßen. Beide Damen begrüßten die Neuankömmlinge mit Freude.

„Lady Phoebe, es ist so schön, Sie in der Stadt zu sehen“, sagte Mrs. Spencer.

Phoebe lächelte und schüttelte ihre Hände. „Danke, Madam, es ist mir auch eine Freude, Sie zu sehen.“

„Wie lange sind Sie schon hier?“, fragte Mrs. Burwell.

„Ich bin letzte Woche gekommen, um einzukaufen“, antwortete Phoebe und setzte sich auf einen Stuhl. Ihre Aussage löste eine lebhafte Diskussion über die Mode aus, die so lange dauerte, bis Mrs. Spencer das Thema auf die neuesten *Gerüchte* lenkte. „Es ist so viel passiert in diesem Sommer. Haben Sie gehört, dass der arme Lord Evesham schwindsüchtig ist und dass Dunwood seinen jüngeren Sohn, Lord Marcus Finley, von den Westindischen Inseln zurückgebracht hat?“ Sie senkte ihre Stimme zu einem verschwörerischen Ton. „Ich weiß noch, wie sie ihn wegschickten. Was für ein Nichtsnutz er doch war.“

„Natürlich haben sie es gehört“, sagte Mrs. Burwell. „Haben Sie vergessen, dass Lady Phoebes Bruder, Cranbourne, mit Amabel Finley verheiratet ist?“

„Oh ja, das hatte ich ganz vergessen“, antwortete Mrs. Spencer. „Wissen Sie, ob jemand Lord Marcus kennengelernt hat?“

Mrs. Burwell lächelte herablassend. „Mr. Burwell und ich haben Lord Marcus bei der Dinnerparty der Drummonds getroffen. Er hatte einen wachen Verstand und war gut informiert. Mr. Burwell war ziemlich beeindruckt, und ich hielt ihn für einen sehr gut aussehenden Mann.“ Sie warf einen Blick auf Phoebe. „Lord

Marcus ist heute Abend hier. Er wird in dieser Saison einer der größten Fänge auf dem Heiratsmarkt sein.“

Phoebe bemühte sich, ihre gleichgültige Miene beizubehalten. Wenn jemand glaubte, sie mit Lord Marcus verkuppeln zu können, würde er sehr enttäuscht werden. Sie wäre lieber eine alte Jungfer, als ihn zu heiraten. Eine Vision von ihm, wie er blutend auf dem Boden lag, kam ihr in den Sinn. Das war gut. Wenn er hinter ihr her war, würde sie ihn wieder niederstrecken.

„Wie dem auch sei, meine liebe Mrs. Burwell, gutes Aussehen und Intelligenz sind nicht die einzigen Eigenschaften, die er braucht“, erwiderte Mrs. Spencer, offenbar entschlossen, ihre Meinung zu sagen. „Wir werden sehen müssen, wie er sich entwickelt. Wahrscheinlich hat er durch das Leben in den Tropen allerlei seltsame Verhaltensweisen aufgeschnappt.“

Phoebe verfolgte das Gespräch über Lord Marcus nur in der Hoffnung, dass eine der Frauen ihren Blick auf ihn lenken würde, damit sie ihm aus dem Weg gehen konnte.

Ihre Tante drehte sich in die Richtung, in die Onkel Henry gegangen war, und lächelte. „Ah, da kommen die Herren.“

Phoebe warf Mrs. Burwell einen Blick zu, der eine Gleichgültigkeit vortäuschte, die sie nicht fühlte. „In der Tat, Madam, das mit Lord Marcus Finley ist faszinierend. Wenn Sie ihn sehen, könnten Sie ihn mir vielleicht zeigen. Es würde mich interessieren, wie so ein vermeintlicher Tunichtgut aussieht.“ Phoebe wollte den Raum verlassen, bevor er sich ihr nähern konnte.

Mrs. Burwell blinzelte. „Da ist er, glaube ich, neben Lord Abemarle.“

Phoebe blickte in die von Mrs. Burwell angegebene Richtung und sah einen großen, schlanken Herrn mit dunklem Haar. Sie bemerkte, dass Lord Abemarle und Lord Marcus in ihre Richtung gingen. Als Phoebe den Blick ihrer Tante erhaschte, sagte sie mit leiser Stimme: „Tante Ester, ich glaube, ich werde mich in den Ruheraum der Damen begeben."

Ihre Tante neigte den Kopf, als Phoebe sich schnell und diskret entfernte.

Phoebe erreichte die Tür, die in die Halle führte, in der sich das Ruhezimmer der Damen befand. Da sie schon oft in diesem Haus gewesen war, wusste sie, dass die Bibliothek nur ein paar Türen weiter lag. Vielleicht konnte sie sich dort ein paar Minuten lang in aller Ruhe hinsetzen, um ihre Fassung wiederzuerlangen und sich auf die erneute Begegnung mit Lord Marcus Finley vorzubereiten. Der Ball war zwar gut besucht, aber nicht so überfüllt, dass sie hoffen konnte, ihm zu entgehen. Irgendwann, so dachte sie grimmig, würde er eine ahnungslose Person überreden, ihn ihr vorzustellen.

Kapitel 7

Phoebe betrat die Bibliothek und stellte fest, dass sie nicht allein war. Ein großer, breitschultriger Mann stand auf der anderen Seite des Raumes, mit dem Rücken zur Tür, und schaute aus dem Fenster. „Oh, es tut mir leid, dass ich Sie störe. Ich dachte, der Raum wäre leer." Sie wandte sich zum Gehen.

Eine tiefe Stimme, die wie eine Liebkosung klang, antwortete: „Bleiben Sie. Bitte."

Ihr Herz machte einen Sprung. Ihr Ritter.

Er ging auf sie zu und blieb nur wenige Meter von ihr entfernt stehen. Wieder hielt sein türkisfarbener Blick sie gefangen.

„Ich bin nach dem Treffen hierhergekommen, um nachzudenken", sagte er und trat einen Schritt näher an sie heran. „Da ich neu in der politischen Welt bin, wollte ich sichergehen, dass ich die Probleme und Lösungen, die vorgeschlagen werden, vollständig verstehe, bevor ich Stellung beziehe."

Phoebe war einen Moment lang nicht in der Lage zu sprechen, weil ihr das Herz bis zum Hals schlug, dann nickte sie. „Ich denke, das ist ein äußerst vernünftiger Entschluss. Am Anfang gibt es immer so viel zu lernen." Ihre Brust zog sich vor Aufregung zusammen, und sie konnte nicht glauben, dass er hier war. „Haben Sie viel Erfahrung in diesem Bereich?“

Ihr Ritter rückte ein wenig näher. „Ich glaube, ich bin gut informiert, was die Themen angeht. Wenn ich meine Tante und meinen Onkel besuche, nehme ich an allen politischen Diners und anderen Unterhaltungen teil.“

Als sie näher zu ihm glitt, durchfuhr sie ein Hauch von Leidenschaft.

Er kniff neugierig die Augen zusammen. „Was hat Sie dazu gebracht, die Bibliothek aufzusuchen?“

„Ich bin jemandem aus dem Weg gegangen.“ Phoebe rückte noch näher an ihn heran und wünschte sich, wieder in seinen Armen zu liegen. Seine tiefe, weiche Stimme war wie eine warme Welle, die sie an sich zog. Gab es männliche Sirenen?

„Ich verstehe.“ Er verringerte den Abstand noch ein wenig mehr.

Sie suchte sein Gesicht ab. Kaum ein Fußbreit trennte sie. Wenn er nur die Hand nach ihr ausstrecken würde. „Sie waren letzte Woche in Littleton bei dem Kampf.“

„Ja, ich war mit einem Freund dort“, antwortete er in einem vertrauten Ton.

Phoebe versuchte, ihr pochendes Herz zu beruhigen. „Ich erinnere mich an Ihre Stimme. Sie haben mich vor dem jungen Mann gerettet, der an meine Zimmertür geklopft hat, und haben die Nacht über auf mich aufgepasst.“ Sie holte keuchend Luft. Warum war es so schwer zu atmen? „Sie wollten keinen Dank. Sie haben mich jetzt zweimal vor aufdringlichen jungen Männern gerettet.“

Sein Blick schien sich noch intensiver auf sie zu richten. „Ja, ich habe ihn von Ihrer Tür weggeholt. Damals dachte ich, ich bräuchte keinen Dank." Seine Lippen verzogen sich zu einem aufreizenden Lächeln. „Vielleicht habe ich mich geirrt. Sie können mir danken, wenn Sie wollen."

Phoebe hatte keine Ahnung, was sie da tat. Sie war noch nie so emotional berührt worden. Seine Augen und sein Körper lockten sie näher heran. Sie ignorierte die kleine Stimme, die zur Vorsicht mahnte. Ihr Puls raste und es war kein Platz mehr zwischen ihnen. Sie hob den Kopf und legte eine Hand auf sein Gesicht, wobei sie ihre Finger leicht auf seine Wange legte. „Ja, ich möchte mich bei Ihnen bedanken."

Er neigte den Kopf und berührte leicht, ganz leicht, ihre Lippen. Sie waren warm und fest und so verlockend. Phoebes Lippen kribbelten genauso wie ihre Hand, als er sie berührt hatte, aber das war durch die Handschuhe gewesen. Das hier war noch viel besser. „Ich bin noch nie geküsst worden. Ich weiß nicht, was ich tun soll."

Eine Glut leuchtete in den Augen ihres Ritters auf. „Ich werde es Ihnen beibringen."

Phoebe nahm sich ein Beispiel an ihm, machte es ihm nach, lernte, erwiderte seine Küsse selbstbewusster. Sie hatte nicht gewusst, dass ein Kuss so sein konnte. Sie wünschte sich so sehr, diesem Mann vertrauen zu können. Sie wollte versuchen, das Glück zu finden, das ihre Schwestern und ihre Tante hatten. Sie unterdrückte ihre Angst und versuchte, näher an ihn heranzutreten. Seine großen, warmen Hände hielten sie fest an ihrem Platz, aber seine Lippen animierten sie, zu reagieren und ihm mehr zu geben. Hitze stieg in ihr auf. Sie spürte ein Verlangen, das sie noch nie zuvor erlebt hatte, als würde er ihr eine neue Welt eröffnen. Eine Welt, die sie erforschen musste. Phoebe legte ihre Hände auf seine Schultern.

***

Marcus legte seine Hände auf ihre schmale Taille und genoss es, ihren Körper zu spüren. Ihre Hände hielten zärtlich sein Gesicht. Sie waren so klein. Sie war so zierlich. Ihr Kopf reichte nicht einmal bis zu seinem Schlüsselbein. Er bewegte seine Lippen auf den ihren, neckisch, und forderte Phoebes auf, zu antworten. Sie tat es, unschuldig und zunächst zaghaft. Er wartete, bis sie seine Küsse erwiderte, bevor er sie fester küsste.

Er küsste sie intensiver und spürte Phoebes Zögern, bevor sie wieder auf ihn, auf sein Bedürfnis reagierte. Er hielt sie davon ab, sich zu ihm zu beugen. Das wäre verhängnisvoll. Allein die Tatsache, dass sie hier war und ihn berührte, drohte seine Entschlossenheit zu erschüttern.

Ihre Hände glitten zu seinen Schultern hinauf, und er stöhnte fast auf. Es war fünf Jahre her, dass er eine Frau gehalten und geküsst hatte. Marcus wollte sie in seine Arme ziehen, aber das war ein langes Spiel. Er konnte nicht zulassen, dass sie zu weit gingen, zu schnell. Dieses Mal würde er sich um sie kümmern, wie sie es verdiente, und sie wie die Unschuld behandeln, die sie war. Es wäre nicht sicher, den Kuss weiter zu vertiefen.

Langsam zog er sich von Phoebe zurück und hob den Kopf. Sie seufzte. Ihre blauen Augen, verschwommen vor Verlangen, blickten zu ihm auf. Er lächelte. Wenn er könnte, würde er sie den ganzen Abend hier behalten, aber das war nicht möglich. Er musste um ihren und seinen Ruf besorgt sein.

Als er ihr ins Ohr murmelte, erschauderte sie. „Mylady, ich höre, dass das Orchester beginnt. Man hat mir gesagt, dass der erste Satz ein Walzer sein würde. Werden Sie mir diesen Tanz gewähren?“

Phoebes Stimme war sanft. „Ja, mein Ritter, es wäre mir ein Vergnügen, mit Ihnen zu tanzen.“

Er legte ihre Hand auf seinen Arm und führte sie in den Ballsaal, als die anderen Paare gerade ihre Plätze einnahmen. Er achtete darauf, den richtigen Abstand zwischen ihnen zu halten. Endlich gingen seine Träume in Erfüllung. Seit Jahren hatte er sich danach gesehnt, sie zu halten und zu küssen.

Phoebe entspannte sich in seinen Armen, als er sie auf dem Tanzboden herumwirbelte. Sie lächelte zu ihm hoch. „Sie tanzen sehr gut Walzer, mein Ritter.“

„Danke, Mylady, genau wie Sie.“ Aber er hatte gewusst, dass sie es tun würde. Gab es irgendetwas, das sie nicht gut konnte?

Phoebe war so glücklich und zufrieden, dass es keinen Grund gab, zu sprechen, wie sie es normalerweise beim Tanzen getan hätte. Die Wärme seiner Hand an ihrer Taille und die Art und Weise, wie seine andere Hand die ihre umschloss, verursachte ein angenehmes Kribbeln in ihrem Körper. Ihr Ritter musste das Gleiche empfinden, denn er sagte kein einziges Wort.

Seine Augen funkelten, während er sie anmutig über den Boden bewegte. Kein Mann hatte sie je so angesehen, und Phoebe fragte sich, was das zu bedeuten hatte.

***

Henry und Ester wirbelten auf dem Tanzboden herum, als Ester Phoebe und ihren „Ritter" sah.

„Meine Liebe, da ist dieser junge Mann mit Phoebe. Der aus der Bond Street. Weißt du, wer er ist?"

Henry warf ihr einen schiefen Blick zu. „*Das*, meine Liebe, ist Lord Marcus Finley."

Sie konnte nicht verhindern, dass sich ihre Augen weiteten. „Oh nein."

„In der Tat."

„Henry, sie kann nicht wissen, wer er ist."

„Das ist, glaube ich", sagte er trocken, „ziemlich offensichtlich."

„Es ist kein Wunder, dass er mir seinen Namen nicht nennen wollte. *Ach je*, sieh nur, wie sie sich gegenseitig anstarren."

„Mir ist aufgefallen, dass sie ziemlich gebannt wirken."

Als Henry mit Ester am Rand entlang ging, schaute sie ihn an. „Was sollen wir tun?"

Henrys Hand legte sich fester um ihre Taille. „Wir warten. Wenn Lord Marcus überlebt, dass Phoebe herausfindet, wer er ist, hat er vielleicht tatsächlich eine Chance bei ihr."

Ester blickte wieder zu Phoebe und Lord Marcus, dann wieder zu Henry. „Hältst du das für möglich, nach dem, was zwischen den beiden passiert ist?"

Ihr Mann antwortete: „Ich frage dich, meine Liebe, wann hast du das letzte Mal eine solche Anziehung zwischen zwei Menschen gesehen? Sie wird wütend sein, ganz sicher. Es wird an ihm liegen, sie zu überzeugen

110

und sie umzustimmen." Henrys Augen funkelten vor Humor. „Wir sind dabei, die wahre Tiefe von Lord Marcus Finleys Charakter zu entdecken, meine Liebe."

***

Als der Satz endete, ließ ihr Ritter Phoebe los, Stück für Stück, als wollte er sie nicht loslassen. Ein paar lange Augenblicke standen sie da, wo sie waren. Dann brach er den Bann. „Wo soll ich Sie hinbringen?"

Die Frage brachte Phoebe zurück in die Welt des Balls. Sie lächelte schüchtern und blickte ihn unter ihren Wimpern an. Die Bibliothek war ihr am liebsten, aber sie konnte nicht mit ihm dorthin zurückkehren.

Er fuhr fort: „Ich sollte Sie zu demjenigen begleiten, mit dem Sie hier sind."

„Zu meiner Tante." Sie versuchte, sich auf den Anstand zu konzentrieren, doch ihre Gedanken schweiften zurück zu dem Tanz und seinen Küssen. „Ich nehme an. Ich sollte zu meiner Tante zurückkehren."

Er schürzte die Lippen und erwiderte: „Ja, natürlich. Wer ist Ihre Tante?"

Phoebe hob den Blick, ohne die anderen Gäste zu beachten, die sich um sie herum tummelten. „Meine Tante, Sir, ist die Marchioness von St. Eth." Phoebe suchte den Raum ab und sah, wie ihr Onkel Henry ihre Tante zu einem Sofa begleitete. Er verbeugte sich und ging. „Sie ist dort drüben bei der Dame mit dem violetten Turban und den Federn."

Ihr Ritter brachte ihre Finger zu seinen Lippen. „Mylady, ich bringe Sie zu Ihrer Tante, die neben der Dame mit dem violetten Turban und den Federn sitzt."

Phoebe lächelte über seine Albernheit, aber als Marcus einen Blick auf die betreffende Frau warf, unterdrückte er ein Stöhnen. Lady Bellamny, die alte Freundin seiner Mutter, saß bei Phoebes Tante. Keine Gebete, keine Ausflüchte würden ihn jetzt noch retten. Phoebe würde seine Identität viel früher erfahren, als er es sich gewünscht hatte. Würde sie ihm erlauben zu erklären, wie sehr er sie liebte und wie sehr er sich durch sie geändert hatte?

Er versuchte, den Moment ihrer Entdeckung hinauszuzögern, und ließ seinen Blick über sie schweifen, um jedes kostbare Merkmal zu erfassen. Ihre Haut war wie warme Sahne, nicht das kalte Weiß so vieler englischer Damen. Sie war jetzt schöner, als sie es mit sechzehn gewesen war, reifer und eleganter. Sie trug ein mattgoldenes Seidenkleid. Er wollte aufstöhnen, als er den tiefen Ausschnitt des Kleides betrachtete, der ihre üppigen Brüste kaum verhüllte. Perfekte Rundungen, die er liebkosen wollte. Phoebes Ohren waren lediglich mit Perlentropfen verziert, die ihn dazu verleiteten, mit der Zungenspitze über den äußeren Wirbel ihres Ohres fahren zu wollen, um ihren frischen, blumigen Duft einzuatmen.

Marcus konnte den Gedanken nicht ertragen, dass Phoebe jemals einen anderen Mann küssen würde. Noch nie hatte er eine solche Besitzgier verspürt. Keine andere Frau brachte seinen Puls so sehr in Wallung oder sprach seine Seele so sehr an. Er wollte ihr sagen, dass sie die Seine war – und immer schon gewesen war. Stattdessen ging er mit ihr in Richtung der Frau mit

dem violetten Turban und den Federn und hatte das
Gefühl, über eine Planke zu gehen.

***

Als sie sich dem Sofa näherten, fiel Phoebe auf, dass
sie den Namen ihres Ritters gar nicht kannte. Mit einem unbekannten Mann zu tanzen war das Skandalöseste, was sie je getan hatte, und sie konnte sich nicht
dazu durchringen, sich darum zu kümmern. Doch Lady
Bellamny, die Phoebe ihr ganzes Leben lang gekannt
hatte, machte dieses Versäumnis wieder gut.

„Sieh an, sieh an, mein lieber Marcus", sagte Lady Bellamny. „Es ist sehr erfreulich, Sie wiederzusehen. Lady
Phoebe, ich nehme an, Sie haben den verlorenen Sohn
bereits kennengelernt."

Marcus? Phoebe erstarrte. Das konnte nicht sein. *Lord
Marcus Finley?* Lady Bellamny redete weiter, und
Phoebe fühlte sich wie in einem Strudel, unfähig zu
denken oder zu handeln.

„Ich sollte Sie wohl Lord Marcus nennen, nun, da Sie
aus dem Jugendgewand herausgewachsen sind. Wie ist
Ihnen ergangen, mein Junge? Ihre Mutter teilte mir
mit, dass Sie zurückgekehrt sind. Ich hätte Sie gar nicht
erkannt, wenn sie nicht zuvor auf Sie gedeutet hätte. Es
tut mir unendlich leid wegen Arthur ..."

Endlich wurde Phoebe die Identität ihres Ritters voll-
ends bewusst. *Das war Lord Marcus Finley? Wie hatte sie
ihn nicht erkennen können?* Phoebe lächelte höflich, obwohl sich ihr Magen schmerzhaft zusammenzog.

Lord Marcus verbeugte sich über Lady Bellamnys
Hand. „Mir geht es gut, Madam, und ich freue mich, Sie

wiederzusehen. Sie sehen aus, als seien Sie bei bester Gesundheit.“

Lady Bellamnys Lachen ließ ihre vielen Kinne wackeln. „Ich bin fett wie ein Kalb geworden, aber trotzdem danke.“

Phoebe hörte Lord Marcus kaum, als er sich weiter mit Lady Bellamny unterhielt. Sie wollte weglaufen, doch sie war wie erstarrt an seiner Seite.

Tante Ester warf mit einem Ausdruck ruhigen Interesses einen Blick auf Lady Bellamny. Sie wurde zu ihrer Pflicht gerufen. „Erlauben Sie mir, meine liebe Lady St. Eth, Ihnen Lord Marcus Finley vorzustellen.“

Er verbeugte sich und nahm ihre Hand. „Es freut mich, Mylady.“

Ester sah Phoebe besorgt an. „Phoebe, meine Liebe, es ist ein bisschen warm hier drin. Lass mich mit dir auf die Terrasse gehen, um etwas Luft zu schnappen.“

Sie wollte schon die Gelegenheit ergreifen, um zu gehen, als Lord Marcus sagte: „Mylady, wenn Lady Phoebe es erlaubt, wäre es mir eine Ehre, sie an Ihrer Stelle zu begleiten.“

Phoebe konnte wieder nicht atmen. Nun gut, wenn er es so wollte, konnten sie diese Farce auch gleich beenden. Sie würde ihm eine Standpauke halten und ihm sagen, dass er sich ihr nie wieder nähern sollte. „Bitte, bleiben Sie, wo Sie sind, Tante Ester.“ Phoebes Stimme war fest. „Lord Marcus darf mich begleiten.“ Sie bewegte sich leise, so ruhig sie konnte, neben ihm, als er sie zu den Terrassentüren führte. Es kostete sie große Mühe, die Fassung zu bewahren, während der Zorn in ihr hochkochte.

Lord Marcus beugte den Kopf und fing an zu sprechen. „Möchten Sie dorthin gehen, wo Sie frei sprechen können?"

Sie wusste, dass er damit meinte, ihn zurechtzuweisen. „Ja, ein Ort, an dem wir nicht belauscht werden können, wäre das Beste."

„Wie sie wünschen, Mylady." Seine tiefe Stimme übermannte sie erneut, und sie erschauderte, und zu ihrer Wut gesellte sich Verwirrung. Noch nie war sie so zwiegespalten gewesen. Dass der Mann, von dem sie glaubte, das Schicksal habe ihn ihr endlich zum Lieben gegeben, Marcus Finley sein könnte, schien ein grausamer Scherz zu sein. Wie *konnte* sie sich so sehr zu ihm hingezogen fühlen?

Sie hatte zugelassen – und gewollt – dass er sie küsste. Wie, in Gottes Namen, sollte sie vergessen, was er ihr zuvor angetan hatte? Wie er sie an diesem Wochenende behandelt hatte. Konnte sie ihm wirklich vertrauen, dass er nicht wieder zu einem betrunkenen Flegel wurde?

Lord Marcus begleitete sie die Terrasse hinunter und bog um die Ecke. Er öffnete die Tür zu einem leeren Salon und trat zurück, um Phoebe eintreten zu lassen. Ein Kerzenleuchter warf einen sanften Schein in den Raum. Sie fegte an ihm vorbei, mit geradem Rücken, und er machte sich auf das Schlimmste gefasst.

Er schloss die Terrassentür, verriegelte sie und ging zu der Tür, die in den Flur führte, um auch diese zu sichern, bevor er zu ihr zurückkehrte. Es durfte nicht sein, dass jemand zu ihnen hereinkam.

Marcus stand vor Phoebe und wartete darauf, dass sich der Sturm legte. Er hatte beschlossen, dass er sie gewähren lassen würde, wenn sie ihm eine Ohrfeige verpassen wollte.

Normalerweise ließ er sich nicht den Kopf von anderen waschen, aber wenn es das war, was er tun musste, um die Gefühlskälte in ihr zu brechen, dann würde er es tun.

Es kam ihm wie Stunden vor, aber es konnten nur Minuten sein, in denen Phoebe ihn anstarrte. Ihr Gesicht war blass vor Wut. „Sie.“

„Lady Phoebe ...“

Sie unterbrach ihn mit einer knappen Handbewegung. Ihre Stimme war von Tränen unterbrochen. „Wie konnten Sie nur?“ Sie drehte sich um und blinzelte schnell, als ihre Augen sich füllten und überzulaufen drohten.

Marcus’ Blick blieb an ihr haften, studierte ihr Gesicht. Er betete, dass er einen Weg finden würde, ihren Zorn zu besänftigen, die Stimmung wiederherzustellen, die Gefühle, die sie geteilt hatten, bevor sie herausfand, wer er war.

Er trat um sie herum und stellte sich ihr gegenüber. Dieses Mal verringerte Marcus den Abstand zwischen ihnen und nahm ihre zitternden Hände. „Würde es helfen, wenn Sie mich noch einmal schlagen?“

Phoebe hob ihre tränengefüllten Augen und schüttelte den Kopf.

Marcus hatte noch nie gefleht, nicht einmal, als sein Vater ihm mitgeteilt hatte, dass er verbannt werden würde, aber jetzt, wo seine Zukunft von seinen Worten abhing, würde er betteln. „Lady Phoebe, bitte verzeihen Sie mir. Ich bitte Sie, mir zu glauben, dass ich nicht mehr derselbe Mann bin, der Ihnen eine solche

Abscheu vor mir eingeflößt hat." Er sah auf und betete um die richtigen Worte. „Wenn ich die Vergangenheit ändern könnte, würde ich es tun. Ich würde *alles*, wirklich alles, tun, um diese Erinnerung aus Ihrem Gedächtnis zu tilgen. Es gab und gibt keine Entschuldigung für mein Verhalten. Ich weiß nicht, wie es dazu kam, dass ich so vollkommen, so arrogant dumm war, aber Ihre Worte an diesem Tag haben mein Leben verändert. Sie haben mich auf einen neuen Kurs gebracht." Ihre Hände waren kalt in seinen. Marcus wollte sie in seine Arme nehmen und irgendwie ihren Schmerz lindern. „Lassen Sie mich Ihnen zeigen, wie sehr ich mich verändert habe. Wie sehr ich Sie schätze. Aber wenn Sie sich nicht dazu durchringen können, mir zu verzeihen und in meiner Gesellschaft zu sein, werde ich mich Ihnen nie wieder nähern. Ich bitte nur darum, dass Sie es versuchen."

Phoebe starrte ihn eine lange Zeit an. Sie sah die echte Zerknirschung in seinem Gesicht, seine flehenden Augen. *Oh, seine Augen.* Sie sahen ganz anders aus als die getrübten Augen von vor so vielen Jahren. Sie fühlte sich so sehr zu ihm hingezogen. Wäre sein Name nicht Marcus Finley – aber er war es. Sie senkte den Blick und ihre Brust zog sich zusammen, was ihre Atmung einschränkte. Sie hatte noch nie vor etwas Angst gehabt. Sie war noch nie in Versuchung gewesen, ihr Herz jemandem zu schenken. Es machte ihr Angst, dass es *ihm* gehören könnte. Ihr Blick begegnete seinem suchenden Blick. Da war eine Gefühlstiefe, wie sie sie noch nie in den Augen eines Mannes gesehen hatte, zumindest nicht für sich. Phoebe wusste, wenn sie dieses Risiko nicht einging, würde sie vielleicht nie Liebe erfahren.

Zitternd nahm sie einen tiefen Atemzug. Ihre Fragen purzelten in einem wirren Durcheinander heraus. „Warum? Was wollen Sie? Welche Zukunft könnten wir haben? Was wollen Sie von mir?"

Seine Miene war ernst, nachdenklich. „Ich liebe Sie. Ich will Sie heiraten. Es hat nie eine andere Frau für mich gegeben, seit ich Sie gesehen habe. Ich brauche Sie in meinem Leben."

Sie wandte den Blick ab. Phoebes Herz klopfte so schnell, dass ihr schwindelig wurde. Sie sollte von seinen Worten schockiert sein und war nur überrascht, dass sie es nicht war. Ein Teil von ihr wollte zu ihm gehen, sich von ihm umarmen lassen, ihm erlauben, sie zu küssen, damit sie seine Küsse erwidern konnte. Ein anderer Teil von ihr, der Teil, der den Schmerz in sich trug, den er ihr Jahre zuvor zugefügt und den sie tief in sich verborgen hatte, wollte, dass er zumindest ein wenig für das Leid bezahlte, das er ihr zugefügt hatte.

Es vergingen einige Minuten, bis sie seinem Blick wieder begegnen konnte. Kein Gentleman hatte jemals einen Anspruch wie den seinen erhoben. „Wie können Sie mich lieben? Sie kennen mich doch gar nicht."

Seine Augen wurden warm mit demselben Blick, den er in der Bond Street und in der Bibliothek gehabt hatte. „Ich kenne Sie. Ich kenne Ihr Mitgefühl und Ihre Freundlichkeit. Ich weiß, dass Sie der einzige Mensch waren, der versucht hat, den verzweifelten Jungen zu verstehen, der ich war. Es hat keinen Sinn, mir zu sagen, dass ich Sie nicht lieben kann, wenn ich es doch tue. Es war die einzige gute Entscheidung, die ich je getroffen habe."

Sie kämpfte mit den Tränen und suchte in ihrem Retikül nach ihrem Taschentuch. Bevor sie es finden konnte, hatte er ihren Kopf geneigt und ihr mit seinem Taschentuch sanft über die Augenwinkel getupft.

„Bitte entschuldigen Sie mich", sagte sie weinerlich. „Normalerweise weine ich nicht. Ich verabscheue es."

Er streichelte ihr sanft über den Rücken und wartete, bis sie sich wieder gefangen hatte. „Lady Phoebe, ist es möglich, dass wir einen neuen Anfang machen?"

Phoebe schüttelte den Kopf. „Ich weiß es nicht. Ich weiß nicht, ob ich Ihnen wieder vertrauen kann oder ob ich Ihnen verzeihen kann." Aber was, wenn sie es gar nicht erst versuchte? Sie war noch nie vor Problemen davongelaufen. Konnte sie damit leben, wenn sie es jetzt tat, wo er der einzige Mann war, der ihr Herz bewegte? „Sie werden mich überzeugen müssen, dass Sie sich geändert haben. Die Geschichten, die ich gehört habe, ermutigen nicht gerade zum Vertrauen." Aber konnte sie es zulassen, dass er versuchte, sie zu überreden? Vielleicht, wenn sie ihre Begegnungen unter Kontrolle hatte und sie ganz langsam vorgingen ... „Sie werden mir den Hof machen müssen. Ich gebe Ihnen keine Versprechen. Ich werde nur meine Hand dahin geben, wo mein Herz schon ist."

Ihr Herz, dieses fehlgeleitete Organ, stupste sie an, um ihr zu sagen, dass es bereits ihm gehörte.

Marcus atmete aus und führte eine ihrer Hände heran, um mit seinen Lippen sanft darüber zu streichen. „Ich danke Ihnen. Ich werde es Ihnen zeigen, ich werde alles tun, was ich tun muss."

Phoebe schob ihr verräterisches Herz rücksichtslos beiseite. „Danken Sie mir noch nicht. Ich verspreche

Ihnen kein Happy End. Sie müssen eine Menge wiedergutmachen. Wir werden es langsam angehen.“

„Ich bin Ihnen immer noch zu Dank verpflichtet. Sie haben Recht. Unser Werben und unsere Gefühle müssen richtig sein. Ich muss es dazu beitragen.“

Verblüfft darüber, dass er so einfach einwilligte, konnte Phoebe nur nicken. Lord Marcus würde tatsächlich ihren Wünschen zustimmen? „Ja, das müssen Sie.“

Er richtete sich auf. „Wir sind lange genug weg gewesen. Wo soll ich Sie hinbringen?“

Nun, das war unerwartet, dass er auf den Anstand achtete. Ihre Stimme klang schwach, da sie mit ihren Gefühlen kämpfte. „Ich glaube, ich möchte nach Hause gehen.“

„Ich werde Sie zu Ihrer Tante begleiten.“

„Ja, das wäre das Beste.“ Phoebe blickte ihn an. In seinen Augen lag noch immer die gleiche Wärme und Fürsorge wie früher. Aber wie würde er in ein oder zwei Wochen sein?

Phoebe fasste sich ein Herz. „Wenn Sie keine andere Verabredung haben, können Sie mich morgen früh um zehn Uhr im St. Eth House treffen.“

„Ich werde da sein.“ Er küsste ihre Hand. „Ich bin anders, Sie haben mich verändert.“

Phoebe zog ihre Hand aus der Wärme der seinen zurück und betete, dass er Recht hatte.

Kapitel 8

Als Marcus Phoebe zu ihrer Tante begleitete, saß Lady St. Eth allein auf einem kleinen Sofa.

Er verbeugte sich. „Lady St. Eth, möchten Sie, dass ich St. Eth suche und zu Ihnen schicke?"

Tante Ester betrachtete ihn scharfsinnig. „Ja, das ist sehr freundlich von Ihnen, Lord Marcus. Ich fühle mich ein wenig müde und möchte mich zurückziehen."

Nachdem er sich verabschiedet hatte, setzte sich Phoebe hin und versuchte zu lächeln. „Ich bin auch ein wenig müde."

„Meine Liebe, geht es dir gut?"

„Ich glaube schon."

Wenige Augenblicke später kam Onkel Henry hinzu. „Ich habe unseren Gastgeber gefunden und uns entschuldigt."

Die kurze Fahrt nach Hause verlief schweigend. Tante Ester und Onkel Henry tauschten Blicke aus. Phoebe wusste, sie würde alles erklären müssen.

Im Haus angekommen, gingen sie in die kleine Stube.

Onkel Henry schenkte Phoebe einen Sherry ein und drückte ihn ihr in die Hand. „Trink."

Sie gehorchte und er füllte ihr Glas nach.

Tante Ester rieb ihre Hand. „Meine Liebe, geht es dir gut? Nach dem, was du mir erzählt hast, war ich noch nie in meinem Leben so erstaunt, dich am Arm von Lord Marcus zu sehen."

Phoebe schaute die beiden bedrückt an. „Nicht so überrascht wie ich."

Ester biss sich auf die Lippe. „Ich habe gesehen, dass du ziemlich verblüfft warst, als Lady Bellamny seinen Namen sagte."

Phoebe blickte ihre Tante und ihren Onkel an. Sie wollten die ganze Geschichte hören, und sie war sich nicht sicher, ob sie bereit war, sie zu erzählen. „Wie ihr bereits vermutet habt, ist Lord Marcus der Mann, der mich sowohl im White Horse Inn als auch in der Bond Street gerettet hat. Ich habe ihn von früher nicht wiedererkannt. Er – er sieht so anders aus. Er verhält sich so anders. Ich hätte nie vermutet, dass er derselbe Mann ist, den ich all die Jahre gehasst habe."

Tante Ester verzichtete auf Subtilität. „*Das* verstehe ich. Aber *wie* kam es dazu, dass du heute Abend mit ihm zusammen warst?"

Phoebe seufzte und nahm einen Schluck Sherry. „Erinnerst du dich an Mrs. Burwells Hinweis auf den Mann, den sie für Lord Marcus hielt? So sah er vor Jahren aus, schlaksig und launisch. Ich hatte keinen Zweifel daran, dass er es war." Nachdem sie einen weiteren Schluck Sherry getrunken hatte, fuhr Phoebe fort: „Ich beschloss, in die Bibliothek zu gehen, anstatt in den Ruheraum der Damen, um meine Gedanken zu sammeln, aber Lord Marcus war bereits dort. Ich erkannte ihn nur als den Gentleman, den ich gesucht hatte. Wir unterhielten uns ein wenig, dann hörten wir, wie das Orchester einsetzte, und kehrten in den Ballsaal zurück. Ich dachte, er könnte mich vor Lord Marcus'

Aufmerksamkeit beschützen." Sie warf einen Blick auf ihre Tante und ihren Onkel. „Als er mich zu euch begleitete, wie ich es verlangte, und Lady Bellamny sagte, er sei Lord Marcus, konnte ich – nun, gerade du konntest sehen, wie verärgert ich war. Er bot mir korrekterweise an, mich in einen Salon zu bringen, wo niemand unser Gespräch mithören konnte, oder besser gesagt, wo ich ihn mit seinem Verhalten konfrontieren konnte." Phoebe grinste reumütig, bevor sie fortfuhr: „Als er mir anbot, ihn noch einmal zu schlagen oder auf ihn einzuschlagen, erkannte ich überraschenderweise, dass das nicht das war, was ich tun wollte."

Onkel Henrys Augen leuchteten vor Lachen, aber sein Ton war sehr ernst. „Ein tapferer Mann, der sich noch einmal deiner Züchtigung unterziehen will."

Tante Ester warf ihm einen scharfen Blick zu, aber Phoebe stimmte zu. Lord Marcus hätte mit einer weiteren blutigen Nase abreisen können. „Ja, das habe ich auch gedacht. Also fragte ich ihn, was er wollte, und er sagte", – ihre Stimme stockte –, „er sagte, er liebe mich und wolle mich heiraten."

Ihre Tante schnappte nach Luft. „Oh, mein Kind, was hast du gesagt?"

Phoebe hob ihr Kinn. „Ich habe ihm gesagt, ich würde ihm nichts versprechen. Wenn er mich heiraten will, muss er mir richtig den Hof machen und beweisen, dass er sich geändert hat." Sie strich sich den Rock glatt. „Ich werde die Leitung dieses Werbens übernehmen. Er hat zugestimmt, morgen früh um zehn Uhr hier zu sein. Ich werde mit ihm eine Fahrt in meinem Phaeton machen."

Tante Ester starrte Phoebe einige Augenblicke lang an, ohne ein Wort zu sagen.

„Sehr richtig. Wir haben alle viel zu bedenken, und ich glaube, es ist Zeit, sich zurückzuziehen. Das war in der Tat ein äußerst ereignisreicher Abend." Henry hielt Phoebe auf, als sie gerade den Raum verlassen wollte. „Hast du Lord Marcus gesagt, dass du ihn fährst?"

Ihr gelang ein verruchtes kleines Lächeln. „Nein."

Henry lachte kurz auf, als Phoebe ging.

„Ich muss sagen, ich bewundere Lord Marcus' Ansprache. Ich war überrascht, dass er ohne ein einziges blaues Auge in den Ballsaal zurückgekehrt ist."

„Oh, mein Lieber", sagte Ester, „Phoebe hat nie glücklicher ausgesehen, als wenn sie mit ihm Walzer tanzte. Ich hatte schon verzweifelt befürchtet, dass sie niemals einen Gefährten finden würde. Und nun sieh, wohin es geführt hat. Warum kann die Liebe nicht einfach für sie sein?"

Henry schlang seine Arme um sie. „Ich bin gespannt, wie lange er seiner zukünftigen Frau erlauben wird, dieses Werben zu kontrollieren, und wie lange Phoebe meint, dass es dauern sollte."

***

Als Marcus seine Gemächer in Dunwood House erreichte, dachte er an seine Begegnung mit Phoebe zurück. Als sie seine Identität entdeckt hatte, war er auf das Schlimmste gefasst gewesen und war überrascht und bestürzt, als er die schockierten Tränen in ihren Augen sah. Da hatte er zum ersten Mal erkannt, wie sehr er sie verletzt hatte.

Phoebes Entscheidung, ihn sühnen zu lassen, war alles, was er sich erhofft hatte, und mehr. Sie würde ihm gehören. Er würde alles tun, um das zu erreichen. Aber er würde sich nicht nur ihr gegenüber beweisen müssen, er würde auch dafür büßen, dass er sie verletzt hatte. Er fragte sich, wie lange es wohl dauern würde, bis sie heiraten konnten.

Es klopfte an seiner Tür, und seine Mutter trat ein.

„Also, erzähl mir, was passiert ist."

Marcus blickte seine Mutter leicht grimmig an. „Ich soll Lady Phoebe den Hof machen."

„Wenn sie das erlaubt, warum dann so grimmig?"

„Lady Phoebe hat mir keine Versprechungen gemacht. Sie ist immer noch sehr wütend und verletzt. Mama, ich wusste nicht, wie sehr ich ihr wehgetan habe. Sie wird es mir nicht leicht machen. Ich bin sicher, sie wird mich auf die Probe stellen, und zumindest weiß ich jetzt, dass ihre Gefühle für mich stark sind, sonst hätte sie nie zugestimmt. Ich soll morgen früh um zehn Uhr im St. Eth House sein. Das Werben steht unter ihrer Leitung."

Seine Mutter lächelte heiter. „Ah, mein Sohn, endlich wirst du einmal erleben, wie es ist, im Geschirr eines anderen zu laufen. Die Frage ist nur, ob du bereit bist zu laufen, und wenn ja, wie lange?"

***

Marcus kam am nächsten Morgen pünktlich um zehn Uhr im St. Eth House an. Er hatte sich sorgfältiger als sonst gekleidet und trug einen dunkelblauen Mantel, eine hellbraune Weste, eine gestrickte Hose, hochglanzpolierte hessische Schuhe und seine Krawatte im beliebten Mathematikstil gebunden. Der einzige Schmuck, den er trug, war eine Krawattennadel aus Onyx, zusätzlich zu seinem goldenen Siegelring.

Nachdem er dem Butler seinen Hut und seine Handschuhe gegeben hatte, wurde Marcus in einen kleinen Salon geführt.

„Ich werde Lady Phoebe von Eurer Ankunft unterrichten, Mylord." Der Butler verließ langsam den Raum.

Marcus hatte den deutlichen Eindruck, dass niemand in diesem Haushalt es eilig hatte, sie zu ihm zu bringen.

Je mehr Minuten verstrichen, desto verzweifelter wurde er. Er hatte gehört, dass sie noch nie einem Mann erlaubt hatte, ihr den Hof zu machen. Was, wenn sie ihre Meinung änderte und sich entschloss, ihn nicht zu treffen?

Dreißig Minuten später tauchte Phoebe im Salon auf, gekleidet in ein sehr elegantes Kutschenkleid in Pomona-Grün mit dunkelbraunen Bändern und einem hübschen Chip-Hut. Sie lächelte strahlend. „Guten Morgen, Lord Marcus. Verzeihen Sie, dass ich Sie habe warten lassen."

Marcus verbeugte sich, nahm die Hand, die sie ihm angeboten hatte, und hob sie. Ihre Finger zitterten leicht, als er seine Lippen auf sie drückte. Sie erinnerte ihn stark an ein scheues Pferd, das bei der ersten Aufregung zu flüchten bereit war.

Er hielt seinen Tonfall leise, beruhigend und lächelte. *Lasst die Spiele beginnen.* „Guten Morgen, Lady Phoebe, Sie sehen bezaubernd aus. Was für ein hübscher Hut."

Sie holte tief Luft, hob ihr Kinn und sagte in einem herausfordernden Ton: „Danke. Ich dachte, wir würden eine Runde durch den Park drehen."

Marcus hielt sich selbst davon ab, die Augen zu verengen. Was zum Teufel spielte sie da? „Es wäre mir ein Vergnügen, Sie durch den Park zu fahren. Wenn Sie mir eine halbe Stunde Zeit geben, lasse ich meine Kutsche kommen."

Phoebe schaute ihn unschuldig mit großen Augen an. „Oh nein, Mylord, wir werden meine nehmen. Ich höre, dass sie heraufgebracht wird. Vielleicht können Sie mich später in Ihrem Curricle fahren." Ihr Ton war zu süß. Das war eine Art Test, aber wofür?

Verwirrt folgte er Phoebe aus dem Zimmer und aus dem Haus. Seine Augen weiteten sich beim Anblick eines hoch aufragenden Phaetons, der auf der Straße stand. Die schneidige Kutsche war gut gebaut und stilvoll in einem modischen Dunkelgrün mit Goldverzierungen lackiert. Sie hatte sehr große Hinterräder. Die Karosserie hing direkt über den Vorderrädern, ganze fünf Fuß über dem Boden.

Marcus wusste, dass es großes Geschick erforderte, ein solches Gefährt zu lenken, ohne dass es umkippte, zumal Phoebe ihre Pferde an der Welle des Phaetons nicht wie üblich nebeneinander, sondern hintereinander angeschirrt hatte. Ihm fiel die Kinnlade herunter, aber er fasste sich schnell wieder, als Phoebe bereit war, sich die Stufen zum Phaeton hinaufhelfen zu lassen.

In dem Moment, in dem er ihre Hand nahm, veränderte sich ihre Atmung, und obwohl sie versuchte, es zu verbergen, war diese augenblickliche Verbindung zwischen ihnen beiden wieder da, sogar durch ihre Lederhandschuhe hindurch.

Sie zog zügig ihre Röcke zurecht, und er kletterte hinter ihr her, während er versuchte, vorauszusehen, welche weiteren Überraschungen sie für ihn bereithielt. Marcus beschloss, sich Phoebe gegenüber so zu verhalten, wie er es bei der Begegnung mit den Piraten getan hatte. Er würde keine Angst zeigen.

Phoebes Aufmerksamkeit galt ihren Pferden, und ihre rosigen Lippen verzogen sich. „Das ist das erste Mal seit unserer Ankunft, dass sie draußen sind. Wie Sie sehen können, sind sie ein bisschen aufgeweckt.“

Er sah zu, wie die Pferde aufstampften und die Köpfe schüttelten. *Aufgeweckt*, sagte sie. Hm. Eher untrainiert. Aber es waren verdammt gute Tiere. Marcus begegnete ihrem Blick und schenkte ihr sein charmantestes Lächeln. „Lady Phoebe, was für ein großartiges Gespann. Ich glaube nicht, dass ich jemals besser zusammenpassende Tiere gesehen habe. Sie sind vollkommen bis ins kleinste Detail.“

„Ich danke Ihnen.“ Phoebe blickte liebevoll auf ihre Pferde. „Ich bin sehr stolz auf sie. Sie sind Teil eines Teams.“

Er versuchte, sich seine Vorahnung nicht anmerken zu lassen. Marcus fragte sich, wer der verdammte Narr war, der diese Tiere für sie ausgesucht hatte. Er kannte nicht viele Männer, die mit diesem Gespann umgehen konnten, und er hatte echte Zweifel daran, dass Phoebe sie halten konnte. „Ich würde sie gerne einmal alle zusammen sehen. Fahren Sie oft im Tandem?“

Ihr sanfter Tonfall täuschte über die Herausforderung in ihren Augen hinweg. „Ja, ziemlich oft. Stört es Sie?"

„Nein, nein, überhaupt nicht", log er. „Sie müssen eine sehr geschickte Lenkerin sein."

„Man hält mich dafür. Das müssen Sie selbst beurteilen." An den Stallknecht gewandt, der das Gespann hielt, sagte sie: „Sam, lass ihre Köpfe los."

Sam sprang zur Seite, und die Kutsche schlingerte vorwärts, als Phoebe ihren Pferden den Befehl gab. Sie sagte nichts, während sie sie in einem flotten Trab durch den Morgenverkehr führte. Marcus bemerkte ihre lockeren Hände an den Zügeln und wie sie die Peitsche genau im richtigen Winkel hielt.

Als sie vom Grosvenor Square abbog, umkurvte sie die Ecke auf einen Zentimeter. Obwohl der Verkehr dicht war, entspannte er sich nach einer Weile und bewunderte die Art und Weise, wie sie sich durch den Verkehr manövrierte.

Er sah zwei Fahrzeuge, die auf der Straße anhielten und die Kutschen an der Durchfahrt hinderten. Die Fahrer schienen in einen Streit verwickelt zu sein und beachteten Phoebes Annäherung nicht. Marcus erwartete, dass sie ihre Pferde zügeln und einem der Fahrer erlauben würde, den Weg freizumachen. Als sie das nicht tat, verkrampfte er sich und wollte ihr die Zügel aus der Hand reißen.

Wollte sie sie etwa umbringen?

Ihm blieb der Mund vor Staunen offen stehen, als Phoebe, deren Schwarze immer noch in schnellem Trab unterwegs waren, den Phaeton gekonnt zwischen die Wagen lenkte. Er blickte nach unten. Sie hatte das

Rad des anderen Wagens um wenige Zoll verfehlt. Marcus wusste nicht, ob er irritiert, erleichtert oder stolz sein sollte. Er warf einen Blick auf Phoebe, deren Aufmerksamkeit immer noch auf die Straße gerichtet war.

„Lady Phoebe, das war eine großartige Fahrweise", sagte er, nachdem ihm das Herz aus dem Hals gerutscht war. „Sie sind ein ebenso guter Kutschenfahrer wie jeder Mann, den ich kenne, und besser als die meisten."

Phoebe warf ihm einen Seitenblick zu. „Heißt das, dass Sie sich keine Sorgen mehr um meinen Fahrstil machen?"

„Das habe ich nie", log er wieder, obwohl er diesmal nicht glaubte, dass er damit durchkommen würde. „Ich muss zugeben, dass ich noch nie von einer Dame oder in einem hochsitzenden Phaeton hinter einem so hochkarätigen Paar gefahren worden bin. Ich glaube, ich habe mich sehr schnell an diese Erfahrung gewöhnt."

„Wirklich?" Phoebe brach in schallendes Gelächter aus. „Das hätte ich bei Ihrem Gesichtsausdruck nicht vermutet."

„Ich weiß nicht, wie Sie mein Gesicht sehen konnten, wenn Ihre Aufmerksamkeit auf Ihren Pferden lag", rief er entrüstet aus.

„Oh, ich hatte Zeit für einen Blick."

„*Hexe.*"

Ihre Augen funkelten schelmisch. „Sind Sie immer noch sicher, dass Sie mich heiraten wollen, Mylord?" In ihrer Stimme lag jetzt keine Süße mehr. Sie war eine reine Herausforderung.

„Ja, jetzt sogar noch mehr als zuvor. Bei Gott, Sie sind eine beeindruckende Frau. Ich nehme Sie mit auf die Westindischen Inseln und lasse *Sie* mit den Piraten verhandeln. Sie werden sie zu Tode erschrecken, und wir werden uns nie wieder mit ihnen herumschlagen müssen.“

Sie lachte. „Unterschätzen Sie mich nie, Mylord.“

Endlich erreichten sie den Park, und abgesehen von den Kindermädchen und ihren Schützlingen waren nur sehr wenige Menschen anwesend. Marcus konnte sich gut vorstellen, warum sie zu dieser Tageszeit unterwegs waren. Phoebe hatte nicht die Absicht, den *ton* sein Interesse an ihr erkennen zu lassen. Die Erkenntnis stach, aber er sagte nichts weiter als: „Ich dachte, im Park wäre mehr los.“

„Nein, nicht um diese Zeit. Während der Hauptverkehrszeit ist er natürlich sehr voll – aber es macht nicht annähernd so viel Spaß, dann zu fahren.“

War das wirklich der Grund? Er rutschte auf dem Sitz hin und her und ließ seinen Blick auf ihrem Antlitz ruhen. „Sie sind die geschickteste Lenkerin, die ich je gesehen habe.“

Phoebe errötete und lächelte. „Danke.“

Marcus sehnte sich danach, die Hand auszustrecken und eine der wuscheligen Locken, die unter ihrem Hut hervorkamen, um seinen Finger zu wickeln. Stattdessen schwebte seine Hand in der Nähe ihres Halses. „Wie lange fahren Sie schon?“

Sie blickte ihn mit großen Augen an und wandte sich wieder ihren Tieren zu. „Seit ich ungefähr zehn Jahre alt war. Papa meinte, das sei eine der Fähigkeiten, die man haben müsse, um in die höfliche Gesellschaft aufgenommen zu werden. Meine Schwestern sind auch ziemlich bemerkenswerte Lenkerinnen. Sollte ich jemals Töchter haben, werde ich dem Beispiel meiner Eltern folgen."

Seine Mutter hatte ihm erzählt, dass die Stanhopes in ihren politischen und sozialen Ansichten fast Radikale waren. Glücklicherweise schienen sich Phoebes Ansichten mit seinen zu decken. Nachdem er über den Phaeton hinweggekommen war, jedenfalls. Warum hatte ihm in all den Jahren niemand gesagt, wie gut sie fuhr? Oder hatten sie – und er – sich nur für die Tatsache interessiert, dass sie noch unverheiratet war?

„Ich stimme mit Ihnen überein. Frauen sollten viel mehr Fähigkeiten erlernen, als die Gesellschaft derzeit für notwendig oder wünschenswert hält."

„Wie ich höre, gehört Ihre Familie zum eher konservativen Flügel der Partei", sagte sie. „Ich weiß, dass Amabel ganz anders erzogen wurde als meine Schwestern und ich." Sie blickte ihn wieder an. „Wenn ich heirate, erwarte ich, dass ich jemanden heirate, der die gleichen Ansichten hat wie ich."

Das waren genau seine Gedanken. Marcus versuchte, sich ein Lächeln zu verkneifen. „Das sollten Sie in der Tat. Sie wären sehr unglücklich, wenn Sie einen Mann heiraten würden, der nicht mit Ihren Ansichten übereinstimmt." Er sprach weiterhin in einem lockeren Ton. „Gibt es noch andere Fähigkeiten, die unsere Töchter Ihrer Meinung nach haben sollten?"

Sie warf einen Blick auf ihn und schluckte. „*Unsere?*"

Marcus wartete und tat so, als hätte er nichts gesagt, was sie schockieren könnte. Es dauerte nicht lange, bis sie sich wieder erholt hatte.

Phoebes Lippen hoben sich. „Ja. Zufälligerweise bin ich auch der Meinung, dass Mädchen in den Bereichen

Boxen, Selbstverteidigung, Kurzschwert und Pistolen ausgebildet sein sollten." Sie nickte kurz. „Papa fand es immer wichtig, dass eine Frau in der Lage ist, sich zu verteidigen, wenn es nötig ist."

Marcus fand es schade, dass ihr Vater nicht mehr hier war. Er behielt das für sich. „Ich stimme zu. Allerdings wäre ein gewisses Geschick im Umgang mit einem Dolch ebenfalls hilfreich." Allerdings galten Messer, egal welcher Art, heutzutage als Waffen der niederen Stände, und die Herren wurden nicht in der üblichen Weise in ihrem Gebrauch ausgebildet. Als er auf den Westindischen Inseln angekommen war, hatte er sich schnell in die Materie eingearbeitet.

Phoebe ließ für einen kurzen Moment die Zügel fallen und verlor fast die Aufmerksamkeit für ihre Pferde. „*Wirklich?* Dolche?" Sie klang aufgeregt. „Wie sind Sie auf eine solche Idee gekommen?"

Marcus lächelte leicht, erfreut darüber, dass er sie neugierig gemacht hatte. „Da ich außerhalb Englands gelebt habe, habe ich eine etwas andere Perspektive als die meisten Gentlemen. Ich habe oft gesehen, dass eine Klinge eine handlichere Waffe ist als andere, besonders für Frauen." Er stützte seinen Arm fest auf die Lehne des Sitzes und sagte: „Es ist nicht immer leicht, in dieser Welt eine Frau zu sein. Viele Damen unseres Standes sind so behütet, dass sie nichts von dem Bösen wissen, das Frauen in einer nicht so glücklichen Lage widerfahren kann. Viele Herren haben Angst, die Kontrolle über die weibliche Bevölkerung zu verlieren."

Phoebe nickte nachdrücklich. „Das stimmt, aber leider *sind* sich viele Frauen des Übels bewusst und machen keine Anstalten, denen zu helfen, die weniger

Glück haben als sie selbst." Sie presste die Lippen zusammen. „Sie wären erstaunt, wie viel Frauen im Allgemeinen wissen. Es ist viel mehr, als die meisten von sich preisgeben." Das war die Phoebe, die er zum ersten Mal getroffen hatte. Die sich leidenschaftlich für die Probleme anderer einsetzte.

„Das habe ich auch immer gedacht. Ich nehme an, die Gesellschaft würde zusammenbrechen, wenn ihr Damen dieses Wissen preisgeben würdet."

Phoebe stieß ein glucksendes Lachen aus. „Ja, in der Tat, wie schockierend wäre das. Noch lächerlicher ist, dass eine *verheiratete* Dame, egal wie *jung* sie ist, über Wissen verfügen darf, das einer *unverheirateten* Dame, egal wie alt sie ist, nicht vergönnt ist."

Er gestattete sich selbst ein neckisches Lächeln auf seinen Lippen. „Sagen Sie mir, Lady Phoebe, bedeutet das, dass Sie, wenn Sie heiraten, diese Informationen endlich erfahren werden, oder dass Sie lediglich zugeben können, dass Sie darüber verfügen?"

Ein hochmütiger Ausdruck erschien auf ihrem schönen Gesicht. „Wenn ich heirate, was noch nicht sicher ist, werde ich es Sie wissen lassen."

„Ich werde Sie daran erinnern." Marcus beobachtete sie aus dem Augenwinkel. Ihr Atem ging stoßweise und er lächelte in sich hinein. „Ich bin sehr daran interessiert zu erfahren, was Sie wissen und was Sie nicht wissen."

Schließlich errötete sie. „Das ist eine sehr unpassende Unterhaltung, und ich habe das Gefühl, dass Sie sich dessen bewusst sind."

„Wollen Sie sich wirklich auf eine angemessene Unterhaltung einlassen? Ich denke, das wäre sehr

langweilig“, neckte er. „Ich würde viel lieber hören, was
Sie denken, als das, was Sie meinen sagen zu müssen.
Ich möchte mehr über Sie erfahren.“

Sie blickte ihn neugierig an. Da sie sich auf einer belebten Straße in der Nähe von St. Eth House befanden,
sollte er an diesem Morgen leider keine Antwort von
ihr erhalten.

Marcus fragte sich, wie weit er gekommen war und
wie lange es noch dauern würde, bis sie ihm vertrauen
würde, denn das war der erste Schritt zur Liebe, und sie
würde ihn lieben; andernfalls war es sein Schicksal, in
einer lieblosen Ehe mit einer Frau zu leben, für die er
keine Leidenschaft empfinden konnte.

Kapitel 9

Phoebe hatte sich selbst erschrocken, wie kühn sie gegenüber Lord Marcus war. Wenn er diesen warmen Ton anschlug, war es, als würde er sie streicheln, und sie wurde atemlos.

Warum er? Es war ja nicht so, dass andere Männer nicht dasselbe versucht hätten. Warum reagierte sie nur auf Lord Marcus?

Sie wollte einen Blick auf ihn werfen, musste aber auf ihre Pferde aufpassen. Sie war mit ihrem Phaeton gefahren, weil das die Konversation zwischen ihnen einschränken würde, aber jetzt faszinierte er sie. Sie hatte keine Ahnung, dass er so radikale Ansichten vertreten konnte, die ihren eigenen so nahe kamen. Und obwohl er sich verkrampfte, als sie zwischen die Wagen fuhr, hatte er nicht versucht, nach den Zügeln zu greifen, wie es viele Männer getan hätten. Auch war er nicht wütend geworden – eine weitere häufige männliche Emotion.

Aber *ihre* Töchter auf diese unverschämte Art zu erwähnen! Phoebe versuchte, die drohende Röte zu bekämpfen. Lord Marcus sollte sich seiner Sache nicht so sicher sein. Oder versuchte er, sie zu ärgern? Er war vertraulicher, als die meisten Gentlemen es sein würden, obwohl er sich an die Grenzen des Anstands hielt und nicht in die Unzüchtigkeit verfiel, die er vor Jahren begangen hatte. Oh, verdammt. Warum hatte sie diesem lächerlichen Werben zugestimmt?

Als Phoebe die Kutsche zum Stehen brachte, sprang Lord Marcus ab und ging um sie herum, um ihr beim Aussteigen zu helfen, und wies den Diener an, zu den Pferden zu gehen.

Er hielt sie etwas länger als unbedingt nötig fest, seine Hände legten sich um ihre Taille, bevor er sie zur Tür führte, die Ferguson bereits offen hielt. Aus irgendeinem Grund konnte sie sich nicht dazu durchringen, sofort hineinzugehen.

Sie blickte auf und sagte: „Wir besuchen nicht mehr als eine Veranstaltung pro Abend. Heute Abend werden wir bei Mrs. Moreton sein."

Marcus verbeugte sich, bevor er ihre Hand nahm. Sie hatte erwartet, dass er die Knöchel küssen würde, wie er es zuvor getan hatte. Stattdessen drehte er sie um und drückte ihr einen Kuss auf den Rand ihres Handschuhs. Ein Zittern durchfuhr sie, und sie musste sich daran erinnern zu atmen. Seine Augen leuchteten. „Ich werde Sie dort sehen, Mylady."

Ein Schauer der Erregung durchlief sie bei der Erinnerung, dass er sie beschützt hatte.

Phoebe kehrte völlig verwirrt in ihre Gemächer zurück. Er war charmant, gefährlich charmant. Sie begann, ihn als Person zu mögen, nur ein wenig. Doch das allein war noch keine gute Basis für eine Ehe. Die Zeit würde ihr helfen, sich zu entscheiden.

Doch die Ängste und Zweifel, die sie vor so langer Zeit begraben hatte, traten wieder in den Vordergrund.

Undeutliche Worte erklangen in ihrer Erinnerung und ein Anflug von Panik.

Sie ließ den Kopf in die Hände sinken und fragte sich, ob sie jemals vergessen könnte.

***

Als Marcus auf der Moreton-Party eintraf, unterhielt sich Phoebe bereits mit einer Gruppe von Männern und Frauen. Er schloss sich ihr und der Diskussion an. Obwohl er sich bemühte, neben Phoebe zu stehen, gelang es ihm nicht, ihre Aufmerksamkeit von der Runde abzulenken.

Als er vorschlug, auf der Terrasse spazieren zu gehen, hielten sie das alle für eine ausgezeichnete Idee und machten sich gemeinsam auf den Weg.

Nachdem alle in den Ballsaal zurückgekehrt waren, drängte sich ein weiterer Herr neben Phoebe. Marcus, der sie nicht zu früh drängen wollte, verließ die Feier – verärgert darüber, dass es ihm nicht gelungen war, sie an seiner Seite zu halten. Schlimmer noch, er hatte keine Zusage von ihr erhalten, ihn wiederzusehen.

Zu seiner Enttäuschung verging mehr als eine Woche, bevor er mit ihr ein Gespräch unter vier Augen führen konnte. Er fragte sich, ob er zu dreist gewesen war und ihr Angst gemacht hatte.

Die nächsten zwei Wochen waren ein wenig besser. Es gelang ihm, Phoebe zu überreden, ein paar Mal mit ihm durch die Zimmer zu spazieren. Allerdings hatte er an solchen Orten keine Gelegenheit, tiefer in ihre Gefühle einzudringen. Bei den meisten politischen Veranstaltungen, die sie besuchten, wurde nicht getanzt, und

Phoebe war, wie er zu seiner Beunruhigung feststellen musste, sehr gefragt.

Er kam nicht weiter, bis sie ihm die Erlaubnis erteilte, sie zu besuchen. Warum hatte er sich auf diese Dummheit eingelassen? Verdammt noch mal. Bei diesem Tempo könnte er ihr ewig den Hof machen.

Schließlich bat Phoebe ihn bei einer weiteren Unterhaltung, sich am nächsten Morgen um zehn Uhr im St. Eth House einzufinden. Wieder einmal wählte sie eine Zeit, zu der außer den Kindermädchen niemand sie sehen würde, aber wenigstens würde er mit ihr allein sprechen können.

Er kam pünktlich zur vollen Stunde und wartete eine Viertelstunde, bis sie eintraf.

Phoebe trieb die Pferde an, und kurz darauf erreichten sie den Parkeingang. Sie war still und angespannt und konzentrierte sich weiterhin auf ihre Tiere und nicht auf ihn. Schließlich sagte sie: „Das Wetter ist sehr schön gewesen."

Er hob eine Augenbraue. *Das Wetter?* Er blickte in den wolkenlosen Himmel. Sie hatten das, was die Amerikaner einen Indian Summer nannten, warmes Wetter im Herbst. „Ja, obwohl der heutige Tag ein wenig … kühl zu sein scheint."

Phoebe blickte ihn aus dem Augenwinkel an. „Wirklich? Ist mir gar nicht aufgefallen."

Er verbarg sein Lächeln und erwiderte: „Vielleicht bilde ich mir das nur ein? Haben Sie die Saison genossen?"

Sie zuckte leicht mit den Schultern. „Normalerweise genieße ich die Kleine Saison. Es ist nicht ganz so hektisch wie im Frühling."

Was konnte er sagen, damit sie sich öffnete? Ah ja, er hatte es. „In Jamaika würden wir in etwa einem Monat mit dem Pflanzen beginnen.“

Sie bremste die Pferde und drehte ihren Kopf ein wenig zu ihm. „Warum das?“

„Der Sommer ist für viele Pflanzen zu warm, und natürlich möchte man nicht während der Hurrikan-Saison ernten, also pflanzen wir im November.“

„Wie lange dauert Ihre Vegetationsperiode?“, fragte sie interessiert und verlangsamte die Pferde zum Schritt.

„Bis Juli, wenn wir Glück haben. Danach wird es wieder zu heiß.“

Sie hatten die Runde beendet und waren zum Grosvenor Square zurückgekehrt. Als Marcus Phoebe am St. Eth House aus ihrem Phaeton absetzte, sah sie ihn an.

„Wir werden heute Abend zu Lady Buxteds Feier gehen.“

Obwohl Marcus gehofft hatte, an diesem Morgen mehr Zeit mit ihr verbringen zu können, führte er ihre Hand an seine Lippen. „Wir sehen uns dann heute Abend, Mylady.“

***

Phoebe schlenderte durch den Garten und war in Gedanken versunken. In den letzten drei Wochen, seit er sie geküsst hatte und sie zugestimmt hatte, dass er ihr den Hof machen durfte, war es ihr gelungen, ihn auf Abstand zu halten und ihre Gespräche zu kontrollieren. Manchmal hatte sie den Eindruck, dass er ihr das erlaubte. Es gab keine Ablenkungen ins Unanständige, aber er hatte ihr heute einen wissenden Blick zugeworfen, als ob er wüsste, was sie tat. Sie war atemlos geworden, weil sie darauf wartete, ob er die von ihr gesetzte Grenze überschreiten würde, aber er hatte es nicht getan. Phoebe musste sich eingestehen, dass es keinen Spaß machte, ihre Gespräche zu kontrollieren, auch wenn sie sich dadurch sicherer fühlte, und sie hatte nicht viel über sein Leben erfahren oder darüber, was für ein Mann er war, während sie über das Wetter und andere unbedeutende Themen sprach.

Seine beiläufigen Bemerkungen über Jamaika hätten sie fast dazu gebracht, mit ihrem Phaeton in den Park zurückzufahren, um seinen Ausführungen weiter zu folgen.

Sie hatte noch nicht herausgefunden, ob sie ihm vertrauen konnte. Sie spürte, wie sich seine Frustration aufbaute, aber er hatte nichts getan, um sie herauszufordern.

Heute, als er sie heruntergehoben und zu lange festgehalten hatte, hatte ihr Herz einen heftigen Stich gemacht. Phoebe fragte sich, wie es wohl wäre, ihn wieder zu küssen, jetzt, wo sie wusste, wer er war. Vielleicht würde ein einziger Kuss genügen, um sie von ihren wachsenden Gefühlen für ihn zu befreien. Aber eine solche Intimität war ein Risiko. Wenn jemand sie sah oder er sie zur Heirat drängte ... Phoebe wünschte, sie würde sich nicht auf den heutigen Abend mit ihm freuen.

***

Marcus betrat an diesem Abend das Haus von Lady Buxted und musterte den Raum, bis sein Blick auf Phoebe fiel. Er war verärgert, sie wieder einmal von ihrem Hofstaat umgeben zu sehen. Heute Abend bestand ihr Kreis aus mehreren Herren, von denen er die meisten kannte.

Seine erste Sorge galt der Frage, wie er es anstellen sollte, sie von ihnen zu trennen.

Mit großem Geschick schob sich Marcus zwischen Phoebe und einen Mr. Warwick, einen großen, schlanken, jungen Mann mit einem gut gelaunten Gesichtsausdruck. Als Phoebe aufblickte, hielt Marcus ihren Blick fest.

Sie lächelte höflich. „Lord Marcus, wie schön, Sie heute Abend zu sehen." Ihre Worte waren neutral, aber die Wärme in ihren Augen gab ihm Hoffnung.

Er lächelte und ließ sie seine Freude über ihr Wiedersehen sehen. Für einen Moment hatten sie die Gefühle zurückgewonnen, von denen er wusste, dass sie beide sie empfanden und die sie zu leugnen versuchte. Er hielt seinen Blick auf den ihren gerichtet, nahm ihre Hand und führte sie an seine Lippen. „Das Vergnügen, Mylady, ist ganz meinerseits." Wenn er sie jetzt nur allein erwischen könnte.

Phoebes Atem stockte, und Marcus drehte sich um, um Mr. Warwick vorgestellt zu werden, der nicht zu verstehen schien, warum er jetzt neben Marcus und nicht neben Phoebe stand.

Ein weiterer Gentleman, Lord Travenor, stand in der Nähe. Der Mann schien etwa so alt zu sein wie Marcus, war aber viel kleiner, hatte eine breite Brust und unauffällige Gesichtszüge. Für einen kurzen Moment bemerkte Marcus einen Ausdruck von purem Hass in Travenors Augen, als sie einander vorgestellt wurden. Marcus, der nicht wusste, was er getan hatte, um sich eine solche Feindschaft zuzuziehen, starrte den Mann an und fragte sich, warum ihm der Name Travenor so vertraut war.

Marcus nickte den Lords Wivenly, Huntley und Rutherford zu, die er während seiner Zeit in Eton und Oxford kennengelernt hatte. Er hatte jahrelang mit den Herren in Briefkontakt gestanden, und Marcus hatte die Fäden ihrer Freundschaft leicht wieder aufgenommen, als er nach England zurückkehrte.

Rutherford war so groß wie Marcus, aber von eher hagerer Statur. Huntley, nicht so groß, aber deutlich über der mittleren Größe, hatte eine athletische Statur, lockiges braunes Haar und einen täuschend offenen Blick in seinem intelligenten Gesicht, den die Damen zu lieben schienen. Wivenly war groß und schlank.

Nachdem sich die Männer begrüßt hatten, drehte sich das Gespräch wieder um die aktuellen Gesetzesentwürfe, die in der Legislaturperiode anstehen würden. Phoebe hielt sich, wie Marcus erwartet hatte, in den Diskussionen wacker. Er war beeindruckt, dass seine Freunde ihr nicht nur respektvoll zuhörten, sondern sie auch ernsthaft um ihre Meinung baten.

Sein Vater hatte recht gehabt. Sie würde eine ausgezeichnete politische Gastgeberin sein. Nur Lord Travenor, der nicht in der gleichen intellektuellen Liga spielte wie die anderen, schien Phoebes Meinung nicht zu schätzen. Die meiste Zeit ließ sie seine herablassenden Bemerkungen über sich ergehen, obwohl es Marcus ein Rätsel war, wie sie so unbeteiligt wirken konnte. Er hätte Travenors Meinung – und sein Gesicht – gern für den Mann umgestaltet.

Die Herren, die Phoebes regulären Hofstaat bildeten, waren jedoch nicht damit einverstanden, dass dieser Eindringling versuchte, sie zu diskreditieren, ohne dass sie sich dagegen zur Wehr setzte.

Während einer dieser lebhaften Debatten blickte Phoebe unter ihren Wimpern zu Marcus auf. „Wollt Ihr mich nicht auch verteidigen, Mylord?"

Er antwortete mit leiser Stimme: „Sie scheinen meine Hilfe nicht zu brauchen. Passiert das immer?"

„Nur wenn jemand wie Lord Travenor an unseren Diskussionen teilnimmt."

Marcus konnte Travenor nicht leiden, irgendetwas an ihm stimmte nicht. „Was wissen Sie über ihn?"

Sie zuckte leicht mit den Schultern und antwortete: „Nichts, er hat gerade erst den Titel bekommen und muss sich erst zurechtfinden. Warum?"

Marcus versuchte, sein starkes Unbehagen abzuschütteln. „Aus keinem besonderen Grund." Aber es gab einen. Der Mann war ein aufgeblasener Langweiler.

Phoebe ließ die Debatte noch einige Minuten weiterlaufen, bis sie schließlich einen verwirrten Blick aufsetzte. „Lord Travenor, ich verstehe nicht, warum Sie in unserer Diskussion bleiben, wenn Sie alles, was ich sage, verachten."

Travenor blähte seine Brust auf wie ein Kampfhahn. „Meine liebe Lady Phoebe, ich bin ein schlichter Mann und weiß, dass solche Schmeicheleien Unsinn sind. Es ist bekannt, dass das Verständnis eines Gentlemans für diese Fragen dem einer Dame überlegen ist. Es ist an uns Herren, euch Damen und eure Gedanken zum richtigen Ergebnis zu führen.“

Phoebes Augen waren groß und unschuldig, ihr Tonfall honigsüß. „In der Tat, Mylord, und welches ‚Ergebnis‘ erhoffen Sie sich für heute Abend?“

Lord Travenor antwortete in einer selbstgefälligen Art, die deutlich machte, dass er glaubte, mit seinem Argument gewonnen zu haben: „Ich würde gerne mit Ihnen auf der Terrasse spazieren gehen, meine liebe Lady Phoebe, wo wir Themen besprechen können, die Sie besser verstehen.“

Sie lächelte verbissen. „Ah, jetzt beginne ich Sie zu verstehen, Lord Travenor. Sie versuchen, meinen Intellekt zu diskreditieren, um mich zu erobern.“

Travenors Kinnlade fiel herunter. Er hatte nicht mit einem so direkten Angriff gerechnet und verfügte nicht über die sozialen Fähigkeiten, ihn abzuwehren. Er sagte etwas zusammenhanglos: „Nein, meine liebe Lady Phoebe, ich habe den allergrößten Respekt ...“

Geschickt übernahm sie die Kontrolle über das Gespräch. „Lord Travenor, ich glaube, mein Onkel, Lord St. Eth, würde Ihrer Behauptung, dass Frauen als Bevölkerungsgruppe den Männern unterlegen sind, nicht zustimmen. Zumal ich ihm bei der Ausarbeitung des Gesetzesentwurfs helfe, den er in dieser Sitzungsperiode vorlegen wird. Wie ich höre, sind Sie neu in der Politik auf dieser Ebene. Ich empfehle Ihnen dringend, den Rat zu befolgen, den man mir beim Eintritt in die Politik gegeben hat. Hören Sie mehr zu als Sie reden.“

Travenor kochte vor Wut, aber Phoebe schien das nicht zu bemerken. Marcus musste sich daran erinnern, dass er sich in London befand, wo man mit der

Zunge schnitt – und nicht mit der Klinge. Er fragte sich kurz, ob Travenor sich an diese Regeln hielt. Der Mann hatte etwas ausgesprochen Grobes an sich, als würde er lieber Blue Ruin als Champagner trinken.

Phoebe blickte sich um. „Jetzt möchte ich einen Spaziergang auf der Terrasse machen. Lord Marcus, würden Sie mich begleiten?"

Er verbeugte sich und bot seinen Arm an. „Ich würde nichts lieber tun, Mylady."

Rutherford hob die Brauen und lehnte sich zu Marcus. „Eine große Ehre. Versuchen Sie nicht, sie zu küssen, oder Sie werden sich auf dem Boden wiederfinden. Sie hat die strafendste Rechte, der ich je das Pech hatte, zu begegnen."

Marcus warf ihm einen Blick zu, während Phoebe sich beim Rest ihres Hofstaats entschuldigte. Er lächelte. „Ich weiß, und eine teuflisch scharfe Zunge hat sie auch."

Als sie gingen, murmelte Rutherford zu Huntley: „Glaubst du, sie wurde endlich dingfest gemacht?"

Huntley flüsterte zurück: „Nun, seit ihrer zweiten Saison ist sie jedenfalls nicht mehr mit jemandem allein auf der Terrasse spazieren gegangen."

Rutherford erwiderte: „Ich sage voraus, dass die Wetten in den Clubs bald beginnen werden."

Obwohl Marcus die Kommentare der beiden mitbekam, widerstand er der Versuchung, zu seinen Freunden zurückzublicken. Es würde keine Wette geben, wenn er etwas dazu zu sagen hätte, aber zuerst musste er Phoebes Zuneigung gewinnen.

Die Abende waren noch angenehm warm genug, um viele Gäste auf der Terrasse zu haben. Marcus führte sie von den anderen weg, bis sie allein im Schatten waren, unter einem Baum, dessen Äste über die Steinbalustrade ragten. Ein anhaltender Duft von nachtblühendem Jasmin lag in der Luft.

Er blieb stehen und sie drehte sich zu ihm um, mit dem Rücken zum Garten und er mit dem Rücken zur Terrasse. Ein Hauch von Mondlicht fiel durch die dünnen Äste des Baumes und warf ein silbernes Licht auf die eine Seite, beleuchtete sie aber nicht für die anderen auf der Terrasse. Sie waren in der Tat in der Dunkelheit verborgen.

Marcus musterte Phoebes Gesicht. „Begegnen Ihnen viele Männer von Lord Travenors Sorte?"

„Nicht mehr so oft", sagte sie und erwiderte Marcus' Blick. „Und die, die ich treffe, sind meist neu in der Stadt. Sie waren Herr und Meister über alle, die von ihnen abhängig waren, ohne dass ihnen jemand widersprach. Das lässt diese Männer glauben, dass sie die einzigen sind, die eine Meinung haben, die wertvoll ist."

Marcus und Phoebe standen nur wenige Zentimeter voneinander entfernt. „Sie schienen nicht besonders verärgert über ihn zu sein."

„Nein, warum sollte ich auch?" Ein verwirrter Blick erschien auf ihrem schönen Gesicht. „Er hat keine Macht über mich. Er ist von einer Kultiviertheit geblendet, die er auf dem Land nicht oft oder gar nicht sieht. Er muss irgendwo leben, wo es keine großen Familien gibt, und das gibt ihm eine überhöhte Meinung von seiner eigenen Wichtigkeit." Ihre perfekten Lippen formten einen *Schmollmund*. „Leider sind seine Manieren beklagenswert. Nur sein Titel verschafft ihm Zutritt zur

Gesellschaft. Sein Verhalten ist dergestalt, dass er nicht lange willkommen sein wird."

Beeindruckt von ihrer Einsicht und Ruhe zog er die Brauen zusammen. Sie hatte schon immer Gelassenheit besessen, aber jetzt war es noch etwas anderes. Seit seiner Abwesenheit war sie weit über ihr Alter hinaus gereift. Er spürte den Verlust der Zeit, die er mit ihr verbringen wollte, sehr deutlich und wünschte sich nicht zum ersten Mal, er wäre früher zurückgekehrt. „Ich halte ihn für einen sehr dummen Mann, der versuchen würde, Sie zu gewinnen, indem er Ihren Intellekt herabwürdigt."

Phoebe lachte leise. „Ja, das stimmt. Seltsamerweise wäre er nicht der Erste, der das versucht."

„Ach ja?"

„Es ist eigentlich nicht sehr kompliziert, auch wenn es vielleicht etwas verworren ist." Phoebe lächelte. „Männer wie Lord Travenor, die versuchen, ‚meinen Intellekt herabzuwürdigen', wie Sie es ausdrücken, haben bemerkt, dass die Herren, die meinen Hofstaat bilden, meine Meinung respektieren und nicht versuchen, mich zu umwerben. Deshalb versuchen diese Männer das Gegenteil. Natürlich würde keiner von ihnen jemals die Meinung einer Frau über seine eigene stellen." Sie hielt inne, blickte in das Mondlicht und fuhr in einem wehmütigen, bittersüßen Tonfall fort: „Ich weiß nicht, wie es dazu kam, aber obwohl ich die romantischen Anmaßungen meines üblichen Hofstaats entmutigt habe, sind wir Freunde geblieben. Ich nehme an, man würde sie jetzt als meine *Chevaliers* bezeichnen."

Marcus hatte sich nie mehr gewünscht, dass er sich ihr gegenüber anders verhalten hätte. Vielleicht hätte es seinen Vater nicht davon abgehalten, ihn zu verbannen, aber vielleicht hätte sie ihn dann schon längst geheiratet. „Rutherford hat mich gewarnt, nicht zu versuchen, Sie zu küssen, denn Sie haben die am meisten strafende Rechte."

Ein interessiertes Glitzern erschien in ihren Augen. „Wie haben Sie reagiert?"

Obwohl Marcus sich nicht daran erinnerte, dass sich einer der beiden bewegt hatte, würde er schwören, dass sie jetzt näher beieinander standen. „Ich habe ihm gesagt, dass ich es weiß und dass Sie auch eine sehr scharfe Zunge haben."

Phoebe lächelte neckisch. „Wie gut, dass Sie sich erinnern, Mylord."

Er runzelte die Stirn. „Wie viele Männer mussten Sie schon schlagen?"

Ihre Augenbrauen zogen sich überrascht in die Höhe. „Oh. Was für eine Frage. Während meiner ersten beiden Saisons waren es zu viele. In letzter Zeit nur ein paar. Das muss sich herumgesprochen haben."

Sie standen einen Moment lang still da und sahen sich wieder in die Augen. Sein Blick wanderte zu ihren Lippen. Sie waren sich definitiv näher gekommen, und auch wenn er zu spät dran war, um sie in der Vergangenheit zu beschützen, würde er es jetzt tun.

***

Würde Lord Marcus sie küssen? Phoebes Lippen kribbelten, als ob sie von sich aus den Kontakt mit den seinen suchten. Ihr Atem beschleunigte sich. Sie fühlte sich, als stünde sie auf einer Klippe, von der sie gleich abspringen würde.

„Möchten Sie mich küssen?“

„Ich würde Sie sehr gerne küssen.“ Er grinste. „Werden Sie mich schlagen, wenn ich das tue?“ Er wartete ihre Antwort nicht ab, bevor er seine Hände auf ihre Taille legte und sie die letzten paar Zentimeter zu sich zog.

Phoebe ließ sich bereitwillig darauf ein. Ihre Brüste berührten ihn fast, seine Hitze strahlte durch sie hindurch. Sie legte ihre Hände auf seine Brust und genoss das Gefühl der harten Muskeln unter ihren Handflächen. Wie stark er war.

Wie schon beim letzten Mal berührten seine Lippen die ihren. Sie seufzte bei der warmen, federleichten Berührung. Sie erwiderte langsam den Druck, den er auf sie ausübte, und hätte nie gedacht, dass sie Lord Marcus Finley wissentlich erlauben würde, sie zu halten. Seine Lippen wurden fester auf ihren, er drängte sie, weiterzumachen, dies war besser als das letzte Mal. Als ihre Münder miteinander verschmolzen, erwärmte sich Phoebes Haut dort, wo Marcus’ Hände sie durch ihr dünnes Seidenkleid hindurch berührten, und schickte Schauer der Lust durch ihren Körper.

Oh, wie konnte sie sich nur so sehr nach diesen Empfindungen sehnen? Es schien, als ob ihr letztes Mal zusammen sie auf dieses Mal eingestimmt hatte, auf die Erregung, die sie gehabt hatte, auf die Gefühle, die sie jetzt trotz ihrer Ängste begehrte. Sein Körper spannte sich als Reaktion auf sie an, Blitze durchströmten ihre Adern, und ihr Herz klopfte so heftig, dass Phoebe überrascht war, dass es niemand hören konnte. Sie presste ihren Mund auf den seinen, reagierte auf seine berauschenden, süchtig machenden Lippen, die sich fest und warm auf ihren bewegten. Sie legte eine Hand auf sein Gesicht und beugte sich vor, um die dunklen, zobelfarbenen Wellen an seinem Hals zu streicheln, kam aber nicht heran und versuchte, den ganzen Raum zwischen ihnen zu beseitigen.

Er hielt sie fest an ihrem Platz. „Nein."

„Aber ich möchte meine Arme um dich legen."

Er stöhnte. „Glaub mir. Es ist noch zu früh."

***

Noch nie hatte Marcus einen so unschuldigen Kuss so sehr genossen. Phoebes Lippen waren weich und verströmten einen verlockenden Hauch von Champagner und Honig, ihr Haar roch nach Zitrusfrüchten und etwas anderem, das er nicht einordnen konnte. Er sehnte sich danach, sie in seine Arme zu ziehen, als er ihre Hand auf seiner Brust spürte, die ihn durch den Stoff seiner Weste und seines Hemdes hindurch erhitzte. Er sehnte sich danach, ihre weichen Kurven an seinen zu spüren.

Sein Verlangen nach ihr tobte und drängte ihn dazu, sie an sich zu ziehen, sie zu brandmarken, sie zu seiner zu machen. Aber trotz seines Verlangens, oder vielleicht gerade deswegen, behielt er seine Hände auf ihrer Taille. Marcus wollte mehr als ihre Küsse. Er wollte sie ganz und gar, für immer.

Er unterdrückte ein Stöhnen, als er den Drang bekämpfte, weiterzugehen. Nicht jetzt, noch nicht, nicht hier.

Marcus merkte schließlich, dass sie lange genug weg gewesen waren. Bewusst und widerwillig löste er den Kuss und hob den Kopf. Phoebes Blick war fragend, als sie zu ihm aufsah.

„Wir sind lange genug weg gewesen."

Sie blinzelte. „Oh, ja, natürlich. Seltsam, es kam mir gar nicht so lange vor."

Er versuchte, die Selbstgefälligkeit aus seinem Lächeln herauszuhalten, neigte den Kopf und nahm ein letztes Mal ihre Lippen in Empfang. Er verweilte, als wolle er ihre Berührung so lange andauern lassen, bis sie wieder allein sein konnten.

Phoebe legte ihre Hand auf seinen Arm. Er bedeckte sie mit der seinen, und sie schlenderten zurück zur Tür.

„Ist es das, was du im Haus von Lady W. tun wolltest?", fragte sie zaghaft.

Er war humorlos. „An das, was ich damals wollte, braucht man nicht zu denken. Ich nehme es dir überhaupt nicht übel, dass du mich niedergeschlagen hast. Es war völlig richtig, beides zu tun. Dieser Tag hat mich verändert. Du hast mich verändert."

Sie errötete, dann sagte sie mit einem Funkeln in den Augen: „Du bist jetzt ganz und gar nicht trollartig. Du hast mich verändert, sonst hätte ich dich nicht geküsst."

Marcus unterdrückte ein Lachen. „Hat dir schon mal jemand gesagt, dass du ein unverbesserlicher Schelm bist?"

Phoebes Augen weiteten sich. „Nein, bin ich das? Wie nett. So viel besser als langweilig."

„Du? Langweilig? Unwahrscheinlich."

Sie lächelte. „Kommst du morgen früh um zehn Uhr ins St. Eth House?“

Immer noch am Vormittag. Wenigstens hatte sie ihn gebeten zu kommen. „Mit dem größten Vergnügen.“

***

Als er an jenem Abend auf der Feier angekommen war, hatte Lord Thaddeus Travenor an einer Wand gestanden und Lady Phoebe quer durch den Ballsaal angestarrt. Jetzt, wo er ein Lord war, schwor er sich, dass er sie haben würde.

Vorher hatte es keine Hoffnung gegeben. Travenors Vater wurde nachgesagt, weit unter seinem Stand geheiratet zu haben, und er war nicht der Erste, der dies tat. Dieser Zweig der Familie galt bei den übrigen Travenors nicht als besonders vornehm und heiratete häufig in die Klasse der Kaufleute und vornehmen Gutsbesitzer in der Gegend um Bristol ein. Trotzdem hatte Thaddeus es geschafft, Erbe seines Cousins zu werden.

Er schnappte sich von einem Lakaien ein Glas Champagner. Als er das erste Mal Champagner getrunken hatte, hätte er ihn fast wieder ausgespuckt. Warum, zum Teufel, konnte man keinen Portwein oder Brandy servieren?

Er lächelte. Vier Monate zuvor hatte man die Leiche des ehemaligen Lord Travenor mit aufgeschlitzter Kehle gefunden – und er hatte den Titel der kleinen Baronie geerbt. Es hatte viele Spekulationen darüber gegeben, warum Baron Jonathan Travenor, ein beliebter Schönling der Gesellschaft, in den frühen Morgenstunden in Whitecastle war, aber Thaddeus hatte nicht vor, irgendjemanden über die letzten Momente seines „geliebten" Cousins aufzuklären. Der Mann war gestorben, wie er es verdient hatte.

Thaddeus hatte Lady Phoebe zum ersten Mal vor über zwei Jahren in der Bond Street gesehen. Als er sich schließlich nach ihr erkundigt hatte, hatte der Baron ihn ausgelacht. Sie, so hatte Jonathan ihm erzählt, habe Verehrer mit weitaus höherem Rang und weitaus größerer Herkunft verschmäht, als Thaddeus sie je haben würde. Jonathans Lippen kräuselten sich vor Verachtung, als er sagte: „Das wäre schlimmer als die Schöne und das Biest, zumindest hatte das Biest Manieren."

Der Baron weigerte sich, Thaddeus Lady Phoebe vorzustellen oder ihn gar der höflichen Gesellschaft unterzuschieben, obwohl Thaddeus der Erbe war.

Diese Bemerkungen waren die letzten Worte von Baron Jonathan Travenor. Thaddeus wollte Lady Phoebe, und es war ihm egal, wie er sie bekam, Hauptsache, er bekam sie.

Er wollte ihre cremige Haut unter seinen Händen und ihren Körper unter seinem spüren. Er fantasierte über sie, bis seine Besessenheit so weit ging, dass er versuchte, Lady Phoebe zu entführen. Doch der Versuch scheiterte. Woher hätte er wissen sollen, dass sie, eine sanftmütige Dame, so gut mit einer Pistole umgehen konnte? Er war mit einer Kugel im Körper davongekommen, aber zum Glück hatte er eine Maske getragen.

Trotzdem hatte sie ihn nicht abgeschreckt. Im Gegenteil, er wollte sie mehr als vorher, begehrte sie mehr als vorher, nachdem sie auf ihn geschossen hatte.

Er wusste, wie er mit einer Frau umzugehen hatte, die sich zu wehren versuchte, und er hatte keinen Zweifel, dass sie das tun würde. Sie würde auf den Knien landen, nackt. Als er seine Finger aneinanderrieb, konnte er ihre weiche Haut und die seidige Textur ihres Haares fast spüren.

Alle Frauen waren im Grunde ihres Herzens Huren, und er würde sie erziehen, notfalls mit der Peitsche. Er stellte sich vor, wie sie ihn in ihren heißen Mund nahm. Travenors Unterleib wurde hart, und er kippte den Champagner hinunter.

Er hatte es geschafft, in Lady Phoebes Kreis aufgenommen zu werden, aber er hatte Mühe, sein Gesicht ruhig zu halten, als er Lord Marcus Finley vorgestellt wurde, dem Mann, der ihn ruiniert hatte. Er runzelte die Stirn. Lord Marcus würde den Tag verfluchen, an dem er geboren wurde, wenn er glaubte, er könne Lady Phoebe stehlen. Dieser Tölpel hatte ihm einen Schatz genommen und Thaddeus jahrelanges Leid zugefügt, indem er sich abrackern musste. Er wollte Lord Marcus keine Gelegenheit geben, einen weiteren Preis zu ergattern.

Lady Phoebe gehörte Travenor, ihr Geld und ihr Körper, auch wenn sie es noch nicht wusste. Er hatte vor Wut gebrannt, als Lord Marcus mit ihr weggegangen war.

Nachdem er sich ein weiteres Glas Wein geschnappt hatte, ging Thaddeus auf die Terrasse hinaus. Er hatte gehört, dass Lady Phoebe noch nie geküsst worden war. Vielleicht lag es daran, dass keiner dieser Herren überhaupt ein Mann war.

Travenor blickte sich um. Es waren viele Leute da, aber keine Lady Phoebe. Plötzlich funkelte etwas am anderen Ende der Veranda, und Lady Phoebe und Lord

Marcus gingen auf die Türen zu. Lord Travenors Fäuste ballten sich und er begann vor Wut zu zittern. Er kniff die Augen zusammen und hatte Mühe, sein Gesicht in der ruhigen, leicht gelangweilten Miene zu halten, die er in der höflichen Gesellschaft gelernt hatte.

Irgendetwas war zwischen ihnen vorgefallen. Er trat zurück in den Raum, und als Lady Phoebe eintrat, waren ihre Lippen geschwollen und ihre Wangen gerötet. Gut geküsst und vielleicht noch mehr. Er würde bald damit anfangen müssen, sie zu bekommen.

***

Während der Kutschfahrt nach Hause dachte Phoebe an nichts anderes als an Marcus. Über seine Küsse und ihre widersprüchlichen Gefühle, wie sie sich veränderten. Oder doch nicht?

Im Haus angekommen, winkte Ester Phoebe, ihr in den Salon zu folgen. „Tee, meine Liebe?" fragte Ester.

„Ja, bitte, Tante Ester."

Ihre Tante wirkte beunruhigt. „Phoebe, wer war der kleine, eher unscheinbare Herr, der sich heute Abend zu deiner Gruppe gesellt hat? Sein Aussehen hat mir nicht gefallen."

„Oh, Lord Travenor", antwortete Phoebe und wartete darauf, dass ihre Tante zur Sache kam. „Er hat die meiste Zeit damit verbracht, meine Meinungen und Ansichten zu verunglimpfen. Wusstest du, dass wir armen Geschöpfe keinen vernünftigen Gedanken haben können, wenn er nicht von einem Mann kommt?"

Ester schnappte nach Luft. „Er hat es nicht gewagt, dir das zu sagen?"

Phoebes Augen funkelten. „Doch, das hat er. Seine Manieren sind grässlich. Er hat sich zu uns gesellt, ohne dass er vorgestellt wurde. Rutherford und die anderen haben mich natürlich verteidigt. Das Ungeheuerlichste war, dass er, nachdem er so dumm war, das zu sagen, was er getan hat, munter fragte, ob ich auf der Terrasse spazieren gehen wolle.“

„Was für ein dummer Mann, ganz sicher. Und eine sehr schlechte Gesellschaft.“

„Ja, in der Tat, ich habe ihm gesagt, was Onkel Henry mir gesagt hat, als du anfingst, mich zu politischen Partys mitzunehmen. Dass er mehr zuhören als reden sollte.“ Sie hielt inne. „Dann habe ich Lord Marcus gebeten, mich zu einem Spaziergang auf die Terrasse zu begleiten.“

Tante Ester schaute Phoebe über den Rand ihrer Teetasse hinweg an. „Ich verstehe. Hat dir der Spaziergang mit Lord Marcus gefallen?“

Sie wollte ihrer Tante nicht sagen, dass sie sich geküsst hatten, und sie versuchte, die Hitze, die ihr ins Gesicht stieg, zu unterdrücken. „Es war sehr angenehm. Wir sind auf der Terrasse spazieren gegangen und ... haben uns unterhalten.“

Ester schaute Phoebe misstrauisch an, die den Kampf gegen ihre geröteten Wangen verlor. Ihre Tante musste ahnen, dass sie mehr getan hatten, als sich zu unterhalten. Phoebe war erleichtert, als Tante Ester nur fragte: „Triffst du ihn morgen früh wieder?“

„Ja, er wird um zehn Uhr hier sein.“

„Meine Liebe, weißt du schon, was du für ihn empfindest?“

Phoebe sah zu Boden. Sie hätte ihm nie erlauben sollen, sie zu küssen, aber sie konnte sich nicht zurückhalten. „Ich weiß es nicht. Ich war angenehm überrascht von seinem Wissen über politische Themen. Er ist sehr intelligent und interessiert sich für meine Meinung."

„Siehst du ihn jetzt in einem günstigeren Licht?"

Phoebe blickte ihre Tante an. „Ich weiß es einfach nicht. Wenn ich mich nicht an die Art und Weise erinnern würde, wie er mich früher behandelt hat, wäre es", – sie hielt inne –, „nicht so schwer zu entscheiden, was ich fühle. Wenn ich mit ihm zusammen bin, ist es irgendwie anders. Wenn er nicht da ist, erinnere ich mich daran, wie er war, und dann weiß ich nicht, was ich tun soll."

Ester lehnte sich vor und tätschelte Phoebes Arm. „Nun, es ist noch zu früh, meine Liebe. Ich verstehe, dass deine Erinnerungen an ihn nicht angenehm sind. Trotzdem musst du dir die Frage selbst beantworten. Ist es fair – für einen von euch beiden –, dass du den Mann, der er jetzt ist, ignorierst und den Jungen, der er war, verachtest?"

Phoebe runzelte die Stirn. „Ja, ich verstehe, was du sagst. Ich wünschte, ich wüsste einen Weg, um die Erinnerungen aus meinem Kopf zu verbannen."

Ihre Tante lehnte sich zurück und hob ihre Tasse auf. „Was hast du sonst noch für Pläne für morgen? Bei Lady Thornhill gibt es einen Zeichensalon. Möchtest du mir Gesellschaft leisten?"

Dankbar, dass ihre Tante das Thema wechselte, antwortete Phoebe: „Ja, ich genieße ihre Zusammenkünfte immer. Ich habe schon oft gedacht, dass ich eines Tages so sein möchte wie Lady Thornhill. Sie ist so ein berühmter Blaustrumpf, und in ihren Salons sitzen ganz erstaunliche Leute, darunter Künstler, Schriftsteller, Politiker und Anarchisten."

„Das sehe ich genauso", sagte ihre Tante. „Die Konversation ist voller Witz und Eleganz. Vielleicht wirst du auf die gleiche Weise für Unterhaltung sorgen."

Phoebe unterdrückte ein Gähnen. „Tante Ester, ich werde jetzt mein Bett aufsuchen, wenn du nichts dagegen hast."

„Nein, nein, meine Liebe. Geh du nur."

Phoebe musste nachdenken und sagte ihrer Zofe gute Nacht, sobald sie bettfertig war, und schritt umher. Wenn irgendjemand sie heute Abend beim Küssen von Marcus gestört hätte, wäre sie verlobt gewesen, und man hätte ihr jede Wahl genommen – und es wäre ihre eigene Schuld gewesen.

Sie ließ sich auf das Sofa sinken und stützte den Kopf in die Hände, unfähig zu glauben, dass sie ihn ermutigt hatte. Was würde er von ihr denken? Dass sie eine leichtlebige Frau war? Würde er sie so behandeln, wie er es früher getan hatte?

Phoebe verschränkte die Arme in der Taille und wiegte sich, denn das Schlimmste war, dass sie jeden Augenblick genossen hatte und es kaum erwarten konnte, ihn wieder zu küssen.

Kapitel 10

Der Morgen graute, aber es war deutlich kühler als an den Tagen zuvor. Von ihrem Fenster aus sah Phoebe, dass ihr Phaeton herbeigefahren wurde, als Lord Marcus die Treppe hinaufstieg.

Sie kam gerade herunter, als er sagte: „Guten Morgen, Ferguson.“

„Guten Morgen, Mylord. Ich werde Lady Phoebe sofort eine Nachricht zukommen lassen, wenn Sie bitte in den Salon treten möchten.“

„Das wird nicht nötig sein, Ferguson“, sagte Lord Marcus.

Phoebe beobachtete, wie er sie musterte. Sie trug ein bronzen-goldfarbenes Kutschenkleid, das im militärischen Stil geschnitten, aber schlicht gehalten war. Auf dem Kopf trug sie einen Hut im Stil eines Tschakos. Sie wusste, dass sie gut aussah, aber sie glaubte nicht, dass irgendein anderer Mann sie so ansah wie er – als wäre sie die einzige Frau auf der Welt.

Lord Marcus lächelte und verbeugte sich. „Guten Morgen, Mylady. Sie sind heute Morgen pünktlich.“

Was hatte er an sich, das sie aufmunterte, selbst nach ihren Zweifeln vom Vorabend? Sie antwortete mit spöttischer Herbheit: „Guten Morgen, Mylord. Normalerweise bin ich pünktlich, aber ich wusste nicht, ob Sie es auch sind. Es hätte nicht gepasst, wenn ich in der Halle herumgestanden und auf Sie gewartet hätte."

Seine Lippen zuckten. „Ah, jetzt, wo Sie mir so freundlich Ihren Standpunkt erklärt haben, finde ich Ihre Argumentation völlig verständlich."

Als sie die Treppe hinuntergestiegen war, nahm er ihren Arm und führte sie zum Phaeton.

Im Park angekommen, verlangsamte Phoebe das Tempo ihrer Schwarzen und warf Marcus einen Seitenblick zu. Es gab so viel, was sie über ihn wissen musste.

„Lord Marcus, ich möchte nicht unverschämt erscheinen." Sie zog die Brauen zusammen und versuchte, die richtigen Worte zu finden. „Du sagtest, du wärst anders und dass ich etwas damit zu tun hätte." Sie hielt inne und versuchte, nichts zu überstürzen. „Du scheinst dich auf so viele Arten verändert zu haben. Ich habe mich gefragt, wie das passiert ist. Was du bei deiner Verwandlung durchgemacht hast."

Marcus starrte vor sich hin und war so lange still, dass sie glaubte, sie hätte einen Fehler gemacht, als sie ihn fragte, und dass er nicht antworten würde. Sie spürte es, als sein Blick wieder auf ihr ruhte. „Du weißt, was ich war", begann er und holte tief Luft. „Als ich von Oxford kam, war es das erste Mal in meinem Leben, dass ich nichts hatte, womit ich mich beschäftigen konnte. Ich war immer der zweite Sohn, aber ich war ein ziemlich reicher zweiter Sohn. Meine engsten Freunde hatten Ländereien zu verwalten oder zu lernen, wie man sie verwaltet. Ich war auf mich allein gestellt, ohne Beschäftigung und bereit für jeden Spaß." Seine Lippen spitzten sich zu. „Ich geriet in eine Gruppe junger Männer, die mich ermutigten, jedes Laster zu begehen, das ich wollte. Zum Glück war ich noch minderjährig, und mein Vater erfuhr ziemlich schnell von meinen Taten. Er beschloss, mich wegzuschicken. Mich zu verbannen, bevor ich den Familiennamen ruiniere." Marcus rieb sich das Gesicht. „Covey, mein Stallknecht, war der einzige Diener, der mich begleiten wollte. Wenige Tage, nachdem ich die Worthingtons verlassen hatte, sollte ich in See stechen. In dieser Zeit habe ich viel getrunken. Als Covey mich an Bord des Schiffes brachte, war ich noch ziemlich fertig und fühlte mich ein paar Tage lang krank."

„Seekrank?", fragte Phoebe.

„Nein." Er grinste. „Ich war, wie meine Mutter zu sagen pflegte, an der Reihe, die Zeche zu zahlen. Als es mir wieder besser ging, suchte ich nach einer Beschäftigung, nach einem Zeitvertreib. Der Kapitän des Schiffes, Grant war sein Name, nahm mich unter seine Fittiche und brachte mir das Segeln bei. Als ich in Jamaika ankam, freute ich mich darauf, die Ländereien zu verwalten und zu entdecken, was das Leben auf den Westindischen Inseln zu bieten hatte. Ich habe nur eines bedauert."

„Und was war das?"

„Du. Was ich sagte, was ich tat. Trotz allem waren meine Gefühle für dich echt und haben sich nie geändert. Aber ich musste mich deiner würdig erweisen."

Phoebe blickte auf ihre Pferde und die Serpentine. Was auch immer sie erwartet hatte, es war nicht das. Und sie wusste nicht, ob sie noch mehr hören wollte. Sie zwang sich zu atmen. „Ich – ich bin froh, dass du dein Leben umkrempeln konntest."

„Phoebe, ohne dich hätte ich es nicht geschafft."

Sie schüttelte den Kopf. „Ich verstehe das nicht."

Er sprach mit leiser Stimme. „Du sagtest mir, ich solle andere an erste Stelle setzen und Menschen mit Respekt behandeln. In Jamaika kannte mich niemand, ich hatte eine weiße Weste. Ich habe deinen Rat befolgt und hatte Erfolg."

Andere Teile seiner Geschichte fügten sich langsam zusammen. Ihre Kehle schnürte sich zu. „Du wusstest, dass du verbannt wirst, als du bei Lady W. warst?"

Er schloss seine Augen, stöhnte und öffnete sie wieder. „Ja. Es sollte meine letzte Feier in England sein. Phoebe, leg die Karten auf den Tisch, was willst du wissen?"

Sie brachte den Phaeton unter einem tief hängenden Baum zum Stehen. Es war unmöglich für sie, zu fahren und dieses Gespräch zu führen. „Ich möchte wissen, warum du mir das angetan hast, was du mir an diesem Tag angetan hast."

„Warum ich versucht habe, dich zu küssen?", fragte er.

Sie nickte. „Ja. Warum du das alles getan hast. Warum du mich auf diese schrecklich abscheuliche Weise behandelt hast, bevor du versucht hast, mich zu küssen. So getan hast, als wäre ich eine Art ..."

„Etwas Billiges? Anstelle von etwas sehr Wertvollem?"

„Ja, das ist es." Phoebe hielt seinem Blick stand und weigerte sich, ihm zu erlauben wegzuschauen. Was er getan hatte, verfolgte sie seit acht Jahren.

Marcus'

Augen verfinsterten sich. Er streckte einen Finger aus und streichelte sanft ihre Wange. Als sie sich verkrampfte, ließ er die Hand fallen. „Ich war ein Schwachkopf. Ich habe all das getan, weil ich wusste, dass ich in zehn Tagen aus England abreisen würde, ich wusste nicht, wie lange, und ich war in dich verliebt. Ich brauchte dich, wollte, dass du mich begleitest. Du hast versucht, mich zu verstehen, wer ich als Mann war. Niemand sonst hatte sich je die Zeit genommen, das zu tun. Ich war von den Frauen, mit denen ich zusammen war, so verwöhnt und umsorgt worden, dass ich unter dem Einfluss des Schnapses, den ich trank, um den Mut zu haben, dich zu fragen, nie auf die Idee gekommen wäre, dass du mich zurückweisen könntest. Ich habe mich geweigert, mir Gedanken über dein Alter oder dein Qualität zu machen. Ich habe mir eingeredet, dass du genauso fühlst wie ich. Als ich taumelte und ... dich unangemessen berührte, ging ich durch den Himmel zur Hölle. Ich wusste, dass ich dich verloren hatte.“

Phoebe brachte es nicht über sich, zu sprechen. Sie hatte gehört, dass sich viele junge Männer seltsam verhielten. Aber sie hatte sich immer die Schuld für sein Verhalten an diesem Wochenende gegeben, zumindest teilweise. „Ich dachte, ich hätte etwas getan, das dich dazu veranlasst hat, dich so zu verhalten.“

Marcus nahm ihre Hand. „Nein. Du darfst dir niemals die Schuld für meine Unzulänglichkeiten geben. Ich hätte nicht tun dürfen, was ich getan habe, und die einzige Person, die Schuld hat, bin ich, weil ich so viel getrunken und die Kontrolle verloren habe. Ich habe mir jahrelang gewünscht, ich hätte dich so behandelt, wie ich es hätte tun sollen, und ich habe nie wieder so viel getrunken. Der Preis war viel zu hoch.“

Sie fühlte sich, als wäre ihr eine Last von den Schultern genommen worden. „Ich wusste es nicht. Ich habe es nicht verstanden. Du hast mir so viel Angst gemacht."

Marcus hatte einen seltsam verschlossenen Ausdruck auf seinem Gesicht. „Hätte es einen Unterschied gemacht, wenn du es verstanden hättest? Phoebe, ich hatte es mit so vielen Teufeln zu tun. Du warst erst sechzehn, wie ich später erfahren sollte, und ich war ein Narr. Hättest du mir wohlwollend geantwortet, wäre ich bereit gewesen, dich nach Gretna Green zu bringen. Gott allein weiß, wie ich dich in Jamaika behandelt hätte."

Phoebes Augen weiteten sich vor Schreck. Hatte er das wirklich gesagt? „Marcus, das hättest du nicht getan. *Gretna Green? Und dann Jamaika?* Ganz zu schweigen davon, dass ich fünfzehn war."

„Oh, Gott. *Fünfzehn?*"

Sie nickte.

„Ich hätte es getan und dein Vater hätte mich an den Pranger gestellt", sagte Marcus. „Es war sehr gut, dass du mich niedergeschlagen hast. Es hat uns beide wahrscheinlich vor Jahren meiner jugendlichen Dummheit bewahrt."

Was wäre passiert, wenn er sie anders behandelt hätte? Wenn er so gewesen wäre, wie er jetzt war. Aber dann wäre er natürlich nicht verbannt worden. „Ich wäre nicht mit dir gegangen. Ich war mir bewusst, dass du dich für mich interessiertest, und ich fühlte auch etwas. Aber dann hast du in mir eine solche Abscheu vor dir erweckt. Die Art und Weise, wie du mich behandelt hast, dein Desinteresse an fast allem außer an mir selbst, die Art und Weise, wie du erwartetest, mit Respekt behandelt zu werden, aber den Respekt anderer nicht erwidertest, und du schienst immer ein wenig aufgedreht zu sein." Sie schüttelte langsam den Kopf. „Es war nichts Gesundes oder Gutes an dir. Ich wusste, dass etwas nicht stimmte, aber ich hatte keine Ahnung, dass du so ein lasterhafter Kerl warst."

Marcus' Augen huschten umher, während er die Lippen schürzte. „Und was, Mylady, weißt du von ‚lasterhafter Kerlen'? Ich weiß, dass ich lange Zeit weg war, aber ich wusste nicht, dass es sich für Damen gehört, Schimpfwörter zu benutzen."

Phoebe errötete. „Du, du *Schuft*, unsere Gespräche verleiten mich dazu, die schockierendsten Dinge zu sagen. Du weißt sehr gut, dass ich diesen Ausdruck nicht hätte benutzen sollen."

Er öffnete den Mund, um etwas zu erwidern, aber sie stürzte mit Fragen über die westindischen Ländereien und deren Verwaltung über ihn herein. Marcus beantwortete ihre Fragen und erzählte ihr von der Zeit, als Piraten versuchten, sein Schiff zu kapern. „Ich habe immer gedacht, dass St. Vincent kein sehr erfolgreicher Pirat gewesen sein kann. Wir hatten keine große Mühe, seinen Angriff abzuwehren und sein Schiff zu übernehmen. Als wir mit beiden Schiffen, die größtenteils unbeschädigt waren, den Hafen erreichten, war mein Ruf als Piratenjäger gefestigt."

Sein selbstironisches Lächeln berührte ihr Herz, und sie fragte sich, ob das Abenteuer so viel Spaß gemacht hatte, wie er es behauptete. „Du hattest ein sehr interessantes Leben, seit du England verlassen hast," antwortete sie wehmütig. „Wünschst du dir manchmal, du wärst nicht weggeschickt worden?“

Marcus schüttelte den Kopf. „Nein, niemals. Ich will gar nicht daran denken, was aus mir geworden wäre. Nichts Gutes.“ Er fügte in einem neckischen Ton hinzu: „Es sei denn, du hättest mich geheiratet.“

Oh, dieser böse Teufel. Wie anders wäre ihr Leben verlaufen. Aber nein, sie hatte vor all den Jahren nicht einmal gewollt, dass er sie berührte. „Ich bin viel vernünftiger geworden, als ich es mit fünfzehn war. Du, Sir, hättest unter dem Pantoffel gestanden, wenn wir damals geheiratet hätten.“

„Ah, aber ich hätte es geliebt“, murmelte er träge. Seine Augen neckten sie und er lächelte, als ihre Wangen warm wurden. Sie sollte das nicht so sehr genießen, wie sie es tat.

„Was für ein Spaßvogel. Du hast recht. Es war sehr gut, dass du weggeschickt wurdest.“ Sie hielt inne, überrascht über ihre Offenheit. „Die Dinge, die du mich sagen lässt. Ich bin sehr ...“

Er legte seine Hand auf ihre. „Nein, nein, du musst dich nicht entschuldigen. Ich glaube nicht, dass ich einer anderen Frau erzählen könnte, was ich dir erzählt habe. Die meisten von ihnen, wage ich zu behaupten, hätten Wutanfälle bekommen. Ich habe noch nie eine Frau getroffen, deren Ideen und Ansichten so sehr mit meinen übereinstimmen.“

„Du verführst mich absichtlich dazu, taktlos zu sein.“

„Aber ich muss dich in Versuchung führen. Das ist das Einzige, was ich tun kann, um dich zum Erröten zu bringen.“ Marcus grinste spitzbübisch. „Du siehst so bezaubernd aus, wenn du das tust.“

Würden ihre Wangen jemals wieder kühl werden? „Du, mein Herr, sagst die abscheulichsten Dinge."

Er legte einen Finger unter ihr Kinn und neigte ihren Kopf nach oben. Wollte er sie hier, im Park, küssen? Furcht stieg in ihr auf und sie erstarrte.

„Phoebe, lächle bitte für mich", sagte er und ließ seine Hand sinken. Sie blickte ihm in die Augen und schenkte ihm ein kleines Lächeln. „Ich danke dir. Ich verspreche, dass ich dir nie wieder wehtun werde. Ich werde nichts mehr tun, was du nicht willst, dass ich tue. Ich bin nicht mehr dieser Mann."

Marcus hatte ihre Nervosität gespürt, als er ihren Kopf nach oben geneigt hatte. Selbst jetzt waren Misstrauen und Angst in ihren Augen zu sehen. Er wollte diesen Ausdruck nie wieder sehen, wenn sie ihn ansah. Phoebe erinnerte ihn an ein vorsichtiges Fohlen. Das hatte er ihr angetan. Irgendwie musste er einen Weg finden, den Schaden zu beheben.

Sie trieb die Pferde an. „Wir sollten besser gehen, bevor uns jemand sieht." Das verletzte sein Ego ein wenig, aber er schwieg, als sie aus dem Park fuhren.

Phoebe warf ihm einen Seitenblick zu. „Meine Tante und ich gehen heute Nachmittag in Lady Thornhills Zeichensaal. Möchtest du uns begleiten?"

Erleichtert über die Einladung antwortete er: „Es gibt nichts, was ich lieber täte, aber leider habe ich meiner Mutter versprochen, sie zu demselben Ereignis zu begleiten, aber wir sehen uns bei Lady Thornhill".

„Ja, ich glaube, es wird dir gefallen. Dort gibt es Dichter und Künstler und alle möglichen Leute."

Als Phoebe vor dem St. Eth House anhielt, drehte sich Marcus in die Richtung, in die sie schaute. Zwei Frauen waren bei Lady St. Eth. Sie waren nicht voneinander zu unterscheiden und sahen Phoebe verblüffend ähnlich, denn sie hatten die gleichen leuchtend blauen Augen, die unter schön gewölbten Brauen lagen. Ihr Haar war nicht ganz so rot wie das von Phoebe, aber Marcus hatte keinen Zweifel daran, dass die Damen ihre Schwestern sein mussten.

„Phoebe", rief eine von ihnen ihr zu.

„Hermine, Hester."

„Phoebe, du Wildfang. Komm sofort von dort herunter. Du kannst nicht am Grosvenor Square schreien. Was sollen die Leute denken?", rief die andere, genauso laut wie Phoebe.

Lady St. Eth schüttelte den Kopf. „Ihr seid beide traurige Tollpatsche und werdet uns noch ins Gerede bringen." Sie presste die Lippen fest aufeinander, aber sie zuckten immer noch.

Wie würde es wohl sein, Teil einer so eng zueinander stehenden Familie zu sein? Die andere Schwester stand mit leuchtenden Augen und einem breiten Lächeln neben Lady St. Eth.

Phoebe blickte ihn mit leuchtenden Augen an. „Meine Schwestern, Hester und Hermine."

Marcus half Phoebe aus dem Phaeton, während sich ein Stallknecht um die Pferde kümmerte.

Die Damen traten vor und umarmten Phoebe herzlich. Der neugierige Blick der einen Schwester richtete sich auf ihn.

„Aber wir haben unsere Manieren verlernt."

„Ah ja", sagte Phoebe. „Ich möchte euch Lord Marcus Finley vorstellen. Lord Marcus, meine Schwestern Hermine, Gräfin von Fairport, und Lady Hester Caldecott."

Marcus verbeugte sich elegant über ihre angebotenen Hände. Die Damen hatten ihren Schock schnell überspielt, aber jetzt war die Katze aus dem Sack.

Hermine warf Phoebe einen fragenden Blick zu und Phoebe seufzte. Sie war nicht bereit, mit ihren Schwestern über Marcus zu diskutieren.

Hermine und Hester übernahmen das Kommando und bestanden darauf, dass Marcus sich für ein paar Minuten zu ihnen gesellte. Jede von ihnen nahm einen Arm und eskortierte ihn ins Haus. Als sich alle im Morgenzimmer niedergelassen hatten und der Tee gebracht worden war, konzentrierten sich zwei Paar neugierige Zwillingsaugen auf ihre Beute.

Phoebe öffnete ihren Mund und schloss ihn wieder. Es war sinnlos, zu versuchen, sie aufzuhalten. Alles, was sie tun konnte, war, sich zurückzulehnen und zu beobachten, wie Marcus mit ihrer Inquisition umging.

„Lord Marcus." Hermine lächelte. „Ich glaube, Sie sind mit meinem Mann Fairport bekannt."

„Ja, in der Tat", antwortete Marcus. „Ich kenne Lord Fairport seit Eton. Er ist ein Freund meines Bruders. Allerdings haben sie sich in letzter Zeit nicht oft gesehen."

„Wir haben von der Krankheit Ihres Bruders erfahren", sagte Hermine einfühlsam. „Es tut mir aufrichtig leid für Sie und Ihre Familie."

Marcus nickte. „Ich danke Ihnen für Ihre Freundlichkeit. Es ist interessant, dass Arthur mit seiner Krankheit – und den Folgen, die wir kennen – viel besser umzugehen scheint als der Rest von uns."

Hester schaltete sich ein. „Ich habe gehört, dass Sie die letzten Jahre auf den Westindischen Inseln verbracht haben. Sagen Sie, wie hat es Ihnen gefallen?"

„Sehr gut sogar, obwohl es Zeit war, nach England zurückzukehren." Marcus hielt ihren bohrenden Fragen besser stand, als Phoebe gedacht hatte, und wich jeder Frage, die er nicht beantworten wollte, geschickt aus. Es war fast so, als würde man einen Fechtkampf mit verbalen Stößen und Paraden beobachten. Fast erwartete sie, dass eine ihrer Schwestern fragen würde, was er zum Frühstück hatte.

Obwohl er Phoebe nicht ansah, konnte sie erkennen, dass sie ihm nicht aus dem Kopf ging. Das Verhör wurde fortgesetzt, bis die Tür zum Korridor sich öffnete und Onkel Henry eintrat.

Er riss die Augen auf, als sei er schockiert, und sagte mit gespielter Strenge: „Ich habe mich gefragt, wer den ganzen Lärm im Haus macht. Ich konnte euch in meinem Arbeitszimmer hören."

Phoebe grinste. Onkel Henrys Arbeitszimmer befand sich im Erdgeschoss auf der anderen Seite des Hauses.

Im gleichen Tonfall wie ihr Onkel riefen ihre Schwestern unisono aus: „Dass ich meinen edlen Onkel so einen Unsinn erzählen höre!"

„Ich bin überrascht, dass meine Tante dir erlaubt, dermaßen zu schwindeln", sagte Hester. „*Ich* würde es sicher nicht erlauben."

Genügend gezüchtigt, trat Onkel Henry kichernd vor, um seine Frau, seine Nichten und Marcus zu begrüßen. „Guten Morgen, Lord Marcus. Wie kommt es, dass Sie mitten unter diesen Schnattergänsen seid?"

Marcus setzte einen verwirrten Gesichtsausdruck auf, aber seine Augen funkelten vor Vergnügen. „Nun, Sir, ich glaube, ich wurde entführt. Ich war gerade damit fertig, Lady Phoebe aus ihrer Kutsche zu helfen, als ich ins Haus gezogen wurde, und hier sehen Sie mich.“

Hermine und Hester protestierten, und Marcus fuhr fort: „Nein, nein, ich bin ganz froh, dass ich *gefangen* genommen wurde. Wie sonst wäre ich in eine so lebhafte und, wenn ich so sagen darf, heitere Gesellschaft gekommen?“

Phoebe schwieg. Marcus hatte wirklich gute Arbeit geleistet, um ihre Schwestern und Onkel Henry zu bezaubern. Sie warf einen Blick auf Tante Ester, und obwohl sie nicht viel gesagt hatte, lag ein nachsichtiges Lächeln auf ihren Lippen. Bald würden alle weiblichen Mitglieder ihrer Familie ihre Antwort in Bezug auf Marcus erwarten.

Während ihre Schwestern und Ester sich zu unterhalten begannen, lenkte Onkel Henry die Aufmerksamkeit von Marcus auf sich.

Schließlich erhob sich Marcus, um zu gehen, und erklärte, dass sein Vater seine Anwesenheit für den Vormittag und seine Mutter für den Nachmittag angeordnet hatte. Onkel Henry bat Marcus, Lord Dunwood zu grüßen.

Nachdem Marcus gegangen war, kehrte Henry in sein Arbeitszimmer zurück.

Phoebe warf einen Blick auf die Tür, doch bevor sie hinausschlüpfen konnte, wandten die Zwillinge, befreit von den Zwängen eines Besuchers, sich ihr als Einheit zu.

Hermine hob eine Augenbraue. „Nun, Phoebe, der Umgang mit dem Troll. Wie ist es dazu gekommen?“

Vielleicht würde es ausreichen, wenn sie ihnen etwas von den Ereignissen erzählte, um ein ausführliches Verhör und ihre Einmischung zu vermeiden. Phoebe beschloss, dass partielle Ehrlichkeit das Beste sei, und erzählte ihren Schwestern von ihrer Begegnung mit Marcus im Gasthaus, gefolgt von stark gekürzten Versionen der Ereignisse in der Bond Street und auf dem Ball.

Ihre Schwestern stellten gezielte Fragen, schienen aber schließlich zufrieden zu sein, dass sie die ganze Geschichte kannten.

Hester strich ihre Röcke glatt und nahm einen Schluck von dem Tee, der gekommen war. „Ich muss sagen, meine Liebe, es sieht nicht so aus, als ob mit ihm etwas nicht stimmen würde. Er ist wirklich sehr attraktiv."

Phoebe zwang sich zu einem Lächeln. Sie liebte ihre Schwestern, aber sie wollte nicht, dass sie sich in das Werben einmischten. „Er sieht viel besser aus, als früher. Ich habe ihn tatsächlich nicht wiedererkannt." Sie fummelte an den Fransen ihres Umhangs herum. „Auf jeden Fall hat mir Lord Marcus versichert, dass es richtig war, ihm auf der Hausparty von Lady W. einen Nasenstüber *und* eine Predigt zu verpassen."

„Hat er nicht!", rief Hermine aus. „Ein Mann hat das zugegeben?"

Phoebe setzte sich aufrechter hin. „In der Tat, das hat er."

Hester legte den Kopf schief. „Wann war das, meine Liebe?"

„Gestern Abend auf der Feier von Lady Buxted“, antwortete Phoebe ohne nachzudenken. „Als wir auf der Terrasse spazieren gingen.“

Die Augen ihrer Schwestern weiteten sich und ihre Kinnladen klappten auf. Sie schlossen unisono ihre Münder und betrachteten Phoebe weiter genau.

Sie machte sich Vorwürfe, dass sie so dumm gewesen war, es ihnen zu sagen, und versuchte, Gleichgültigkeit vorzutäuschen.

Leider konnte sie nicht verhindern, dass ihr Gesicht langsam errötete, was genauso aufschlussreich war wie jedes andere Eingeständnis, das sie gemacht hätte.

„Phoebe“, sagte Hermine nach einigen Augenblicken. „Was hast du getan? Du schlenderst doch nie allein mit Gentlemen über die Terrassen.“

„Ich bin nicht mit *Herren* auf *Terrassen* spazieren gegangen“, entgegnete Phoebe. „Es ist ein Mal passiert.“

„Hermine, du warst nicht präzise genug.“ Hester kam direkt zum Kern der Sache. „Phoebe, was hast du auf der Terrasse gemacht, allein, mit Lord Marcus?“

Phoebe sammelte so viel Würde, wie sie unter den durchdringenden Blicken ihrer Schwestern aufbringen konnte. „Wir … haben uns unterhalten.“

Hesters Brauen zogen sich zusammen. „Du sagt es viel zu durchschaubar, meine Liebe. Wenn du nichts anderes getan hast, als ‚zu plaudern‘, warum ist dein Gesicht dann so rot wie ein Feuer?“

Hester war eindeutig die bessere Inquisitorin. Phoebes Augen verengten sich. „Hat dir schon mal jemand gesagt, dass du ein Jesuit hättest werden sollen? Ich bin älter als sieben, das versichere ich dir, und ich habe mein Handeln voll im Griff.“ Sie versuchte, sich aus den

Diskussionen herauszuwinden und fühlte sich langsam wieder wie ein Kind.

„Phoebe, wenn du es uns nicht sagst, werden wir das Schlimmste vermuten." Hester presste die Lippen zusammen. „Wir wissen besser als jeder andere, dass du in vielen Dingen auf dem neuesten Stand bist. Aber bei den Männern bist du immer noch ein unerfahrenes Mädchen."

Phoebe warf ihre Hände hoch. „Wir haben uns geküsst. Das war alles."

„*Alles*?", sagten ihre Schwestern unisono. „Auf einer Terrasse? Bei einer öffentlichen Veranstaltung?" Dem verärgerten Gesichtsausdruck von Hester nach zu urteilen, war sie offensichtlich noch nicht fertig. „Seit wann lässt du dich von Gentlemen küssen?"

Phoebe erhob sich und richtete sich zu ihrer vollen Größe auf, die leider viel kleiner war als die ihrer Tante und ihrer Schwestern. „Ihr macht viel zu viel daraus. Es war *ein* Kuss mit *einem* Gentleman. Wenn er etwas getan hätte, was mir nicht gefallen hätte, hätte ich ihn aufgehalten." Phoebe wusste, dass sie sich in einen Schlamassel gebracht hatte. Küssen bedeutete heiraten, und dazu war sie noch nicht bereit. Noch nicht, und vielleicht auch nie.

Sie wollte zur Tür gehen, hielt aber inne, als ihre Tante sprach.

„Das, meine Lieben, war nur zu erwarten, nachdem sie sich in der Bond Street wie versteinert angestarrt haben."

Phoebe drehte sich um und starrte Tante Ester an, unfähig, zu glauben, dass sie sie verraten hatte. Die erstaunten Blicke ihrer Schwestern richteten sich wieder auf Phoebe.

„Hast du vor, Lord Marcus zu heiraten?", fragte Hermine.

„Er hat mich noch nicht gefragt."

„Rede nicht um den heißen Brei herum." Hester runzelte die Stirn. „Er hat dir gesagt, er wolle dich heiraten. Hast du dich entschieden, ob du ihn heiraten willst?"

„Ich weiß es noch nicht." Phoebe rieb sich die Stirn. „Ich weiß, dass ich eine Entscheidung treffen muss. Ich brauche nur mehr Zeit. Ich habe viel zu lange damit verbracht, ihn zutiefst zu verabscheuen, als dass ich zustimmen würde, ihn zu heiraten, nur weil er Gefühle in mir weckt, die ich noch nie hatte."

Hermine seufzte, dann kam sie zu Phoebe und legte ihr einen Arm um die Schultern. „Meine liebe, liebe Schwester, wir tun das nicht, um dich unglücklich zu machen, aber du kannst nicht einen Gentleman küssen und nicht vorhaben, ihn zu heiraten. Wie weit kannst du mit deinen Gefühlen für Lord Marcus gehen, ohne eine Entscheidung zu treffen oder deinen Ruf zu ruinieren?"

„Ich weiß es nicht. Ich habe das Gefühl, dass ich in zwei Richtungen gezogen werde."

Hermine musterte Phoebes Gesicht. „Sag mir, meine Liebe, wenn sein Name nicht Lord Marcus Finley wäre, würdest du ihn heiraten?"

Phoebe dachte zurück an den Kuss in der Bibliothek, von dem sie niemandem erzählt hatte, an die Küsse auf der Terrasse, an den Walzer mit ihm, an die Wärme in seinen Augen, wenn sie auf ihr ruhten, an die Gespräche mit ihm und an die leichte Kameradschaft, die sie erreicht hatten, als sie vergessen konnte, wer er gewesen war. „Ich glaube, das würde ich. Wenn er nicht Marcus wäre, dann würde ich mich selbst und meine Zuneigung zu ihm besser verstehen."

„Also", sagte Hester, während sie aufstand und zügig ihre Röcke ausschüttelte, „es ist nur so, dass du entdeckt hast, dass er früher ein Troll war. Obwohl er sich bei euren letzten Begegnungen überhaupt nicht wie ein Troll verhalten hat. Kannst du zugeben, dass er im Laufe der Jahre gereift ist und sich jetzt ganz anders verhält?"

„Vielleicht." Phoebe schürzte ihre Lippen. „Wenn ich den anderen nur vergessen könnte, wenn ich wüsste, dass ich ihm jetzt vertrauen kann, dass er nicht zurückfällt, würde ich ihn wirklich sehr mögen." Sie winkte mit der Hand. „Ich muss sicher sein, dass er mich nie wieder so behandeln wird."

„Na siehst du, wir machen Fortschritte." Hermine führte Phoebe zurück zum Sofa. „Was willst du von ihm? Welche Zusicherungen brauchst du?"

„Ich weiß es nicht." Phoebe bedeckte ihr Gesicht mit den Händen und rieb sich die Schläfen. „Ich weiß es einfach nicht." Sie wurde von Ferguson gerettet, der das Essen ankündigte.

„Ich hatte keine Ahnung, dass es schon so spät ist", sagte Hester.

Hermine erhob sich. „Ich nehme an, wir sollten jetzt gehen."

„Meine Damen", sagte Ferguson. „Lord St. Eth hat Ihren Ehemännern Botschaften geschickt mit der Bitte, sich zum Mittagessen hierher zu begeben. Die Herren sind alle schon bei Seiner Lordschaft."

„Was für wunderbare Ideen Onkel Henry hat", sagte Hester, und Hermine und sie lächelten sich an.

Phoebe verbarg ihren Seufzer der Erleichterung. Vielleicht würden sie sie jetzt in Ruhe lassen, damit sie ihre Gefühle ohne ihre Hilfe verarbeiten konnte. Sie blickte zu ihren Schwestern und ihrer Tante. Nein, höchstwahrscheinlich nicht. Sie würden bald eine Entscheidung verlangen, und Phoebe war noch nicht so weit.

Vielleicht sollte sie einfach aufhören, Marcus zu küssen. Verzweiflung stieg in ihr auf bei dem Gedanken, was sie verpassen würde. Sie schüttelte sich, sie würde ihre Gefühle – und ihren Körper – wieder in den Griff bekommen müssen, dann konnte sie sich so viel Zeit nehmen, wie sie wollte.

Kapitel 11

Lord Fairport und Mr. John Caldecott waren der Aufforderung von St. Eth umgehend nachgekommen. Ferguson begleitete sie in das Arbeitszimmer. St. Eth forderte sie auf, Platz zu nehmen, und trat dann hinter seinem Schreibtisch hervor, um ihnen Brandy oder Wein anzubieten.

Nachdem die Gläser entgegengenommen wurden, nahm er auf dem kleinen Sofa Platz und betrachtete sie einige Augenblicke lang. Beide Herren hatten sein volles Vertrauen.

„Ich habe Sie hergebracht, um eine Familienangelegenheit zu besprechen. Ich weiß nicht, wie *au courant* Sie beide über Phoebes Werben sind.“

John, der gerade einen Schluck aus seinem Glas nahm, verschluckte sich. „Phoebes *was*?“, stotterte er, seine Aufmerksamkeit auf St. Eth gerichtet.

Ein langsames, interessiertes Lächeln umspielte Fairports Lippen. „Ich nehme an, das hat etwas mit Lord Marcus Finley zu tun?“

St. Eth hob eine Augenbraue. „Sie *sind* gut informiert, wenn Sie das wissen.“

„Fairport mag es ja sein, aber ich bin es nicht“, sagte Caldecott. „Man hat mir nur gesagt, dass wir in der

Stadt sind, um Phoebe zu unterstützen, falls sie es braucht.“

St. Eth erzählte ihm die Geschichte von Marcus und Phoebe, wie er sie kannte, und war gespannt, was Fairport hinzufügen würde.

Caldecott blickte nach Zwischenfragen zur Klärung bestimmter Aspekte von einem zum anderen und kam, wie es seine Gewohnheit war, direkt zur Sache. „Wie viele Wochen dauert dieses ‚Werben‘ schon an?“

Wenn St. Eth an die Zeit dachte, die vergangen war, konnte er nur eine Grimasse ziehen. „Mehrere. Ohne erkennbaren Erfolg. Sie fährt mit ihm aus, aber nur in ihrem Phaeton und nur vormittags, nicht zur belebten Stunde. Sie treffen sich auf politischen Bällen und Feiern, wo Phoebe sehr gefragt ist, und sie hält den ganzen Abend Hof und verbringt wenig Zeit mit Lord Marcus.“

Caldecott nahm einen Schluck Wein. „Es scheint, als ob das Werben im Schneckentempo vorankommt. Jetzt, wo ihre Schwestern hier sind, um auf sie aufzupassen, wird es noch schwieriger für ihn, denn egal wie alt sie ist, sie *werden* auf sie aufpassen.“ Er machte ein angewidertes Geräusch. „Ich verstehe diese Zurückhaltung von Phoebe nicht. Das passt nicht zu ihrem Verhalten in der Bond Street oder auf dem Ball.“

Fairport tippte mit den Fingern auf die Stuhllehne. „John, bedenke, das war alles, *bevor* sie wusste, dass er Finley ist. Ich glaube, sie ist verängstigt und weiß nicht, was sie tun soll. Es ist das erste Mal, dass Phoebe einen Mann an sich heranlässt, und es ist ausgerechnet derjenige, den sie nie wiedersehen wollte.“ Er fuhr fort: „Es scheint, dass Lord Marcus diesem Werben zugestimmt hat und sich nicht traut, die Kontrolle zu übernehmen, damit sie nicht flüchtet. Gott, was für ein Wirrwarr."

St. Eth nickte nachdenklich. „Ich denke, Sie haben den Nagel auf den Kopf getroffen. Nachdem ich an mehreren Parteiversammlungen mit Lord Marcus teilgenommen und ihn kennengelernt habe, habe ich festgestellt, dass er ein Mann mit Integrität und starken Überzeugungen ist. Ich bin überrascht, dass er nicht versucht hat, Phoebe die Zügel aus der Hand zu nehmen."

„Wir alle sorgen uns um sie und wollen, dass sie glücklich ist. Und ich glaube nicht, dass sie das sein wird, wenn sie eine alte Jungfer wird", warf Fairport ein. „Wir müssen versuchen, das Werben voranzutreiben. Es gibt auch noch eine andere Sache zu bedenken."

St. Eth und John schenkten ihm ihre Aufmerksamkeit.

„Phoebe hat Hermine gegenüber die Möglichkeit erwähnt, einen eigenen Haushalt zu gründen. Phoebe scheint zu verstehen, dass sie zu jung ist. Aber du weißt ja, wie sie ist, wenn ihr eine Idee im Kopf herumschwirrt."

Caldecott schloss kurz die Augen, als ob er Schmerzen hätte. „Nein, wir können nicht zulassen, dass sie ihren eigenen Haushalt gründet. Sie ist viel zu jung. Und da sie alleinstehend bleibt, kann ich, so gern ich Phoebe auch mag, nicht daran denken, sie in den nächsten Jahren während der Saison beaufsichtigen zu müssen. Sie nervt mich zu Tode." Er nahm einen Schluck Wein. „Wir machen uns auch Sorgen um sie. Sie braucht einen Mann, der ihr gewachsen ist, aber dennoch

Sympathien für ihre Sache hegt. Ist Lord Marcus der Richtige?“

St. Eth ließ in Gedanken Revue passieren, was er seit Lord Marcus’ Rückkehr von dem Mann gesehen und gehört hatte, und nickte. „Ja, ich glaube, er ist genau der Gentleman, den ich gerne mit Phoebe verheiratet sehen würde.“

Fairport warf einen Blick auf Caldecott und St. Eth. „Gut, sind wir uns einig, dass wir Finley helfen werden, sie zum Altar zu bringen?“

Caldecotts Lippen verzogen sich. „Solange er sie zur Ehe führt, habe ich keine Einwände.“

Edwin wandte sich an St. Eth. „Was ist mit Ihnen, Sir? Sie sind der größte Gerechtigkeitsverfechter von uns allen.“

Alles, was er wollte, war, dass Phoebe das Glück in der Ehe fand, das sie alle gefunden hatten. „Es ist mir klar, dass Phoebe in ihn verliebt ist und er in sie. Ich will nicht, dass sie sich die Chance auf eine Ehe und Kinder entgehen lässt.“ St. Eth stand auf und hob sein Glas. „Lassen wir es geschehen, meine Herren.“

Edwin erhob sich. „Ich werde nach dem Mittagessen zu Dunwood House gehen.“

***

„Fairport, das ist eine angenehme Überraschung“, begrüßte Marcus ihn, als er seinen Gast in sein privates Arbeitszimmer führte. „Bitte nehmen Sie Platz. Möchten Sie einen Brandy oder einen Wein?“

Fairport schüttelte ihm die Hand. „Es ist ein bisschen früh für Brandy, aber ein Wein wäre nicht verkehrt.“

Nachdem er ihm ein Glas gereicht hatte, nahm Marcus selbst eines und fragte sich, worum es bei diesem Besuch ging.

Sie saßen ein paar Minuten und diskutierten über Arthur, bevor Edwin zur Sache kam.

„Ich bin gekommen, um mit Ihnen über Phoebe zu sprechen."

Marcus versteifte sich. Der Gedanke, dass er vor ihr gewarnt werden würde, ließ ihn erschauern. „In der Tat."

„Gehen Sie nicht gleich vom Schlechtesten aus." Fairport grinste. „Wir, mein Schwager, Caldecott, St. Eth und ich, haben uns entschlossen, Ihnen unsere Hilfe anzubieten."

Marcus' Anspannung fiel ab und wurde durch Neugier ersetzt. Das sollte interessant werden. „Es geht also um Phoebe? Warum?"

Edwin blickte ihn unverwandt an. „Wir haben gehört, dass Sie sie heiraten wollen."

Marcus erwiderte seinen Blick und musste zugeben, dass ihre Familie ein Recht darauf hatte zu erfahren, was er vorhatte. „Ich habe *nur* die Absicht, Phoebe zu heiraten."

„St. Eth hat sich für Ihr Werben interessiert." Fairport betrachtete Marcus gleichmütig. „Wir haben den Eindruck – unterbrechen Sie mich ruhig, wenn ich etwas Falsches sage –, dass Phoebe für das Werben verantwortlich ist, und, wie Caldecott es ausdrückte, ‚es geht im Schneckentempo voran'."

Marcus stieß einen frustrierten Atemzug aus. Wenigstens war er nicht der Einzige, der diesen Gedanken hatte. „Das ist eine sehr genaue Beschreibung."

Edwin nickte. „Wir haben beschlossen, unsere Hilfe anzubieten, um euch beiden Beine zu machen. Nur damit ihr unsere Motive versteht, wir haben alle ein Pferd in diesem Rennen." Er beugte sich leicht vor. „Wenn Phoebe nicht heiratet, dann liegt es an uns und unsere Frauen, sie während der Saison zu begleiten. Wir haben Phoebe alle sehr gern. Keinem von uns gefällt es jedoch, sie zu all ihren Angelegenheiten begleiten zu müssen. Sie ist an fast allem interessiert, was ihre Anwesenheit sehr anstrengend macht, und wir wollen nicht, dass sie allein ihren eigenen Haushalt gründet. Der Gedanke ist ihr gekommen *und* sie hat die Mittel dazu, wir fürchten, sie könnte es versuchen."

Marcus hatte sich mit gekreuzten Beinen in seinem Stuhl zurückgelehnt, aber Fairports letzter Satz ließ ihn aufstehen. „Lady Phoebe kann unmöglich daran denken, in ihrem Alter ein eigenes Haus zu führen."

„Seit wie vielen Wochen umwerben Sie diese Frau? Haben Sie noch nicht entdeckt, dass Phoebe die pure Entschlossenheit ist?" Fairport hob die Brauen. „Wenn sie sich einmal für einen Weg entschieden hat, ist es fast unmöglich, sie davon abzubringen. *Wer A sagt, muss auch B sagen*, sagt das Sprichwort. Ich will damit nicht sagen, dass sie sich dazu entschlossen *hat*, aber die Idee hat sich in ihrem Kopf festgesetzt, und wir wollen nicht, dass sie Früchte trägt."

Marcus bedeckte sein Gesicht und stöhnte. „Was schlagen Sie vor?"

Nachdem er einen Schluck Wein getrunken hatte, sagte Fairport: „Das Erste, was wir tun müssen, ist, Phoebe das Werben abzunehmen. Das ist lediglich eine Frage der Effizienz. Unter normalen Umständen ist sie eine sehr kompetente Frau, die mich an einen General erinnert. Aber sie ist noch nie umworben worden und hat nicht die Erfahrung, um die Angelegenheit zu kontrollieren."

Edwin warf Marcus einen Blick über den Rand seines Glases zu. „Außer Ihnen gefällt das Tempo, in dem Sie vorgehen?"

„Alles andere als das. Ich hatte gehofft, inzwischen eine Verlobung zu haben. Stattdessen habe ich das Gefühl, dass ich zwei Schritte vorwärts und einen zurück mache." Marcus schnitt eine Grimasse. „Wenn es so weitergeht, kann ich froh sein, wenn ich im nächsten Sommer verheiratet bin. Aber wenn ich mehr Kontrolle übernehme, befürchte ich, dass sie schüchtern davonrennt und ich dann wieder am Anfang stehe. *Daran* ist nicht zu denken."

„Das zeigt, wie unentschlossen sie ist. Sie müssen die Sache schnell und unauffällig angehen." Fairport blickte einen Moment lang auf. „Heute zum Beispiel werden Sie mit ihr in einem Salon sein. Sie werden keine Gelegenheit haben, sie für sich alleine zu haben, aber Sie können ein Zeichen setzen, indem Sie sich neben ihr aufhalten. Legen Sie ihre Hand auf Ihren Arm und bleiben Sie dort."

Edwin stellte sein Glas auf den Tisch und stützte die Ellbogen auf die Knie. „Lassen Sie die Klatschtanten der *Gesellschaft* wissen, dass Sie interessiert sind und ihre Aufmerksamkeit erregen wollen. Fahren Sie mit ihr in den Park, *während der Hauptverkehrsstunde.*" Er verengte seine Augen, während er überlegte. „Mein Schwager interessiert sich nicht besonders für Politik. Er und seine Frau gehen in der Regel zu

Veranstaltungen, die rein gesellschaftlicher Natur sind. Es ist dort immer leicht, einen Platz zu finden, an dem man allein sein kann. Caldecott wird mir sagen, wo und wann sie Phoebe mitnehmen wollen. Ich werde es Ihnen sagen."

Fairport lehnte sich zurück, als wäre die Sache bereits beschlossene Sache. „Kleben Sie förmlich an ihr, mein Junge. Seien Sie bei ihr, so oft Sie können. Es ist jetzt Anfang Oktober. Wir möchten bis Ende Oktober, wenn nicht früher, eine Verlobung haben."

Einen Monat? Wie konnten sie sich vorstellen, dass er das schaffen würde? „Ich habe über drei Wochen gebraucht, um so weit zu kommen."

Edwin lächelte langsam. „Nutzen Sie die *Gorgonen* des *ton* für Ihre Zwecke. Wenn sie sehen, dass Sie es ernst meinen, werden sie Ihnen helfen wollen. Es gibt keine Matrone im *ton*, vor allem nicht die, die Töchter zu verkuppeln hat, die Phoebe nicht vom Heiratsmarkt verschwinden sehen will." Nachdem er an seinem Wein genippt hatte, fügte Edwin hinzu: „Bedenken Sie auch, dass Sie der erste Gentleman sind, der mit ihr so weit gekommen ist. Die Wetten werden bald in den Clubs beginnen."

Das wusste Marcus, aber das Wissen hielt ihn nicht davon ab, finster dreinzuschauen. „Fairport, haben Sie daran gedacht, dass der Gedanke, dass der Name meiner zukünftigen Frau in den Clubs herumgereicht wird, mir nicht gefallen könnte?"

Fairports Lächeln vertiefte sich nur noch mehr. „Dann schnappen Sie sie sich schnell, und das Problem ist gelöst."

***

Später am Abend, als Edwin und seine Frau über Marcus und Phoebe sprachen, überraschte Hermine Edwin mit den Worten: „Hester und ich haben beschlossen, dass wir zu allen Feiern gehen werden, auf denen Phoebe anwesend ist. Es ist zu viel, um es Tante Ester zu überlassen. Phoebe darf nicht mit Lord Marcus allein sein, bis sie verlobt sind."

„Wird sie ihn heiraten?", fragte er.

„Nun, sie mag ihn, ist gern mit ihm zusammen. Phoebe hat sogar gesagt, wenn er nicht Lord Marcus wäre, würde sie ihn heiraten. Sie braucht nur Zeit, um zu vergessen, was er getan hat, als er jung war."

Edwin beschloss, Hermine nicht zu sagen, was St. Eth, John und er vorhatten. Jetzt mussten sie nicht nur Marcus helfen, Gelegenheiten zu finden, um mit Phoebe allein zu sein, sondern auch ihre Frauen davon abhalten, ihren Plan zu vereiteln.

***

Am nächsten Morgen besuchte Edwin seinen Schwager, um ihm mitzuteilen, was ihre Damen geplant hatten und was seine Frau ihm über Phoebes Gefühle für Lord Marcus erzählt hatte.

„Es ist, wie wir vermutet haben", bemerkte Caldecott. „Solange sie nicht an die Vergangenheit denkt, geht es Phoebe gut."

Das war keine sehr hilfreiche Bemerkung.

„Und wie sollen wir sie vom Denken abhalten?“, fragte Edwin verärgert.

Caldecott grinste. „Das hängt von Lord Marcus ab. St. Eth hat gesagt, dass seine Rede ausgezeichnet war. Wir müssen darauf vertrauen, dass er sich durchsetzen wird.“

***

Fairport hatte Recht, dachte Marcus verstimmt, als er in Lady Thornhills Salon eintraf. Er würde Phoebe in dieser Gesellschaft nicht für sich allein haben können. An ihrer Seite zu bleiben, war alles was er tun konnte, was ihm auch irgendwie gelang.

Während er sich den jungen Damen und ihren Müttern, die seine Aufmerksamkeit erregen wollten, gegenüber blind stellte, ging er direkt zu Phoebe. Geschickt schob er den jungen Mann, der neben ihr stand, zur Seite.

Marcus nahm ihre Hand, küsste sie und legte sie auf seinen Arm. Phoebe warf ihm einen neugierigen Blick zu, ließ aber ihre Hand dort, wo sie war.

Wäre er nicht so sehr auf sein Ziel konzentriert gewesen, hätte er zugegeben, dass er sich sehr gut amüsierte. Die Gespräche waren abwechslungsreich und gelehrt, die anderen Gäste und seine Gastgeberin interessant und die Einrichtung einzigartig. Lady Thornhill bevorzugte helle, üppige Stoffe und interessante Möbelstücke, die sie von ihren Reisen mitgebracht hatte. Lord Thornhill war ebenfalls anwesend. Marcus fiel die unkomplizierte Art auf, mit der er und seine Frau miteinander umgingen. Häufige Berührungen und Blicke zwischen ihnen zeigten, dass sie auch nach vielen Jahren Ehe noch sehr verliebt waren. Er hoffte, dass Phoebe und er eines Tages auch so sein würden.

Nach etwa einer Stunde gab Lady St. Eth Phoebe ein Zeichen, dass sie gehen wollte. Marcus blieb an ihrer Seite, als sie sich von ihrer Gruppe lösten.

Als sie etwa auf halbem Weg zu Lady St. Eth waren, blickte er zu Phoebe hinunter. „Sollen wir morgen früh zusammen fahren?"

Sie musterte sein Gesicht, bevor sie antwortete. „Ja, wenn du möchtest."

Er lieferte sie bei ihrer Tante ab, in großer Vorfreude auf den folgenden Tag, den er kaum erwarten konnte. Anschließend ging er zu seiner Mutter, die sich mit einem der bekannteren Autoren in London unterhielt. Seine Gedanken jedoch verweilten bei Phoebe.

***

Als Marcus am späten Nachmittag nach Hause kam, fand er auf seinem Schreibtisch ein Paket vor, das auf ihn wartete. Mit seinem Taschenmesser brach er das Siegel und öffnete die Dokumente über Lord Thaddeus Travenor.

Seinen Quellen zufolge hatte Travenor den Ruf eines brutalen Mannes, der immer Geld brauchte und sich nicht darum kümmerte, wie er es bekam. Die einzigen Frauen, mit denen er zu tun hatte, waren Schankmädchen und gewöhnliche Prostituierte. Seinem Vater wurde nachgesagt, dass er eine weit unter seinem Stand stehende Frau geheiratet hatte, die sehr unzivilisiert war. Thaddäus war der Erbe seines Cousins

Jonathan Travenor gewesen – bis zu dessen unerwarteter Ermordung, durch die Thaddeus den Titel erlangt hatte.

Obwohl sich der derzeitige Lord Travenor gut kleidete, hätte ihn kein Mensch von Rang für einen solchen gehalten, wenn er ihn getroffen hätte. Nun, nach dem, was Marcus gesehen hatte, stimmte das.

Er wandte sich einem anderen Bericht zu, der ihn darüber informierte, dass der derzeitige Lord Travenor fünf Jahre zuvor in ein Projekt auf den Westindischen Inseln verwickelt gewesen sein sollte, bei dem er sein gesamtes Vermögen verlor. Von diesem Zeitpunkt an bis zu seiner Erbschaft wurde er verdächtigt, in einige Raubüberfälle verwickelt gewesen zu sein, aber es gab nie genügend Beweise, um ihn vor Gericht zu stellen.

Marcus erinnerte sich daran, was Cranbourne über den Überfall auf Phoebe gesagt hatte, und er fragte sich, ob es Travenor gewesen sein könnte. Auf jeden Fall wusste Marcus jetzt, warum Travenor ihn nicht mochte. Travenor musste in den Schmugglerring verwickelt gewesen sein, den Marcus zerschlagen hatte, als er für das Foreign Office gearbeitet hatte. Marcus hatte die Schiffe systematisch aufgespürt und die Ladung beschlagnahmt. Die Hintermänner des Plans waren dem Gefängnisaufenthalt entkommen, waren aber finanziell am Boden gewesen. Sollte Travenor einer dieser Männer sein, war er skrupellos und gefährlich. Wenn er es Marcus heimzahlen wollte, würde Travenor nicht zögern, Phoebe dafür zu benutzen.

Marcus ballte seine Faust. Er würde Travenor töten, wenn es nötig wäre, um Phoebe zu schützen. Der Gedanke, dass seine Geliebte in die Fängen dieses niederträchtigen Mannes geraten könnte, machte ihn krank. Mehr als eine der Frauen, die Travenor benutzt hatte, war erschlagen oder tot aufgefunden worden. Eine Anklage war nie erhoben worden.

***

Nach der Fahrt von Phoebe und Marcus am nächsten Morgen holte sie tief Luft und wandte sich an ihn. „Kommst du mit rein, damit wir unser Gespräch fortsetzen können?"

Als er lächelte, machte ihr Herz einen Sprung.

„Ja, das würde ich gerne." Sie warf einen Blick über ihre Schulter zurück und wandte sich an Ferguson. „Es wird nur ein paar Minuten dauern. Ferguson, bitte führen Sie Lord Marcus in das Morgenzimmer."

„Ja, Mylady."

Phoebe fand ein Dienstmädchen. „Sally, suche Lady St. Eth und bitte sie, mich im Morgenzimmer zu treffen. Oh, und sag Rose, sie soll zu mir kommen."

Rose war bereits in Phoebes Ankleidezimmer, als sie ankam.

Phoebe nahm ihren Hut ab und sagte: „Schnell. Ich muss mich umziehen."

Bald war sie in eines ihrer neuen Tageskleider gekleidet und ihr Haar geordnet. Innerhalb von zehn Minuten betrat Phoebe das Morgenzimmer und freute sich, ihre Tante im Gespräch mit Marcus zu sehen.

Ihre Schwestern hatten Recht, sie musste sich entscheiden, ob sie ihn heiraten wollte oder nicht, und die einzige Möglichkeit, sich zu entscheiden, war, mehr Zeit mit ihm zu verbringen.

Die nächste Stunde verbrachten sie damit, über seine Zeit in Westindien und seine Arbeit für die Regierung zu sprechen. Anschließend gingen sie zu sozialen und politischen Themen über. Onkel Henry gesellte sich nach kurzer Zeit zu ihnen, und es entwickelte sich eine lebhafte Debatte, in der ihr Onkel die gegenteiligen Positionen vertrat, um das Gespräch zu beleben.

Phoebe stellte fest, dass sie und Marcus in ihren Ansichten zu den Themen so sehr übereinstimmten, dass sie begann, sich bei ihm sehr wohlzufühlen.

Das Gespräch wurde am Mittagstisch fortgesetzt.

„Finley, ich habe Ihr Interesse an der Politik bemerkt", sagte Onkel Henry scharfsinnig. „Wo stehen Sie? Ihre Familie ist traditionell konservativer als einige von uns."

Bevor Marcus antworten konnte, sagte Phoebe: „Onkel Henry, Lord Marcus' Ansichten sind sehr zukunftsorientiert. Mehr noch als die Ansichten, die ich vertrete." Warum hatte sie das Bedürfnis, für ihn zu antworten? Wollte sie Marcus beschützen – und vor was? Er kam ganz gut ohne ihre Hilfe zurecht.

Marcus blickte sie an, seine Augen waren warm. „In der Tat, Sir, ich stimme mit den meisten von Lady Phoebes Ideen überein, zum Beispiel in Bezug auf die Erziehung der Kinder." Ein Lächeln zupfte an seinen Mundwinkeln. „Besonders was die Töchter betrifft."

Eine leichte Erhitzung schlich sich in Phoebes Gesicht. Das tat er mit Absicht. Dieses Erröten musste aufhören.

Onkel Henry fragte: „Hat Phoebe Ihnen von den Schulen erzählt, die sie für die Kinder auf Cranbournes Ländereien gegründet hat?"

„Nein." Marcus wandte sich ihr zu. „Welche Art von Schulen?"

„Einige sind für die jüngeren Kinder, um ihnen eine Grundausbildung zu geben." Phoebe faltete ihre Serviette zusammen und wieder auseinander. Was würde er wohl von ihren Schulen halten? „Andere sollen helfen, die Älteren auszubilden, bevor sie in die Lehre gehen. Und diejenigen, die auf den Höfen bleiben, erhalten dort Informationen über die Landwirtschaft."

„Wann haben Sie damit angefangen?", fragte Marcus. Er schien aufrichtig neugierig zu sein, und Phoebe entspannte sich.

„Nicht lange nachdem ich das Haus übernommen hatte", antwortete sie. „Ich hatte bereits begonnen, mich in die Verwaltung des Anwesens einzuarbeiten, als meine Eltern starben. Geoffrey, mein Bruder, bat mich, weiterzumachen, und erklärte sich bereit, meine Vorschläge umzusetzen." Sie pflückte eine Weintraube aus der Traube auf dem Tisch. „Wir nehmen auch Kinder aus der Umgebung auf, wenn es in der Gegend keine Schule gibt. Ich bin mit ihrem Erfolg sehr zufrieden." Phoebe konnte ihre Traurigkeit nicht verbergen, als sie fortfuhr: „Ich hatte vor, ein Waisenhaus zu gründen, aber dann heiratete Geoffrey, und es wäre für mich nicht angemessen gewesen, meine Rolle am Place weiterzuführen."

Marcus' Blick fing ihren ein und war so mitfühlend, dass sich ihr Atem beschleunigte.

„Wenn ich heirate", sagte er, „erwarte ich von meiner Frau, dass sie genau solche Ideen vertritt wie Sie." Selbst im Beisein von Onkel Henry und Tante Ester senkte Marcus seine Stimme und sprach nur zu ihr.

„Ich verspreche Ihnen, dass ich nicht nur die Ideen begrüße, sondern auch *meine Frau* ermutige, sie umzusetzen, als Beispiel für *unsere* Töchter und *unsere* Söhne."

Phoebes Blut schien in ihren Ohren zu rauschen. Wie konnte er es wagen, so dreist zu sein, während ihre Tante und ihr Onkel zusahen? „Wollen Sie das wirklich, Mylord? Sie müssen erwarten, eine temperamentvolle Dame zu heiraten."

Marcus hob sein Glas Wein zu ihr. „Ich habe vor, eine tapfere Dame zu heiraten. Eine Frau mit Geist, Kühnheit und Mut." Er hielt Phoebes Blick noch ein paar Augenblicke mit seinem gefangen. „Wollen Sie heute Nachmittag um fünf Uhr mit mir fahren?"

Die verkehrsreiche Stunde. Ihr erster Impuls war, nein zu sagen, aber bevor Phoebe ihn abweisen konnte, unterbrach Onkel Henry sie.

„Eine ausgezeichnete Idee, meine Liebe. Sie werden Lord Marcus' Fahrkünste beurteilen können."

Kapitel 12

Anstatt direkt nach Dunwood House zurückzukehren, ging Marcus in den kleinen Park auf dem Platz. Er dachte über Fairports Angebot, ihn zu unterstützen, nach. Der heutige Tag war ein perfektes Beispiel für seine stockenden Fortschritte. Phoebe schien glücklich und zufrieden mit ihm zu sein und zog sich dann zurück, statt den nächsten Schritt zu machen.

Solcherart in Gedanken versunken, brachte er einige Zeit zu.

An diesem Nachmittag kam Marcus mit seiner üblichen Pünktlichkeit im St. Eth House an und war erfreut, Phoebe die Treppe hinuntergehen zu sehen, als Ferguson ihn einließ.

Sie war so schön, dass es Marcus den Atem raubte. Acht lange Jahre lang hatte er auf solche Momente gewartet. „Sollen wir aufbrechen?", fragte er und nahm die Hand, die sie ihm gereicht hatte. „Ich weiß, dass du die Pferde genauso wenig warten lassen willst wie ich."

„Ja, lass uns gehen."

Als sie das Haus verließen, grinste sie. Marcus war erleichtert, als er sah, wie das Lächeln ihre Augen erreichte. Sie hatte nicht mit ihm fahren wollen, aber St. Eths Intervention hatte ihr keine andere Wahl gelassen, als zu akzeptieren. Die zusätzliche

Überredungskunst war ein Geschenk des Himmels. Marcus mochte seine männlichen zukünftigen Verwandten bereits.

Nachdem er Phoebe in seine Kutsche gesetzt hatte, ging Marcus zu der andere Seite und kletterte hinauf.

Covey saß ganz anstandsgemäß auf der Sitzstange hinten.

Etwa einen Block vom Park entfernt sagte Phoebe: „Ich bewundere deine Braunen. Sie sind sehr gute Läufer."

Marcus musste sich anstrengen, um auf seine Pferde zu achten und nicht auf sie. „Das ist in der Tat ein großes Lob, wenn es von dir kommt. Ich mag mein Paar sehr gerne, aber sie sind kein Vergleich zu deinen Schwarzen."

Ihre Augen leuchteten vor Stolz. „Ah, nun, ich hatte großes Glück, sie zu finden."

„Das habe ich schon gehört. Gerüchten zufolge gab es eine ganze Reihe von Herren, die sie haben wollten." Er hatte Rutherford gefragt, was er über Phoebes Team wusste, und erfahren, dass sie einen so guten Ruf in Bezug auf Pferde hatte, dass Marbury, der frühere Besitzer, Phoebes Bruder geschrieben und gefragt hatte, ob Phoebe am Kauf interessiert sei. Marbury hatte sie ihr zu einem guten Preis überlassen.

Phoebe zuckte mit den Schultern. „Ich muss zuerst da gewesen sein. Du bist ein ausgezeichneter Lenker. Hast du schon mal daran gedacht, dem Four-Horse-Club beizutreten?"

„Seit ich zurück bin, hatte ich keine Gelegenheit, an etwas anderes zu denken als an das Anwesen und die Politik." *Und an dich*, wollte er sagen, behielt den

Gedanken aber für sich. „Ich habe auch versucht, Zeit mit Arthur zu verbringen.“

Phoebe blickte Marcus mit Sorge im Gesicht an. „Es muss sehr traurig sein, zu wissen, dass der eigene Bruder stirbt.“

„Das ist es“, räumte Marcus ein. „Aber wir dürfen nur traurig sein, wenn wir nicht in Arthurs Nähe sind. Er ist sehr zäh. Er ist immer fröhlich und feuert uns an. Das Einzige, was ihn bedrückt, ist das Wissen, dass er seine Töchter nicht aufwachsen sehen wird, aber Arthur nutzt die Zeit, die ihnen noch zusammen bleibt. Er verbringt so viel Zeit mit ihnen wie möglich und bringt ihnen alles Mögliche bei, was Priddy, ihre Gouvernante, nicht kann. Er hat meinem Vater und mir das Versprechen abgenommen, dass wir weitermachen werden.“

Marcus warf ihr einen kurzen Blick zu. „Ich glaube, er ist der Grund dafür, dass ich mich so sehr für die Rechte der Frauen einsetze, denn er will seinen Töchtern auch Rechte geben und ihnen alles beibringen, was sonst nur Männer lernen. Leider braucht mein Vater seine Zeit, um sich auch für Frauenrechte einzusetzen. Sie werden meine Nichten mögen. Sie sind kluge, intelligente und mutige Mädchen. Arthur verehrt sie. Ihn zu verlieren, wird sie am Boden zerstören.“ Der Gedanke an den drohenden Tod seines Bruders schien Marcus zu überwältigen. „Ich werde ihn vermissen.“

Phoebe legte ihre Hand auf seinen Arm. „Sag mir, wo deine Nichten wohnen.“

Er behielt den Verkehr im Auge, als sie in den Park einfuhren.

„In Charteries, unserem Hauptsitz in Sussex. Dort ist Arthur, und auch Mutter verbringt die meiste Zeit dort."

„Wie kommt es, dass dein Hauptanwesen einen anderen Namen hat?"

Das war eine gute Frage, die ihm noch nicht viele Leute gestellt hatten. Er war froh, dass Phoebe das tat. „Unser ursprünglicher Titel lautet Vicomte du Charteries. Das Marquisat ist erst ein paar hundert Jahre alt. Keiner konnte sich dazu durchringen, den Namen des Anwesens zu ändern. Es gibt ein Dunwood Hall, das im Norden liegt, aber das ist im Vergleich zu Charteries ein unbedeutender Besitz."

Phoebe nickte. „Mir gefällt der Name, Charteries. Ich kann verstehen, warum man ihn nicht ändern möchte. Evesham, nehme ich an, war die Grafschaft?"

Natürlich würde sie es schnell herausfinden. „Wir sind sozusagen durch Ränke aufgestiegen." Marcus bog in die Rotten Row ein und passte sein Tempo an den langsameren Verkehr an.

Als sie um die Straße herumfuhren, bemerkte er, dass er und Phoebe die Aufmerksamkeit vieler älterer Damen, der Anführerinnen des *ton*, auf sich zogen, deren Barouches und Landauer am Straßenrand aufgestellt waren. Einige winkten, andere neigten den Kopf.

Phoebe und Marcus erwiderten ihren Gruß.

Phoebe identifizierte für ihn Leute, die er entweder nicht kannte oder nicht wiedererkannte.

Auch die jüngeren Damen und Herren, die am Wegesrand spazieren gingen, nahmen dies zur Kenntnis.

Marcus wurde von Viscount Beaumont begrüßt. Als Marcus anhielt, um seinen Freund zu begrüßen, starrte

Robert auf Phoebe. Er warf Marcus einen scharfen Blick zu und wartete.

Was, zum Teufel, hatte der Mann vor?

Marcus stieß einen Seufzer aus und sagte mit wenig Anmut: „Ja, in Ordnung. Lady Phoebe, bitte erlauben Sie mir, Ihnen Robert, Viscount Beaumont, vorzustellen. Beaumont, Lady Phoebe Stanhope." Marcus hatte nicht die Absicht, Robert zu erlauben, seine Zeit mit Phoebe zu unterbrechen. „Jetzt, wo du deine Vorstellung hattest, Robert, kannst du weitergehen. Sie ist nicht dein Typ. Denk nicht einmal daran, sie zu bitten, mit dir spazieren zu gehen, denn das wird nicht passieren."

Phoebes Augen funkelten vor Vergnügen. Sie lächelte Robert freundlich an und reichte ihm die Hand.

Robert ignorierte Marcus, nahm ihre Hand und verbeugte sich ausgiebig über sie. „Lady Phoebe, ich bin erfreut, Ihre Bekanntschaft zu machen", sagte er verführerisch, bevor er seine Aufmerksamkeit wieder auf Marcus richtete. „Was für ein armseliger Kerl du bist, Finley. Ich kann nicht glauben, dass du mir zuvorgekommen bist. Ich habe sie zuerst gesehen."

Mit einem kurzen Blick auf Phoebe sah Marcus, dass sie den Austausch von Beleidigungen genoss. Er hob sein Monokel, um seinen Freund zu beobachten, was dieser hasste, und fragte in einem trägen Tonfall: „Beaumont, willst du dich wirklich Lady Phoebe gegenüber bloßstellen?"

„Finley", erwiderte Robert, „ich bin noch nie so beleidigt worden. Ich dachte, du wärst mein Freund. Erst stellst du mir eine schöne Dame vor, und dann tust du so, als ob ich nichts wert wäre. Ich bin nicht gerade ein

Niemand, wie du weißt." Er richtete seine Aufmerksamkeit wieder auf Phoebe. „Lady Phoebe, ich frage Sie, ist das fair von ihm? Wollen Sie sich von ihm etwas vorschreiben lassen? Warum sind wir uns nicht schon früher begegnet?"

Freudig lachte Phoebe und klatschte in die Hände.

Marcus machte eine finstere Miene. „Du hast sie noch nicht kennengelernt, Beaumont, weil du die Art von Veranstaltungen, an denen die Damen teilnehmen, nicht besuchst. Lady Phoebe, gestatten Sie mir, Ihnen zu sagen, dass eine Bekanntschaft mit Lord Beaumont nicht im Geringsten zu Ihrem Ansehen beitragen wird. Unbeholfen, meine Liebe, genau das ist er. Sie wollen doch nicht mit ihm in der Kutsche gesehen werden."

„Bin ich etwa ungeschickt?", sagte Robert entrüstet. „Sie sollten wissen, dass ich Mitglied im Four-Horse-Club bin."

Marcus hob eine Augenbraue. „Jemand muss mit dir Mitleid gehabt haben." Er lenkte das Gespräch von Phoebe ab. Auch wenn Robert in diesem Fall wahrscheinlich harmlos war, hatte es keinen Sinn, ein Risiko einzugehen. „Was tust du hier? Ich wusste nicht, dass du im Park so hübsch herumstolzierst. Hast du dich entschlossen, dich den Witwen und geeigneten jungen Damen hinzugeben?"

„Wenn es darum geht", sagte Robert. „Ich habe dich hier auch noch nie gesehen. Übrigens, pack das vermaledeite Monokel weg. Du weißt, dass ich sie nicht mag. Ich war bei meiner Großmutter und bin gerade erst entkommen. Komm schon, hab Erbarmen mit mir, Marcus. Lass Covey dort herunterkommen und nimm mich mit. Ich muss hier weg, bevor mich noch jemand sieht."

Marcus grinste. Den Teufel würde er tun. Er würde verdammt sein, wenn Beaumont mit Phoebe in seine Kutsche einsteigen würde. „Wenn du glaubst, dass ich dir die Gelegenheit gebe, mit Lady Phoebe zu flirten, musst du ganz schön verrückt sein. Wir müssen jetzt gehen, wir halten den Verkehr auf." Er winkte Lord Beaumont zu und fuhr davon.

Phoebe kicherte. „Du warst sehr hart zu Lord Beaumont."

„Ganz und gar nicht", antwortete Marcus freundlich. „Er ist einer meiner ältesten Freunde. Wäre er an meiner Stelle, hätte er dasselbe mit mir gemacht. Obwohl ich ihm wahrscheinlich einen Gefallen schulde. Ich hätte nicht gewusst, dass du in Littleton bist, wenn er dich nicht mit dem Besitzer des White Horse hätte reden sehen."

Phoebe hörte auf zu kichern und fragte interessiert: „Hat er?"

Marcus warf ihr einen Seitenblick zu. „Oh ja, und er legte Wert darauf, deinen Namen zu erfahren. Als er dich beschrieb, wusste ich sofort, dass du es bist."

Sie blickte nach vorne und war in Gedanken versunken. „Daher wusstest du, dass du mich retten musstest."

Trotz seines Versuchs, ruhig zu bleiben, war seine Stimme rau. „Ja, als ich diesen jungen Narren an deiner Tür hörte, als ich wusste, dass er dich zumindest im Schlaf stört und dich schlimmstenfalls sogar erschreckt, konnte ich es nicht ertragen." Marcus holte tief Luft. „Er erinnerte mich so sehr an mich selbst in diesem Alter, dass ich ihn am liebsten weggeschleppt und ihm ein bisschen Hausverstand eingebläut hätte.

Als ob ich mich selbst bestrafen könnte, indem ich ihm Manieren beibringe."

Phoebes Augen waren groß. „Was hast du mit ihm gemacht?"

„Ich brachte ihn die Treppe hinunter und zur Tür hinaus und sagte einem Knecht, den Kerl nicht wieder in den Gasthof zu lassen. Er verweilte zufälligerweise dort."

„Der Stallknecht hat dir gehorcht?", fragte sie fasziniert.

Marcus straffte seinen Kiefer. „Natürlich. Ich bin es gewohnt, dass man mir gehorcht. Warum kommt dir das seltsam vor?"

Sie zuckte mit den Schultern und schüttelte den Kopf. „Ich weiß es nicht. Ich nehme an, weil du in meiner Gegenwart nie bestimmend bist."

„Würde es helfen, wenn ich es wäre?"

Phoebe verzog das Gesicht. „Wahrscheinlich nicht."

„Hmpf. Ich bin auch nicht dumm."

Sie warf ihm einen Blick zu, als er zu ihr hinüberschaute. „Nein, du bist nicht dumm. Nicht im Geringsten."

Vielleicht waren sie endlich auf dem richtigen Weg, und er konnte heiraten, bevor er vierzig war.

***

Marcus hatte eine Nachricht von Caldecott erhalten, dass er und seine Frau Phoebe an diesem Abend auf dem Covington-Ball begleiten würden.

Als Marcus den Ballsaal betrat, sah er Phoebes Schwester Hester, die sich mit einer anderen Dame unterhielt.

Er hielt sich an den Seiten des Ballsaals auf, suchte nach Phoebe und fand sie bereits von ihrem Hofstaat umringt. Er bahnte sich einen Weg durch die Menge – die Kleine Saison war in vollem Gange – und verdrängte geschickt den Mann, der links von Phoebe stand.

Er verbeugte sich, nahm die Hand, die sie abwesend angeboten hatte, küsste sie und legte ihre Hand auf seinen Arm.

Phoebe, die in ein Gespräch mit einem Herrn und einer Dame zu ihrer Rechten vertieft war, würdigte ihn keines Blickes und schien nicht zu bemerken, dass ihre Hand nicht mehr frei war.

Rutherford, der Marcus gegenüber stand, hob eine Augenbraue, während sich seine Lippen verzogen. Marcus neigte leicht den Kopf und versuchte, sich ein Grinsen zu verkneifen, was ihm jedoch nicht gelang.

Als sie ihr Gespräch beendete, blickte Phoebe von ihrer Hand auf Marcus' Arm zu seinem Gesicht und warf ihm einen verwirrten Blick zu.

Marcus weigerte sich zu antworten und tat so, als wäre das die normalste Sache der Welt. Nun, das wäre es auch, wenn es nach ihm ginge. Sie schien ein wenig überrascht zu sein, tat aber nichts dagegen und wandte sich einem Gespräch mit einer anderen Dame zu, die in ihren Kreis gekommen war.

Die Geiger machten sich für einen Walzer bereit, und er verfluchte die Person, wahrscheinlich eine verbitterte alte Jungfer, die beschlossen hatte, dass er nicht mehr als zweimal mit Phoebe tanzen konnte.

Mit leiser Stimme fragte er: „Mylady, darf ich diesen Walzer mein nennen?“

Bevor Phoebe antworten konnte, sagte Lord Travenor schnell: „Lady Phoebe, ich glaube, das ist mein Tanz.“

Marcus’ Kiefer spannte sich an, aber er zwang sich im gelangweiltem Tonfall zu antworten: „Sie täuschen sich sehr, Travenor. Lady Phoebe ist mir für diesen und den nächsten Walzer versprochen.“

Für eine knappe Sekunde blitzte Hass in Travenors Augen auf.

Marcus legte Phoebes Hand auf seinen Arm und schlenderte mit ihr auf die Tanzfläche, um ihre Plätze einzunehmen. Sein Gefühl, sie beschützen zu wollen, hatte die Kontrolle übernommen, als Travenor auftauchte, aber Marcus war klar, dass er nicht wusste, wie Phoebe auf seine selbstherrliche Ansprache reagieren würde.

„Ich entschuldige mich, wenn es dir nicht gefallen hat, dass ich für dich gesprochen habe. Travenor ist so ein Langweiler und seine Manieren sind unwürdig darüber zu reden.“

Phoebe lächelte schüchtern. „Wozu hat eine Dame ihren eigenen Ritter, wenn nicht, um sie zu beschützen? Ich fand es sehr gut gemacht, Mylord. Wirklich sehr gut gemacht. Ich habe keine Lust, mich mit Lord Travenor anzulegen.“

Sie nahmen ihre Plätze ein und die Musik begann.

„Ich würde mir wünschen, dich immer beschützen zu können.“

Phoebe hob ihren Blick, um den seinen zu treffen, und suchte nach etwas, von dem er nicht wusste, was es war, sagte aber nichts.

Marcus hielt sie fester und noch ein wenig näher als zuvor. Das Bedürfnis, sie vor Travenor zu beschützen, verdrängte jeden anderen Gedanken.

Als Marcus sie zum Stehen brachte, blickte er sich um. „Travenor kommt auf uns zu. Ich habe dich vor dem nächsten Walzer mit ihm bewahrt. Hilf mir, einen Weg zu überlegen, wie ich dich vor den anderen Tänzen retten kann, wenn ich nur zweimal mit dir tanzen darf.“

Phoebe legte ihre Hand fest auf Marcus' Arm. „Wir können einen Spaziergang auf der Terrasse machen. Es ist noch warm genug.“

Er zog sie aus der Richtung, aus der Travenor kam.

In der Nähe der Terrassentüren blieb Marcus stehen und blickte zurück. Travenor blickte sich verwirrt um, als würde er nicht verstehen, wie Phoebe ihm entkommen war. Ein grausamer finsterer Blick verdüsterte sein Gesicht, bevor er seine Miene wieder neutral werden ließ.

Ein Schauer der Vorahnung lief Marcus den Rücken hinauf. Der Mann musste beobachtet werden.

***

„John, hast du ihre Mienen gesehen?“, fragte Hester, als ihr Mann sie aus der Kurve führte.

„Wessen?“, antwortete er.

„Phoebe und Lord Marcus.“ Seine Frau packte ihn fester am Arm. „Sie scheinen nur Augen füreinander zu haben.“

Zeit für Ausweichmanöver. John erwiderte: „Wie nett, ich wünschte, meine Tanzpartnerin hätte nur Augen für mich.“

Der Tonfall von Hester war ungeduldig. „Aber, John …“

„Kein Aber, meine Liebe. Was glaubst du denn, was sie auf der Tanzfläche tun können?“

Als der Walzer zu Ende war, wollte Hester Phoebe und Marcus folgen und stieß mit John zusammen, der ihr den Weg versperrte und sie an seiner Brust abprallen ließ. Er nahm ihre Hand und führte sie zurück, um ihre Plätze im nächsten Set einzunehmen.

„John, du verstehst das nicht. Ich kann jetzt nicht tanzen“, sagte Hester, als sie im Roger de Coverley zusammenkamen. „Phoebe ist gerade mit Lord Marcus auf die Terrasse gegangen.“

Die Schritte trennten John und Hester und brachten sie wieder zusammen.

„Meine Liebe, was ich verstehe, ist, dass ich mit dir tanzen möchte. Phoebe wird in weniger als zwei Wochen vierundzwanzig. Sie ist durchaus in der Lage, auf sich selbst aufzupassen.“

„Nur wenn sie will“, murmelte seine Frau.

John lächelte. Mit etwas Glück würde Lord Marcus heute Abend noch mehr Fortschritte mit Phoebe machen, und eine Verlobung würde sich bald anbahnen.

***

Marcus und Phoebe waren eines der wenigen Paare auf der Terrasse. Wieder führte er sie in einen abgedunkelten Bereich, halb in der Erwartung, dass sie protestieren würde. Als sie nicht protestierte, lehnte er sich mit dem Rücken gegen die Steinmauer des Hauses und ermahnte sich selbst, langsam zu gehen, während er seine Arme allmählich um sie schlang.

Als Phoebes Körper seinen leicht berührte, beugte er seine Lippen zu ihrem bereits nach oben gekehrten Gesicht und küsste sie zunächst sanft. Als sie den Druck seiner Lippen erwiderte, wurde sein Kuss fordernder und sein Verlangen wuchs.

„Phoebe, Liebste, öffne deine Lippen." Sie öffnete sie ein wenig. Er ließ seine Zungenspitze aufreizend zwischen ihnen hin und her gleiten. Er neckte ihren Mund, spielte mit ihren Sinnen, streichelte ihre Lippen, durchbrach ihre Wände.

Er genoss es. Sie schmeckte wie süßer Nektar.

Langsam liebkoste er ihre Zunge mit seiner und wartete auf ihre Antwort. Marcus' Knie knickten fast ein, als sie ihre Arme um seinen Hals legte und ihn näher zu sich heranzog. Das Gefühl ihrer großzügigen Brüste an seiner Brust, ihr Körper ganz an seinen gepresst, war fast mehr, als er ertragen konnte. Er war völlig erregt und sie rieb sich unbewusst an seiner Erektion.

Tölpel, konzentriere dich auf den Kuss. Erschrecke sie nicht.

Marcus neigte seinen Kopf, erforschte die süße Höhle ihres Mundes und streichelte Phoebes Rücken von ihrem Nacken bis hinunter zu ihrer Taille. Sie zitterte unter seiner Berührung.

Er musste damit aufhören, bevor er etwas tat, was sie erschrecken würde, und sie waren lange genug weg gewesen. Er hatte keinen Zweifel, dass ihre Schwester genau wissen würde, wie lange Phoebe mit ihm allein gewesen war.

Allmählich löste sich Marcus aus dem Kuss und begann, seinen Kopf zu heben. Ihre Augen waren glasig, und in ihren Tiefen regte sich das Verlangen. *Verlangen* nach ihm.

Das plötzliche Bewusstsein über ihre Sehnsucht nach ihm, und nur ihm, brachte ihn fast um den Verstand , aber er wollte mehr. Er brauchte ihre Liebe.

Als sich ihre Körper trennten, fragte sie: „Ist Küssen immer so intensiv?"

Marcus' Stimme war tief und rau. „Nein." Er wollte es dabei belassen, aber sie musste wissen, was er fühlte. „Nur mit dir."

Ihr Atem beschleunigte sich und ihre Augen weiteten sich. „Es ist, weil du mich liebst?"

Markus stöhnte auf. Warum führten sie dieses Gespräch? „Ja, weil ich dich liebe, meine Reaktionen sind tiefer, tiefgründiger."

Sie legte die Stirn in Falten. „Hm, ich habe niemanden, mit dem ich dich vergleichen könnte."

Das war zu viel. Der Gedanke, dass sie einen anderen küssen könnte, brachte ihn um den Verstand.

Marcus zog sie grob in seine Arme und presste seinen Mund fest auf den ihren. Als Phoebe ihre Lippen öffnete, drang er in sie ein und beanspruchte sie für sich. Diesmal umfasste eine seiner Hände ihren Po und zog sie näher heran. Er merkte es sofort, als Phoebe aufhörte zu denken und sich ihm hingab. Das war ein Teil ihres Problems. Die *verdammte Frau* dachte zu viel. Wenn er sie nur lange genug vom Denken abhalten könnte, wäre er schon verheiratet oder zumindest verlobt.

Ein kleiner Kern einer Idee begann in seinem Kopf Gestalt anzunehmen, während er ihre Füße widerwillig auf die Steinpflaster der Terrasse zurücksetzte. Er würde Lady Phoebe dazu verführen, ihn zu lieben.

Seine Lippen verweilten auf den ihren, nicht bereit, sie aufzugeben.

Sie öffnete ihre Augen und blickte in sein Gesicht. „Was ich natürlich sagen wollte, ist, dass ich noch nie einen anderen küssen wollte."

Marcus sackte mit dem Rücken gegen die Wand und zog sie mit sich. Als er leise lachte, bebten seine Schultern. Er würde verdammt noch mal dafür sorgen, dass sie das nie tun würde.

***

Phoebe lehnte ihren Kopf an seine Brust. Sein tiefes Lachen grollte in ihm, und sein Herzschlag war schnell, aber gleichmäßig.

Sie war begeistert gewesen, so leidenschaftlich behandelt zu werden. Einmal hatte sie gesehen, wie ihr Vater ihre Mutter so küsste, wie Marcus sie küsste. Der Geschmack seiner Zunge, das Gefühl seiner Handflächen, die über ihren Rücken streichelten, ließen Schauer durch ihren Körper gleiten und schürten ihre Flamme weiter. Sie hatte nicht gewollt, dass er aufhörte. Sie hatte mehr gewollt. Als er den Kopf gehoben hatte, fühlte sie sich beraubt.

Phoebe begegnete seinen Augen und sah die Hitze, die in ihnen glühte, und sah, wie sein Verlangen nach ihr aufflammte. Plötzlich wusste sie, wie viel Kontrolle, wie viel Kraft er ausgeübt hatte, als er ihren Kuss beendet hatte. Weit mehr, als sie hätte aufbringen können, so verloren wie sie in ihm war. Sie hatte instinktiv gewusst, dass er körperlich stark war. Seine Muskeln, die animalische Anmut seiner Bewegungen und die Art, wie er sie hochgehoben hatte, als würde sie nichts wiegen, bewiesen seine Stärke. Aber für sie war die Stärke des Geistes noch wichtiger.

Phoebe erinnerte sich an den harten Ton seiner Stimme, als er den jungen Mann im Gasthaus weggebracht hatte. Er war es wirklich gewohnt, das Kommando zu haben. Aber bei ihr war er immer warm, sanft und geduldig, abgesehen von diesem leidenschaftlichen Kuss.

Er lehnte seine Wange an ihre. „Wir sollten gehen. Ich höre, der nächste Walzer beginnt."

Phoebe seufzte. „Ja, ich nehme an, du hast recht."

Seine Stimme war ein leises Flüstern an ihrem Ohr. „Mein Tanz, glaube ich, Mylady."

Zitternd antwortete sie: „Ja, Ihr Tanz, Mylord."

Nachdem sie den Ballsaal betreten hatten, gingen sie dorthin, wo die anderen Paare ihre Plätze für den Walzer einnahmen. Marcus' Hand hielt ihre Taille fest, und seine Finger umklammerten ihre und verbreiteten seine Wärme in ihr. Diesmal hielt er sie noch fester, als wolle er versuchen, die Hitze, die sie während ihres Kusses gespürt hatten, zu bewahren, und zu ihrer Überraschung wich sie nicht zurück.

Er hielt ihren Blick fest.

„Was glaubst du, wie lange es dauern wird", fragte sie, während ihre Blicke sich trafen, „bis die Leute bemerken, dass wir nicht miteinander reden, während wir miteinander tanzen?"

„Wir reden." Er lächelte. „Ist es wichtig, ob sie es merken?"

„Nein, aber meine Schwester wird es tun." Seltsam, Phoebe hatte immer auf den Anstand geachtet, jetzt machte sie sich nicht mehr so viele Gedanken.

„Wir können reden", sagte er so leise, dass nur Phoebe ihn hören konnte. „Ich kann dir sagen, dass ich dich am liebsten wieder küssen würde."

„Und ich", sagte Phoebe und leckte sich über die Lippen. „Ich kann dir sagen, dass ich meine Arme um deinen Hals legen möchte, sodass mein Körper an deinen gedrückt wird."

Er erinnerte sich an das Gefühl ihres weichen Körpers und ihrer üppigen Brüste, die sich an ihn pressten, und er reagierte auf sie, indem er steif wurde.

Marcus stolperte fast, sein Blut pochte, und sein Atem ging schneller. „Mylady." Sie bebte unter seiner Hand. „Mein Schatz, Phoebe", sagte er sanft, „ich glaube, wir müssen aufhören zu reden."

Stattdessen flüsterte sie mit leiser, verführerischer Stimme: „Nein, wir werden ein Spiel daraus machen. Ich kann dir sagen, dass ich spüren will, wie deine Hände meinen Rücken streicheln."

„Phoebe, weißt du eigentlich, was du da tust? Was du da verlangst?"

Sie zog die Brauen zusammen. „Nicht ganz, aber bitte, hör nicht auf. Ich fühle eine Aufregung und Verwunderung, die ich noch nie zuvor gespürt habe."

Marcus wusste nicht genau, was sich verändert hatte, aber irgendetwas hatte sich eindeutig verändert. Er behielt sich fest im Griff und sagte: „Also gut. Wir werden das Spiel spielen. Ich will spüren, wie unsere Zungen miteinander spielen."

Das Feuer zwischen ihnen loderte heiß auf.

Als der Tanz zu Ende war, war Marcus ganz außer sich. Er hatte schon lange gewusst, dass sie die einzige Frau war, die er lieben konnte und die ihn verstehen würde. Jetzt wusste er, dass sie die einzige Frau war, die seine rasenden Leidenschaften befriedigen konnte. Er musste sie davon überzeugen, ihn bald zu heiraten.

Das Abendessen begann und Marcus suchte und fand John. Ihre Blicke trafen sich. In unausgesprochenem Einvernehmen gingen sie die Treppe hinunter und setzten sich an denselben Tisch.

Auch Rutherford und seine Tanzpartnerin, Miss Anna Marsh, gesellten sich zu ihnen. Die Damen kannten sich und begannen sofort zu plaudern, während die Herren ihren Champagner holten und aus den angebotenen Köstlichkeiten auswählten.

Marcus warf einen Blick auf John und Rutherford. „Travenor wird ein Problem sein."

„Ich gebe zu, dass er ein Ärgernis ist", sagte Rutherford und reichte Miss Marsh ein Kanapee. „Ein Problem wäre bisschen zu viel gesagt."

„Phoebe ist durchaus in der Lage, auf sich selbst aufzupassen. Das sind alle Schwestern", sagte John abweisend.

„Travenor hat Phoebe heute Abend schon einmal belästigt und wird es wieder tun. Der Blick, den ich in seinem Gesicht sah, als er vereitelt wurde, bedeutet

Ärger." Marcus' Kinn straffte sich. „Ich zweifle nicht daran, dass er versuchen wird, Lady Phoebe irgendwie allein zu erwischen. Alles, worum ich Sie bitte, ist, dass Sie für die Zeit, die Sie heute Abend hier sind, mit ihr tanzen oder sie bei sich behalten, wenn ich nicht kann. Sie wissen, dass sie kein Aufsehen erregen will, wenn sie sich weigert, mit ihm zu gehen."

John runzelte die Stirn, sagte dann aber: „Natürlich."

Rutherford schloss sich dem an und fügte hinzu: „Finley, wenn Sie recht haben, gilt die Bedrohung nicht nur für heute Abend."

Marcus nickte. „Dessen bin ich mir bewusst. Ich werde St. Eth und Fairport konsultieren, um sicherzustellen, dass sie geschützt ist."

Als er vom Buffet zu dem Tisch zurückkehrte, an dem die Damen warteten, sagte Rutherford leise zu John: „Ich kann mir keine Bedrohung vorstellen, der Phoebe nicht gewachsen wäre."

John antwortete: „Ich auch nicht, aber aufgrund des Ausdrucks in Finleys Gesicht und der Art und Weise, wie er offensichtlich für Phoebe empfindet, kann ich es ihm nicht verdenken."

„Ich finde das alles sehr ironisch", sagte Rutherford.

John lächelte. „Das kann ich mir vorstellen."

Marcus grinste. Rutherford war also das Opfer von Phoebes Faust gewesen. Das geschah ihm recht.

Nach dem Abendessen war Marcus angespannt, als sie in den Ballsaal zurückkehrten und Travenor Phoebe wieder einmal konfrontierte.

Kapitel 13

„Lady Phoebe, ich glaube, Sie müssen jetzt mit mir tanzen. Ich habe den ganzen Abend gewartet. Sie haben zweimal mit Lord Marcus getanzt." Travenor blähte seine Brust auf. „Die Regeln besagen, dass Sie nicht noch einmal mit *ihm* tanzen dürfen."

Marcus antwortete: „Travenor, Sie scheinen vom Pech verfolgt zu sein. Lord Rutherford hier wurde soeben als Partner von Lady Phoebe akzeptiert."

„Rutherford?" Travenor spuckte aus. „Aber, aber – ich habe ihn gehört – er wird mit Miss Marsh tanzen."

Miss Marsh lächelte unschuldig. „Oh, nein, Lord Travenor, Sie irren sich. Ich werde mit Lord Marcus tanzen."

Ganz kurz huschte ein wütender Blick über Lord Travenors Gesicht.

„Sehen Sie, Travenor, ich habe nicht zweimal mit Lady Phoebe getanzt", sagte Rutherford und richtete sein Monokel auf Travenor. „Sie, denke ich, sind fehlgeleitet. Soll ich Ihnen einen Tipp geben? Es ist sehr unschön, zu lauschen."

Lord Travenor öffnete seinen Mund, um erneut zu sprechen.

Hester wandte sich an John und sagte deutlich: „Mein Lieber, ich glaube, nachdem Phoebe mit Lord

Rutherford getanzt hat, werden wir gehen. Ich werde langsam müde, und morgen haben wir einen vollen Tag."

Nachdem man ihm den Wind aus den Segeln genommen hatte, zog Travenor von dannen.

Hester kniff die Augen zusammen und starrte ihm nach. „Ich würde gerne wissen, wie er dazu kam, sich für so wichtig zu halten."

„Was sollte dieses rüpelhafte Verhalten? Für wen hält er sich?", fragte Phoebe hitzig. „Über mich zu reden, als wäre ich ein Stück Eigentum, auf das er irgendwelche Rechte hat. Er – er ist ein *Troll*."

So wütend Marcus auch auf Travenor war, weil er Phoebe in Bedrängnis gebracht hatte, so wusste er doch, dass er einen großen Fortschritt gemacht hatte, und antwortete: „Ich werde den Namen mit Freuden an ihn abgeben."

Phoebes Augen blickten schnell zu ihm und Humor kehrte in ihr Gesicht zurück. „Ja, in der Tat. Sie sind da ganz schön rausgewachsen."

Marcus wandte sich an Miss Marsh. „Ich danke Ihnen, Miss Marsh, dafür, dass Sie mir so schnell Ihren Tanzpartner angeboten haben."

„Es war mir ein Vergnügen, Mylord. Ich würde jeder Dame gerne helfen zu vermeiden, mit", – sie grinste Phoebe an –, „einem Troll zu tanzen."

***

Auf dem Heimweg dachte Phoebe an nichts anderes als an die Küsse und die Walzer, die sie mit Marcus geteilt hatte. Wäre sie allein in der Kutsche gewesen, hätte sie ihre Lippen berührt, um zu sehen, ob sie noch heiß und geschwollen waren.

Sie hatte seine körperliche Reaktion auf sie gespürt. Es erregte sie, dass sie ihn dazu brachte, so zu reagieren. Es war eine Macht, die sie nie zuvor gekannt hatte, oder vielleicht nie über einen Mann haben wollte.

„Ich war sehr beeindruckt von Lord Marcus", sagte Hester.

Phoebe blickte zu ihrer Schwester hinüber und hob eine Augenbraue.

„Ich meine, dass sein Benehmen ausgezeichnet ist, seine Konversation sachkundig, und sein ... Na ja, was soll's." Sie hielt inne. „Phoebe, bist du der Antwort näher gekommen, ob du ihn akzeptieren wirst?"

„Ein wenig, glaube ich." Phoebe warf einen kurzen Blick auf John. „Ich möchte jetzt nicht darüber sprechen."

Hester verfiel in Schweigen.

Im St. Eth House angekommen, schwebte Phoebe praktisch in ihr Zimmer. Ihr Geist und ihre Sinne waren noch immer auf Marcus' Küsse konzentriert.

Frei, es nun zu tun, berührte sie ihren Mund und erinnerte sich an das Gefühl seiner Lippen, die über ihre strichen. Die Erinnerung daran, wie er sie hochgehoben und an seinen harten Körper gedrückt hatte, löste ein seltsames Kribbeln in ihr aus, und sie errötete vor Hitze.

Sie schloss die Augen und wurde nüchtern. Ihre Schwestern hatten Recht. Sie konnte nicht mehr lange so weitermachen. Jedes Mal, wenn sie allein waren, ließ sie zu, dass er sich mehr Freiheiten mit ihrer Person nahm. Wo würde das aufhören? Jeder andere Mann hätte sie bereits dazu gedrängt, ihn zu heiraten – vor allem nach heute Abend. Aber Marcus bedrängte sie nicht, wofür sie dankbar war, und seine Beschützerhaftigkeit fühlte sich richtig an, so wie es zwischen ihnen sein sollte.

Phoebe seufzte, kuschelte sich unter die Decke und schloss die Augen.

Sie ging durch eine Galerie mit Familienbildern, die zur Hälfte von der Sonne beleuchtet wurde, und ein Schatten bewegte sich von den Türen am Ende des Raumes …

Phoebe wachte auf und schlug in ihr Kissen. Es dauerte ein paar Augenblicke, bis sie merkte, dass sie allein und sicher in ihrem Bett lag. Sie riss den Bettvorhang auf und nahm einen tiefen Atemzug der kühlen Nachtluft. War sie von Sinnen? Egal, wie sie auf Marcus reagierte, wenn sie wach war, dieser Tag verfolgte sie immer noch. Ihr Verstand und ihr Körper befanden sich im Krieg miteinander, und ihr Herz schmerzte.

Wie sollte sie eine Entscheidung treffen, wenn sie so verwirrt war?

Aus Angst, wieder einzuschlafen, las sie bis etwa eine Stunde vor dem Morgengrauen, ließ sich ankleiden, frühstückte und wartete dann auf einen Besuch von Marcus. Als er nicht kam, fragte sich Phoebe, ob er sich wirklich für sie interessierte oder ob das Werben nur ein Spiel war, das er spielte.

Sie hatte ganz sicher nicht mehr die Kontrolle.

***

Als Marcus am nächsten Tag die Straße bis auf wenige Meter an das St. Eth House herangehen wollte, hielt er sich selbst davon ab.

Die Damen waren gewöhnlich müde nach einer langen Nacht oder einem frühen Morgen – und was, wenn sie ihn nicht sehen wollte? Phoebe hatte ihn nicht eingeladen, und überraschenderweise gab es an diesem Abend keine Veranstaltungen.

Am nächsten Morgen konnte Marcus nicht länger warten. Wenn er nicht verrückt werden wollte, musste er Phoebe jetzt sehen.

Er sattelte sein Pferd und kam um sieben Uhr am St. Eth House an. Die Tür wurde von einem erstaunten Diener geöffnet, der ihm mitteilte, dass Lady Phoebe noch nicht heruntergekommen sei, dass Ferguson aber, wenn Seine Lordschaft es wünsche, nachfragen würde, ob Lady Phoebe wach sei.

Marcus wurde in einen Salon geführt. Einige Minuten später betrat Ferguson den Raum und teilte ihm mit, dass Lady Phoebe in fünfzehn Minuten unten sein würde.

Marcus ließ sich nieder und wartete. Seiner Erfahrung nach konnte keine Frau in weniger als dreißig Minuten fertig sein.

Zehn Minuten später traf sie ein.

Er blinzelte wegen dem strahlende Lächeln, das sie ihm schenkte, und wollte sie in seine Arme nehmen.

„Guten Morgen“, sagte sie. „Was für eine schöne Überraschung. Ferguson sagte mir, dass wir wieder einen warmen Tag erleben werden.“

Marcus erwiderte ihr Lächeln und nahm die Hände, die sie ihm entgegenhielt. Es war das erste Mal, dass er ihre bloßen Finger berührte. Er presste seine Lippen zuerst auf sie. Phoebes Wangen färbten sich rosa. „Ah, Lady Phoebe, ich habe einen anderen Weg gefunden, Sie zum Erröten zu bringen. Kommen Sie, ich höre, wie Ihr Pferd geholt wird." Er zog sie an der Hand und ging auf den Flur zu, bis Phoebe ihn aufhielt. „Was ist los?"

Ihr Ton war fest, aber freundlich. „Marcus, Sie dürfen nicht mit mir durch das Haus gehen und Händchen halten."

Er schenkte ihr seinen besten, unschuldigen Ausdruck mit großen Augen. „Warum kann ich das nicht?"

Bevor sie antworten konnte, ging er wieder auf den Flur zu. Als er sie hinter sich seufzen hörte, grinste Marcus vor sich hin.

„Nun gut", räumte sie ein. „Nur dieses eine Mal. Es wäre nicht sehr würdevoll, darüber zu streiten." Phoebe zog ihre Handschuhe aus einer Tasche und versuchte, sie anzuziehen, als sie durch die Tür ging.

Er nahm ihr die Handschuhe ab. „Erlaube mir." Er hielt ihre Hand, und obwohl sie ihm einen überraschten Blick zuwarf, erlaubte sie ihm, die Knöpfe zu schließen.

Ihr Blick suchte sein Gesicht ab. „Danke", sagte sie mit einem Anflug von Verwirrung. Ihre Stute wieherte, als sie Phoebe sah, und sie nutzte den Vorwand, um ihre Hand zurückzuziehen. „Ich hatte schon seit ein paar Tagen keine Gelegenheit mehr, sie zu reiten."

Marcus bewunderte das Fell der Stute. Sie war die zierlichste Fuchsstute, die er je gesehen hatte. Ihre Blutlinie war offensichtlich ausgezeichnet.

Phoebe ging um seinen großen Rotschimmel herum. „Marcus, er ist wunderschön. Wie groß ist er, etwas über einen Meter achtzig?“

„Ja.“ Marcus schüttelte den Kopf. „Gibt es irgendetwas, was du nicht über Pferde weißt?“

Sie grinste. „Nicht viel. Wie ist sein Name?“

„Rufus. Ich habe ihn kurz nach meiner Rückkehr gekauft.“ Als Marcus Phoebe in den Sattel hob, hörte er, wie ihr Atem stockte, und sie sah ihn an. Er freute sich, dass sie so betroffen war wie er. Sie musste wissen, dass ihre Bindung wuchs, aber sie sagte nichts.

Außer, dass sie ihm erlaubte, sie zu küssen und zu beschützen, hatte sie ihm keinen Hinweis auf ihre Gefühle gegeben. Woher sollte er wissen, ob sie ihn liebte oder ihn akzeptieren würde?

Als sie das Tor des Parks erreichten, trieben sie ihre Pferde zum Trab an.

„Ich liebe es zu reiten. Woher weißt du das?“, fragte sie.

Er hielt mit ihr Schritt, als sie in Richtung Rotten Row ritten. „Jemand hat es vielleicht neulich Abend erwähnt.“

„Ah“, sagte Phoebe und lächelte. „Meine Schwester oder mein Schwager?“

„Weder noch“, antwortete Marcus. „Rutherford.“

Phoebe prüfte die Stute auf Herz und Nieren. „Oh, Marcus, sieh sie dir an. Sie ist immer so verspielt.“

Sie erreichten den Pfad in der Rotten Row und Phoebe gab dem Pferd einen Befehl. Marcus bewunderte Phoebes Sitz und die Leichtigkeit, mit der sie die Zügel hielt.

In der Kurve eilte er hinter ihr her. „Sie ist schnell. Ich dachte, ich würde dich leicht einholen.“

„Sie ist wie der Wind, nicht wahr?“ Phoebes Gesicht glühte. „Onkel Henry sagte, sie hätte Vollblut in ihrer Linie. Sie ist wunderbar.“

„Wie ist ihr Name?“

„Lilly.“

„Lust auf ein Wettrennen?“, fragte er.

Phoebe blickte sich um, und als sie niemanden sah, antwortete sie freudig: „Ja, warum nicht!“

Sein Herz schwoll an, als er die Aufregung auf ihrem Gesicht sah. Mein Gott, er liebte sie jeden Tag mehr.

Sie lachten und galoppierten zurück auf den Weg. Sie waren nicht in Eile. Das Frühstück würde frühestens in drei Stunden in beiden Häusern serviert werden.

***

Phoebe war so froh gewesen, ihn heute Morgen zu sehen. Mehr, als sie gedacht hatte. Auf dem Pferderücken konnte sie Marcus besser beobachten als am Steuer ihres Phaetons. Sein Sitz war ausgezeichnet, und sie freute sich, dass er sich auf einem Pferd, das er noch nicht lange hatte, so wohl fühlte. Rufus wusste, wer sein Herr war.

Phoebe erinnerte sich daran, dass Marcus vor ein paar Tagen gesagt hatte, er sei es gewohnt, dass seine Befehle befolgt würden. Jetzt, wo sie sich darauf einließ, konnte sie es sehen.

Dann fiel ihr ein, dass er es nie eilig hatte. Er roch nie nach Brandy. Sein Geruch war eher der von Leder und Meer. Seine Hände, als sie ihre berührten, waren kräftig und leicht schwielig, als hätte er handwerkliche Arbeit geleistet. Sie mochte es, wie sie sich anfühlten.

Als sie Lilly zum Trab anspornte, merkte sie, dass er ihr das Tempo überließ.

Sie waren zwischen einer Gruppe von Bäumen, als Marcus anhielt. Phoebe zügelte ihr Pferd und wartete. Er setzte Rufus dicht neben sie und streckte seine Hand nach ihrem Gesicht aus, um sie zu küssen. In diesem Moment entschlossen sich die Pferde, auseinander zu gehen.

„Nun, es war eine gute Idee, als ich daran dachte."

Sie lachte. Es kam ihr in den Sinn, dass sie wollte, dass er sie küsste, sogar hier, wo jeder vorbeireiten konnte.

Ein leises Knurren ihres Magens erregte ihre Aufmerksamkeit. „Ich bin ausgehungert."

Marcus nickte. „Ich auch. Wenn ich wieder einen eigenen Haushalt habe, werde ich anordnen, dass das Frühstück früher serviert wird."

Sie drehte Lilly in Richtung des Tores. „Ich wette, dass François, der Koch meines Onkels, etwas zu essen für uns findet, wenn wir jetzt zum Haus St. Eth zurückgehen."

„Reite voran."

Nachdem sie St. Eth House betreten hatten, gab Phoebe Marcus ein Zeichen, ihr durch die Tür zur Küche zu folgen. Mit einem strahlenden Lächeln im Gesicht wandte sie sich an François, den Küchenchef von St. Eth.

„François, wir sind geritten und sind sehr hungrig. Wirst du uns füttern?"

Er blickte von ihr zu Marcus. „*Oui, Mylady. Naturellement.*"

François gab jedem von ihnen ein warmes Brötchen mit Honig, bevor er sie die Treppe hinaufschickte, um auf ihr Frühstück zu warten.

Phoebe nahm einen Platz am Tisch ein und Marcus setzte sich neben sie. Ferguson brachte Tee, und sie schenkte jedem von ihnen eine Tasse ein.

Die Brötchen waren wunderbar und schmeckten nach Honig und Butter.

Sie fragte sich, was François für den Rest des Frühstücks schicken würde.

Marcus stieß einen zufriedenen Seufzer aus. „Phoebe, ich kann dir nicht genug für den Tee danken. Zu Hause muss ich fast immer Kaffee trinken."

Das war sehr seltsam. Verblüfft fragte sie: „Warum bittest du nicht um Tee, wenn du keinen Kaffee magst?"

Es war das erste Mal, dass sie ihn verärgert gesehen hatte.

„Vor Jahren bat ich einmal um Tee, und mein Vater gab mir Kaffee. Er war so hartnäckig, dass ich nie wieder darum gebeten habe. Ich fühle mich immer noch wie ein Gast in Dunwood House, als ob ich nach Jamaica zurückkehren würde."

Sie verstand das Gefühl, kein Zuhause zu haben. „Als ob du nicht mehr dazugehörst?"

„Ja." Er griff nach ihren Händen. „Woher weißt du das?"

Phoebe schloss ihre Finger um seine. „Als Geoffrey Amabel heiratete, blieb ich gerade lange genug, um sicherzustellen, dass sie sich in ihrer Rolle und mit unseren – ihren – Leuten wohlfühlt. Obwohl sie mir beide versichern, dass es immer noch mein Zuhause ist, fühle ich diese Bindung nicht mehr. Es ist nicht mehr mein Platz, um Änderungen vornehmen."

„Zum Beispiel das Waisenhaus gründen?"

Sie lächelte. „Ja, das und andere Dinge. Die Verantwortlichkeiten, die so viele Jahre lang meine waren, gehören jetzt Amabel. Ich habe sehr wenig zu tun in diesem Haus. Es gibt keine nennenswerte Beschäftigung. Ich bin es nicht gewohnt, untätig oder überflüssig zu sein."

Marcus betrachtete sie lange Zeit. Er spürte den Schmerz, den ihr der Verlust bereitet hatte, und wünschte sich mehr als alles andere, ihr ein Zuhause zu geben. Aber hatte er überhaupt ein eigenes Zuhause, das er ihr bieten konnte?

Er legte ein weiteres Gelübde ab. Er würde ein Haus für sie finden, für das sie sorgen konnte.

Phoebe leckte langsam ein wenig Honig von ihren Lippen, was seinen Körper in Bereitschaft versetzte. Sein Atem stockte und ihr Blick wanderte zu ihm, als ob sie seine Erregung spürte.

Sie beugte sich zu ihm, und er stand auf, ohne zu bedenken, dass sie den Beweis für sein Verlangen sehen würde.

Phoebe erhob sich, schlang ihre Arme um seinen Hals und zog ihn an sich, bis ihr Körper den seinen berührte.

Er neigte ihren Kopf und fragte: „Bist du sicher?" Sie antwortete mit einem Kuss. Sie schmeckte nach Honig und Früchten.

Marcus atmete tief ein und nahm ihren Duft in sich auf. Auf sein Drängen hin öffnete Phoebe ihren Mund, und er erlaubte seiner Zunge, die ihre zu liebkosen. Seine Hände schienen sich wie von selbst zu bewegen, strichen über ihren geschmeidigen Rücken, über ihr Gesäß und dann sanft über ihre Brüste. Ihre Brustwarzen verhärteten sich, und auf ihren leisen Schrei der Verwunderung hin zog er sie näher heran.

Zu seinem Erstaunen stöhnte Phoebe auf, drückte ihre Brüste in seine Hände und ihren Körper so nah wie möglich an seinen. Sie musste ihn lieben. Wenn sie nur die Worte sagen würde.

Draußen vor der Tür schlurften Schritte.

Marcus und Phoebe sprangen gleichzeitig auseinander, dann trat Marcus vor und versuchte, sie vor Blicken zu schützen.

Die Tür öffnete sich. Das war knapp gewesen. Er wäre froh, sie für verlobt zu erklären, aber was würde Phoebe davon halten?

Nein, so verlockend es auch war, seine langsame Quälerei zu beenden, er würde warten, bis sie eine Entscheidung getroffen hatte. Das war der einzig ehrenhafte Weg zu einem Leben mit ihr. Nicht dass seine jüngsten Handlungen in diesen Bereich fielen.

Ferguson und ein Diener brachten Schinken, gebackene Eier, Käse, Obst und Croissants herein.

Phoebe wählte ein Croissant aus und reichte es Marcus. „Hast du schon mal Croissants gegessen?"

„Ja, in Paris." Marcus lief das Wasser im Mund zusammen, als er in das französische Blätterteiggebäck biss. „Die erinnern mich an sie."

Ihre Augen weiteten sich vor Überraschung. „Wann warst du in Paris?"

„Eines Tages werde ich es dir erzählen." Er fütterte ein Stück Croissant an Phoebe, die ihn ihrerseits mit Schinken und Käse fütterte. Ineinander versunken, wurde das Frühstück zu einer sinnlichen Mahlzeit, bei der die einzige erlaubte Berührung darin bestand, den anderen zu füttern.

Es wurde viel gelacht. Marcus hatte noch nie so viel Spaß beim Frühstück gehabt.

Sie hatten begonnen, sich einander anzunähern, als die Tür aufging und sie auseinandersprangen.

St. Eth kam herein. Sein Blick richtete sich erst auf Phoebe, dann auf Marcus, aber er blieb bedrohlich still.

Marcus beäugte St. Eth misstrauisch, denn er wusste, wenn er ein paar Minuten später gekommen wäre, hätte ihr Onkel sie nicht nur beim Frühstück gestört.

Marcus verbeugte sich. „Guten Morgen, Mylord."

„Guten Morgen, Onkel Henry", fügte Phoebe hinzu.

St. Eth kam an den Tisch und sagte: „Guten Morgen, mein lieber Lord Marcus. Waren Sie heute Morgen mit Phoebe unterwegs?"

Phoebe hob ihre Tasse auf und hielt sie fest in der Hand. „Ja, Lord Marcus kam vorbei, um mit mir zu reiten."

St. Eth richtete seinen Blick auf Marcus. Er öffnete den Mund, aber Phoebe unterbrach ihn. „Als wir mit dem Reiten fertig waren, waren wir so hungrig, und – und Lord Marcus sagte, dass das Frühstück in Dunwood House noch nicht fertig wäre, da dachte ich … vielleicht …" Phoebe hielt inne, als ihr langsam die Röte in die Wangen stieg.

„Ja, nun, es war ein Glück, dass François in der Lage war, sich darum zu kümmern." Henry wandte sich wieder der Tür zu. „Lord Marcus, wenn Sie fertig sind, begleite ich Sie hinaus."

Marcus warf einen Blick auf Phoebe. „Sehen wir uns heute Nachmittag um fünf?“

„Ja.“

Sie verließen alle zusammen den Raum, und nach einem geflüsterten: „Viel Glück“, hob Phoebe den Rock ihres Gewandes auf und stieg zügig die Treppe hinauf.

St. Eth sagte zu Markus: „Kommen Sie mit mir.“ Er bat seinen Butler, Kaffee zu bringen.

Als sie sein Arbeitszimmer erreichten, setzte er sich hinter seinen Schreibtisch und verwies Marcus auf den Stuhl vor dem Schreibtisch.

Marcus beschloss, stehen zu bleiben. Er fragte sich, was St. Eth wohl sagen würde.

Nachdem der Kaffee serviert und die Tür geschlossen worden war, sagte Marcus: „Ich nehme an, Lord St. Eth, Sie wollen meine Absichten erfahren.“

„Bitte lassen Sie das steife Getue, ich flehe Sie an. Und bitte setzen Sie sich. Ich habe nicht die Absicht, Sie zu züchtigen.“

Marcus tat, wie ihm geheißen wurde, und wartete. Er hatte den Eindruck, dass St. Eth versuchte, nicht zu lachen.

Nachdem er einen Schluck Kaffee getrunken hatte, sagte der Marquis: „Ich nehme an, dass Sie gegenüber Lady Phoebe die gleichen Ziele verfolgen wie bei Ihrem Gespräch mit Fairport.“

„Ja, Mylord, genau dasselbe.“

„Es sieht so aus, als ob Fortschritte gemacht werden. Ich wollte Ihnen sagen, dass Lady Phoebe heute Abend den Ball der Billingleys besuchen wird. Sie dürfen uns begleiten.“

Marcus starrte geschockt vor sich hin, unfähig zu glauben, dass er nicht niedergestreckt werden würde.

„Dies", fuhr St. Eth fort, „ist eine der Gelegenheiten, bei denen wir entscheiden müssen, ob wir lieber die Kutsche nehmen oder zu Fuß gehen, da es nur über den Platz geht. Lady Phoebe, das weiß ich, wird zu Fuß gehen wollen. Das tut sie immer." Er deutete auf die Kaffeekanne und die andere Tasse.

Marcus schüttelte den Kopf und der ältere Mann fuhr fort.

„Lady St. Eth wird sich erst im letzten Moment entscheiden. Ich empfehle Ihnen, Lady Phoebe zu Fuß zu begleiten. Ich werde mein Bestes tun, um Lady St. Eth in die Kutsche zu verfrachten."

Marcus war verblüfft, dass St. Eth immer noch bereit war, ihm zu helfen.

Der Tonfall von St. Eth wurde ernst. „Und noch etwas: Ich habe heute Morgen eine Nachricht von Caldecott erhalten. Lady Hester ist besorgt, dass man Sie und Lady Phoebe in einer kompromittierenden Lage erwischt. Ihre Befürchtungen sind wohl begründet, wenn das, was ich im Frühstücksraum gesehen habe, ein Hinweis darauf ist." St. Eth wartete, aber Marcus blieb still. „Ihre größte Sorge ist, dass, wenn Sie bei etwas erwischt werden, das Anlass zu Gesprächen oder gar einem sofortigen Heiratsantrag geben könnte, die Gesellschaft denken wird, Sie hätten Lady Phoebe nur deshalb einen Antrag gemacht, weil Sie keine andere Wahl hatten. Das wäre, wie Sie verstehen müssen, weder für Sie beide noch für die Familien eine angenehme Situation."

Marcus nickte. „Ja, Sir."

„Aber, wenn Sie sich an den Plan halten, sollten die Klatschbasen merken, dass Sie Phoebe sehr viel Aufmerksamkeit schenken. Das wird jedes Gerede unterbinden, falls etwas passieren sollte." St. Eths Brauen senkten sich. „Ich verlasse mich darauf, dass Sie sich nicht erwischen lassen. Es ist offensichtlich nicht gut, sich darauf zu verlassen, dass meine Nichte in dieser Angelegenheit diskret ist. Sie ist im Allgemeinen ein sehr vernünftiges Mädchen, ganz auf der Höhe der Zeit, aber offenbar nicht in diesem Fall." Er schenkte eine weitere Tasse Kaffee ein. „Trotz einiger unabhängiger Eskapaden von Lady Phoebe hat sie nie die Zungen der Klatschbasen in Wallung gebracht. Aber sie ist ein Neuling, wenn es um Ihr Werben geht, und ihr üblicher gesunder Menschenverstand hat sich verflüchtigt. Aber das könnte zu Ihrem Vorteil sein." Henry warf Marcus einen strengen Blick zu. „Was nun eure Aktivitäten in meinem Haus angeht ... Was zum Teufel einer von euch beiden sich dabei gedacht hat, allein im Frühstücksraum zu sein, ohne einen einzigen Diener in Sicht, bei geschlossener Tür, ist mehr, als ich verstehen kann. Ihr habt Glück, dass ich es war, der euch erwischt hat, und nicht Lady St. Eth."

Marcus hatte den Anstand zu erröten, was er jahrelang nicht getan hatte. Weder er noch Phoebe hatten darüber nachgedacht, ob es sich gehörte, allein im Frühstücksraum zu sein. „Phoebe hat sich bereit erklärt, heute Nachmittag um fünf Uhr wieder mit mir zu fahren. Um wie viel Uhr soll ich heute Abend ankommen?"

St. Eth lächelte langsam. „Sie sollten mit uns zu Abend essen. Lady St. Eth hat eine sehr gute Meinung von

Ihnen, und Sie täten gut daran, sie zu pflegen. Wir erwarten Sie um acht Uhr.“

„Mylord, ich möchte etwas mit Ihnen besprechen“, sagte Marcus ernst. „Ein Bursche, Lord Travenor, der scheinbar neu in der Stadt ist – zumindest kennt ihn niemand, den ich kenne –, hat sich Lady Phoebe gegenüber sehr aggressiv verhalten. Lady Hester und Caldecott waren an jenem Abend anwesend, als er sie behelligte. Sein Verhalten ist derart, dass wir – Caldecott, Rutherford und ich – uns berufen fühlten, ihn aufzuhalten. Ich bitte um Ihre Erlaubnis, sie zu beschützen, falls es nötig sein sollte.“

St. Eth runzelte die Stirn. „Wenn er in Ihrer Gegenwart etwas Ungehöriges tut, haben Sie meine Erlaubnis.“

„Vielen Dank, Sir. Ich glaube nicht, dass irgendjemand erkennt, wie ernst seine Bedrohung für sie sein könnte.“ Marcus wollte St. Eth ins Vertrauen ziehen, aber wenn Phoebe herausfand, dass Marcus sie in Gefahr brachte, würde sie niemals zustimmen, ihn zu heiraten. Und er war so kurz davor, seinen Traum zu verwirklichen. Er konnte nicht zulassen, dass irgendetwas oder irgendjemand sein Vorankommen behinderte.

***

Phoebes Gedanken kreisten um Marcus, während sie in ihr warmes Bad eintauchte. Was empfand sie jetzt für ihn? Es hatte lange gedauert, bis sie ihm verziehen hatte. Nein – nicht ihm –, dem jungen Mann, der er gewesen war.

Sie erinnerte sich an dieses Wochenende, als wäre es gerade erst passiert. Für was für einen Versager hatte sie ihn gehalten. Wenn sie ganz ehrlich zu sich selbst war, wäre sie nicht so wütend auf ihn gewesen oder geblieben, wenn sie vor all den Jahren nicht etwas für ihn gefühlt hätte.

Kein anderer Mann hatte sie so beunruhigt wie er.

Ihre Gedanken wirbelten durcheinander. Warum er? Die Frage, die sie beantworten musste, und zwar bald, war: Wollte sie ihn heiraten?

Sie lächelte, als sie sich an das Frühstück erinnerte. Sie schienen so gut zueinander zu passen. Wenn sie mit ihm ritt oder sprach oder in seinen Armen lag, hatte sie keine Zweifel. Er machte sie glücklich. Aber wenn es zu einem formellen Angebot kam ... Sie seufzte, immer noch unsicher.

Phoebe glaubte nicht, dass er sie in eine Heiratsfalle locken wollte, aber seine Berührungen heute Morgen waren so viel intimer gewesen. Und sie war Feuer und Flamme gewesen. Wer weiß, wo es geendet hätte, wenn sie nicht unterbrochen worden wären. Jeder hätte sie dabei erwischen können, und was dann? Warum hatte sie ihn nicht aufgehalten?

Sie züchtigte sich. *Es hat dir gefallen, deshalb. Es hat dir gefallen, wenn er deine Brüste berührte und seine Hand auf deinen Hintern legte.*

Sie hatte sich noch nie von einem anderen Mann auch nur küssen lassen, und jetzt erlaubte sie Marcus, zu tun, was er wollte.

Ihr wollüstiger Körper sehnte sich nach ihm, nach seiner Berührung. Was würde sie ihm sonst noch erlauben zu tun? Die Antwort erschreckte sie. Alles

Mögliche. Dann könnte er sie so behandeln, wie er es wollte, wie er sie zuvor behandelt hatte, denn diesmal würde sie ein Flittchen sein. Von Heirat hatte er nicht mehr gesprochen. Hatte Marcus beschlossen, dass er sie nicht zu heiraten brauchte? Dass er alles bekommen konnte, was er wollte, ohne Verantwortung auf Lebenszeit zu übernehmen?

Sie legte ihren Kopf auf ihre Knie. *„Was mache ich da nur?"*

***

Phoebe nahm an einem Nachmittagstee mit ihrer Tante und ihren Schwestern im Haus von Mrs. Waxsted teil, einer Freundin ihrer Tante und Phoebes verstorbener Mutter.

Mrs. Waxsted war eine mollige Dame von mittlerer Größe und hellbraunem Haar. Sie erinnerte Phoebe an nichts so sehr wie an eine Henne, die von Küken zu Küken durch den Raum eilte.

Miss Marsh winkte, und Phoebe bahnte sich ihren Weg durch die Gesellschaft zu ihrer Freundin, die auf einem Fensterplatz saß.

„Lady Phoebe, meine Liebe." Sie drehte sich um und sah Lady Worthington.

Phoebe lächelte. „Guten Tag, Mylady. Wie ist es Ihnen und Ihrer Familie ergangen?"

„Die Mädchen entwickeln sich prächtig. Ich nehme an, Sie sehen mehr von meinem Stiefsohn als von mir."

„Nun, ich habe ihn auf den politischen Feiern gesehen. Ich bin froh, dass er sich dafür interessiert."

Lady Worthingtons Lippen verzogen sich leicht. „Ich habe gehört, dass man Sie in letzter Zeit oft in der Gesellschaft von Lord Marcus gesehen hat."

Phoebe machte eine Pause, bevor sie antwortete. „Ja, das war ich."

Lady Worthington holte tief Luft. „Ich habe gehört, dass er sich zum Besseren gewandelt hat, aber ich kann Ihnen nur raten, nicht zu leicht zu vertrauen. Manchmal ist der Wandel nicht von Dauer."

Phoebes Wirbelsäule war angespannt, aber sie behielt das Lächeln auf ihrem Gesicht. Genau das befürchtete sie am meisten bei Marcus, dass er sich nicht wirklich verändert hatte. „Danke, Mylady, für Ihre Besorgnis."

Lady Worthington tätschelte Phoebe den Arm, bevor sie sich entfernte, um mit Freunden zu sprechen.

Als Phoebe endlich bei Miss Marsh ankam, grinste ihre Freundin und zog Phoebe zu sich auf die Fensterbank.

„Phoebe, wie geht es Ihnen, nachdem *dieser Mann* neulich so unhöflich war?"

Phoebe hatte so viel über Marcus nachgedacht, dass sie Lord Travenor fast vergessen hatte. „Oh, mir geht es sehr gut. Ist es nicht schrecklich, dass ich so wenig Sensibilität besitze? Ich hatte den anderen Gentleman – wenn man ihn überhaupt so nennen kann – ganz vergessen. Nochmals vielen Dank für Ihre Hilfe bei meiner Rettung."

„Es war mir eine Freude." Annas Augen funkelten. „Es gab mir die Gelegenheit zu tanzen, ohne mir Gedanken darüber zu machen, wer mein Partner sein würde. Ich bin die einzige Dame, die in dieser Saison mit Lord Marcus getanzt hat, außer Ihnen."

Phoebe gluckste. Anna Marsh war eine sehr schöne junge Dame von einundzwanzig Jahren, mit dunklem, lockigem Haar und einer gepflegten Figur. Ihre Umgangsformen waren vorzüglich und ihr Wesen lebhaft. Sie war nie um einen Tanzpartner verlegen.

Annas Gesicht wurde ernst. „Was werden Sie tun, wenn Lord Travenor so aufdringlich ist, sich Ihnen erneut zu nähern? Wenn die Hartnäckigkeit des letzten Abends ein Beispiel ist, wird er sich wohl kaum bald in seine Grafschaft zurückziehen."

Phoebe schloss kurz die Augen. „Ich wünschte, er würde es tun, aber wenn er es nicht tut, muss ich mich auf meine Freunde verlassen, die mir helfen, ihn zu vermeiden."

„Wie ärgerlich für Sie." Anna senkte ihre Stimme, sodass niemand außer Phoebe sie hören konnte. „Nun, ich werde unverschämt sein. Die Leute fangen an zu bemerken, dass Lord Marcus Finley sehr wählerisch geworden ist, was seine Aufmerksamkeiten angeht. Er verbringt ganze Abende damit, in Ihrer Gegenwart zu tanzen, und ich habe gerade gehört, dass er sich weigerte, Sie mit einem anderen Gentleman spazieren gehen zu lassen, als Sie im Park unterwegs waren."

Wenn Phoebe daran gedacht hätte, etwas zu verheimlichen, hätte die Röte, die ihre Wangen jetzt umspielte, die Wahrheit verraten.

„Aha, es ist wahr", sagte Anna mit zufriedener Stimme. „Was für eine Enttäuschung für all die anderen Damen, die ein Auge auf ihn geworfen hatten."

Phoebe erzählte ihr von Lord Beaumont. „Anna, ich war noch nie so verwirrt. Sie sind seit Jahren befreundet, und es ist so interessant zu beobachten, wie

Männer ihre Lieblingskameraden behandeln." Sie schüttelte den Kopf und erinnerte sich. „Sie sind ziemlich grob zueinander. Wenn wir nicht im Park gewesen wären, während der verkehrsreichen Stunde, wäre ich ins Schwärmen geraten."

Anna nickte. „Oh, ich weiß, was Sie meinen. Mein Bruder und Lord Rutherford haben sich immer die schrecklichsten Dinge gesagt, und dabei waren sie gute Freunde. Männer können so verschieden sein. Fahren Sie wieder mit Lord Marcus?"

Phoebe grinste. „Ja, er soll mich heute Nachmittag wieder durch den Park fahren."

„Oh, wie sehr ich mich für Sie freue, Phoebe. Ist es nicht das erste Mal, dass Sie sich zu dieser belebten Stunde fahren lassen? Ich habe Sie noch nie gesehen, aber Sie fahren."

Phoebe starrte Anna an. Hatte sie recht? Wann war sie das letzte Mal von einem Gentleman gefahren worden? „Wissen Sie, daran habe ich noch nie gedacht. Es ist das erste Mal, dass ich mich von einem Gentleman fahren lasse. Aber sagen Sie mal, gibt es denn Damen, die Lord Marcus für sich wollen?"

Anna sah Phoebe an, als ob sie den Verstand verloren hätte. „Die gibt es in der Tat. Er ist ziemlich gefragt, wissen Sie."

„Oh?" Sie war so sehr in ihre eigenen Gefühle vertieft gewesen, dass sie nie daran gedacht hatte, dass sich eine andere Frau für ihn interessierte. Und jetzt bemerkten die Leute die Aufmerksamkeit, die er ihr schenkte. „Das habe ich nicht bemerkt."

Anna nahm ihre Hand. „Geht es Ihnen gut? Sie sehen ein bisschen blass aus."

„Nein, nein, mir geht es gut. Ich hätte nur nie erwartet, so viel Aufmerksamkeit zu erregen." Panik ergriff sie. *Hatte* er ihr eine Falle gestellt? Das wäre genau wie sein altes Ich gewesen. Sie musste dieses Werben in den Griff bekommen.

Kapitel 14

Phoebe starrte Anna an.

„Ich habe noch nie erlebt, dass Sie so ahnungslos sind", wies Anna sie zurecht. „Lord Marcus Finley ist in dieser Saison der größte Fang auf dem Heiratsmarkt."

Das alles machte keinen Sinn. Sie würde zugeben, dass er gut aussah. Nun, um ehrlich zu sein, mehr als das, und er war bald Erbe eines Marquisats, aber ... „Ich frage mich, warum er so begehrt ist."

Anna stieß einen Seufzer aus und schüttelte den Kopf. „Das ist ganz einfach. Abgesehen von seinem Aussehen und seinen Aussichten, kleidet er sich modisch und hat ein großes Privatvermögen." Sie hielt inne und warf einen Blick auf Phoebe. „Er hat etwas Besonderes an sich. Sie sollten die romantischen Geschichten hören, die über seine Zeit in Westindien kursieren. Er ist der aktuelle Held jeder Dame. Ein aktueller Held der Minerva Press."

Phoebe öffnete ihre Augen weit. „So habe ich noch nie über ihn gedacht. Ich wusste nicht einmal, dass er ein Privatvermögen hat." Er hatte zwar erwähnt, dass er wohlhabend war, aber sie dachte ... Was hatte sie gedacht?

„Oh Liebes, ja, man hat mir gesagt, dass es sich um vierzig- bis fünfzigtausend Pfund pro Jahr handelt."

Phoebe fühlte sich, als hätte man ihr den Atem geraubt. „Aber, ich verstehe das nicht." Sie schien das oft zu sagen in letzter Zeit. „Ich habe noch nie eine andere Frau gesehen, die versucht hat, seine Aufmerksamkeit auf sich zu ziehen."

Annas Augen funkelten amüsiert. „Das liegt daran, dass er niemanden außer Sie ansieht. Jedes Mal, wenn er einen Raum betritt, sucht er sofort nach Ihnen und tut so, als wäre er blind für alle anderen, bis er an Ihrer Seite ist. Ich kann Ihnen gar nicht sagen, wie viele Damen darauf warten, dass Sie ihn zu Fall bringen, damit sie eine Chance haben."

Phoebe schaute sich um, um sich zu vergewissern, dass niemand in der Nähe war, und lächelte. „Eigentlich habe ich ihn vor vielen Jahren schon einmal niedergeschlagen."

„Er ist wohl der Einzige, der Sie danach noch nicht aufgegeben hat", antwortete Anna weise. „Jetzt, wo Sie nicht mehr auf dem Markt sind, haben wir anderen mehr Gelegenheit, uns mit den verbliebenen Herren zu beschäftigen. Jetzt, wo Lord Marcus seine Aufmerksamkeit darauf richtet, weiß ich, warum ich in letzter Zeit so viel von Lord Rutherfords Zeit in Anspruch nehmen konnte."

„Anna, was für ein Unsinn!", rief Phoebe aus. „Sie wissen genau, dass Rutherford mich schon lange aufgegeben hat. Er hat mir gesagt, dass er keine Dame heiraten kann, die eine strafendere Rechte hat als er."

Miss Marsh runzelte die Stirn. „Wie dem auch sei, er hat Sie schon zu lange als Ausrede benutzt. Eine, die er nicht mehr haben wird, wenn Sie Lord Marcus heiraten."

Phoebe warf ihrer Freundin einen wissenden Blick zu. „Diese Saison verspricht, interessanter zu werden, als ich zuerst dachte."

Achselzuckend antwortete Anna: „Das weiß ich nicht so recht. Rutherford und ich kennen uns schon ewig. Wenn er sich tatsächlich entschlossen hat, mir seine Aufmerksamkeit zu schenken, nachdem er mich so lange ignoriert hat, wird er sich dieses Privileg verdienen müssen."

Phoebe fragte leise: „Lieben Sie ihn schon lange?"

Anna wollte die Hände hochwerfen und hielt inne, als ob sie sich erinnerte, wo sie sich aufhielt. „Nur mein ganzes Leben lang. Ich bin meinem Bruder Harry und ihm, wenn es ging, gefolgt, als ich noch Zöpfchen hatte." Annas Atem stockte und Phoebe erinnerte sich daran, wie ihre Familie die Nachricht vom Tod Harry Marshs erhalten hatte. Er war in Spanien vor Badajoz gefallen Annas Familienbesitz war nicht vererbbar, und derjenige, den sie heiratete, würde ihn schließlich besitzen.

„Spaß beiseite", sagte Anna, „ich muss wissen, dass er mich um meiner selbst will und nicht wegen des Grundstücks."

Phoebe wusste, wie ihre Freundin sich fühlte. „Anna, Sie werden in Ihrem Herzen wissen, ob er aufrichtig ist oder nicht. Aber da Rutherford Rutherford ist, kann es eine Weile dauern."

„Ich weiß, und ich habe Zeit." Anna lehnte sich zu Phoebe. „Ich brauche nicht zu heiraten, um jemandem außer mir selbst zu gefallen. Ich nehme mir ein Beispiel an Ihnen, meine liebe Freundin."

Phoebe lachte. „Er wird es wirklich schwer haben. Anna, wenn ich irgendetwas tun kann, um zu helfen, fragen Sie einfach."

„Ja, das werde ich." Sie lächelte. „Aber Sie werden eine Hochzeit zu planen und einen Ehemann zu versorgen haben und ..."

„Lord Marcus hat mir noch keinen Antrag gemacht." *Er hat mir schon vor Wochen gesagt, dass er mich heiraten will, aber er hat mir noch keinen Antrag gemacht.* „Und ich bin mir immer noch nicht sicher, wie meine Antwort ausfallen wird, wenn er mich fragen sollte."

„Er wird. Können Sie daran zweifeln? Der Mann ist besessen." Anna warf Phoebe einen wissenden Blick zu. „Wenn Sie das noch anzweifeln, haben Sie nicht gesehen, wie er Sie anschaut. Und – na ja, macht nichts. Es wird schon alles klappen."

Er hatte ihr in letzter Zeit nicht gesagt, dass er sie liebte. Würde er sein Angebot erneuern, und wie würde sie darauf reagieren? Wenn sie ihm nur vertrauen könnte.

***

An diesem Nachmittag um fünf Uhr blickte Marcus auf, als Phoebe die Treppe herunterkam. Sie war sehr hübsch in einem neuen königsblauen Kutschenkleid mit passender Pelisse und einem kleinen Hut mit einer Feder, die sich um ihr Ohr kringelte.

„Wie schaffen Sie es, jedes Mal, wenn ich Sie sehe, schöner auszusehen?"

Phoebe lächelte. „Sehr schön gesagt, Mylord. Du solltest jedoch wissen, dass ich solche Schmeicheleien nicht mag.“

Er nahm ihre Hand und lächelte, während er ihr in die Augen sah. „Du tust mir Unrecht, Mylady. Wurde ein Ritter jemals so grausam behandelt?“ Marcus hob ihre Hand, drehte sie um und gab ihr einen Kuss auf das Handgelenk.

Phoebe errötete charmant, genau wie er es beabsichtigt hatte.

Im Park angekommen, reihte er sich mit seinem Curricle in die Reihe der Kutschen ein, die den Weg säumten, und stellte erfreut fest, dass er und Phoebe noch mehr Aufmerksamkeit erregten als zuvor.

Sie hatten gerade die Hälfte ihrer ersten Runde hinter sich, als sie von jemandem auf einer Kutsche gerufen wurden, die auf den Randstreifen fuhr.

Phoebe einen sprechenden Blick zuwerfend, hielt Marcus neben dem Landauer an und grüßte seine Mutter und Lady Bellamny.

In letzter Zeit hatte sich seine Mutter nicht an der Nachmittagsausfahrt beteiligt, und er fragte sich, warum sie es jetzt tat.

„Mama, Lady Bellamny, ich habe nicht erwartet, Sie hier zu sehen.“ Und, so dachte Marcus, er wollte es auch nicht. Er war sich bei Phoebe nicht sicher und wollte sie nicht verschrecken oder die Hoffnungen seiner Mutter wecken. „Mama, ich glaube, du kennst Lady Phoebe schon.“

„Ja, natürlich, Marcus, deine Schwester *ist* mit ihrem Bruder verheiratet.“ Lady Dunwood wandte sich an

Phoebe. „Meine Liebe, ich bin sehr froh, Sie wiederzusehen."

Marcus versuchte, sich ein Stöhnen zu verkneifen.

Seine Mutter blickte ihn mit zusammengekniffenen Augen an, bevor sie sich wieder Phoebe zuwandte und lächelte. „Sie sind so weit weg. Ich kann Ihnen nicht einmal die Hand schütteln, Liebes. Bitte kommen Sie ein wenig zu uns. Marcus, hilf Lady Phoebe hinunter. Du kannst uns ablösen und sie holen, wenn du wiederkommst."

Auch wenn Phoebe es sich wünschte, ließ sich dieses Treffen nicht vermeiden. Höflich lächelte sie die beiden älteren Frauen an.

Sobald Marcus weg war, konzentrierte sich Lady Dunwoods Gespräch auf Phoebes Leben und ihre Ansichten, an denen sie aufrichtig interessiert zu sein schien.

Lady Bellamny jedoch, die Phoebe seit ihrer Kindheit kannte, war so beunruhigend wie immer. Sie war das perfekte Gegenstück zu Marcus' Mutter. Lady Bellamny nutzte ihre lange Beziehung und fragte sie über Marcus aus, bot ihr Ratschläge und Meinungen an.

Zwischen den beiden fühlte sich Phoebe kunstvoll verhört.

Sie war erleichtert, als Marcus seine Kutsche neben den Landauer manövrierte. Sie sagte alles, was sich für die Damen gehörte, und verabschiedete sich von ihnen, während Phoebe den Wagen wechselte.

„Ich bin so schnell wie möglich zurückgekommen", sagte Marcus entschuldigend. „Ich hatte Schwierigkeiten, zwei Landauer zu überholen – einer hatte zur Seite gezogen, der andere nicht. Sie sahen mich so komisch an, als ich sie überholen wollte."

„Deine Mutter und Lady Bellamny haben das wahrscheinlich geplant", antwortete Phoebe zynisch.

Seine Stirn legte sich vor Sorge in Falten. „War es so schlimm?"

Phoebe verzog das Gesicht. „Nicht schlimmer als bei meinen Schwestern. Wenn ich allerdings eine Wette zwischen deiner Mutter und Lady Bellamny gegen Wellington abschließen müsste, würde ich, was die Vernehmungsfähigkeiten angeht, wahrscheinlich auf die Damen setzen."

Er lachte leise vor sich hin. „Du armes Ding."

Phoebe schaute ihn an und erwiderte: „Marcus, deine Mutter ist sehr lieb und klug. Lady Bellamny ist, nun ja, Lady Bellamny. Sie konnte mich immer aus der Fassung bringen. Ich bete nur, dass sie sich nicht mit meiner Schwester Hester verschwören. Hester hätte die Inquisition leiten sollen."

„Es tut mir leid, dass du das meinetwegen durchmachen musstest."

Phoebe zwang sich zu einem knappen Lächeln. „Es war nicht so schlimm, wie es hätte sein können. Deine Mutter ist in der Tat sehr charmant, und ich bin froh, meine Bekanntschaft mit ihr vertieft zu haben. Wenn du noch nicht mit ihr über unser Werben gesprochen hast, will sie sicher wissen, was zwischen uns ist."

***

Die brüchige Spannung, die Phoebe durchströmte, war mit Händen zu greifen; sie erinnerte ihn an einen übermütigen Vollblüter, der zum Ausbruch bereit war, und er betete, dass die kollektive Neugier seiner Mutter und Lady Belamny ihn nicht zurückgeworfen hatte.

Er bedeckte Phoebes Hände mit einer seiner eigenen. „Ich bringe dich zurück zum St. Eth House, bevor noch jemand versucht herauszufinden, was hier vor sich geht."

Phoebe lächelte dankbar. „Danke, und danke, dass du mich nicht bedrängt hast. Die meisten Männer hätten das schon längst getan. Besonders nach ..." Sie hielten kurz im Verkehr an.

Marcus fing ihren Blick ein und hielt ihn fest. „Ich werde das, was zwischen uns ist, nicht gegen dich verwenden. Ich werde nicht zulassen, dass du irgendetwas tust, was dich daran hindert, einen anderen Mann zu heiraten, solltest du dich entscheiden, dass du mich nicht heiraten kannst."

Phoebes Tonfall war ein heiseres Flüstern. „Ich danke dir. Du bist sehr großzügig. Ich könnte mir nicht mehr wünschen."

Er hatte seinen Tonfall gleichmäßig gehalten und betete, dass sie verstand, was es ihn kostete, diese Worte zu sagen. Allein der Gedanke, dass sie einen anderen heiraten könnte, ließ ihn in Panik geraten. Ahnte sie überhaupt, dass sie sein Herz in ihren kleinen Händen hielt?

Anstatt Phoebe direkt zum St. Eth House zurückzubringen, fuhr Marcus sie aus dem Park und durch die Straßen, bis sie sich wieder normal unterhalten und scherzen konnten.

Als er Phoebe zu ihrer Tür begleitete, verbeugte er sich. „Ich sehe dich um acht. Dein Onkel hat mich eingeladen, mit dir zu speisen und in deiner Gesellschaft den Ball der Billingleys zu besuchen."

Ihre Augen weiteten sich. „Hat er das? Nach heute Morgen bin ich überrascht, dass er mir nicht verboten hat, dich zu sehen. Ich habe mich zurückgezogen, bis ich mit meiner Tante und meinen Schwestern zum Einkaufen gegangen bin."

Marcus grinste reumütig, konnte aber den Scherz mit ihr teilen. „Dein Onkel hat die Einladung ausgesprochen und mich dann in die Pfanne gehauen. Er hat mir die ganze Situation in die Schuhe geschoben. Dich hielt er für völlig unschuldig."

„Das glaube ich nicht." Phoebe machte ein verärgertes Gesicht. „Ich, nicht verantwortlich für mein eigenes Verhalten? Er hat immer gesagt, ich sei ganz in Ordnung."

Marcus setzte sich in gespielter Konsequenz aufrecht hin. „Ah, ja, aber du hast den Vorteil, dass du unschuldig bist, was das Werben angeht. Ich hingegen bin es offenbar nicht." Er warf ihr einen Blick zu. „Obwohl er mich, anders als dich, verdächtigt, anderen den Hof gemacht zu haben, versichere ich dir, dass ich nicht die leiseste Ahnung habe. Du hingegen", – seine Lippen spitzten sich –, „bist zwar in gewohnter Weise auf der Höhe, hast aber in Bezug auf uns deinen gesunden Menschenverstand vermissen lassen."

„Das hat Onkel Henry nicht gesagt", sagte sie beleidigt.

„Das hat er in der Tat, oder etwas sehr Ähnliches. Also, meine Liebe, bin ich derjenige, der verantwortlich gemacht wird, wenn etwas Unvorhergesehenes passiert."

„Was glaubt er denn, was passieren könnte?"

Marcus hob die Brauen und wartete darauf, dass sie sich an diesen Morgen erinnerte.

„Oh." Phoebe sah lächerlich schuldbewusst aus.

„Eben."

Sie runzelte die Stirn. „Dürfen wir nicht wieder zusammen frühstücken?"

Er konnte nicht umhin, sich darüber zu freuen, dass sie ihr Frühstück weiterhin mit ihm teilen wollte. Wenn sie ihm nur einen Hinweis geben würde, dass sie ihn heiraten wollte. „Nur wenn ein Diener im Zimmer ist und die Tür offen gelassen wird."

Ihre Hand schnellte zu ihrem Kopf. „Oh, Marcus, ich verstehe nicht, wie ich so sehr den Anstand verlieren konnte, dass ich etwas von alledem getan habe …"

„Das, meine größte Freude, hat er gemeint, als er sagte, dein Verstand sei ‚auf Abwege geraten‘."

Ihre Augen weiteten sich. „Wie hast du mich genannt?"

Irgendwie musste er ihr Werben vorantreiben. Er hielt seinen Tonfall gleichmäßig und fing ihren Blick auf. „Ich habe dich ‚meine Liebe‘ und ‚meine größte Freude‘ genannt. Und genau das bist du auch."

Phoebe blickte ihn schüchtern an. „Es hat mich noch nie jemand ‚seine größte Freude‘ genannt."

Marcus wollte vor Freude jubeln, aber er zügelte diese und küsste ihre Handfläche, bevor er ihre Finger umschloss. Er würde sie heute Abend fragen. „Bis heute Abend."

***

Phoebe zog sich sorgfältig an und trug ein neues Kleid in sattem Braun mit winzigen, durchscheinenden Ärmeln. Das Mieder aus plissiertem Chiffon bildete einen tiefen Ausschnitt, der die Wölbung ihrer Brüste umrahmte. Die schwerere Seide des Kleides umschmeichelte ihre Figur. Ihr Haar war hochgesteckt und trug eine Lockenpracht, von der einige die Schultern umschmeichelten. Perlen- und Amethyst-Tropfen schmückten ihre Ohren, und eine passende Halskette umgab ihren Hals.

Rose drapierte einen Norwich-Schal über Phoebes Schultern. Ein kunstvoll geschnitzter Fächer und ein Retikül vervollständigten ihr Ensemble.

Marcus befand sich mit Onkel Henry im Salon, als Phoebe den Raum betrat. Sie wusste, dass sie gut aussah und war erfreut, das Verlangen in Marcus' Gesicht zu sehen, als er sie beobachtete. Phoebe ging lächelnd auf ihn zu.

Einen Moment lang trafen sich ihre Blicke. Fast hätte sie vergessen, ihren Onkel zuerst zu begrüßen.

„Phoebe, meine liebe Nichte. Du siehst heute Abend ganz besonders hübsch aus."

„Danke, Onkel Henry." Sie hob ihren Blick zu Marcus, und ihr stockte der Atem, als sie seinen Gesichtsausdruck sah. Es war derselbe Blick, den er gehabt hatte, als er sie geküsst hatte.

Marcus nahm ihre Hände und hob eine an seine Lippen. „Du bist eine Vision", sagte er und erinnerte sie an das Bild, das er von ihr behalten hatte.

Henry räusperte sich.

Phoebe blickte sich um. „Oh je ..."

Sowohl ihre Tante als auch ihr Onkel starrten Marcus und sie an. „Guten Abend, Tante Ester.“

„Lady St. Eth, guten Abend.“ Marcus verbeugte sich.

Onkel Henry bot ihnen einen Sherry an, während die Paare auf den beiden Sofas neben dem Kamin Platz nahmen. „Marcus, Sie müssen diesen Sherry probieren“, sagte St. Eth. „Es ist der beste, den ich je getrunken habe.“

Marcus nahm einen Schluck und stimmte prompt zu. „Sir, wo haben Sie den gefunden? Es ist bemerkenswert.“

Henry lächelte herausfordernd. „Ich habe Phoebe gesagt, dass ich ihr etwas davon geben werde, wenn sie ihr eigenes Haus führt. Aber Lady St. Eth meint, ich sollte es ihr lieber als Hochzeitsgeschenk geben.“

Phoebe schnappte nach Luft. Wie konnte er so etwas sagen, wo Marcus ihr nicht einmal einen Antrag gemacht hatte?

Marcus betrachtete Henry, und ein Grinsen erschien auf seinem Gesicht. „Ich wage zu behaupten, Sir, es wäre ein perfektes Hochzeitsgeschenk. Glauben Sie, Lady Phoebe würde darauf bestehen, dass es nur für sie bestimmt ist?“

Henry gluckste. „Daran würde ich überhaupt nicht zweifeln.“

Sie warf einen Blick auf ihre Tante, die einen völlig freundlichen Gesichtsausdruck hatte, als ob nichts Unangenehmes gesagt worden wäre.

War Phoebe die Einzige, der dieses Gespräch seltsam vorkam?

***

Onkel Henry half Tante Ester in die Kutsche und sagte: „Lord Marcus, ich glaube, Lady Phoebe würde lieber zu Fuß gehen. Stimmt's, meine Liebe? Wir treffen Sie bei den Billingleys."

Sie wusste nicht, was sie von der Absicht ihres Onkels halten sollte, Marcus und sie allein zu lassen. Tatsächlich verhielten sich sowohl ihre Tante als auch ihr Onkel sehr seltsam. Aber Marcus fing an, mit ihr zu reden und lenkte sie damit von ihren Überlegungen ab.

Während sie schlenderten, unterhielten sie sich mit leisen Stimmen; Phoebe wurde klar, dass sie und Marcus nie um ein Gespräch verlegen waren. Sie hatten so viele gemeinsame Interessengebiete und waren beide neugierig auf so viele verschiedene Themen, dass die Zeit viel zu schnell verging.

Als sie mit der Kutsche der St. Eths gleichauf waren, die sich sehr langsam die Schlange zur Tür hinaufbewegte, rief Onkel Henry seinem Kutscher zu, er solle anhalten. Er kletterte herunter und half Tante Ester beim Aussteigen.

Als sie sich gemeinsam in die Empfangsschlange einreihten, bedankte sich Markus im Stillen bei St. Eth. Nichts hätte den Anwesenden deutlicher machen können, dass Marcus' Brautwerbung den Segen von St. Eth hatte.

„Ich sehe Miss Marsh und Rutherford", sagte Phoebe.

Marcus verschränkte seinen Arm fest mit ihrem und ging auf ihre Freunde zu.

Phoebe redete angeregt mit Miss Marsh, und bald waren sie in ein Gespräch vertieft.

Als Rutherford mit Miss Marsh stand, ihre Hand auf seinem Arm, Rutherfords Hand auf ihrer, bekam Marcus seine Frage beantwortet.

„Wie Sie sehen", sagte Rutherford.

Marcus grinste. „Ich wünsche Ihnen viel Glück. Haben Sie Travenor gesehen?"

„Nein, und ich möchte ihn auch nicht sehen", antwortete sein Freund. „Sein Verhalten hat etwas sehr Bedenkliches an sich. Neulich Abend hatte ich das Gefühl, dass Travenor nicht das ist, was er vorgibt zu sein."

Marcus antwortete mit leiser Stimme: „Das ist er auch nicht. Ich habe einige Informationen über seinen Hintergrund erhalten und bin überzeugt, dass er eine Gefahr für Phoebe darstellt."

„Ich stimme zu." Rutherford nickte. „Der Mann muss beobachtet werden. Ansonsten weiß ich nicht, was Sie noch tun können. Apropos Phoebe, ich habe gesehen, dass Sie mit den St. Eths angekommen sind. Wann kann ich mit einer Ankündigung rechnen?"

Marcus senkte seine Stimme wieder, sodass sie kaum mehr als ein Flüstern war. „Sobald ich sie überzeugt habe."

Rutherfords Augen leuchteten vor Lachen. „Ich bin mehr als bereit, Ihnen zu helfen, eine Verpflichtung Lebenszeit einzugehen. Der Wintergarten hier gilt als ein bemerkenswertes Exemplar."

Marcus nahm den Hinweis zur Kenntnis und war froh über die Hilfe. „Wirklich? Dann muss ich dorthin."

Die Geigenklänge begannen, und er wandte sich an Phoebe und fragte sie, ob sie tanzen wolle. Marcus hielt sie enger und fester als je zuvor, und sie wich nicht zurück, sondern starrte ihn nur aufmerksam an. Ihre

Verbundenheit schien sich zu vertiefen und noch mehr aufzuflammen als beim letzten Mal.

Er führte sie mit Leichtigkeit durch die Schritte und hielt sie noch näher bei sich. Sein Schenkel berührte ihren und sie zitterte. Das Verlangen loderte in ihm auf, seine Muskeln verhärteten sich und sein Blut wurde heiß. Es kam nicht in Frage, sie von der Tanzfläche zu zerren. Reden könnte ihn ablenken.

„Es sieht so aus, als wolle Rutherford um Miss Marsh werben.“

Phoebe sah weg, und es dauerte einen Moment, bis sie antwortete. „Ja, ich hatte denselben Eindruck. Hat er irgendetwas zu dir gesagt?“

„Nicht mit so vielen Worten. Seine Handlungen machten seine Absicht deutlich.“

„Es wäre eine gute Partie.“ Ihr Ton war unverbindlich, und sie sah ihn immer noch nicht an. Irgendetwas stimmte nicht.

„Zuerst dachte ich, er wäre hinter dir her. Das war aber nicht der Fall, oder? Meinst du, er hatte die ganze Zeit Miss Marsh im Sinn?“

Phoebe blickte ihn schließlich an. „Wie scharfsinnig du bist. Anders als in meiner ersten Saison, als es in Mode zu sein schien, sich in mich zu verlieben“, sagte sie mit selbstironischer Herablassung, „glaube ich, dass du recht hast. Ihre Familien stehen sich sehr nahe, und sie kennen sich schon ewig. Ihre Ländereien liegen nahe beieinander. Ich verstehe nicht, warum er so lange gewartet hat.“

Marcus zuckte mit den Schultern. Er konnte es sich denken, würde aber nichts sagen.

Rutherford musste aus denselben Gründen heiraten wie er, hatte es aber aufschieben können, solange seine Mutter dachte, er sei an Phoebe interessiert. Da Marcus seine Zuneigung so deutlich gezeigt hatte und Phoebe damit einverstanden zu sein schien, machte Rutherfords Mutter ihm nicht nur Vorwürfe, weil er seine Zuneigung nicht früher bekundet hatte, sondern begann auch, ihn erneut zu drängen, eine Frau zu finden. Marcus wollte es Phoebe jedoch nicht sagen. Aus irgendeinem Grund war ihr nicht klar, wie sehr sie sich ihm gegenüber wie ein Paar verhielt. Er würde bald um ihre Hand anhalten. Er wünschte nur, er wüsste, wie Phoebes Antwort lauten würde.

***

Phoebes Schwestern trafen etwa eine Stunde nach den St. Eths ein. Hester hielt Ausschau nach Phoebe, während sie und Hermine durch den Raum schlenderten und ihre Freunde und Bekannten begrüßten.

Caldecott und Fairport unterhielten sich mit Onkel Henry und einigen anderen Herren.

Ester lächelte die Zwillinge liebevoll an, als sie sich zu ihr setzten.

Hester setzte sich neben ihre Tante und Hermine nahm einen Stuhl neben dem Sofa. „Tante Ester, so eine Frechheit habe ich noch nie gehört", beschwerte sich Hester. „Ich weiß nicht, wie viele Leute mich gefragt haben, ob Phoebe und Lord Marcus eine Verbindung eingehen werden. Natürlich habe ich gesagt, dass sie es erfahren werden, wenn sie eine Anzeige in der *Morning Post* sehen. Ich wünschte nur, ich wüsste die Antwort."

„In der Tat.“ Hermine schürzte ihre Lippen. „Sie können nicht herumlaufen und vor Frühlingsgefühlen förmlich sprühen, ohne dass die Leute es merken.“

„Phoebe sagt, sie hat sich noch nicht entschieden“, sagte Ester grimmig. „Ich halte es für wahrscheinlicher, dass sie es sich selbst nicht eingestehen will.“ Ester erzählte ihnen von dem Frühstück am Morgen und wie angetan sie an diesem Abend voneinander waren. „Etwas muss bald geschehen. Bei diesem Tempo werden sie die Gesellschaft zu sehr reden lassen.“

Während sie sich unterhielten, wurde eine Reihe von Country-Tänzen gespielt.

Als die ersten Takte eines Walzers erklangen, wandten sich die Köpfe der Damen ihren Ehemännern zu, die sofort kamen, um ihre Tänze einzufordern. Gemeinsam machten sich die Paare auf den Weg zu dem sich bildenden Set.

Marcus und Phoebe wirbelten über den Boden, als wären sie in ihrer eigenen Welt.

„Sieh sie dir an“, sagte Hester zu John. „Sie sind hoffnungslos. Wir brauchen eine Verlobung, lieber früher als später, sonst gibt es einen Skandal. Jede Idee wäre hilfreich.“

Nach dem Tanz beim Abendessen gingen die Paare die Treppe hinunter. Entschlossen, Phoebe nichts zu sagen, gesellte sich Hester zu den Liebenden in den Speisesaal. Die Damen unterhielten sich angeregt, während die Herren ihre Erfrischungen holten.

Die Männer waren nicht so zurückhaltend. Marcus, der die Stimmung spürte, beschloss, mit ihnen ohne Umschweife zu reden. „Ich wünschte, einer von Ihnen würde mir sagen, ob Phoebe sich entschieden hat. Ich weiß nicht, wie lange das noch so weitergehen kann."

„Nicht mehr lange, das kann ich Ihnen sagen." Fairport runzelte die Stirn. „Jeder Klatsch und Tratsch im Raum drehte sich darum, wann es eine Ankündigung geben wird."

„Oder darum, ob es überhaupt eine gibt", fügte John hinzu.

St. Eth schüttelte den Kopf. „Wenn es jemand anderes als Phoebe wäre, würden wir ihre Antwort kennen."

„Ich bin für jede Idee offen, die ihr bei ihrer Entscheidung hilft", sagte Marcus verärgert.

„Lasst uns darüber nachdenken", sagte St. Eth nachdenklich.

„Wir sollten in der Lage sein, zumindest eine Idee zu finden." John grinste. „Der Wintergarten."

Marcus wandte sich ihm zu. „Das wird mein nächstes Vorhaben sein."

***

Als sie mit dem Essen fertig waren, berührte Marcus sanft Phoebes Schulter. „Hast du den Wintergarten hier gesehen? Ich habe gehört, er ist bemerkenswert."

Phoebe lächelte. „Ja, das ist er. Komm, ich zeige ihn dir."

Der Wintergarten war für ein Stadthaus sehr groß. Er hatte gewundene Wege, einen Brunnen in der Mitte und mehrere Bänke in Lauben, die mit tropischen Reben und anderen blühenden Pflanzen bewachsen waren. „Der Wintergarten hat mich schon immer fasziniert. Ich habe ihn noch nie am Abend gesehen. Sieht er jetzt nicht wie ein Märchenland aus, wenn der Mond hindurchscheint?"

Marcus schaute sie an. „Es sieht definitiv wie ein Feenland aus. Weißt du, was das für Pflanzen sind?", fragte er, als sie auf einige der exotischen Pflanzen stießen, die er von seinen Reisen kannte.

„Nein, da müsste irgendwo ein Schild sein." Sie bückte sich.

„Nicht nötig." Er half ihr beim Aufstehen. „Ich werde dir von ihnen erzählen." Umherschweifend führte Marcus sie einen Weg entlang, wobei er sie auf Pflanzen und Blumen hinwies, während sie gingen.

Sie lächelte strahlend. „Wie wunderbar. Das ist ja fast wie eine Erkundung." Am Ende eines Weges kamen sie zu einer tiefen Laube, die von einer duftenden Rebe umwachsen war.

Marcus führte sie in die Laube. Ihre Augen trafen sich erneut. Ihr Blick wanderte zu seinen Lippen. Er legte einen Finger unter ihr Kinn, neigte ihren Kopf nach oben und berührte sanft ihren Mund. Er zog Phoebe näher heran und vertiefte den Kuss. Sie öffnete sich ihm mit einem leisen, gehauchten Seufzer, und er berührte mit seiner Zunge die ihre. Sie schmolz mit ihm zusammen, schlang ihre Arme um seinen Hals und presste ihren Körper gegen seinen. Er stöhnte und streichelte ihren Rücken, fuhr mit einer Hand über ihren Po und zog sie an sich heran.

Phoebe musste ihn lieben, um ihm zu erlauben, sie so zu berühren. Wenn sie es nur zugeben würde. Er verfluchte sich dafür, dass er ihr vor so langer Zeit wehgetan hatte. Wenn sie ihn heiratete, würde er den Rest seines Lebens damit verbringen, es wieder gutzumachen.

Marcus fand ihre Brustwarzen bereits hart und fest und begann damit zu spielen. Der Stoff ihres Kleides spannte sich über ihren schwellenden Brüsten. Er übte mehr Druck aus, umkreiste jeden Nippel und ermutigte sie, sich gegen ihn zu wölben. Ihr leises Keuchen und Stöhnen war Musik in seinen Ohren. Er wollte, dass sie den Empfindungen, die sie fühlte, Beachtung schenkte, und lockerte den Kuss.

Phoebe keuchte bei seiner Hitze und dem seltsamen Pochen, das seine Berührung zwischen ihren Beinen auslöste. Seine Hand streichelte sie, wie schon am Morgen. Sie hatte Mühe, Schritt zu halten, als er ihren Mund für sich einnahm. Ihre Brüste schmerzten und warteten wieder auf seine Berührung.

Langsam glitten seine Finger ihre Seiten hinauf, bis sie ihre Brüste erreichten. Seine Daumen streichelten sanft über ihre Brustwarzen. Phoebe erschauderte, als Wellen von Lust und Verlangen durch sie schossen.

„Nein", protestierte sie, als er seine Hände von ihren Brüsten zurück auf ihre Taille legte. „Lass sie dort."

Was machst du da, schrie ein Teil von ihr. *Jetzt ermutigst du ihn auch noch!*

„Wenn ich sie dort lasse, kann ich das nicht tun." Marcus fasste ihr an den Hintern und zog sie an sich heran.

Phoebe seufzte, als er sie wieder in den Kuss hineinzog, und fragte mit schlechtem Gewissen: „Kannst du nicht beides tun?"

Marcus gab ein leises Kichern von sich. „Ich werde sehen, was ich tun kann, um dich zu befriedigen." Er hielt ihren Po in einer Hand und fasste mit der anderen an eine Brust. „Besser?"

„Hm", stöhnte sie.

Marcus flüsterte ihr ins Ohr: „Phoebe, ich möchte dich etwas fragen."

Ihr Atem wurde kürzer. Sie war kaum noch in der Lage, zuzuhören.

„Phoebe ..."

Sie hörte eine helle Frauenstimme und eine tiefere Männerstimme.

„Marcus, da kommt jemand." Rasch wich er zurück und verschränkte seinen Arm mit ihrem.

Phoebe verzog ihr Gesicht zu höflichem Interesse. Ihr Körper glühte noch immer vor Hitze und Verlangen. Schuldgefühle durchzuckten sie. Sie war nicht nur lüstern geworden, sie hatte sich auch gehen lassen und immer noch mehr gewollt.

Kurz bevor die anderen Gäste in Sichtweite kamen, deutete Marcus auf eine nahegelegene, rankende Pflanze. „Sehen Sie, Lady Phoebe, das ist der Grund, warum man dies die Liebesranke nennt."

Phoebe verschluckte sich. Sie biss sich auf die Lippe, blickte von der Ranke zurück zu Marcus und begegnete seinen Augen. Die warme Fröhlichkeit in ihnen machte sie fast wahnsinnig. Sie versuchte, ihre Stimme zu beherrschen. „Das ist sehr interessant, Lord Marcus. Ich hatte keine Ahnung, dass Sie auf Ihren Reisen so ein Botaniker geworden sind."

Sie neigten ihre Köpfe zu den Paaren, die auf dem Weg aufgetaucht waren. Marcus lenkte sie aus der Laube in die entgegengesetzte Richtung, als die anderen Gäste wieder zur Tür zurückkehrten.

„Marcus, was wir getan haben, wie ich dir erlaubt habe, mich zu berühren. Glaubst du, ich werde zu einer lockeren ..."

Er stoppte sie. „Nein, niemals. Nichts, was du beschließt zu tun, würde meinen Respekt vor dir mindern. Phoebe, habe ich dir das nicht gezeigt?“

***

Später saß sie neben ihm in der Kutsche. Auch wenn kein Teil von ihm sie berührte, durchdrang seine Wärme sie. Ihr Körper pulsierte noch immer von den Gefühlen, die er hervorrief.

Sie musste an Marcus denken und an die Gefühle, die er in ihr auslöste, aber sie konnte sich nicht konzentrieren, wenn er ihr so nahe war.

Wem machte sie etwas vor? Sie freute sich darauf, ihn zu sehen und genoss seine Gesellschaft. Nach dem, was er heute Abend und zuvor gesagt hatte, sollte sie ihm vertrauen können.

Was war es, das sie zurückhielt?

Kapitel 15

Am nächsten Morgen begann es zu regnen. Phoebe saß auf ihrem Klappstuhl, verfluchte das schlechte Wetter und hoffte, dass Marcus sich eine Ausrede einfallen lassen würde, um sie zu besuchen.

Sie ging hinunter zum Frühstück und spielte mit ihrem Toast, während ihr Tee kalt wurde. Sie fragte sich, wann es für sie so wichtig geworden war, Marcus am Morgen zu sehen.

Sie hatte sich gerade vorgenommen, nicht in Trübsinn zu verfallen, als sie das Klopfen an der Tür und eine tiefe Männerstimme hörte.

Ein paar Minuten später führte Ferguson Marcus in den Frühstücksraum. Phoebe stand auf. Schnell ging sie mit ausgestreckten Händen auf ihn zu und sagte: „Ich habe mich gefragt, ob du kommen würdest. Ich habe das Wetter verflucht und fühle mich so ...“

„Einsam?“ Er sah ihr in die Augen und erwiderte ihr Lächeln auf eine charmante Weise. Marcus nahm ihre Hände und hielt sie fest, während Ferguson eine Nachricht in die Küche schickte und einen Lakaien direkt vor der Tür postierte.

„Ja, genau das. War es bei dir auch so?“ Sie musterte sein Gesicht.

„Genau das Gleiche. Ich hatte gehofft, du wärst wach. Ich konnte nicht wegbleiben. Dich nicht zu sehen, machte mich ganz kribbelig." Marcus' Lächeln war sanft und sinnlich. „Außerdem, wer sonst soll mir im Frühstücksraum Tee servieren?"

„Oh, du schlimmer, schlimmer Mann. Komm und hol dir deinen Tee." Sie lachte und schenkte ihm eine Tasse ein.

Wie würde es wohl sein, das jeden Morgen zu tun? Ohne den Lakaien, der Wache hielt, natürlich.

Phoebe schaute zu Marcus hinüber und genoss den Tee.

„Phoebe", sagte er, „der Tee ist sehr gut. Ist es deine eigene Mischung?"

Es überraschte und erfreute sie, dass er es bemerkt hatte. Aber andererseits begann sie zu begreifen, dass er in so vielen Dingen anders war. „Ja, das ist er. Ich bin froh, dass er dir zusagt."

Sie aßen ihr Frühstück und unterhielten sich über alles und nichts.

Onkel Henry betrat den Raum, nahm Platz, begrüßte Marcus, als sei seine Anwesenheit am Tisch normal, und bat um Kaffee. „Was für ein Wetterumschwung. Es war so schön, dass ich vergessen habe, dass es fast November ist."

Phoebe schaute zum Fenster und beobachtete, wie die Regentropfen ihre Bahnen an der Scheibe zogen. „Es kann nicht schon fast November sein. Mein Geburtstag liegt noch davor, und der ist noch nicht da."

Onkel Henrys Stimme war neckisch. „Natürlich, wie hätte ich das vergessen können? Wann ist es?"

Das war eine gute Frage. Sie drehte sich zu ihrem Onkel um und starrte ihn an. „Welches Datum haben wir?"

Onkel Henry rieb sich das Kinn. „Der dreizehnte."

Jetzt schon? „Mein Geburtstag ist dieses Wochenende. Wie konnte ich das nur vergessen?"

„Phoebe, meine Liebe", sagte ihr Onkel, „du bist in letzter Zeit sehr schusselig geworden. Hättest du Lust, mit einer kleinen Gruppe zum Herrenhaus in Berkshire zu fahren?"

„Das wäre perfekt." Sie drehte sich zu Marcus um, als wäre es die normalste Sache der Welt. „Das würde dir doch gefallen, oder?"

Marcus antwortete: „Das würde ich in der Tat gerne, wenn dein Onkel es erlauben würde."

St. Eth lehnte sich zurück und grinste. „Schön, dass du dich uns anschließt, mein Junge."

Phoebe begann zu planen. Eine kleine Party, ihre Familie und … „Marcus, wir könnten auch deine Eltern fragen, ob sie dabei sein wollen, und Hester, Hermine, John, Edwin und natürlich alle Kinder. Onkel Henry, gibt es noch jemanden, den du gerne einladen würdest?"

„Nein, meine Liebe", sagte er. „Ich denke, das wird so kurzfristig reichen. Ester wird wissen wollen, was wir vorhaben."

„Oh, ja, natürlich." Phoebe reichte Marcus die Hand. „Es ist so ungerecht, dass das Wetter unsere Ausfahrt verhindert hat. Wann sehen wir uns wieder? Gehst du heute Abend auf den Moreland-Ball?"

Marcus lächelte sie an. „Ja, meine größte Freude, ich werde da sein."

„Wirst du dich uns anschließen?", fragte sie ein wenig schüchtern.

„Ich möchte nichts lieber als das."

„Wir sehen uns dann um neun Uhr." Phoebe verabschiedete sich und machte sich auf die Suche nach ihrer Tante.

St. Eth schüttelte den Kopf. „Komm mit mir", sagte er an Marcus gewandt.

Als sie sein Arbeitszimmer erreichten, wandte er sich um.

„Wann gedenkst du sie zu fragen?"

„Ich habe es gestern Abend versucht, aber wir wurden unterbrochen." Marcus fuhr sich frustriert mit der Hand durch die Haare. „Wir sind nie lange genug allein."

St. Eth war einige Augenblicke lang still. „Ich werde dafür sorgen, dass du an diesem Wochenende die Zeit hast, die du brauchst. Lass mich nicht im Stich."

Marcus nickte, aber seine häufigste Angst veranlasste ihn zu der Frage: „Was ist, wenn sie mich nicht akzeptiert?"

St. Eth hob eine Augenbraue. „Du musst nur überzeugend sein."

***

Ester blickte auf, als Phoebe ihre Stube betrat.

„Tante Ester, Onkel Henry hat vorgeschlagen, dass wir zu meinem Geburtstag ins Herrenhaus fahren. Ich finde, das ist eine wunderbare Idee. Was hältst du davon?"

Ester regte sich. Sie würde eine Nachricht an das Personal des Herrenhauses schicken und François‘ Menüs für das Wochenende genehmigen müssen. „Ja, meine Liebe. Ich bin einverstanden. Wen möchtest du einladen?“

„Nun, meine Schwestern natürlich, und ich dachte, wir könnten Lord Marcus und seine Eltern einladen.“

„Das wird reizvoll sein.“

Ester beteiligte sich mit Eifer an Phoebes Vorbereitungen. Sie schickte Notizen an Hester und Hermine, die vorgewarnt worden waren, bevor sie eine formellere Einladung an Lord und Lady Dunwood verfasste.

Sicherlich dachte Phoebe darüber nach, seinen Antrag anzunehmen. Oder?

„Phoebe, weißt du schon, ob du Lord Marcus heiraten wirst?“ Der Ausdruck auf dem Gesicht ihrer Nichte erinnerte sie an ein wildes Tier, das in die Enge getrieben wurde.

„Ich werde mich bald entscheiden, versprochen.“ Phoebe verließ das Zimmer.

Ester seufzte und klingelte nach ihrer Zofe.

Später am Morgen kam Henry zu ihr. „Hast du mit Phoebe gesprochen?“

„Ja“, sagte Ester. „Phoebe weiß noch nicht, ob sie ihn akzeptieren wird.“

„Was, um Himmels willen, hat das Mädchen?“ Henry ging im Zimmer auf und ab. „Jeder, der Augen hat, kann sehen, dass sie in ihn verliebt ist, und sie hat sowohl Marcus als auch seine Eltern zu ihrer Geburtstagsparty eingeladen. Ist ihr nicht klar, dass das gleichbedeutend damit ist, dass sie sein Angebot annimmt?“

„Mein Lieber.“ Ester schloss für einen Moment die Augen. „Für Phoebe ist es nicht so einfach. Sie hat die ganze Zeit darauf gewartet, den richtigen Mann zu finden. Alles Drängen von uns wird sie nicht umstimmen. Wir müssen es Lord Marcus überlassen, sie zu überreden.“

Henry dachte eine Weile nach und sagte dann mit entschlossener Stimme: „Ester, ich möchte sicherstellen, dass sie an diesem Wochenende Zeit für sich haben. Ich habe Lord Marcus gesagt, dass er sie überreden muss. Du weißt so gut wie ich, dass es so nicht weitergehen kann, ohne eine Lösung zu finden. Wenn sie nicht bald verlobt ist, wird man sie als seinen Flirt bezeichnen. Nichts könnte ihrem Ruf mehr schaden.“

Ester seufzte müde. „Mein Lieber, die Einzige, die das nicht zu begreifen scheint, ist Phoebe. Sie werden ihre Zeit allein haben. Ich werde Hester und Hermine sagen, dass sie keine Zaungäste spielen sollen.“

***

Phoebe floh die Treppe hinauf in ihr Zimmer und auf ihren bequemen Fensterplatz. Was sollte sie nur tun? Sie hatte seine Eltern eingeladen. Er würde bald ein Angebot machen müssen, und sie würde eine Antwort geben müssen.

Sie drückte ihren Kopf gegen die kühle Fensterscheibe und blinzelte die Tränen der Frustration zurück, weil sie den unerwarteten Ausbruch von Panik verabscheute. Sie war töricht, ohne dass sie es wollte. Vielleicht hatte Tante Ester recht und Phoebe sollte sich einfach ansehen, wer er jetzt war. Aber konnte sie das?

Sie zog die Knie an und drückte sie an sich. Könnte sie ohne Marcus leben? Was würde passieren, wenn sie nach ihrer Heirat noch einmal schlecht von ihm träumte und er sah, dass sie sich an ihre Angst vor ihm erinnerte?

Wenn sie sich nicht bald entschied, würde es ihr aus den Händen genommen werden. Vielleicht wäre das gar nicht so schlecht. Phoebe senkte den Kopf auf ihre Knie.

***

An diesem Abend behielt Marcus Phoebe bei sich. Er begrüßte die Freunde und ignorierte die berechnenden Blicke der Klatschbasen, während er mit ihr durch den Raum schlenderte.

Wieder einmal bildeten er und Phoebe einen Freundeskreis, zu dem auch Lord Rutherford und Miss Marsh gehörten.

Nachdem sie ihre beiden Walzer getanzt hatten und gemeinsam zum Essen gegangen waren, beschlossen die beiden, Miss Marshs Mutter und Lady St. Eth zu suchen, als Phoebe erneut von Travenor behelligt wurde.

Er stürmte auf sie zu und sagte angriffslustig: „Lady Phoebe, ich verlange, dass Sie mir den nächsten Walzer gewähren."

Phoebes Augen verengten sich. „Sie tun *was?*"

Jeder Beschützerinstinkt in Marcus erwachte zu ihrer Verteidigung, und er zog sie näher zu sich. Travenor würde sie niemals anfassen, wenn es nach Marcus ginge. Sein Ton war eisig, als er sagte: „Travenor, ich begleite Lady Phoebe zu ihrer Tante. Sie bereiten sich auf die Abreise vor."

Mit Phoebe an seinem Arm machte Marcus einen Schritt.

Travenor hielt sie auf, indem er sich vor Phoebe schob.

Marcus zog Phoebe hinter sich und ballte seine Hände zu Fäusten. Er hätte Travenor gerne einen rechten Haken verpasst und hätte es wohl auch getan, wären sie auf Jamaika gewesen. Stattdessen warf er Travenor nur einen harten Blick zu und ließ seine Stimme in einem tiefen, drohenden Knurren erklingen. „Travenor, ich weiß nicht, wo Sie Ihre Manieren gelernt haben, aber ich schlage vor, Sie gehen zurück und nehmen weiteren Unterricht. Ich warne Sie jetzt. Versuchen Sie nicht, sich Lady Phoebe noch einmal zu nähern."

Travenor stand wie angewurzelt da, mit offenem Mund und schwer atmend.

Ohne seine Antwort abzuwarten, wandte sich Marcus an Phoebe, lächelte ihr zu, um sie zu beruhigen, und begleitete sie dann zu ihrer Tante.

Phoebes Stimme bebte vor Wut. „Was für ein furchtbarer Mann. Warum lässt er nicht locker?"

„Ein echter Troll", sagte Marcus. Er war erleichtert, als Phoebe über seinen Scherz ein kleines Lächeln zeigte. Wenn sie verlobt waren, dann konnte Phoebe nur mit ihm tanzen. Er würde einen Weg finden müssen, das zu ermöglichen.

***

Am nächsten Morgen eilte Phoebe zum Fenster und schimpfte mit sich selbst wegen ihrer Ungeduld. Nein, das war kein gutes Benehmen für eine Dame von fast vierundzwanzig Jahren. Ihr mädchenhaftes Ungestüm schickte sich nicht für ihr Alter.

Immerhin war das Wetter heute trocken, wenn nicht sogar sonnig, was bedeutete, dass sie reiten und einen kühleren Kopf bekommen konnte.

Phoebe klingelte nach Rose, wusch sich und zog sich schnell an.

Lilly wurde gerade zu ihr gebracht, als Marcus heranritt.

Er hob Phoebe in den Sattel, und ihr Herz blieb stehen, als sie das vertraute Gefühl spürte. Je mehr er sie berührte, desto mehr wollte sie ihn.

Phoebe sah zu, wie er Rufus mit einer einzigen fließenden Bewegung bestieg, und wünschte sich, sie hätte ihn erst in dieser Saison kennengelernt.

Eine Stunde später waren sie wieder im Haus St. Eth und baten François erneut um ein Frühstück.

In François hatten die Liebenden einen verwandten Geist gefunden. Er war ein Romantiker, und seine Fähigkeit, ihre Romanze zu fördern, gefiel dem Franzosen sehr.

Ferguson stellte erneut einen Lakaien an der Tür zum Frühstücksraum ab und ließ die Tür offen. Kurze Zeit später nahm Henry Platz, während Ferguson ihm Kaffee einschenkte.

„Lord Marcus, es ist zwar etwas kurzfristig, aber ich denke, es wäre eine gute Idee, wenn Sie noch heute mit uns zum Herrenhaus fahren würden, anstatt auf den Rest der Gesellschaft morgen zu warten." Onkel Henry nahm einen Schluck von seinem Kaffee. „Mit dem Familienzuwachs und den Kindern, die dann eintreffen, wird es wahrscheinlich ein einziges Chaos geben. Das Wetter ist ziemlich warm und trocken. Sie können mit Phoebe in Ihrer Kutsche fahren."

Marcus schaute Phoebe an, die neben ihm saß. „Was meinst du?"

Aus irgendeinem Grund wurde ihr das Herz leichter. „Ja, ich denke, es ist eine wunderbare Idee. Aber ich verstehe nicht, was die Kinder damit zu tun haben." Sie wartete, aber weder Marcus noch Onkel Henry ließen sich herab, es ihr zu erklären.

Marcus beugte sich vor, um Onkel Henry anzusehen. „Danke, Mylord. Ich werde meine Eltern informieren. Fahren Sie immer noch nach dem Mittagessen?"

Henry nickte und nahm den von Ferguson angebotenen Teller. „Ein frühes Mittagessen, ja. Sie können sich uns anschließen, wenn Sie um elf Uhr hier sind. Danach werden wir sofort aufbrechen."

Phoebe hatte schon seit einiger Zeit keine Gelegenheit mehr gehabt, das ganze Team zu fahren. Die Fahrt zum Herrenhaus wäre die perfekte Gelegenheit dazu. „Marcus, lass uns meine Schwarzen nehmen. Wir können das ganze Team mitnehmen."

Er hatte einen Schluck Tee getrunken und stotterte. „Weißt du wirklich, wie man ein Team fährt?"

Phoebe war verblüfft über seine Reaktion. „Ja, natürlich, du nicht?"

Er schüttelte langsam den Kopf. „Abgesehen davon, dass ich es einmal auf einer Postkutsche sehr schlecht gemacht habe, habe ich es nie getan. Ich bin sehr beeindruckt, dass du es kannst."

Sie kniff die Augen zusammen und presste die Lippen aufeinander. Sagte er wirklich das, was sie dachte, dass er es sagte? „Du warst einer dieser jungen Männer, die einen törichten Unfall mit einer Kutsche verursacht haben?“

Marcus errötete und nickte verschämt.

Phoebe riss ihre Augen ungläubig weit auf. „Wie konntest du nur so dumm sein?“

Henry verschluckte sich und versuchte, sein Lachen zu unterdrücken.

Marcus schnitt eine Grimasse. „Du weißt doch, dass ich in meiner Jugend sehr wild war.“

Ja, natürlich. Sie hatte sich angewöhnt, in seiner Nähe nur noch an Marcus zu denken, wie er jetzt war. Aber sie konnte sich sehr gut vorstellen, dass er es früher getan hatte. „Du würdest es jetzt nicht mehr tun, oder?“

Er kreuzte seine Finger über seinem Herzen und grinste. „Bestimmt nicht. Bei meiner Ehre. Ich bin viel älter und weiser.“

Zufrieden, dass er ihr die Wahrheit sagte, sagte sie: „Gut, dann werde ich es dir beibringen. Es ist gar nicht so schwer. Wenn du auf dem Gut ankommst, wirst du dich bestimmt schon wohl damit fühlen.“

Onkel Henry setzte seine Tasse ab. „Phoebe, meine Liebe, ich möchte Finleys Fähigkeiten nicht verunglimpfen, aber was wird geschehen, wenn er es nicht so schnell lernt, wie du hoffst?“

Sie setzte sich aufrechter hin. „Ich werde natürlich fahren.“

Henry hob beide Brauen. „Nicht an einer Hauptpoststraße. Das ginge nicht.“

„Oh, du hast recht." Nur jemand wie Lady Lade, eine sehr erfahrene Reiterin und Abenteurerin, würde mit einer Kutsche auf einer Poststraße fahren. Verflixt.

Als Phoebe das Gesicht verzog, nahm Marcus ihre Hand und drückte sie. „Phoebe, lass uns einfach ein Paar nehmen. Ich kann sie leicht managen, und wir können uns das Fahren teilen. Du kannst mir später beibringen, wie man das Gespann fährt. Ich kann dir gar nicht sagen, wie sehr es mich freut, dass du mir deine Pferde anvertraust."

„Ja, das ist wohl das Einzige, was man tun kann." Daraufhin besprachen sie die Vorbereitungen für ihre Reise zum Herrenhaus. Das Curricle war viel schneller als Onkel Henrys Kutsche. Aus diesem Grund verabredeten Phoebe und Marcus, Henry und Ester im Golden Ball, einem Gasthaus, das Phoebe und den St. Eths bekannt war, zum Tee zu treffen, bevor sie gemeinsam zum Herrenhaus weiterfuhren.

Marcus hob Phoebes Hände, eine nach der anderen, um sie leicht zu küssen. Sie wünschte sich, sie könnte ihn küssen und seine starken Arme um sich haben.

Sie stand auf und beobachtete ihn, als er durch die Tür und auf den Gehweg schritt. Würde das, was sie jetzt für ihn empfand, von Dauer sein?

Sie würde ihm an diesem Wochenende ihre Entscheidung mitteilen.

***

Marcus fand seinen Vater im Arbeitszimmer und erklärte ihm, dass St. Eth wollte, dass er noch an diesem Tag abreiste.

Lord Dunwood war nicht erfreut über die Änderung der Pläne, bis seine Frau ins Zimmer kam. Als sie von der Einladung erfuhr, wölbte sie eine Augenbraue zu ihrem Mann und stimmte dem Plan voll und ganz zu. Daraufhin war er sofort einverstanden.

Ein paar Stunden später stand Marcus staunend und beeindruckt vor dem St. Eth-Haus, wo eine große Kavalkade vorfuhr. Eine Gepäckkutsche, eine Kutsche für die obere Dienerschaft, eine weitere für die untere Dienerschaft, die das Notpersonal des Anwesens aufstocken würde, und das elegante Gefährt, in dem die St. Eths fahren würden.

Als Phoebe ihm versicherte, dass dies für eine viertägige Reise ganz normal sei, lachte Marcus. „Ich bin schon zu lange aus England weg.“

St. Eth sah ihn mit einem amüsierten Gesichtsausdruck an. „Wenn Sie das für außergewöhnlich halten, sollten Sie die Zwillinge sehen, wenn sie mit den Kindern aufbrechen. Wenn ich es mir recht überlege, werden Sie sie sehen, wenn sie morgen ankommen. Machen Sie sich darauf gefasst, verblüfft zu sein. Ihr Gefolge ist der Wahnsinn. Machen wir uns auf den Weg.“

Marcus' Kutsche wurde mit Phoebes Schwarzen vorgespannt. Dass Phoebe ihm erlaubte, ihre Pferde zu fahren, hatte ihn demütig werden lassen. Im Allgemeinen erlaubte sie niemandem außer ihrem Kutscher oder ihrem Stallknecht, ihre Tiere zu führen.

Wie vereinbart fuhr sie mit dem Curricle aus London hinaus und hielt das Team auf Trab, während sie durch die belebten Londoner Straßen manövrierte.

Als sie die Hauptmautstraße aus London heraus erreichten, nahm Marcus die Zügel. Der Tag war schön und trocken, die Landschaft interessant.

Sie erreichten den Goldenen Ball und wurden vom Wirt des Gasthauses begrüßt. Phoebe, die schon oft hier zu Besuch gewesen war, begrüßte den Hausherrn herzlich.

„Guten Tag, Mr. Bagwell. Wie geht es Ihnen und Ihrer Familie?"

Der Mann errötete. „Guten Tag, Lady Phoebe. Uns geht es sehr gut, danke der Nachfrage. Meine Frau freut sich ganz besonders, dass Sie gekommen sind."

Phoebe stellte Marcus und den Gastwirt einander vor.

Der Gastwirt führte sie in die Stube, die St. Eth wieder hergerichtet hatte.

Phoebe zog ihre Handschuhe aus, bat um Tee und teilte Bagwell mit, dass ihre Tante und ihr Onkel innerhalb einer halben Stunde eintreffen würden.

An dem Gasthaus gab es viel zu bewundern. Es war im elisabethanischen Zeitalter erbaut worden und bestand hauptsächlich aus einem Lehmflechtwerk, mit einem Binsendach und Fenstern mit Stabwerk. Die Zimmer waren groß, aber niedrig, und die Decke im Salon war weniger als einen Fuß höher als Marcus' Kopf.

Obwohl der Tag für Ende Oktober sehr warm war, war das Feuer in dem großen Kamin willkommen und gab dem Raum ein Gefühl der Behaglichkeit. Marcus streifte seine Handschuhe und seinen tristen Mantel ab und setzte sich zu Phoebe ans Feuer, wo sie sich wärmte. Zum ersten Mal an diesem Tag allein, seufzte Marcus, nachdem Phoebe ihm in die Arme gelaufen war. Das war es, was er wollte, alle Wege, sie zu halten und sie sicher bei sich zu haben.

Still und zufrieden umarmten sie sich, bis ein Klopfen ihren Tee ankündigte.

Mrs. Bagwell und ihre Tochter brachten Tee, Wein, Sherry, eine Auswahl an Sandwiches, kleinen Kuchen, Keksen, Brot, Käse und Obst.

„Lady Phoebe", – Mrs. Bagwell machte einen Knicks, und in ihren Augen brannte die Neugier –, „Mr. Bagwell und ich sind sehr glücklich, Sie zu sehen. Sie sind eine wahre Augenweide, das steht fest." Sie errötete. „Sie und Ihr junger Herr hier."

Phoebe stellte Marcus die Wirtin vor.

Als Marcus die Tür hinter dem Gastwirt und seiner Frau schloss, sagte Mrs. Bagwell gerade zu ihrem Mann: „Ich glaube, Lady Phoebe ist endlich verliebt." Marcus hoffte inständig, dass dies der Fall war. Ansonsten wusste er nicht, was er tun sollte.

Er kehrte zu Phoebe zurück, zog sie wieder in seine Arme und küsste sie. Sie erwiderte ihn begierig und hielt sich an ihm fest, während er sie streichelte. Als seine Hände ihre bereits geschwollenen Brüste erreichten, stöhnte sie auf und schmolz mit ihm zusammen. „Ich liebe es, wie du mich fühlen lässt."

Er hörte die Räder einer Kutsche auf der steinernen Auffahrt knirschen und fluchte leise. „Phoebe, deine Tante und dein Onkel sind da."

„Oh, nein."

Marcus öffnete die Tür rasch wieder und nahm einen Platz am Tisch ein.

Phoebe bereitete den Tee zu, als Lord und Lady St. Eth eintraten. Sie blickte auf. „Da seid ihr ja. Möchtet ihr Tee oder Sherry?"

„Ich werde Tee trinken." Ester setzte sich auf die andere Seite von Phoebe und musterte sie aufmerksam.

„Ich nehme auch einen Tee, meine Liebe", sagte Henry. „Wie lange bist du schon hier?"

Ihre Wangen färbten sich rosa. „Nicht lange. Mr. und Mrs. Bagwell haben sich gefreut, uns zu sehen, und wir haben ein wenig geplaudert. Ich liebe diese Gegend. Ich weiß nicht, warum ich nicht öfter herkomme."

Während Phoebe einschenkte, reichte Marcus das Geschirr weiter und fragte St. Eth: „Bis zum Haus ist es nicht mehr weit, oder?"

„Nein", sagte Henry, als er sein Sandwich beendete. „Sollen wir uns auf den Weg machen?"

***

Jetzt, da sie die Hauptverkehrsstraßen hinter sich gelassen hatten und Phoebe wieder fahren konnte, lehnte sich Marcus zurück und genoss es, ihr beim Umgang mit den Zügeln zuzusehen.

Eine Stunde später bog sie gekonnt durch die Tore einer von Bäumen gesäumten Straße zum Herrenhaus ab, die in einer kreisförmigen Einfahrt um ein Blumenbeet der gleichen Form endete.

Als sie an dem Haus anhielten, bewunderte Marcus die Reflexion der Sonne auf den vielen verglasten, raumhohen Fenstern, die sich entlang der Fassade erstreckten, die in früheren Zeiten als Hauptteil des Gebäudes gedient hatte. Der größte Teil des Herrenhauses aus rotem Backstein und Fachwerk, so hatte man ihm gesagt, stammte aus der elisabethanischen Zeit.

Phoebe stellte ihn Mr. und Mrs. Jenkins, den Wirtschafter vor, als das Paar kam, um sie zu begrüßen. Als sie drinnen waren, begleitete Mr. Jenkins Marcus auf sein Zimmer.

Da die anderen Kutschen noch nicht eingetroffen waren, ließ Mrs. Jenkins das Zimmermädchen warmes Wasser für Ester und Phoebe bringen.

Sie trafen sich wieder im Morgenzimmer, wo Mrs. Jenkins den Tee vorbereitet hatte.

Lady St. Eth stöhnte auf. „Ich weiß nie, ob Mrs. Jenkins beschließt, Tee für uns zu machen oder nicht. Das ist völlig unvorhersehbar. Wenn ich erwarte, dass sie den Tee fertig hat, ist er nicht fertig. Doch immer, wenn wir im Golden Ball zum Tee einkehren, serviert Mrs. Jenkins ihn. Bei solch alten Damen möchte man sich nicht beschweren, aber ich wünschte, ich wüsste den Grund, warum sie sich nicht an gewisse Dinge erinnern kann.“

Lady St. Eth lächelte verzweifelt. „Wir müssen wenigstens einen Teil dieser Mahlzeit zu uns nehmen, sonst wird sie beleidigt sein.“

„Phoebe“, sagte St. Eth, als sie wieder einmal mit dem Essen fertig waren. „Führe Lord Marcus durch das Haus und das Gelände. Ester fühlt sich ein wenig müde und will sich ausruhen.“

„Ja, tu das, meine Liebe“, drängte ihre Tante. „Es gibt keinen Grund, einen so schönen Tag zu vergeuden. Wir werden nicht mehr viele davon haben.“

Phoebe starrte die beiden an, verwirrt darüber, dass sie sie aufforderten, mit Marcus allein zu sein. Aber sie wollte das ja auch … „Das ist eine wunderbare Idee.“ Sie erhob sich und hielt Marcus die Hand hin. Der hitzige Blick, den er ihr zuwarf, als er ihren Arm in den seinen legte, verursachte ein Flattern in ihrem Magen. „Wir sehen uns später.“

Kapitel 16

Phoebes Vorfreude stieg, als sie Marcus durch die Vorderseite des Hauses zum Rosengarten an der Seite führte.

Phoebe liebte das Haus und war froh, es ihm zeigen zu können.

Die Außenflügel waren erweitert und umschlossen worden, so dass zwei Innenhöfe entstanden waren. Die Eingangstüren führten in einen großen Raum mit einem riesigen Kamin und einem Steinboden. Geschnitzte Balken schmückten die hohen Decken. Durch die später hinzugefügten Flügel war das Haus größer, als es aussah. Glücklicherweise litt es nicht, wie viele andere Häuser, unter späteren Anbauten, die den ursprünglichen Stil des Hauses beeinträchtigten und es zu einem Gewirr von Hallen und ungenutzten Räumen machten.

Sie nahm ihn mit auf einen kurzen Rundgang durch das Erdgeschoss und dann hinaus in den Garten, in dem sich ein originaler elisabethanischer Knotengarten und ein Labyrinth befanden.

Er zog sie näher an sich heran. „Gärtnerst du gerne?"

Sie blickte auf und in seine azurblauen Augen und lächelte. „Die Ergebnisse gefallen mir, aber ich bin mehr an den Ställen interessiert.

„Ah." Er erwiderte ihr Lächeln und sein Arm umschloss ihre Taille. „Ein guter Chefgärtner wird für dein Haus unverzichtbar sein."

„Ja, ich liebe die Blumen." Sie legte ihren Arm um ihn, als sie weiter durch einen Bogen in der hohen Lorbeerhecke schlenderten.

Seine Handfläche strich über die Schwellung ihrer Hüfte und Hitze durchströmte sie. Sie streichelte seinen Rücken und drehte sich zu ihm um.

Seine Stimme war tief und warm. „Phoebe, meine Liebe." Marcus streichelte über ihr Gesäß hinunter und wieder hinauf zu ihren Brüsten. Sie neigte ihren Kopf nach oben, und er bedeckte ihre Lippen mit seinen. Seine Zunge kitzelte ihre Unterlippe, und sie öffnete ihren Mund, um ihn einzulassen. Sie griff nach oben und schlang ihre Finger um seinen Hals, genoss die Intimität seiner Zunge, die ihren Mund erforschte. Sie seufzte und erwiderte seine Liebkosung.

Jemand nieste.

Gab es keinen Ort, an dem sie allein sein konnten?

Marcus verteilte Küsse von ihren Lippen zu ihrem Ohr und flüsterte: „Sollen wir reingehen?"

Sie warf einen Blick auf ihn, seine Augen hatten sich vor Verlangen verdunkelt. „Wenn du möchtest."

Als sie das Haus durch einen Salon am Ende eines Flügels wieder betraten, der auf die Terrasse führte, bemerkte Phoebe kaum, dass der Raum kürzlich gereinigt und das Feuer angezündet worden war.

Marcus stellte sich hinter sie und legte seine Arme um ihre Taille. Nachdem er sie an sich gezogen hatte, neigte er den Kopf und fuhr mit der Zungenspitze leicht über den äußeren Wirtel ihres Ohres.

Phoebe liebte es, wie er sie berührte, und sie neigte ihren Kopf zur Seite, um ihn zu ermutigen, weiterzumachen. Sie seufzte, als seine Lippen zu ihrem Kiefer und weiter zu ihrem Hals wanderten. Sie könnte für immer so bleiben.

Sie griff nach hinten und berührte seine Schenkel; sie spannten sich an und wurden hart wie Stein.

Seine Daumen strichen über ihre Rippen, Schauer der Empfindung durchliefen sie, als seine Handflächen ihren Körper hinaufwanderten und schließlich ihre Brüste erreichten.

Phoebe stöhnte, sie wollte mehr, sie wollte ihn. Sie wölbte sich gegen ihn, als er ihre Nippel fand, die bereits nach ihm verlangten. Marcus rollte sie sanft und eine intensive Verzückung durchfuhr sie. Sie seufzte, als er sanfte Küsse auf ihre empfindlichen Spitzen drückte, während seine Hände sie neckten.

Phoebe drückte gegen seine Hand und versuchte, sich von den Gefühlen zu befreien, die sie überfielen. Sie wurde seiner Berührung nicht müde. Ihr Körper pochte vor Verlangen. Er konnte ihr so viel mehr geben, wenn sie es nur wagte.

Phoebe verlor sich in dem Gefühl des Feuers, das durch ihren Körper strömte, in der seltsamen Hitze in ihrem Inneren.

Er drehte sie zu sich. Ihre Augen waren geschlossen, als er seinen Kopf beugte und seine Lippen auf die ihren presste. Als sie ihren Mund öffnete, drang er ein und küsste sie tief.

Phoebe atmete durch ihn hindurch, als die Hitze seiner Zunge mit der ihren spielte. Sie schmeckte ihn und erwiderte seine Küsse leidenschaftlicher als je zuvor.

Ihr Körper verschmolz mit seinem, als sie ihre Hände über seine Brust zu seinen Schultern gleiten ließ und sie um seinen Hals schlang. Seine Hände bahnten sich einen Weg über ihre Wirbelsäule und ihren Po hinunter, dann wieder an ihren Seiten hinauf, um sich erneut ihren schweren Brüsten zu widmen.

Wie konnte sie denken? Sie ertrank in seinen Küssen, ihr Körper stand unter seinen Händen in Flammen. Ihre Brustwarzen waren fest und so empfindlich, als er mit ihnen spielte. Seine Erektion drückte gegen ihren Bauch, und sie versuchte, näher an ihn heranzukommen, als sie erneut erschauderte. Eine Hand verließ ihre Brust und strich langsam ihren Rücken hinunter, um sie zu streicheln, dann wanderte sie tiefer. Es war kein Platz mehr zwischen ihnen.

Marcus drückte sie fester an sich, seine harten Schenkel gegen sie. Ihr Kuss, der immer tiefer wurde, ließ das Feuer in ihrem Körper auflodern. Sie konzentrierte sich ganz auf ihre Küsse und seine Hände und seinen harten Körper, auf die Hitze zwischen ihnen.

Marcus wich zurück. „Phoebe, Liebling, willst du mich heiraten?"

Sie blickte zu ihm auf und musterte sein Gesicht. Liebe, Leidenschaft und Angst mischten sich, als er auf sie herabblickte. Das war es. Sie musste darauf reagieren. Wenn sie es nicht tat, würde er sie verlassen, und dieser Gedanke war unerträglich.

Phoebe betete, dass sie die richtige Entscheidung getroffen hatte. „Ja, mein Liebster, ich will dich heiraten."

Marcus zog sie zurück in den Kuss. Seine Dringlichkeit zeigte sich, als er ihren Mund leidenschaftlich für sich einnahm. Sie öffnete ihre Lippen, um seine

Plünderung zu empfangen. Seine Hände streichelten härter, besitzergreifender.

Er nahm sie in die Arme und trug sie zu der Liege, die zwischen zwei langen Fenstern stand. Er hielt sie auf seinem Schoß, und ihr Mieder und ihre Korsetts hingen herunter.

Marcus berührte mit seiner Zungenspitze und seinen Lippen ihren Hals und wanderte langsam zu einer Brust hinunter. Er leckte über ihre Brustwarze und zog sie sanft in seinen Mund.

Sie keuchte bei diesem intensiven Gefühl und wand sich gegen ihn. Phoebe küsste ihn, als ob sie dadurch die Erlösung finden könnte, die sie suchte.

Er leckte und saugte an ihr, bis sie in einen Rausch geriet. Marcus ersetzte seinen Mund durch seine Hand und kümmerte sich um ihre andere Brust. Das seltsame Wärmegefühl zwischen ihren Schenkeln verstärkte sich mit einem Pochen, das sie noch nie zuvor gespürt hatte. Sie hob ihre Hüften und seine Hand wanderte von ihrem Bauch hinunter zu der Stelle zwischen ihren Schenkeln. Über den Stoff ihres Kleides drückte er seine Finger zwischen ihre Beine und fragte sie so ohne Worte.

Als Antwort öffnete sie ihre Schenkel ein wenig, und er drückte näher, tiefer, bis seine Hand ganz zwischen ihren Beinen war. Seine Finger spielten mit ihr und machten sie hektischer, als sie es für möglich gehalten hatte. Ihr Atem kam in kurzen Stößen, als ob sie gerannt wäre. Sie war sich keiner anderen Dinge bewusst als des Feuers, des Bedürfnisses, der Gefühle, die sie durchströmten.

Gott sei Dank hatte sie zugestimmt, ihn zu heiraten. Er hätte es nicht ertragen können, wenn sie sich geweigert hätte.

Marcus bewegte seine Hand zum Saum ihrer Röcke. Seine Berührung kitzelte ihre Innenseiten der Oberschenkel, während sie langsam nach oben wanderte, bis er am Scheitelpunkt zwischen ihren Beinen stehen blieb und mit den feuchten Locken ihrer Schamhügel spielte.

Während er sie streichelte, genoss er ihre Hitze und die erregende Nässe. Er konnte sich selbst zwar nicht erlösen, aber er würde ihr etwas von der Leidenschaft und Liebe zeigen, die sie in ihrem Ehebett finden würde.

Marcus erhöhte den Druck, bis sie schluchzte und ihn anflehte. Langsam führte er einen langen Finger in ihre heiße, feuchte Scheide ein. Er zog sich gerade so weit aus dem Kuss zurück, dass sie sich auf das Gefühl seines Fingers tief in ihr konzentrieren konnte, auf die Freude, die er ihr bereitete.

„Phoebe, fühl, wie ich dich berühre, dich liebe."

Sie presste sich gegen seine Hand und zog sich zusammen, kurz vor der Erlösung. Er versuchte, nicht daran zu denken, wie sie sich um seinen Schaft zusammenziehen würde. Sein Körper war wie ein Fels. Seine Muskeln spannten sich an, seine Erektion wütete. Er musste mit sich selbst kämpfen, um auf seinem Weg zu bleiben. Langsam, sagte er sich. Er musste ihr zeigen, wie viel Vergnügen er ihr bereiten konnte.

Er bewegte seine Handfläche über die kleine Perle ihres Schamhügels, rieb fester, während seine Finger ihren Rhythmus fanden und sie höher und höher trieben, bis sie in Ekstase aufschrie. Marcus hielt sie sanft.

Ein Lächeln umspielte ihre rosigen, geschwollenen Lippen.

Er zog sie näher an sich heran. Er genoss ihre schlaffe Wärme und spürte einen Frieden, den er noch nie erlebt hatte. Er war froh, dass die Anweisungen, die St. Eth ihm für dieses Zimmer gegeben hatte, so klar waren. Ihr Onkel hatte Marcus gesagt, dass er und Phoebe allein gelassen werden würden, damit Marcus Phoebe überreden konnte, ihn zu heiraten. Sie gehörte ihm. Er sollte sie lieben. Er sollte sie beschützen, und er musste sie beschützen. Travenor könnte immer noch ein Problem sein.

***

Die Sonne stand schon tief am Himmel und warf lange Schatten in den Raum, als sich Phoebe regte. Er begegnete ihren Augen und musterte sie. Phoebe lächelte. Er küsste sie.

„Ich liebe dich, Phoebe. Ich habe dich immer geliebt."

Ihre Lippen verweilten auf seinen. „Ich liebe dich auch. Das habe ich auch auf der Hausparty getan. Ich glaube, das war der Grund, warum ich so wütend auf dich war. Die Art und Weise, wie du das Leben vergeudet hast, das dir gegeben wurde. Mama hatte recht. Wenn ich dich ansehe, ist es, als hätte ich noch niemals zuvor einen richtigen Mann gesehen. Andere existieren für mich nicht mehr."

Tränen begannen in Marcus' Augen zu brennen, und er küsste sie sanft. „Wir sollten besser gehen. Jemand wird bald nach uns suchen. Die anderen Kutschen müssten schon angekommen sein.“

Er legte sie nieder und schnürte ihr Korsett und Mieder zu, wobei er sich wünschte, er müsste ihre perfekten cremigen Hügel nicht bedecken. „Wann willst du deiner Familie von unseren Neuigkeiten erzählen?“

Phoebe versuchte, die Falten aus ihren Röcken zu schütteln. „Wenn wir uns im Salon treffen. Ich werde Ferguson bitten, Champagner mitzubringen, wenn wir welchen haben.“

Marcus grinste. „Ich glaube, du brauchst dir keine Sorgen zu machen. Ich bin mir sehr sicher, dass St. Eth daran gedacht hat, Champagner oder Sherry mitzubringen, vielleicht sogar beides.“

Wenig später trennten sie sich, und Phoebe betrat ihr Zimmer. Hier fand sie Rose, die auf und ab ging.

„Mylady, wo waren Sie denn? Ich war kurz davor, die Leute nach Ihnen suchen zu lassen.“

Phoebe lächelte. Es schien kaum real, dass sie Marcus heiraten würde, und sie war froh darüber. „Rose, du darfst mir Glück wünschen. Ich werde Lord Marcus heiraten.“

Rose runzelte die Stirn. „Wenn Sie glücklich sind?“

Phoebe nahm die Hände ihrer Zofe. „Das bin ich, Rose. Ich habe ihn jahrelang verabscheut und mich von ihm quälen lassen. Ich glaube, ich war deshalb so verletzt und wütend, weil ich ihn mochte und mich verraten fühlte. Dass er mich so behandeln würde. Wir haben Glück, wir haben uns wiedergefunden und konnten die Wunden der Vergangenheit heilen.“

„Dann wünsche ich Ihnen viel Glück, Mylady“, sagte Rose.

Phoebe lachte, als Rose ihre Kleidung ablegte.

***

Phoebe erreichte das obere Ende der Treppe, gerade als Marcus aus dem anderen Flügel kam. Sie blickte zu ihm auf, zu dem Mann, der ihr Ehemann, ihr Geliebter sein würde. Er streckte seine Hand aus und sie nahm sie. Sein Blick hielt sie fest, wie beim ersten Mal. Wenn er sie so ansah, verschwanden all ihre Zweifel und sie wusste, dass sie ihn wirklich liebte.

Onkel Henry hustete. „Sobald ihr euch vergewissert habt, dass der andere anwesend und nicht nur Teil eurer Einbildung ist, könnt ihr euch zu uns in den Salon setzen." Er stieg mit Tante Ester auf dem Arm die Treppe hinunter.

Als er den Salon betrat, verlor Ester, die auf der Treppe die Lippen fest zusammengepresst hatte, den Kampf und brach in einen Juchzer aus. „Ich glaube, die Sache ist geklärt. Ich habe noch nie zwei so begeisterte Menschen gesehen."

Henry begegnete ihrem Blick und grinste. „Waren wir jemals ein so trauriger Fall?"

„Das glaube ich nicht, mein Lieber, aber wie sie auch, hätten wir es nicht gewusst. Andererseits war unsere Liebe einfach und geradlinig. Die ihre war hart erkämpft."

Henry, der der Meinung war, dass es gar nicht so einfach gewesen war, Ester zu gewinnen, musste fairerweise zugeben, dass Phoebe und Marcus einen viel schwierigeren und längeren Weg hinter sich hatten.

„Sollen wir überrascht tun, wenn sie ihre Verlobung bekannt geben?“

„Ich denke, wir können einfach unsere Freude ausdrücken. Die wird nicht vorgetäuscht sein.“ Ester wischte sich über die Augen.

„Nein, das wird es nicht.“ Henry zog sie zu sich heran. „War es richtig, was ich getan habe – Lord Marcus so viel Zeit allein mit Phoebe zu lassen, um sie zu überreden?“ Sein Sinn für Anstand und sein Gewissen hatten ihn im Laufe des Nachmittags geplagt, als er versuchte, sich nicht vorzustellen, was vor sich ging. Er hatte Marcus versichert, dass er wusste, wo das Zimmer war, und dass das Personal angewiesen worden war, sich fernzuhalten.

„Ich denke, das werden wir gleich wissen.“

Die Stimmen von Phoebe und Marcus waren an der Tür zu hören.

Henry ließ Ester los und sagte mit leiser Stimme: „Ich hatte keine Ahnung, wie lange es dauern kann unsere Treppe hinunterzugehen. Es ist in der Tat erstaunlich.“

Ester stieß ihn in die Rippen. „Pst.“

Phoebe kam herein und sah strahlend aus.

„Ich habe Ferguson gebeten, Champagner zu bringen“, sagte Henry.

Sie begegnete seinem Blick und sagte schlicht: „Danke. Das wäre besonders angemessen.“

Marcus fügte hinzu: „Haben Sie vielleicht etwas von Ihrem speziellen Sherry mitgebracht?“

Henry wandte sich an Marcus und schüttelte ihm die Hand. „Ich nehme an, das ist deine Art, deine Verlobung bekannt zu geben?“

Marcus nahm Phoebes Hand und führte sie an seine Lippen. „Lord und Lady St. Eth, Lady Phoebe und ich haben beschlossen, dass wir uns binden wollen."

Ferguson brachte den Champagner, den Sherry und die Gläser herein. Bevor er ging, wandte er sich an Phoebe. „Lady Phoebe, das Personal möchte Ihnen alles Gute wünschen. Und Ihnen auch, Lord Marcus."

„Danke, Ferguson", sagte sie, „und danke den Mitarbeitern für ihre guten Wünsche."

Da François wusste, dass es an diesem Abend eine Feier geben würde, hatte er ein Essen vorbereitet, das sie so schnell nicht vergessen würden. Da er Delikatessen aus London mitgebracht hatte, wurde ihnen als erster Gang eine Schildkrötensuppe, gebratener Steinbutt und Fasan in Pilzsauce serviert. Der zweite Gang bestand aus Blumenkohl, grünen Bohnen, Rosenkohl, gebuttertem Hummer, einer Rehkeule, dünnen Schinkenscheiben und einer gebratenen, mit Kastanien gefüllten Gans. Zum dritten Gang wurden Gebäck, Nüsse und Obst gereicht.

Die Herren lehnten den Port im Speisesaal ab, um sich zu den Damen zu gesellen. Henry schenkte den Sherry ein, was Phoebe an Henrys Versprechen erinnerte.

„Lieber Onkel Henry, lass uns über den Sherry reden."

Henry versicherte ihr, dass er den Sherry tatsächlich ihr geben würde. Phoebe ging zu ihm und umarmte ihn. „Ich danke dir."

„Danke, meine Liebe, dass du dich endlich entschlossen hast, zu heiraten."

Phoebe versuchte, beleidigt zu wirken, aber es gelang ihr nicht. „Ist es so schlimm gewesen?"

„Meine Liebe, wir alle lieben dich sehr, aber du bist der aktivste, brillanteste und anstrengendste Mensch, den wir kennen." Onkel Henry schnitt eine Grimasse. „Der Gedanke, einen eigenen Haushalt zu gründen – was du zweifellos getan hättest – und so zu tun, als wäre es das Natürlichste der Welt, und es mit deiner selbstherrlichen Art durchzuziehen, ist nicht auszudenken."

Marcus drehte Phoebe zu sich. „Meine Liebe, das hättest du nicht getan, oder?"

Ester lachte. „Marcus, wärst du nicht gekommen, würde ich nur sagen, dass unsere Phoebe den anderen in allem ebenbürtig ist. Ich freue mich sehr, dass sie dich heiratet." Ester wandte sich an Phoebe. „Nachdem ihr euch so liebevoll angeschaut habt, ist es das, was wir uns alle für dich gewünscht haben, meine Liebe."

Phoebe kämpfte mit den Tränen. War es wahr? Würde sie endlich die Art von Liebe bekommen, die ihre Schwestern und ihre Tante kannten?

***

Die Schlafkammern der Familie befanden sich im Ostflügel des Hauses, die Gästezimmer im Westflügel. Die Flügel waren durch die ursprüngliche Halle und die große Treppe verbunden, die in den ersten und zweiten Stock führte. Kleinere Treppen an den Enden jedes Flügels wurden größtenteils von den Bediensteten benutzt.

Phoebe lag in ihrem großen Bett, die Vorhänge waren zugezogen. Sie dachte an den Nachmittag in der Stube. Ein Zittern der Erregung durchlief sie, und das Pochen zwischen ihren Beinen kehrte zurück. Als sie es nicht mehr aushielt, erhob sie sich und zog sich ein Tageskleid an, das sich vorne schließen ließ, so dass sie sich selbst anziehen konnte.

Mit leisen Schritten schlich sie durch den Flur zur Haupttreppe und ging dann zum Westflügel.

Marcus' Zimmer zu finden, war einfacher, als sie gedacht hatte. Ein Lichtschimmer fiel durch den unteren Teil der Tür.

Sie blieb vor der Tür stehen und zögerte, als sie sich öffnete.

Er stand nackt vor ihr. „Ich wusste, dass du es bist."

Sie starrte ihn an. Er raubte ihr den Atem. Sein Körper war eine herrliche Kombination aus straffer Haut und Muskeln. Dunkles Haar bedeckte seine Brust. Er blickte an sich herunter und errötete. „Tut mir leid, ich kann mich nicht daran gewöhnen, wieder in einem Nachthemd zu schlafen."

„Du bist perfekt." Sie kam in seine Arme. Sie strich mit den Händen über die harte Wärme seines Rückens, spürte seine Stärke und ihr Mund wurde plötzlich trocken. Sie hob ihr Gesicht, als er seinen Kopf beugte und sie küsste. Phoebe war sich nicht sicher, ob er ihrem Wunsch zustimmen würde. Sie brach den Kuss ab und flüsterte ihm ins Ohr, so wie er ihr zuvor ins Ohr geflüstert hatte, mit leiser und rauer Stimme. „Marcus, mach mich zu deiner Frau, heute Nacht. Mach mich zu der Deinen. Ich will nicht warten. Ich will dich jetzt. Ich will, dass du mir deine Liebe zeigst."

„Phoebe, ich will dich, Gott weiß, wie sehr ich dich will", sagte Marcus und begegnete ihrem Blick. „Sobald das hier erledigt ist, kannst du es nicht zurücknehmen, meine Liebe."

Sie musste es ihm verständlich machen. „Hast du vor, von unserer Verlobung zurückzutreten? Denn das tue ich nicht. Als ich dir sagte, ich würde dich heiraten, habe ich mich dir hingegeben. Hast du darüber nachgedacht, wie viel Vertrauen ich in dich setze, wenn du einer Heirat zustimmst? Nach dem Gesetz wirst du mehr Kontrolle über mich haben als meine Eltern, und ich bin schon seit mehreren Jahren meine eigene Herrin. Meinst du nicht, dass es an mir ist, zu entscheiden, wann ich dir meinen Körper, meine Jungfräulichkeit gebe?"

Sorgenfalten zeichneten sich auf seiner Stirn ab. „Was wäre, wenn ich dir ein Kind schenken würde und mir etwas zustoßen würde?"

Eine Schwangerschaft war eine Möglichkeit, aber sie würden bald heiraten und sie wollte nicht warten. „Dann besorg eine spezielle Lizenz, wenn wir nach London zurückkehren." Sie suchte seine Augen. „Heirate mich sofort, aber verweigere mir nicht die Möglichkeit, meine Entscheidung über meine Jungfräulichkeit zu treffen. Ich möchte sie dir lieber jetzt schenken, solange es noch meine Entscheidung ist."

Er blickte sie unsicher an. „Bist du sicher, dass du das tun willst?"

„Ja."

„Wenn du aufhören willst ..."

„Das werde ich nicht, aber danke." Sie lächelte ihn an. „Du hast mir das Küssen beigebracht. Bring mir noch mehr bei."

Marcus stöhnte auf und bedeckte ihre Lippen mit seinen in einem tiefen Kuss. Er drückte sie gegen seinen harten Körper. Eine Hand wanderte über ihr Gesäß und drückte sie an sich, während seine andere Hand über ihre Brust wanderte und die Brustwarze unter dem dünnen Musselin ihres Kleides fand.

„Wo wird dieses Kleid geschlossen?", fragte er eindringlich und atmete gegen sie an.

„Vorne." Sinnliche Flammen schossen durch Phoebes Körper, erhitzten sie, ließen ihre Brüste pochen und nach seiner Berührung schmerzen. Sie strich mit ihren Händen über seine muskulöse Brust und genoss das Gefühl des weichen Haares, das sie bedeckte. Verzweifelt wollte sie ihren nackten Körper an seinem spüren. „Nimm mich jetzt, Marcus, ich brauche dich."

Kapitel 17

Marcus trat ein wenig zurück, um Phoebe zu betrachten. Er hatte nicht gewusst, dass ihr Haar so lang war und ihr fast bis zur Taille reichte. Er hob es hoch und versenkte seine Hände darin, dann hielt er ihr Gesicht umfangen, als er sie erneut küsste. Sie war so schön. Er betete sie an und verschlang sie mit seinen Augen.

Er öffnete ihr Kleid, bevor er die Bänder ihres Unterhemdes aufknöpfte. Bedächtig streichelte er ihre seidige Haut und schob das Kleidungsstück über die Wölbung ihrer Hüften, bis es sanft auf den Boden fiel. Er hob sie in seine Arme und ging die wenigen Meter zum Bett. Hier drückte er sie an sich, krabbelte auf das Bett und streckte sie neben sich aus.

Marcus musste sie berühren, alles von ihr. „Oh, Gott, Phoebe, du bist wunderschön.“

Sie musterte sein Gesicht. „Bin ich das? Auch in diesem derangierten Zustand?“

„Besonders so.“ Keine Frau könnte jemals so sein wie sie. So perfekt. Er küsste sie auf den Mundwinkel und strich mit den Daumen über die zartrosa Knospen, die ihre Brüste überragten. Sie keuchte, wölbte sich und schob die perfekten Spitzen zu ihm hinauf. Er streifte ihre Unterlippe mit den Zähnen, knabberte an ihrem Kinn und an ihrem Hals, dann nahm er eine der aufgerollten Knospen in seinen Mund und saugte, während er ihre andere Brustwarze zwischen seinen Fingern rollte. Sie schmeckte nach Honig und Frau. Er wechselte zu ihrer anderen Brust, und sie stöhnte leise, gequält und bedürftig.

Er presste seine Lippen auf ihre und zog sie in einen Kuss, während er mit seiner Handfläche über ihren Bauch und zwischen ihre Beine fuhr. Er streichelte sie, ließ ihre Flammen höher schlagen, trieb sie an, bis sie ihre Beine öffnete und er einen Finger in sie schob, dann einen zweiten. Der Vorstoß seiner Finger entsprach dem seiner Zunge, während er mit der Perle zwischen ihren Locken spielte. Er wollte vor Stolz brüllen, als sie aufschrie und sich um ihn herum zuckte.

Als die Wogen ihrer Lust verebbten, setzte er sich auf seine Knie und hielt sie vor sich. Sie blickte auf seine Erektion hinunter und ihre Augen weiteten sich. „Sag mir, ob du das willst."

Sie schluckte und nickte. „Ja. Ich will alles von dir."

„Dann denk nicht nach." Er stupste ihren Kopf an und küsste sie. „Spreiz dich." Auf dem Rücken liegend, legte Marcus ihre Beine so übereinander, dass sie auf den Knien über seinen Hüften lag. Er zog sie näher heran und hob sie hoch. Seine Finger fanden sie wieder und glitten leicht in ihre Nässe, während er sie küsste.

Phoebe schlang ihre Arme um seinen Hals und hielt sich an ihm fest, als er seine Finger durch den Kopf seiner Erektion ersetzte. Sie zuckte leicht zusammen, erschrocken darüber, wie groß er sich anfühlte. Er streichelte ihr Haar. „Sag mir, wenn du willst, dass ich aufhöre."

„Nein. Hör nicht auf."

„Versuch, dich zu entspannen." Er stieß hinein und dehnte sie.

Phoebe verkrampfte sich bei seiner Invasion. Ihre Gefühle überschlugen sich. Plötzliche Unsicherheit über das, was sie tat, überwältigte ihre verzweifelte Leidenschaft und ihr Bedürfnis nach ihm. Als wüsste er, was sie dachte, hielt er inne und streichelte ihren Rücken.

„Wir werden es langsam angehen."

Sie zwang sich, sich ihm zu öffnen, als er sie allmählich bis zu einem gewissen Grad ausfüllte. Dann bewegte er sich wieder tiefer, ließ sie mehr von ihm spüren, mehr von seiner Hitze.

Ein aufkeimendes Bedürfnis begann in ihr. Sie versuchte, die Kontrolle zu übernehmen, ihn dazu zu bringen, schneller zu werden, aber er hielt sie bei dem langsamen, bedächtigen Tempo.

Phoebes Verlangen wuchs, als sie mit jedem langsamen, seichten Stoß feuchter und glitschiger wurde. Zitternd küsste sie ihn intensiv, als ob sie das beruhigen würde.

Er flüsterte: „Meine Liebe, das wird beim ersten Mal wehtun. Willst du, dass ich weitermache?" Die Empfindungen waren so überwältigend, dass sie nur nicken und sich auf ihm bewegen konnte, um ihm mit ihrem Körper zu sagen, was sie nicht laut auszusprechen vermochte.

Er zog sie in einen brennenden Kuss hinein und stieß zu, um sich tief in ihr zu vergraben. Der stechende Schmerz ließ sie verkrampfen und aufschreien, aber er hielt sie fest, bis der Stich nachließ und sie sich zu entspannen begann.

Marcus murmelte in ihr Ohr: „Schhh, meine Liebe. Es gibt keinen Grund zur Eile. Das wird wieder, es wird nicht mehr wehtun, das verspreche ich." Er streichelte sie, bis ihre Anspannung nachließ. Schließlich bewegte sie sich von selbst, nur ein wenig, ihr Körper verhärtete sich, er füllte sie mehr aus, verursachte aber keinen Schmerz.

„Liebe mich", flüsterte sie.

„Immer." Seine Muskeln spannten sich an, als Marcus sich so quälend langsam bewegte, als wolle er sie nicht noch einmal verletzen. Jedes Mal wartete er, bis sie bereit war, ihn weiter in sich aufzunehmen. Bald war er so tief in ihr, dass sie hätten eins sein können.

Trotz des dumpfen Pochens in ihrem Inneren fühlte sich ihr Liebesspiel so richtig an, als wäre es für sie bestimmt.

Sie öffnete die Augen, benommen. Marcus' Gesichtsausdruck war hart und entschlossen. Sein Kiefer krampfte sich zur Kontrolle zusammen. Als er ganz in ihr war, rollte er sie unter sich.

Als er sich ein wenig zurückzog, hielt sie sich an ihm fest. „Nein."

Marcus drückte Küsse auf ihr Haar und ihre Augen. „Geht es dir gut?"

Das konnte nicht alles sein. Warum hatte er aufgehört?

„Ich will nicht, dass du mich verlässt. Es fühlt sich endlich wieder gut an."

Er lachte. „Ich gehe nirgendwo hin." Er umschloss ihre Lippen, ließ seine Zunge über ihren Mund gleiten, während sein Körper in ihr einen neuen Rhythmus begann. „Wickle deine Beine um mich." Diesmal trieb jeder Stoß sie höher, steigerte ihr Bedürfnis, bis sie sich unter ihm wälzte und nach Atem rang.

Sie wusste jetzt, dass das Pochen, das sie vorhin gespürt hatte, der primitive Drang war, ihn tief in sich zu spüren.

Sie hörte auf zu denken, als er sein Tempo beschleunigte und tiefer stieß. Eine Welle von Empfindungen nach der anderen trieb sie an, machte sie immer rasender, bis sie sich fühlte, als würde die Sonne explodieren, und sie schrie auf. Er bewegte sich in ihr, schneller, tiefer, bis er stöhnte und seinen Samen ausschüttete.

Er rollte sich, zog sie an sich, küsste sanft ihr Haar und ihr Gesicht. Seine Finger berührten ihre geschwollenen Lippen. „Phoebe?" Ihre Haut und die Locken in ihrem Gesicht waren feucht.

„Ja, mir geht es gut."

„Ich liebe dich", flüsterte er.

Tränen der Freude stachen ihr in die Augenlider. Sie hatte nie gewusst, dass es so ein tiefes Glück geben konnte. Sie schmiegte sich an ihn, wollte seinen starken, nackten Körper an ihrem spüren und sagte: „Ich liebe dich auch."

***

Phoebes Traum wurde erotisch, sie war feucht vor Verlangen. Sie spreizte ihre Beine und träumte, dass Marcus sie streichelte. Sie stöhnte vor köstlicher Lust und erschauderte, als er wieder in sie eindrang.

Als sie aufwachte, bemerkte sie, dass Marcus hinter ihr stand und sie berührte. Er nahm seine Finger weg und stieß seinen Schaft tief in sie hinein. Sie keuchte und drückte sich gegen ihn. Sie schwelgte in der Fülle und versuchte, ihn noch tiefer zu drängen.

Mit einer Hand streichelte er ihren Hals, während die andere Handfläche ihre Brust knetete. Dieses Mal war ihre Liebe weicher, wärmer. Die Spannung, die sie zuvor gespürt hatte, blühte auf und breitete sich aus, während eine Welle nach der anderen der Lust sie durchströmte.

Und er hatte Recht gehabt. Es gab keinen Schmerz, nur die Liebe, die er ihr schenkte, und die tiefe Befriedigung, ihn in sich zu haben, die ihr so viel Freude bereitete.

An diese neue Leidenschaft konnte sie sich gewöhnen.

***

Nach all den Jahren des Wartens konnte Marcus es kaum fassen, dass er mit ihr schlief. Phoebe war sein. Nichts würde sie jemals wieder trennen. Sein Bedürfnis, sie zu beschützen, war exponentiell gewachsen, ebenso wie sein Bedürfnis, sie zu beruhigen.

Er hatte nicht gewusst, dass er sich einem anderen Wesen so nahe fühlen konnte, dass eine Verbindung so tief sein konnte. Sie war ein Verlangen, eine Sucht. „Ich liebe dich.“ Bald würde sie seine Frau sein.

„Ich liebe dich, und ich danke dir“, antwortete sie mit sanfter Stimme.

Danken? Nach dem, was sie ihm geschenkt hatte? Marcus hob sich auf einen Arm und schaute sie an. „Wofür?“

Sie drehte ihren Kopf zu ihm. „Dafür, dass du so sanft bist und alles so langsam angehst. Ich habe gesehen, wie schwer es für dich war, wie viel es dich gekostet hat." Sie streichelte seine Wange. „Ich möchte, dass du weißt, wie viel mir deine Geduld und Zärtlichkeit bedeuten."

Seine Kehle schnürte sich zu. Sie war die großzügigste Frau, die er kannte. „Du hast mir so viel mehr gegeben. Du hast mir nicht nur deinen Körper anvertraut, sondern auch dein Vertrauen geschenkt."

Phoebe lächelte und schaute ihm in die Augen. „Ich habe dir mein Vertrauen geschenkt, als ich zustimmte, dich zu heiraten, und du hast mir auch deinen Körper gegeben."

Er versuchte, die Stirn nicht zu runzeln, aber er verstand sie überhaupt nicht. Wollte sie ihre Gabe schmälern?

„Es ist nicht dasselbe. Es war nicht mein erstes Mal."

Phoebe legte den Kopf schief, als würde sie seine Worte aufmerksam betrachten. „Nun, das ist wahr. Ich denke, es ist gut, dass es nicht dein erstes Mal war. Du hättest es sonst vermasseln können. Und dass es mein erstes Mal war, nun, das war zu erwarten." Sie tätschelte seine Brust.

Er schüttelte den Kopf. Mit etwas Glück würde er noch Jahre haben, um sie zu verstehen. Sie entspannte sich wieder in seinen Armen, und er hielt sie sicher an sich gedrückt, bis sich die Dämmerung durch die Vorhänge stahl.

Er wollte sie nur ungern gehen lassen, aber bald würden die Diener aufstehen.

Nachdem er sie geweckt und ihr beim Anziehen geholfen hatte, suchte Marcus den Flur ab. Er wollte sie nicht aus den Augen lassen und beobachtete sie, bis sie den Flur erreicht hatte, der zur großen Treppe führte. Als sie nicht mehr in Sichtweite war, schloss er die Tür.

Er würde viel mehr über Travenor nachdenken müssen und darüber, wie er sie beschützen konnte, ohne dass Phoebe davon erfuhr. Er konnte sie jetzt nicht verlieren.

***

Als Phoebe in ihr Zimmer zurückkehrte, zog sie sich ihr Nachthemd an und kletterte in ihr kaltes, leeres Bett. Sie hätte nie gedacht – und auch nicht geglaubt – wie kraftvoll die Intimität des Paarungsaktes sein konnte. Ein ursprüngliches und grundlegendes Teilen von Körpern und Seelen. Als Marcus in sie eingedrungen war, hatte sie zutiefst verstanden, warum man es Besessenheit nannte. Sie war ihm hilflos ausgeliefert, als er sie ausfüllte, aber sie hatte es genossen, weil sie ihn auch zu ihrem Eigentum gemacht hatte.

Phoebe schlief wieder ein und träumte von Marcus, der tief in ihr steckte, von seinen Händen, die über ihren Körper wanderten, von seinem heißen Mund auf ihrem.

Als sie erwachte, hatte Rose den Bettvorhang geöffnet. Das Morgenlicht strömte durch die Fenster, und sie hörte das Geräusch von Wasser, das in eine Wanne neben dem Kamin gegossen wurde. Phoebe bewegte sich, und ein Stechen und kleine Schmerzen, die sie nie zuvor gespürt hatte, überkamen sie. Als sie stand,

299

wackelten ihre Beine ein wenig, wie Gelee. Marcus
hatte sie vorhin gereinigt, aber sie war dankbar für dieses Bad. Sie kletterte in die Wanne und ließ sich in das
warme Wasser sinken, das ihre Schmerzen linderte
und ihren Körper streichelte. In der Wanne schwammen Bergamotte-Blüten, deren Duft sie belebte.

Würden sie und Marcus heute Abend zusammen sein
können?

Als sie versuchte, sich zu bewegen, fragte sie sich reumütig, ob sie heute würde laufen können. Ah, aber was
sie getan hatten, war so unglaublich gewesen. Sie
lehnte sich an den Rand der Wanne zurück und erinnerte sich. Die Empfindungen, die sie gespürt hatte, als
er mit ihr geschlafen hatte, kehrten zurück, und ein Zittern durchlief ihren Körper. Ihre Brüste fühlten sich
voll an, und ihre Brustwarzen zogen sich zusammen,
während das nun vertraute Pochen in ihrem Inneren
erwachte.

Phoebe suchte in ihrem Gewissen nach verbliebenen
Schuldgefühlen oder Schamgefühlen und musste schockiert feststellen, dass sie eigentlich nur mit ihm ins
Bett zurück wollte. Jetzt verstand sie, warum verheiratete Frauen bestimmte Dinge nicht mit unverheirateten Frauen besprachen. Die Ehe war definitiv ein verlo-
ckenderer Vorschlag als damals, als sie ihn akzeptiert
hatte.

Es musste doch eine Möglichkeit geben, dass sie heute
Abend zusammen sein konnten. Doch dann fiel ihr ein,
dass ihre Schwestern und seine Mutter heute ankommen würden.

Phoebe stöhnte und legte den Kopf in die Hände. Ein
ganzer Tag und Abend, um mit ihren scharfäugigen

Schwestern und ihrer Tante und seiner ebenso scharfäugigen Mutter zu warten. Es würde viel zu viele wissende Frauen in diesem Haus geben. Doch irgendwie würde Phoebe einen Weg finden, um ihr Ziel zu erreichen.

***

Später an diesem Morgen hielt Phoebe Marcus' Hand, als Hester, Hermine und ihre Kavalkade eintrafen. Bevor ihre Schwestern aus den Kutschen steigen konnten, eilten Phoebes Nichten und Neffen aus den Kutschen und liefen auf sie zu.

Marcus lachte, als Phoebe von Kindern im Alter von drei bis sechs Jahren umgeben war, die alle gleichzeitig plapperten. Er erinnerte sich, dass sie Kinder immer geliebt hatte. Ein warmes Gefühl durchströmte sein Herz. Sie würde die Mutter seiner Kinder sein. Hoffentlich bald.

Die beiden älteren Jungen nahmen ihre Hände und die Mädchen umarmten sie. Phoebe lächelte und begrüßte sie alle.

Ein kleines Mädchen wollte ihr Kindermädchen zur Eile antreiben und flog Phoebe praktisch in die Arme.

„Oooh, Mary! Ich hätte dich fast fallen lassen", rief Phoebe aus.

Das Kind legte seine kleinen Hände auf beide Seiten von Phoebes Gesicht und küsste sie. „Nicht fallen lassen. Halten."

Ihre Schwestern, die endlich herabgestiegen waren, lachten über das Getümmel um seine Verlobte.

301

„Ich weiß nicht, wie du das machst", sagte die Gräfin von Fairport. „Du bist für sie wie Honig für die Bienen."

„Kleine Wildfänge, allesamt." Edwin trat vor und reichte Marcus die Hand. „Wie geht es dir, Finley?"

„Mir geht es gut, Fairport." Marcus blickte zurück zu den Kindern. „Sind sie immer so?"

Fairport versuchte, das kleine Mädchen aus ihrem klettenartigen Griff um Phoebe zu befreien. „Nur bei Phoebe. Wir wissen nicht, was es ist. Ihre bloße Anwesenheit löst das aus."

Seine Frau nahm seine Hand. „Lass Mary, Edwin. Sie wird loslassen, wenn die anderen weggebracht worden sind. Nur so kann sie zu dieser Gruppe gehören, ohne dass sie mit der Nanny abgeholt wird."

John Caldecott und seine Frau gesellten sich zu ihnen. Er schüttelte den Kopf. „Ich verstehe das nicht. Sie verwandelt sie alle in Barbaren."

Marcus stand in der Nähe, während Phoebe ihren Nichten und Neffen zuhörte, wie sie ihr alle Neuigkeiten erzählten, und sie machte zu jedem von ihnen die passenden Bemerkungen. Sie wies sie in Marcus' Richtung und sagte: „Ich möchte, dass ihr euch alle vor Lord Marcus verbeugt und knickst, dann geht mit euren Schwestern. Ich bin mir sehr sicher, dass die Köchin im Kinderzimmer etwas Schönes für euch bereithält."

Nachdem sie Marcus ordnungsgemäß vorgestellt worden waren, übergab sie Mary der Nanny und schüttelte ihre Röcke aus.

Marcus und Phoebe schlossen sich ihren Schwestern und Schwägern an, die sich alle in den Morgenraum begaben, während die Dienstmädchen und Kammerdiener die Gemächer vorbereiteten.

Der Tee stand bereit und Phoebe schenkte ein. Marcus' Hände berührten ihre, als er die Tassen nahm und sie herumreichte. Die Funken waren immer noch da, aber sie schienen noch intimer zu sein. Lag das an ihrem Liebesspiel?

Marcus grinste in sich hinein, als neugierige und interessierte Augen das Bild der Häuslichkeit, das sie boten, betrachteten.

Hester lehnte sich gegen das Sofa. „Ich nehme an, wir haben unsere üblichen Zimmer?"

„Ja, ich habe mit Ferguson gesprochen", sagte Phoebe. „Es gibt keine Überraschungen."

Marcus schaute sie an. Es sei denn, sie würden sie dabei erwischen, wie sie zu oder aus seinem Zimmer schlich. Würde sie zu ihm kommen?

Als Lord und Lady St. Eth eintrafen, bediente Phoebe sie, und die Frauen machten es sich bei einem gemütlichen Plausch bequem. Marcus stand bei den Männern und versuchte, Phoebe nicht anzuschauen. Bei den wenigen Gelegenheiten, bei denen sich ihre Blicke trafen, hatten sie beide schnell weggesehen, bevor Phoebes Erröten sie verriet.

Sie waren übereingekommen, ihren Schwestern nichts von ihrer Verlobung zu erzählen, bis seine Eltern eintrafen, doch es war schwieriger, als Marcus glaubte, zu schweigen, wenn er ihre Neuigkeiten verkünden wollte.

Kurz nachdem er aufgestanden war, hatte Marcus die Mitteilung an die *Morning Post* geschickt.

Morgen war Phoebes Geburtstag, und es war geplant, am Vormittag zu den nahe gelegenen Klosterruinen zu fahren. Danach war eine kleine Feier mit Kuchen für die Kinder geplant, die, wie ihre Schwestern Phoebe erzählten, in den letzten Tagen immer wieder in den Mittelpunkt gerückt waren, sie hatten fleißig an den Geschenken gearbeitet, die sie für sie gebastelt hatten, und freuten sich, dass Phoebe sie bald sehen würde.

Nach dem Essen zogen sich die Zwillinge in ihre Zimmer zurück und die Herren ins Billardzimmer, mit Ausnahme von Marcus, der Phoebe gefragt hatte, ob sie im Garten spazieren gehen wolle, bevor seine Eltern eintrafen.

Händchenhaltend schlenderten sie durch den Knotengarten, der durch einen Bogen in eine alte Buchsbaumhecke führte, die den Rosengarten umgab. Allein und versteckt vor dem Haus schlenderten sie mit den Armen um die Taille des anderen und blieben gelegentlich stehen, um die letzte Blüte des einen oder anderen Strauches zu betrachten.

Als sie die versteckte Laube am Ende eines Weges erreichten, schloss Marcus sie in seine Arme. „Phoebe, ich brauche dich, ich wusste gar nicht, wie sehr." Er streichelte ihren Rücken, um sie näher an sich heranzulassen, und sie schmolz mit ihm zusammen.

Sie schlang ihre Arme um seinen Hals, griff nach oben und küsste ihn. „Marcus, du glaubst nicht, was ich für Gedanken habe. Sie sind ziemlich verrucht." Ihre tiefe, raue Stimme ließ sein Glied pochen.

„Wenn sie so sind wie meine, dann würde ich sagen, dass sie in der Tat ziemlich verrucht sind. Ich kann es kaum erwarten, dich wieder nackt in meinem Bett zu haben." Sie zitterte. Marcus hielt sie näher. „Ist dir kalt?"

Phoebes Augen weiteten sich. „Nein, es ist meine Reaktion auf dich."

Er küsste sie. Zuerst ganz sanft. Sie war berauschend. Seine Zunge tanzte mit ihrer. Seine Muskeln verhärteten sich, als er sie an sich drückte.

Phoebe streckte sich und ließ ihre Finger um seinen Nacken und in sein Haar gleiten. Als seine Hände zu ihren Brüsten wanderten, stöhnte sie auf. Sie schaute sich um. „Können wir es hier machen?" Ihr Eifer war ebenso unerwartet wie willkommen.

Und obwohl es ein Risiko war, konnte er sich nicht dazu durchringen, ihr etwas abzuschlagen. „Ja. Bist du dazu in der Lage?"

„Ich glaube schon. Marcus, ich fühle mich so begehrenswert. Ich muss dich in mir haben."

Marcus küsste sie voller Begierde. Auf der Laubenbank sitzend, hob er ihre Röcke an. Seine Finger streichelten ihre bereits feuchten Locken. „Du musst wund sein. Wenn es weh tut, sag es mir, und ich höre auf."

Seufzend öffnete sie ihre Beine weiter, als seine Finger in sie eindrangen, bevor sie sich über ihn bewegte. „Jetzt, Marcus. Ich will dich jetzt." Phoebe küsste ihn tief, gierig und lud ihn ein, sich mit ihr zu vereinen.

Er öffnete die Knöpfe seiner Hose und zog seinen Schaft heraus, dann ließ er sie langsam auf ihn herab und drang in sie ein. Sie keuchte, als er begann, sie hochzuheben, sodass er fast ganz aus ihr herauskam und sie dann wieder füllte.

Zitternd versuchte Phoebe zu helfen, aber sie hatte keinen Halt. Sie zitterte vor Bitten und Flehen.

„Leg deine Beine um mich", flüsterte Marcus. Sie tat, wie ihr geheißen, und er füllte sie noch tiefer, und sie gab sich den Empfindungen hin, als er so weit in ihr war, und so innig mit ihr verbunden. Sie klammerte sich an ihn, und als die Spannung in ihr ins Unerträgliche stieg und sie den Mund öffnete, um zu schreien, bedeckte er ihre Lippen mit seinen. Sie griff nach der Sonne, als seine Wärme sie erfüllte.

Schließlich sackten sie aneinander, ihr Atem ging stoßweise. Je länger sie zusammen waren, desto stärker wurde ihre Verbindung.

Phoebe erinnerte sich, wo sie waren, und lachte laut auf.

„Was ist los?", fragte er.

„Wir sind verrückt geworden. Sieh dir an, wo wir sind. Wir haben großes Glück, dass wir nicht erwischt wurden."

Er küsste sie. „Daran habe ich gedacht, aber nicht sehr lange", sagte er reumütig. „Wir werden vorsichtiger sein müssen."

Sie drückte ihre Lippen auf seine Schläfe. „Besonders jetzt, da unsere beiden Familien hier wohnen werden."

Sie blieben, bis sie das Geräusch von Kutschen hörte. „Marcus, ich glaube, deine Eltern sind da."

Schnell entwirrten sie sich, standen auf, richteten ihre Kleidung und eilten Arm in Arm zum Haus, wo sie gerade ankamen, als die Kutsche seiner Eltern hielt.

„Mama, Papa", sagte Marcus und ging nach vorne. Er wurde von einer großen Kutsche mit dem Cranbourne-Wappen unterbrochen, die hinter der Kutsche der Dunwoods einfuhr. Marcus half seiner Mutter beim Aussteigen, während Phoebe nach vorne ging, um ihren Bruder zu begrüßen.

„Geoffrey, was für eine wunderbare Überraschung, und wie sehr ich mich freue, dich zu sehen“, sagte Phoebe. „Wie bist du so schnell hierhergekommen? Wie bist du überhaupt hergekommen? Es war nicht genug Zeit.“

Geoffrey umarmte Phoebe, bevor er sich umdrehte, um Amabel aus der Kutsche zu helfen. Ein Lakai trat vor, um der Schwester und dem kleinen Miles zu helfen.

Mit langen Schritten ging Marcus auf seine Schwester zu. „Amabel, ich hatte nicht erwartet, dich hier zu sehen.“

Onkel Henry und Tante Ester kamen auf die Eingangstreppe, gefolgt von den anderen. Es herrschte ein heilloses Durcheinander, als die Neuankömmlinge begrüßt und Miles geknuddelt und umschwärmt wurde.

Amabel stand ein wenig abseits, während die Damen ihren Sohn anhimmelten. Sie schaute Phoebe an, die ihre Stirn besorgt in Falten legte. Das Letzte, was Phoebe wollte, war, dass sich ihre Schwägerin entfremdet fühlte. Sie ergriff Amabels Hände und umarmte sie. Amabel klammerte sich an Phoebe. „Es tut mir so leid ...“

„Nein“, sagte Phoebe, „das konntest du nicht wissen.“

Kopfschüttelnd erwiderte Amabel: „Nein, es war sehr falsch von mir, ihn dir aufzudrängen. Marcus hat Geoffrey alles erzählt. Wenn es nicht von Marcus selbst gekommen wäre, ich hätte nicht geglaubt, dass ein Bruder von mir sich so schändlich hätte verhalten können. Es ist schon ein Unding, so etwas überhaupt getan zu haben, aber in einem so jungen Alter.“

„Marcus und ich haben es besprochen“, sagte Phoebe und tätschelte den Arm ihrer Schwägerin. „Es war sehr falsch von ihm, und ja, eine Schande, aber wir haben es hinter uns gelassen, und du musst das auch.“

Amabels Augen suchten das Gesicht von Phoebe ab. „Hast du, meine Liebe? Ich weiß nicht, ob ich das könnte.“

Sie nickte. „Ja, in der Tat, sonst wäre Marcus nicht hier.“ Phoebe führte Amabel in Richtung des Hauses. „Glaube mir, wenn ich dir sage, dass ich ihn um nichts in der Welt akzeptieren könnte, wenn er nicht der richtige Mann wäre – der Einzige Mann für mich.“

„Du hast immer gesagt, du würdest warten, bis du …“ Sie brach ab und starrte Phoebe erstaunt an, dann lächelte sie. „Du hast Marcus akzeptiert? Ich bin froh darüber. Da ich weiß, wie er jetzt ist, war ich sicher, dass er perfekt für dich wäre.“

Phoebe hob eine Augenbraue. „Es war sehr gut, dass ich nicht wusste, wer er war, als ich ihn in der Bond Street sah. Das war der Anfang von allem.“

Amabel nahm Phoebes Arm und lachte. „Geoffrey hat etwas davon erwähnt, aber ich habe nicht alles gehört. Du musst es mir erzählen. War es sehr skandalös?“

„Laut meiner Tante Ester war es das Skandalöseste, was sie je in der Bond Street gesehen hat.“ Phoebe grinste, als sie von dem Ereignis erzählte.

Amabel antwortete schockiert: „Um Himmels willen, Phoebe, was habt ihr beiden euch dabei gedacht?“

Phoebe schüttelte den Kopf, konnte sich aber ein Lächeln nicht verkneifen. „Ehrlich gesagt, Amabel, ich glaube, keiner von uns hat daran gedacht. Es war wirklich bemerkenswert. Ich kann mich nicht erinnern, dass mir ein einziger Gedanke durch den Kopf gegangen ist, und Marcus auch nicht."

„Nun", erwiderte Amabel, „es ist sehr gut, dass ihr heiratet, sonst hätten wir einen Skandal am Hals, und du weißt, meine Liebe, wie sehr das Geoffrey missfallen würde."

Phoebe machte einen Freudensprung. „Ich verstehe sehr gut, dass ich Geoffrey nicht verärgern sollte. Der arme Kerl hat schon genug damit zu tun, mein Vormund zu sein."

„Er ist schon seit Jahren nicht mehr dein Vormund", sagte Amabel streng, „und wie kannst du so etwas sagen. Geoffrey hat immer gesagt, dass du einen so überlegenen Verstand hast."

„Nur weil ich euch beide so oft wie möglich in Ruhe gelassen habe", erwiderte Phoebe.

„Nun, das könnte etwas damit zu tun haben", gab ihre Schwägerin zu.

Als sich alle im Salon eingefunden hatten, schenkte Henry Sherry ein, und der Tee wurde serviert.

Phoebe wandte sich an ihren Bruder. „Geoffrey, was hat dich hergeführt?"

„Nun", sagte er mit einem Blick auf seine Schwäger, „ich habe Briefe erhalten, in denen es um die Vorgänge geht, und schließlich kam einer, der mich hierher gerufen hat."

Phoebe runzelte die Stirn und verstand nicht. „Was meinst du? Was ist hier los?"

Geoffrey schaute Phoebe und Marcus, der neben ihr stand, aufmerksam an. „Soweit ich weiß, gab es einige Ereignisse, die an einen Skandal grenzen."

Kapitel 18

„Oh, ich verstehe." Phoebe blickte zu Marcus auf, der sie fragend ansah. Sie nickte. „Jetzt ist ein ebenso guter Zeitpunkt wie jeder andere."

Er nahm ihren Arm und wandte sich an seine Eltern. „Mamma, Papa." Marcus winkte mit dem Arm und schloss die anderen mit ein. „Ich habe die große Freude, euch mitzuteilen, dass Lady Phoebe mir die Ehre erwiesen und eingewilligt hat, meine Frau zu werden."

„Das hat dich gerettet", murmelte Geoffrey, aber seine Augen leuchteten vor Lachen.

„Es wurde auch Zeit", sagte Edwin, während die anderen Marcus und Phoebe ihre guten Wünsche überbrachten.

Phoebe flüsterte Marcus zu: „Sollen wir die Kinder herunterholen? Sie werden es vom Personal erfahren, wenn wir es ihnen nicht vorher sagen."

Er grinste. „Du hast recht, das würde überhaupt nicht gehen."

Phoebe saß mit Marcus auf dem Sofa, als die Kinder hereinkamen. Sie streckte ihre Arme aus und zog ihre Nichten und Neffen zu sich, nahm die Jüngeren auf den Schoß und betete, dass die Kinder die Nachricht von ihrer Verlobung verkraften würden. „Meine Lieben, ich möchte euch bitten, mir Glück zu wünschen. Lord Marcus und ich werden heiraten."

Robert, der Älteste von Hester, und William sowie Arabella, die Älteste von Hermine, tauschten einen Blick aus, verbeugten sich dann und knicksten, wobei sie Marcus mit großer Aufmerksamkeit betrachteten.

Marcus lächelte sie an und fragte sich, ob sie ihn akzeptieren würden. Sie richteten ihre Aufmerksamkeit wieder auf Phoebe.

„Wirst du uns weiterhin besuchen?", fragte Robert, der Sprecher. „Und mit uns spielen, so wie ihr es jetzt tut?"

„Ja, meine Lieben, ganz bestimmt, und ich werde ein Zuhause haben, wo ihr mich auch besuchen könnt."

Die Cousins tauschten etwas weniger angespannte Blicke aus, dann fragte Arabella Marcus: „Magst du Kinder?"

Marcus streckte seine Arme nach ihr aus. „Ja, das tue ich. Sehr sogar."

Sie ging zu ihm, nahm seine Hand und zog ihn zu sich herunter, bis sie seine Wange küssen konnte. William und Robert folgten ihrem Beispiel, mit ernster Miene schüttelten sie Marcus die Hand. Bald darauf kletterten die beiden Jüngeren auf seinen Schoß, und er umarmte und küsste sie beide.

Als die Leckereien gebracht wurden, versammelten sich die Kinder um den Tisch.

Phoebe flüsterte ihm zu: „Es war leichter, über diesen Zaun zu kommen, als ich dachte."

Marcus war dankbar, dass es so war. Ihm gefiel der Gedanke, Teil ihrer Familie zu sein. „Mir wurde immer beigebracht, wie man auch mit schwierigen Dingen leicht fertig wird."

Phoebe grinste. „Habe ich dir schon gesagt, dass ich ihre Lieblingstante bin?"

Er weitete seine Augen in gespielter Überraschung. „Nein, du etwa? Das hätte ich nie vermutet." Er hob ihre Hand zu seinen Lippen und drückte ihr einen Kuss auf die Handfläche. „Wir treffen uns in der Früh im Zeichensaal. Ich muss dir etwas Besonderes zeigen."

***

Phoebe kam an und fand Marcus, der aus dem Fenster starrte. Er drehte sich um und zog sie zu sich heran, bevor er ihr eine kleine Schachtel überreichte. „Ich wollte dir das schon gestern geben."

Sie blickte zu ihm auf.

„Öffne es."

Als sie den Deckel des geschnitzten Holzkästchens öffnete, fand sie, eingebettet in Satin, einen antiken Ring aus feinem Goldfiligran, in dessen Mitte ein großer Opal gefasst war. Die Seiten waren mit kleineren Diamanten und Amethysten verziert.

Tränen stachen ihr in die Augen. „Marcus, mein Schatz, ich habe noch nie etwas so Schönes gesehen. Es sieht sehr alt aus."

„Das ist er. Er gehörte einer Ur-Ur-Ur-Großmutter, und dieser Ring hat auf eine andere Braut gewartet, die ihn tragen kann. Eine Familienlegende besagt, dass er nur von einer Braut getragen werden darf, die im Oktober geboren ist, sonst bringt er Unglück. Du bist die einzige Braut, die seit so langer Zeit im Oktober geboren wurde, dass meine Mutter ihn fast vergessen hätte." Marcus steckte ihr den Ring an den Finger und berührte mit seinen Lippen leicht die ihren. „Er hat auf dich gewartet, genau wie ich."

Phoebe reichte ihm die Hand und umarmte ihn.

Die Tür öffnete sich und Edwin hustete. „Ich hoffe, ihr habt vor, bald zu heiraten."

Marcus grinste. „So schnell wie möglich."

Nachdem sich ihre Familien versammelt hatten, sprach Henry den ersten Trinkspruch. Lord Dunwood folgte ihm. Danach wurden die Trinksprüche viel lustiger und ein wenig anzüglicher. Lachen und gute Laune hielten an, bis Ferguson das Abendessen ankündigte. Sie ließen die Förmlichkeit beiseite und betraten den Speisesaal als Paar.

François war wieder einmal der Situation gewachsen, und das Abendessen war noch großartiger als das des letzten Abends.

Marcus flüsterte Phoebe zu: „Meinst du, wir könnten ihn deinem Onkel abspenstig machen, oder wäre das ein schlechter Stil? Mir kommt es so vor, als hätte er bei unserem Werben mitgeholfen."

„Vielleicht könnten wir ihn als Hochzeitsgeschenk verlangen."

Marcus gluckste leicht und nahm ihre Hand. „Kommst du heute Abend zu mir?"

„Wenn ich nicht entdeckt und zur Umkehr gezwungen werde."

Seine Lippen spitzten sich zu. „Das ist unerträglich, so herumzuschleichen."

Phoebe nickte. In Anbetracht ihrer neuen Leidenschaft war es wirklich besser, dass sie bald heirateten.

Aber noch mehr als das: Jetzt, wo sie eine Entscheidung getroffen hatte, wollte sie, dass ihr Leben mit ihm begann.

Er drückte sein Knie gegen ihres, und sie blickte auf und seufzte.

Hermine bemerkte Phoebes Blick und runzelte die Stirn. „Wir müssen ein Datum festlegen. Eines, das nicht allzu weit weg ist.“

Amabel, die sehr ruhig gewesen war, sagte: „Ja, Mama hat mir gesagt, dass es Arthur gar nicht gut geht. Marcus, Phoebe, wenn ihr die Hochzeit nicht wegen seines Todes verschieben wollt, seid ihr gut beraten, bald zu heiraten.“

Die Erinnerung an Arthur dämpfte die Frivolität der restlichen Gruppe, brachte Phoebe aber auf eine plötzliche Idee.

Onkel Henry tauschte einen Blick mit Lord Dunwood, der seinem Onkel ein Zeichen gab, zu sprechen. „Wir können leicht eine Sondergenehmigung besorgen“, sagte Onkel Henry. „Phoebe, wann wollt ihr heiraten und welche Art von Hochzeit wünscht ihr euch?“

Phoebe nahm Marcus’ Hand. „Nachdem ich gesehen habe, was Hermine und Hester durchgemacht haben, werde ich auf eine große Hochzeit verzichten, aber ich habe eine Idee. Marcus, hast du eine Kapelle in Charteries?“

„Ja.“

„Ich würde die Hochzeit gerne dort abhalten, damit Arthur und seine Töchter dabei sein können“.

Marcus’ Augen glitzerten, als er ihre Hand drückte. „Danke, meine Liebe. Ich wünsche mir nichts sehnlicher.“

Lord Dunwood runzelte die Stirn. „Ja, meine Liebe, aber …“

Seine Frau unterbrach ihn. „Phoebe, was für eine wunderbare Idee und wie großzügig von dir.“

Phoebe schüttelte den Kopf. Es war notwendig. Familien sollten zusammen sein. „Nein, in der Tat, ich werde ein Mitglied eurer Familie sein. Es ist nur richtig, dass alle dabei sein können.“ Sie grinste. „Ich bin mir ziemlich sicher, dass meine Leute gerne reisen werden, um uns heiraten zu sehen. Ich könnte die Hochzeit wahrscheinlich in Timbuktu abhalten, und sie würden kommen, so glücklich wären sie.“

Tante Ester warf Phoebe einen anerkennenden Blick zu. „Das Wo ist geklärt. Die nächste Frage ist das Wann.“

„Nächste Woche?“ schlug Marcus hoffnungsvoll vor.

Alle Damen, mit Ausnahme von Phoebe, die dies für eine ausgezeichnete Idee hielt, verdrehten die Augen. Seine Mutter blickte an die Decke und dann zu ihm. „Mein lieber Sohn, ich verstehe, dass du willst, dass die Hochzeit so schnell wie möglich stattfindet. Aber Phoebe muss ihr Kleid anfertigen lassen und auch sonst alles Mögliche.“ Lady Dunwood lächelte wohlwollend. „Wenn alle mit zehn Tagen einverstanden sind, können wir die Hochzeit für diesen Zeitraum planen.“

Phoebe stieß einen Seufzer der Erleichterung aus, als sie sich alle auf zehn Tage einigten. Sie und Marcus beschlossen, am nächsten Tag auf den Ausflug zu den Ruinen zu verzichten und stattdessen die Vergleichsgespräche zu führen. Sie hatten eine Vereinbarung getroffen, von der sie annahm, dass ihr Onkel damit einverstanden sein würde, aber Marcus war sich bei seinem Vater nicht sicher. Da sie wusste, dass ihre Tante auf ihre Anwesenheit bestehen würde, bat Phoebe darum, dass auch Lady Dunwood anwesend sein sollte.

Nach dem Frühstück am nächsten Morgen begaben sich alle in Onkel Henrys Arbeitszimmer, wo er Lord Dunwood ihre Finanzdaten übergab.

„Phoebes Vermögen ist beträchtlich“, sagte Onkel Henry. „Sie wurde über ihre Finanzen aufgeklärt und darüber, aus welchen Immobilien oder Investitionen ihr Anteil stammt. Bis jetzt hat sie kein Interesse daran gezeigt, ihr Vermögen selbst zu verwalten.“ Er sagte zu ihr: „Mein Kind, du wirst eine Entscheidung treffen müssen, wie du es verwalten willst.“

Phoebe warf einen Blick auf die Unterlagen und verzog das Gesicht. Sie wusste, wie man ein Haus hielt und ein Anwesen verwaltete, aber investieren ... Das interessierte sie nicht. „Ich überlasse mein Geld gerne dem Fachwissen meines Verwalters.“

„Aber, meine Liebe“, sagte Lord Dunwood.

„Ich stimme dir zu, meine Liebe“, unterbrach Marcus. „Wenn du damit einverstanden bist, deine Anlagen dort zu behalten, dann sollen sie dort bleiben. Ich werde natürlich zustimmen, dass dein ganzes Eigentum auf dich übertragen wird.“

Sein Vater runzelte die Stirn. „Das ist höchst ungewöhnlich.“

Lady Dunwood lächelte Marcus an. „Ich bin sehr stolz, dass du so modern bist.“

Sein Vater schaute sich am Tisch um. „Ich verstehe das überhaupt nicht.“

Phoebe hatte ein wenig Mitleid mit ihm und wollte gerade etwas sagen, als Marcus ihn mit einem festen Blick fixierte. „Papa, Phoebe und ich haben die Abfindungen besprochen. Ich brauche ihr Geld nicht, und ich glaube, dass eine Ehefrau ihr eigenes Geld haben sollte.“

„Aber das wird sie haben“, stotterte Lord Dunwood. „Du sollst ihr ein Taschengeld geben.“

Phoebe beobachtete mit Interesse, was Marcus sagen würde. Seine Miene verhärtete sich, und in seinem Tonfall lag ein Befehlston, den er in ihrer Gegenwart nur selten anwandte. „Ein gewisser Teil ihres Anteils wird für unsere Töchter beiseitegelegt und ein Teil meines Privatvermögens wird an etwaige jüngere Söhne verteilt. Aber ich sehe keine Notwendigkeit für mich, das zu besitzen, was ihr gehört, und ich werde keiner Regelung zustimmen, die dem Vertrag widerspricht, den Phoebe und ich geschlossen haben.“

Endlich konnte Phoebe einen Blick auf den Mann werfen, der Piraten besiegt und sich auf den Westindischen Inseln einen Namen gemacht hatte. Ein Kribbeln der Freude durchfuhr sie, als er sich anschickte, für sie zu kämpfen.

Dann wandte sich Onkel Henry an Lord Dunwood. „Ich weiß, dass es dir radikal vorkommt, aber das ist es, was sie wollen. Ich für meinen Teil sehe keinen Grund, warum sie es nicht so haben sollten, wie sie es wünschen. Die Gelder sind bereits treuhänderisch verwaltet. Ich werde dafür sorgen, dass auch ihr persönlicher Besitz in den Treuhandfonds aufgenommen wird.“ Onkel Henry hielt einen Moment inne. „Hast du

irgendwelche wirklichen Einwände gegen ihre Verein-
barungen?“

Lord Dunwood zog die Brauen zusammen und sagte:
„Nur, dass es so ungewöhnlich ist. Aber ich wage zu behaupten, dass ich mich daran gewöhnen werde. Nein,
lasst sie tun, was sie wollen.“

Seine Frau tätschelte ihm die Hand. „In der Tat, mein
Lieber, ich glaube, sie werden mit ihren Plänen sehr gut
vorankommen. Lass uns fortfahren.“

Ihr Mann hörte auf, die Stirn zu runzeln, wirkte aber
immer noch nicht glücklich. „Marcus hat sein persönli-
ches Vermögen sowie die Ansprüche aus der Grafschaft
und eventuell der Markgrafschaft.“ Lord Dunwood
stimmte auch einer beträchtlichen Beihilfe für das Paar
zu, bis Marcus sein Erbe erhalten würde.

Tante Ester sah Phoebe an und blickte dann auch
Marcus an. „Phoebe, habt du und Marcus schon entschieden, wo ihr wohnen werdet?“

Sie zuckte mit den Schultern. „Nein, darüber habe ich
noch nicht nachgedacht.“

Ihre Tante zögerte einen Moment. „Ich frage, weil du
dich entscheiden musst, ob du bei Lord und Lady Dunwood wohnen willst oder ob du ein eigenes Haus
brauchst. Henry hatte einen Landsitz, der dem Erben
zugesprochen wurde, aber wenn er in der Stadt war,
sollten wir bei seinen Eltern wohnen.“ Tante Ester
blickte ihren Mann an. „Ich kann dir sagen, dass das
keine glückliche Erfahrung war. Am Ende haben wir
ein kleines Stadthaus gekauft.“

Marcus hörte mit gerunzelter Stirn zu. Er hatte schon
oft davon gesprochen, ein eigenes Haus zu haben, und
Phoebe brauchte ein eigenes Zuhause, das sie

verwalten konnte. Er wollte nicht, dass sie so blieb, wie sie jetzt war.

„Mama, Papa, was wünscht ihr euch?" Sein Vater hob die Brauen. „Der Dunwood-Erbe hat schon immer auf Charteries, unserem Hauptanwesen, gelebt." Er sah Marcus an und hielt inne. „Ich würde mich gerne aus der Verwaltung des Anwesens zurückziehen. Ich glaube, in dieser Hinsicht sind deine Mutter und ich einer Meinung. Ich schlage vor, dass wir einen Teil eines Flügels des Hauses dir und Phoebe überlassen. Isabel, was sagst du dazu?"

Ihr Gesicht erhellte sich. „Ich würde die Leitung von Charteries liebend gerne an dich abgeben, meine liebe Phoebe. Wir sind schon so lange an das Anwesen gebunden, sowohl durch die Familie als auch durch den Krieg."

Mamma blickte ihren Mann liebevoll an. „Da der Korse jetzt auf Elba ist, würde ich gerne ein wenig reisen."

Dunwood betrachtete Marcus und sagte unwirsch: „Du hast einen sehr guten Anfang gemacht, dich mit dem Land und den politischen Themen vertraut zu machen." Er seufzte. „Ich habe keinen Zweifel, dass du auf der fortschrittlicheren Seite der Partei stehen wirst. Phoebe wird dir eine große Hilfe sein." Dunwood sah seine Frau an und dann wieder zu Marcus. „Ich werde dir meine Vollmacht geben, wenn ich nicht in der Stadt bin, um abzustimmen."

Seine Mutter lächelte. „Das Stadthaus wird ebenfalls deiner Verwaltung überlassen, Phoebe, wenn es dir nichts ausmacht?"

Phoebe erwiderte das Lächeln ihrer zukünftigen Schwiegermutter. „Das stört mich überhaupt nicht. Sagen Sie mir, was sind die Pläne für Arthurs Töchter? Wollen Sie sie aufziehen oder sollen Marcus und ich in *loco parentis* handeln? Wer wird zum Vormund und Treuhänder ernannt?"

Bevor seine Mutter antworten konnte, berührte Marcus ihre Schulter. „Phoebe, meine Liebe, bist du sicher, dass du dich um zwei junge Mädchen kümmern willst?"

Phoebe nahm seine Hand. „Marcus, sie werden sowohl mutter- als auch vaterlos sein. Wie könnte ich sie nicht wollen?" Sie grinste. „Außerdem hast du mir doch gesagt, dass ich sie mögen soll."

Er nickte und seine Stimme war leise. „Das war, bevor ich dich so gut kannte. Du wirst sie lieben und sie dich."

Lady Dunwoods Augen schwammen in Tränen. „Ich liebe es, ihre Großmutter zu sein, aber ich denke, sie brauchen eine jüngere Frau als Mutter und Vorbild."

„Dann ist das geklärt. Marcus und ich werden sie wie unsere Kinder behandeln", antwortete Phoebe.

Marcus wusste nicht, wie er zu seinem Glück gekommen war. Vielleicht war das einzig Gute, was er vor acht Jahren getan hatte, dass er sich in diese bemerkenswerte Frau verliebt hatte.

***

An diesem Nachmittag feierten die Familien den Geburtstag von Phoebe. Sie nahm die Geschenke der Kinder entgegen und freute sich über deren Basteleien. Die Kinder freuten sich, dass ihre Geschenke so sehr bewundert wurden, und gingen zum Geburtstagskuchen, wobei sie Phoebes Hände und Röcke hielten.

Danach spielten ihre Eltern, Marcus und sie mit den Kindern, bis ihre Nichten und Neffen in das Kinderzimmer geführt wurden. Die Erwachsenen machten es sich in ihren Stühlen auf der Terrasse bequem und genossen den seltenen warmen Nachmittag.

Es gab Tee und andere Erfrischungen, als Phoebe Geschenke von ihren Schwestern erhielt.

Marcus reichte ihr ein langes, dünnes, einfach verpacktes Päckchen. Phoebe schaute ihn an und fragte sich, was es war.

Er grinste. „Du wirst es öffnen müssen, um es herauszufinden.“

Sie merkte, dass ihre Finger ein wenig zitterten. Abgesehen von dem Ring war dies das erste richtige Geschenk, das er ihr je gemacht hatte. In der Verpackung befand sich ein hübscher, aber tödlich aussehender zweischneidiger Damendolch. Er hatte einen eleganten, mit Golddraht verzierten Griff aus Knochen, der ein wirbelndes Muster bildete, und einen kleinen, flachen, verzierten Knauf. Die Klinge war etwa sechs Zoll lang. Sie erinnerte sich an ihr Gespräch und lächelte breit. „Marcus, ich danke dir. Er ist wunderschön.“

John begutachtete den Dolch. „Wenn du nicht gerade bei Manton‘s oder Tattersall‘s warst, hättest du kein besseres Geschenk für Phoebe auswählen können.“

Marcus sah John ernst an. „Nachdem ich Phoebes Pferde gesehen habe, würde ich es nicht auf mich nehmen, für sie zu wählen. Mit einer Pistole könnte ich vielleicht umgehen.“

Fairport hob sein Glas. „Gute Entscheidung. Sie scheint immer die besten Tiere in der Familie zu haben. In der Tat, du hast dich jetzt einer Stanhope-Braut würdig erwiesen. Alle Ehefrauen verdienen es, gut bewaffnet zu sein."

„Das habe ich auch schon gehört", erwiderte Marcus und lachte, als Fairport das Gesicht verzog, weil er sich offensichtlich daran erinnerte, wie er und Hermine überfallen worden waren und sie sie mit ihrer eigenen Pistole gerettet hatte.

Geoffrey hatte einen bösen Blick aufgesetzt. „Marcus, du solltest besser aufpassen, dass sie es nicht bei dir anwendet."

Amabel fügte zaghaft hinzu: „Du musst ein vorbildlicher Ehemann sein."

„Meine liebe Schwester, das stand nie in Frage."

Die älteren Mitglieder der Gruppe betrachteten sie mit einem amüsierten Grinsen. Lord Dunwood schüttelte den Kopf. „Ich hatte keine Ahnung, in was für eine blutrünstige Familie du einheiratest, mein Junge."

Geoffrey antwortete: „Nicht blutrünstig, Sir." Stolz blickte er auf seine Schwestern. „Nur gut in der Lage, sich zu verteidigen."

Lord Dunwoods Lippen zuckten. „Amabel, mein Mädchen, haben sie dich auch korrumpiert?"

Sie blickte zaghaft auf. „Nein, Papa. Ich werde mich darauf verlassen, dass mein Mann mich verteidigt."

„In diesem Fall solltet ihr lieber Unterricht nehmen", spottete Hester.

Die Zwillinge ignorierten Geoffrey, als dieser protestierte, aber Phoebe grinste ihren Bruder an. „Da fällt mir etwas ein. Ich glaube nicht, dass ich dir dafür gedankt habe, dass du mir den schwungvollen Kinnschlag gezeigt hast."

Marcus schielte zu Geoffrey und sagte: „Das habe ich also dir zu verdanken, Cranbourne."

Geoffreys Augen funkelten. „In der Tat."

Hester und Hermine untersuchten den Dolch und studierten ihn.

Phoebe fragte Marcus: „Wann wirst du mir beibringen, wie man es benutzt?"

„Wenn es niemanden stört, können wir die erste Unterrichtsstunde auch jetzt halten, wenn ihr wollt."

„Ich glaube nicht, dass irgendjemand etwas dagegen haben wird." Phoebe wartete und, wie sie vermutete, waren sich Hermine, Hester und ihre Tante einig, dass sie sehr daran interessiert waren, diese neue Form des Kampfes zu erlernen.

Phoebe hörte aufmerksam zu, als Marcus ihnen zuerst die Balance des Dolches ohne Scheide zeigte. Er gab ihn ihr, und sie hielt ihn in der Hand, um sich an das Gefühl zu gewöhnen. Dann erklärte er die Feinheiten, wie ein Messer in einen Körper eindringen konnte, um den größten Schaden anzurichten. Einiges von dem, was er sagte – wie man es vermied, einen Knochen zu treffen, und wie man sicherstellte, dass das Messer nicht vom Gegner weggezogen wurde – hatte Phoebe bereits beim Training mit dem Kurzschwert gelernt.

Als sie anfingen zu üben, war es für sie am schwierigsten, mit dem Messer zuzustoßen, sobald der Schnitt ausgeführt war, anstatt zurückzuspringen, wie sie es mit einem Schwert tat.

Ihre Schwestern und ihre Tante feuerten sie an, bevor sie selbst an der Reihe waren.

Obwohl sie sehr interessiert war, hatte Phoebe Schwierigkeiten, sich vorzustellen, wie man ihn im Falle eines Angriffs einsetzen könnte. „Marcus, wann würde man einen Dolch benutzen?"

Marcus deutete auf das Messer. „Im Gegensatz zu einem kleinen Schwert oder einer Pistole kann ein Dolch am Körper versteckt werden, sodass er im Bedarfsfall leicht zugänglich ist." Er warf einen Blick auf ihre Schwestern. „Eine Dame kann sich einen Dolch ans Bein schnallen und ihn durch einen Taschenschlitz im Rock erreichen. Damen, die Stiefel tragen, stecken sie dort hinein. Es erfordert etwas Übung, den Dolch in der Eile herauszuziehen, aber ich habe mir sagen lassen, dass es die Mühe wert ist."

Hester starrte auf den Dolch, den Phoebe noch immer in der Hand hielt, und schürzte die Lippen. „Wenn wir unsere Dienstmädchen dazu bringen können, wenigstens ein Kleid zu ändern, können wir morgen üben."

„Aber wird es die Linie des Kleides ruinieren?" Hermine runzelte die Stirn.

Phoebe grinste. Hermine war schon immer die stilbewussteste der Schwestern gewesen.

Phoebe erhob sich und sagte: „Wir werden es erst wissen, wenn wir es versuchen."

Die Damen entschuldigten sich und schickten nach ihren Dienstmädchen, um ihre Männer auf der Terrasse zurückzulassen. Amabel, Lady St. Eth und Lord und Lady Dunwood beschlossen ebenfalls, ins Haus zu gehen. Marcus blieb mit seinen zukünftigen Schwägern und St. Eth zurück.

John runzelte die Stirn. „Finley, ich erlaube mir, dir mitzuteilen, dass meine Frau wegen dir darauf bestehen wird, immer einen Dolch am Bein zu tragen. Boudicca auf Lebenszeit. Ich hoffe aufrichtig, dass sie ihn nicht gegen mich verwenden wird."

Geoffrey brach in schallendes Gelächter aus. „Du hast Glück, dass sie sehr vernünftig ist."

„Ich hoffe nur, Hermine findet, dass er die Linie ihres Kleides ruiniert", sagte Edwin und scherzte mit Marcus. Er nahm einen Schluck Wein und fragte: „Wie kommst du darauf, dass ein Dolch ein gutes Geschenk für Phoebe wäre?"

Marcus wollte es ihnen wirklich nicht sagen. Ihr Schutz lag nun in seiner Verantwortung. Er versuchte, die Sache auf die leichte Schulter zu nehmen, und antwortete: „Geoffrey hat mir erzählt, dass sie gerne Selbstverteidigung betreibt. Ich hatte ihr gegenüber erwähnt, dass es eine gute Waffe sei, und sie schien interessiert zu sein."

Edwin und John zogen die Augenbrauen hoch. Nun, diese Ablenkung hatte nicht funktioniert.

„Oh, na gut. Ich habe ein Gefühl, das mich nicht loslässt, dass sie in Gefahr sein könnte und ihn braucht." Marcus' Kiefer krampfte sich zusammen. „Ich werde euch sagen, was ich über Lord Travenor herausgefunden habe."

Sie hörten auf zu sticheln.

Marcus erzählte, was seine Kontakte herausgefunden hatten. „Ihr wisst, dass sein Cousin in einem der Slums ermordet aufgefunden wurde. Da er der Erbe des Barons ist, fiel ein gewisser Verdacht auf Travenor, aber es konnte ihm nichts nachgewiesen werden. Er hat den Ruf eines rauen Mannes, der dem Glücksspiel sehr zugetan und bereit ist, sich zu präsentieren. Den Frauen, mit denen er zusammen war, ist es nicht gut ergangen." Marcus ging zum Wagen und schenkte sich ein Glas Wein ein. „Bevor Travenor erbte, hatte er nie eigenes Geld, aber er schaffte es immer, das nötige Geld aufzutreiben. Obwohl keiner meiner Kontaktpersonen eine Vermutung darüber wagen würde, wie er es gemacht hat, sagte einer von ihnen, dass es seit mehreren Jahren viele Berichte über einen Gentleman-Straßenräuber in der Gegend von Bristol gab. Er verschwand vor ein paar Monaten, etwa zur Zeit des Todes des Barons." Marcus beschloss, ihnen den Rest der Geschichte zu erzählen. „Travenor kann mir sehr wohl die Schuld für seine früheren finanziellen Probleme geben. Vor fünf Jahren war ich maßgeblich an der Zerschlagung einer Schmugglerbande beteiligt. Travenor war in ihre Machenschaften verstrickt und hat alles verloren. Wenn er sich an mir rächen will, könnte er versuchen, Phoebe zu benutzen."

John rieb sich das Kinn. „Seine Erziehung und sein späteres Verhalten würden erklären, warum wir seine Manieren für sehr seltsam hielten."

Geoffrey nickte. „Wenn er hinter Phoebe her ist, kann man ihn beobachten."

St. Eth blickte Marcus an. „Hast du es ihr gesagt?"

„Noch nicht. Ich habe die Information erst kürzlich erhalten."

St. Eths Blick war unverwandt. „Wir überlassen es dir, mit ihr darüber zu sprechen."

Marcus nickte und verstand den angedeuteten Befehl, dies schnell zu tun. Der Gedanke, Phoebe zu sagen, dass Travenor wegen ihm eine Bedrohung für sie sein könnte, war ihm unerträglich. Er hatte Angst, dass es

einen Keil zwischen sie treiben würde. Sie würde zu
Recht verärgert sein, dass sie in Gefahr war. Er hatte
versprochen, sie zu beschützen, und genau das würde
er tun.

Kapitel 19

In dieser Nacht, als sie gesättigt in Marcus' Armen lag, dachte Phoebe über ihr zukünftiges Zusammenleben nach.

Sie kuschelte sich näher an seinen warmen Körper. „Ich glaube, dass unsere Wohnsituation funktionieren wird. Und du?"

Er stieß einen Seufzer aus. „Ja. Ich hatte meine Zweifel, aber ich glaube, meine Eltern meinen es ernst. Zumindest weiß ich, dass es bei Mamma so ist." Marcus kraulte Phoebe das Haar. „Der Tod von Mary, Arthurs Frau, und jetzt auch noch der drohende von Arthur, haben meine Mutter sehr belastet. Sie versucht, es nicht zu zeigen, aber sie ist erschöpft. Und was meinen Vater angeht?" Marcus schnitt eine Grimasse. „Wir werden sehen, ob er seine Politik aufgeben kann. Sie ist sein Lebenselixier."

Phoebe drehte sich um, um Marcus besser sehen zu können. „Wärst du sehr enttäuscht, wenn dein Vater es nicht kann?"

Er zog sie näher zu sich heran. „Ich weiß nicht, meine Liebe. Das würde mich nicht so sehr stören. Ich bin sehr an mein eigenes Haus gewöhnt. Seit ich nach England zurückgekehrt bin, fühle ich mich in den Häusern meines Vaters wie ein Gast. Wenn dieses Gefühl anhält, werden wir uns ein eigenes Haus kaufen."

Sie nickte und lehnte sich an ihn zurück. „Ja, natürlich würden wir das." Phoebe zögerte, sie hatte eine Anspannung in Marcus gespürt, seit sie sich vor dem Abendessen im Salon getroffen hatten. „Beunruhigt dich etwas?"

Er schüttelte den Kopf. „Nein. Warum sollte das so sein?"

Sie runzelte die Stirn. „Ich weiß es nicht. Ich habe nur das Gefühl, dass etwas nicht stimmt. Du würdest es mir doch sagen, wenn es so wäre, oder?"

„Wenn du etwas wissen solltest, natürlich." Phoebe richtete sich auf und warf ihm einen Blick zu. „Nein, nicht nur, wenn ich es wissen muss. Du hast gesagt, wir würden gleichberechtigte Partner sein. Wenn das nicht wirklich das ist, was du im Sinn hattest ..."

Hin- und hergerissen suchte Marcus ihre besorgten Augen. Konnte er es wagen, noch neun Tage zu warten, um sich ihr anzuvertrauen? Aber Gott, er konnte sie nicht verlieren. Nicht jetzt, und nicht wegen Travenor. Er drückte sie an sich, spürte eine verzweifelte Vorahnung und küsste sie. „Ich will eine Partnerschaft mit dir. Ich will alles mit dir. Es ist nichts, wirklich. Geh schlafen, meine Liebe. Die Morgendämmerung kommt zu früh."

„Marcus."

„Ich mache mir Sorgen um Arthur und die Mädchen, und ob alles so klappt, wie wir es hoffen. Ich liebe dich." Sie ließ sich wieder in seinen Armen nieder. Seine Kehle schnürte sich zu. Er hatte so lange darauf gewartet, bei ihr zu sein, sie sein zu nennen. Acht lange Jahre lang hatte er befürchtet, dass jeder Brief, den er von seiner Familie oder seinen Freunden erhielt, ihm sagen würde, dass sie entweder verheiratet oder verlobt war. Nichts würde ihrer Heirat noch im Wege stehen. Er würde an ihrer Seite sein, sie beschützen, jeden Augenblick, bis er Phoebe die Wahrheit sagen konnte. Neun Tage noch.

***

Als sie vor dem Morgengrauen erwachten, liebten sie sich, langsam und zärtlich, ohne die wilde Leidenschaft, die ihr nächtliches Liebesspiel begleitete. Marcus glitt langsam in sie hinein, stieß tief zu. Die Spannung wuchs, als er seinen Weg fortsetzte. Er musste sie an sich binden, sie als sein Eigentum kennzeichnen. Um sicher zu sein, dass sie ihn nie verlassen würde. Er hörte ihr leises Stöhnen, das immer sehnsüchtiger wurde, und freute sich über ihr Verlangen und darüber, dass er derjenige war, der es stillen konnte.

Seine Hände strichen besitzergreifend über ihre seidige Haut, bis sie erschauderte und ihr Beben ihn zur Vollendung brachten. Er wollte sie, liebte sie schon so lange, dass er dachte, seine Gefühle könnten nicht noch tiefer werden. Doch jedes Mal, wenn sie zusammenkamen, jedes Mal, wenn sie sich ihm hingab, vertiefte sich seine Liebe und sein Bedürfnis, sie zu beschützen, wurde stärker. Er würde Travenor oder jeden anderen, der ihr etwas antun wollte, umbringen.

***

Marcus war der Einzige im Frühstücksraum, als Phoebe eintrat. Er war bereits dabei, sein Frühstück auszuwählen. Er lachte über die Menge an Essen, die sie von den Tellern auf der Anrichte nahm.

Phoebe blickte stirnrunzelnd auf ihren Teller. „Ich weiß nicht, warum ich so hungrig bin. Das war gestern auch schon so." Er konnte sich ein wölfisches Lächeln nicht verkneifen. „Meine Liebe, hast du wirklich keine Ahnung, was dich zu einem solchen Appetit veranlasst hat?"

Sie errötete rosig. „Glaubst du wirklich, dass es das ist?"

Er freute sich, dass er ihren Appetit anregen konnte, und sagte: „Du solltest lieber schnell essen, damit es niemand merkt. Ich verspreche dir, deine Schwestern werden den Grund sehr bald erraten."

Sie hob ein Brötchen auf und beäugte es, als wollte sie es nach ihm werfen. „Marcus, du Schuft."

Als er den Blick in ihren Augen sah, nahm er sie schnell in seine Arme. Er nahm das Brötchen ab und beugte seinen Kopf, um ihre Lippen zu umarmen.

Phoebe erwiderte seine Küsse gierig. „Was hast du mit mir gemacht?"

„Nicht mehr als das, was du mit mir gemacht hast." Er zog sie wieder an seine Lippen.

Sie zog sich zurück. „Wird dieses Verlangen irgendwann nachlassen?"

Marcus stöhnte. „Ich hoffe nicht."

Die Tür öffnete sich und die Zwillinge betraten den Raum. Phoebe und Marcus sprangen eine Sekunde zu spät auseinander. Hermine war die Erste, die sie sah, dicht gefolgt von Hester.

Phoebe warf ihren Schwestern einen Blick zu. Marcus stand stumm da und hielt ihre Hand. Die Zwillinge sahen auf Phoebes Teller und blickten erst zu Phoebe, dann zu ihm und schließlich zueinander, bevor sie unisono mit den Schultern zuckten. Hermine sagte: „Die Sondergenehmigung war eine ausgezeichnete Idee."

Sowohl Marcus als auch Phoebe erröteten.

Geoffrey, Amabel, Fairport und Caldecott betraten kurz darauf den Frühstücksraum.

Hester nippte an ihrem Tee. „Wir müssen mit der Gästeliste beginnen." Sie klopfte auf den Tisch. „Marcus, kannst du uns eine Liste deiner Freunde geben, die du gerne zu eurer Hochzeit einladen möchtest? Ich glaube, meine Tante bespricht gerade die Liste deiner Eltern mit Lady Dunwood. Wenn wir jetzt damit anfangen, haben wir nach unserer Rückkehr in die Stadt nicht mehr so viel zu tun." Hesters Blick wanderte zu Phoebe. „Wann ist der Ball von Tante Ester? Sie hat beschlossen, ihn zu Ehren deiner Verlobung zu veranstalten."

„In drei Tagen. Alle Pläne sind bereits in die Tat umgesetzt worden. Ich habe ein Kleid, das ich anpassen lassen muss."

Hermine schluckte den Toast hinunter, den sie gerade verspeiste. „Meine Liebe, ich bin mehr als glücklich, mit dir einkaufen zu gehen. Du wirst so viel zu tun haben."

Phoebe schmierte Marmelade auf ein Brötchen. „Das würde ich sehr gerne tun. Ich muss noch mein Brautkleid kaufen und auch andere Dinge."

„Oh, definitiv andere Dinge", sagte Hermine.

„Habt ihr euch schon entschieden, ob ihr eine Hochzeitsreise machen wollt?" fragte Hester.

Marcus schaute Phoebe zum ersten Mal seit die anderen angekommen waren an. Am liebsten würde er mit ihr ein paar Wochen verreisen, aber wagte er es, da Arthur im Sterben lag?

Phoebe biss sich auf die Lippe. „Wir haben noch gar nicht darüber gesprochen. Marcus, was denkst du? Hast du eine Vorliebe? Sollen wir irgendwo hingehen?"

Amabel streckte ihm ihre Hand entgegen. „Ich denke, das solltest du. Marcus, ich weiß, du machst dir Sorgen um Arthur, aber sobald du dein Amt antrittst, werdet ihr beide sehr beschäftigt sein. Du mit dem Anwesen, Phoebe mit den Kindern und dem Haushalt, und ihr beide mit der Politik. Und du, meine liebe Schwester", – Amabel schaute Phoebe bedeutungsvoll an –, „wirst nicht in der gleichen Lage sein wie ich es war. Niemand wird dir anbieten, dich mit deinem Mann allein zu lassen."

Amabel hatte Recht. Marcus musste jetzt an Phoebe denken. „Es ist wahr. Wenn wir erst einmal in Charteries sind, wirst du praktisch die Mutter meiner Nichten und musst die Zügel im Haushalt in die Hand nehmen." Er hatte das Bedürfnis, Phoebe zu berühren, und streichelte ihre Schultern. „Und wenn ich mich nicht irre, hast du einige Pläne, die du auf den Ländereien umsetzen möchtest. Wenn wir eine Hochzeitsreise machen wollen, sollten wir das gleich nach der Hochzeit tun."

„Vielleicht mehrere Wochen in Paris?" schlug Phoebe vor. „Die Einkäufe, die ich dort machen kann, werden den Aufwand verringern, den ich vor der Hochzeit betreiben muss."

Ein Teil der Spannung, von der er gar nicht wusste, dass er sie gehalten hatte, fiel von ihm ab. „Paris wäre perfekt, meine Liebste." Im Falle von Arthurs Tod wären sie nicht allzu weit weg, und die Entfernung könnte Travenor als unmittelbare Bedrohung ausschließen.

***

In dieser Nacht nahm Marcus Phoebe in seine Arme, nachdem sie sein Zimmer betreten hatte. Er hatte sich aus den Nachbarzimmern Kandelaber ausgeliehen, und sein Zimmer war hell erleuchtet.

„Marcus, was …"

Er streichelte sie. „Es könnte unsere letzte gemeinsame Nacht sein, bevor wir heiraten. Ich möchte dich sehen und ich möchte, dass du mich siehst."

Phoebe runzelte die Stirn. „Müssen wir wirklich bis zur Hochzeit warten?"

Er küsste sie auf die Stirn und freute sich, dass sie ihn ebenso wenig verlassen wollte wie er sie verlassen wollte. „Wenn wir es einrichten können, nein. Aber wenn wir es nicht können …"

Sie streckte sich, um ihn zu küssen. „Dann lass uns die Zeit, die wir haben, nicht verschwenden." Sie hatte nur einen Tagesmantel getragen. Die Knöpfe waren schnell aufgemacht. Er schob ihr das Kleidungsstück über die Hüften und ließ es mit einem leisen Rauschen auf den Boden fallen. Es erstaunte Marcus, dass es ihr noch nie peinlich gewesen war, vor ihm nackt zu sein.

Sie berührte seine Brust, dann wanderten ihre Hände langsam über seinen straffen Bauch hinunter zu seinem Schaft. Marcus stöhnte auf und blieb ganz still stehen, damit sie ihn erforschen konnte. Das Licht war seine Idee. Wie hatte er nur so dumm sein können, ihre

334

Neugier zu vergessen? Er konnte sie jetzt nicht hetzen, aber vielleicht konnte er sie führen.

Er nahm ihre Hand und zeigte ihr, wie sie ihn streicheln konnte, dann beschloss er, dass er sie schnell ablenken musste. Er knabberte an ihrem Hals und streichelte sie dort, wo sie es am meisten mochte, und entfachte damit gezielt ein sinnliches Feuer in ihrem Körper. Er küsste sie tief, hob sie hoch, trug sie zum Bett und warf sie darauf.

Phoebe hüpfte und lachte. „Komm her, mein Schatz."

Er rutschte neben sie und neigte ihren Kopf nach hinten, bevor er mit seinen Lippen ihre Kehle hinunterfuhr, leicht saugte und die Hitze genoss, die von ihrer Haut ausging.

Sie seufzte und fuhr mit ihren Handflächen über seinen Rücken und in sein Haar. Seine Hände wanderten, während sein Mund leckte und kitzelte, bis er ihre Brüste erreichte. Er huldigte ihnen und wanderte tiefer über ihren weichen Bauch, bis er bei ihren feuchten Locken stehen blieb.

Phoebe schnappte nach Luft, Marcus' Hände und Lippen trieben ihr Verlangen höher als je zuvor. Ihre Brüste taten weh. Er besänftigte sie. Das Pochen zwischen ihren Beinen brachte sie dazu, sich auf ihn zu drängen. Sie wollte die Erleichterung, die nur er ihr geben konnte, und sie stöhnte, als er leichte Küsse und sanfte Bisse auf ihrem Körper verteilte. Als sein Mund ihren Venushügel bedeckte, erstarrte sie, aber nur für einen Moment. Das sanfte Lecken seiner Zunge ließ sie sich winden. Phoebe packte ihn an den Haaren und trieb ihn an. Sie wölbte sich auf, als seine Zunge eindrang. Ihre Spannung stieg, und sie sehnte sich nach dem intensiven Vergnügen, das kommen würde.

„Marcus, bitte, jetzt." Ein Beben nach dem anderen durchlief sie, als er sich über sie schob, in sie eindrang und sie ausfüllte. Schreiend schlang sie ihre Beine um ihn, öffnete sich ihm, um ihn zu nehmen, um ihn zu erobern, während sie in eine Million Stücke zerfiel; mit ein paar weiteren Stößen ergoss er seinen Samen in ihren Schoß.

Marcus brach zusammen und atmete schwer. Sie hielt ihn fest im Arm. Eine Träne rann ihr über die Wange.

Er berührte die Träne mit der Fingerspitze. „Phoebe, meine Liebe, was ist los?"

„Ich weiß nicht, ich fühle mich dir so nah. Als ob mein Herz zerspringen würde, wenn dir etwas zustößt."

Er drehte sanft ihren Kopf und küsste sie. „Mir wird nichts passieren. Nicht solange ich deine Liebe habe."

Sie schliefen bis zum Morgengrauen. Sie wollte sich nicht von ihm trennen und kuschelte sich eng an ihn, warm in seinen Armen, bis sie hörten, wie sich die Diener im Haus bewegten.

Phoebe erreichte ihr Zimmer, ohne gesehen zu werden, und schlief wieder ein, während sie darüber nachdachte, wie sie mit Marcus zusammen sein könnte, nachdem sie nach London zurückgekehrt waren.

Als sie aufwachte, wuselte ihr Dienstmädchen im Zimmer herum und packte. Das Sonnenlicht fiel auf Phoebes Auge, als sie aus dem Bettvorhang lugte. „Wie spät ist es?"

Rose zog die Bettvorhänge zurück. „Zeit für Sie, aufzustehen. Ich habe Sie noch nie so lange schlafen sehen. Das muss an der ganzen Aufregung liegen.“

„Ja. Alles ist aufregend!“ Hungrig stand Phoebe schnell auf, um ihr Gesicht zu waschen und sich anzuziehen.

Hester grinste, als Phoebe den Frühstücksraum betrat und direkt zu dem auf der Anrichte bereitgestellten Geschirr ging. „Die Arbeit macht hungrig, nicht wahr?“

Phoebe öffnete den Mund und schloss ihn wieder, um sich auf einen Vortrag vorzubereiten. Es gab Zeiten, in denen es nicht besonders lustig war, die jüngste Schwester zu sein. „Keine Sorge, meine Liebe“, sagte Hester. „Dein Geheimnis ist bei mir sicher. Glaubst du, dass John und ich gewartet haben? Kein bisschen.“

Lächelnd füllte Phoebe ihren Teller und setzte sich. „Du isst ja gar nicht mehr so viel.“

„Kinder haben eine Wirkung.“ Hesters Brauen zogen sich in Gedanken zusammen. „Und ich nehme an, man gewöhnt sich einfach daran. Erwarte nicht, dass ihr so weitermachen könnt, wenn ihr in der Stadt angekommen seid.“

Phoebe kaute und schluckte. „Nun, ich weiß, dass es viel schwieriger sein wird.“

Hester runzelte die Stirn. „Es werden noch viele Augen auf dich gerichtet sein. Was ist, wenn du erwischt wirst?“

Phoebe seufzte. „Mir wäre es viel lieber gewesen, wenn wir sofort geheiratet hätten. Wenn das so weitergeht, wird meine Hochzeit ein ebensolcher Zirkus wie die von Hermine und dir.“

Hester blickte Phoebe mit einem verärgerten Ausdruck an. „Du kannst nicht den Erben eines Marquisats heiraten, ohne eine große Hochzeit zu erwarten. Außerdem musst du bedenken, dass er in diesem Jahr der größte Fang auf dem Heiratsmarkt ist, und du bist schon seit Jahren derselbe."

Phoebe nahm eine Tasse Tee, und sie saßen einige Minuten schweigend da. Anna hatte das Gleiche über Marcus gesagt. Phoebe wurde klar, dass sie wohl die Einzige in der Runde war, die ihn nicht für einen „guten Fang" gehalten hatte.

Ihre Schwester beugte sich vor, um Phoebe zu umarmen. „Ich habe dich noch nie so glücklich gesehen, so strahlend. Ich freue mich so sehr, dass du endlich die Liebe gefunden hast, die für dich bestimmt ist." Tränen glitzerten in Hesters Augen. „Du kannst dir nicht vorstellen, wie sehr Hermine und ich uns Sorgen gemacht haben, dass du diese Art von Liebe nicht erfahren würdest. Der Gedanke, dass du zu einer unverheirateten Tante heranwachsen würdest, nun ja", – Hester schniefte und zog ein Taschentuch hervor –, „daran ist nicht zu denken. Er ist alles, was du willst, nicht wahr?"

„Ja, und du bringst mich auch noch zum Weinen." Phoebe gluckste feucht und suchte nach ihrem eigenen Taschentuch. „Marcus ist alles, was ich will. Hester, du hast keine Ahnung, wie sehr sich unsere Vorstellungen und Wünsche gleichen. Ich hatte schon fast die Hoffnung aufgegeben, einen Mann zu finden, der mich zum Heiraten verführen könnte." Sie fügte mit einem Augenzwinkern hinzu: „Und ich hätte nie gedacht, dass er es sein würde."

Ihre Schwester nickte. „Das war eine kleine Überraschung."

Phoebe nahm einen Bissen vom Ei auf ihrer Gabel. „Wir hatten noch nicht unseren ersten Streit."

Hester hob ihre Tasse und lachte. „Streitereien sind nur eine Ausrede, um sich zu versöhnen. Du wirst sie haben, wie wir alle. Nun, vielleicht nicht Geoffrey, aber Amabel ist wirklich so anders als wir."

Phoebe nickte. „Er behauptet, dass er unter ihrem Pantoffel steht, aber er sagte mir, dass alle Männer, die in ihre Frauen verliebt sind, das tun."

Ihre Schwester lächelte wissend. „Geoffrey ist endlich zur Vernunft gekommen."

Phoebe blickte gerade auf, als Marcus durch die Tür kam. Seine Augen richteten sich sofort auf sie, während sie vor Hitze errötete. War es erst ein paar Stunden her, dass sie das letzte Mal zusammen gewesen waren? Es kam ihr wie eine Ewigkeit vor. Es musste doch eine Möglichkeit geben, dass sie in London allein sein konnten. Neun Tage waren eine Ewigkeit.

***

Dankbar, dass das Wetter für die Rückfahrt nach London gut sein würde, überließ Marcus Phoebe seine Kutsche, wo sie die Zügel entgegennahm.

John schlenderte auf die beiden zu. „Nun, Marcus, wie ist es, von einer Frau geführt zu werden?"

Marcus ignorierte die Doppeldeutigkeit und lächelte Phoebe stolz an. „Das ist eine Erfahrung, auf die ich nicht verzichten möchte. Ich habe selten eine bessere

Lenkerin gekannt. Mein einziger Wunsch ist, dass sie mir erlaubt, ihren Phaeton zu benutzen."

Edwin hob eine Augenbraue. „Du kannst dich glücklich schätzen. Ich bin sicher, dass sie dir erlaubt, sich um ihre Schwarzen zu kümmern."

Geoffrey schüttelte traurig den Kopf. „Ah, aber Marcus, du hast sie doch nicht gesehen, als sie das Fahren lernte."

Hermine stellte sich hinter ihn. „Geoff, ich erinnere mich, dass sie dich schon mit zwölf Jahren überholt hat."

Er funkelte sie an, aber seine Lippen zuckten. „Es ist schwer, Schwestern zu haben, die sich an alle deine Fehler erinnern und nicht zögern, sie dir zu sagen."

Die anderen neckten ihn weiter, bis Henry aus dem Haus schlenderte.

„Lasst uns alle verschwinden. Ihr könnt reden, wenn wir wieder in der Stadt sind. Wir haben eine anstrengende Woche vor uns." Marcus kletterte auf das Gefährt, einen Moment bevor Sam die Köpfe der Schwarzen losließ und auf das Heck der Kutsche sprang, während Phoebe in flottem Tempo losfuhr.

Phoebe und Marcus kamen rechtzeitig vor Lord und Lady St. Eth im St. Eth House an. Phoebe gab den Befehl, den Kutschwagen zum Dunwood House zu fahren.

„Komm." Sie streckte ihre Hand aus. „Wir haben etwas Zeit für uns."

„Aber, meine Liebe, François ist noch nicht da." Marcus lächelte wölfisch und spekulierte, ob St. Eth immer noch einen Lakaien im Frühstücksraum verlangen würde.

Sie blinzelte kokett durch ihre langen Wimpern. „Wir brauchen François nicht immer."

Phoebe führte Marcus in das Morgenzimmer, wo sie die Pläne für ihre Hochzeitsreise besprachen, bis der Tee fertig war.

Sie setzte ihre Tasse ab. „Was meinst du, wie viel Zeit wir haben?"

Seine Lippen schürzten sich. „Eine halbe Stunde, vielleicht ein bisschen mehr."

Sie ging zu ihm und schlang ihre Arme um seinen Hals. „Das denke ich auch, lass uns dafür sorgen, dass es sich lohnt zu warten."

Er küsste sie tief. „Sie seid eine lüsterne Frau geworden, Mylady."

Sie lächelte verführerisch. „Sie sollten es wissen, Mylord, Sie haben mich so gemacht." Sie ließ ihre Hand über seine Erektion gleiten. „Und dafür werde ich Ihnen ewig dankbar sein."

Er holte scharf Luft. „Bei Gott, mit diesem Gefühl bist du nicht allein."

„Kein Gerede mehr, mein Herr. Ich will Sie jetzt."

Kapitel 20

Wenige Minuten nachdem Marcus nach Dunwood House abgereist war, ging Phoebe durch den Garten und schwelgte in der Erinnerung an ihr Liebesspiel auf der Liege im Morgenzimmer.

Sie hatte sich gerade auf die Bank am Ende eines Weges gesetzt, als sie das Knirschen von Stiefeln auf dem Kiesweg hörte. In der Hoffnung, dass es Marcus war, der zurückkam, blickte sie auf, als ein grobschlächtiger Mann um die Hecke herumkam. Er grinste und streckte die Hand nach ihr aus. Sie wich seinem Griff aus, war aber zwischen der Hecke und der Außenmauer eingeklemmt und hatte keine Möglichkeit zu entkommen.

Er kam näher und Phoebe kletterte auf die Bank und schrie um Hilfe, in der Hoffnung, dass jemand in der Nähe war.

„Das wird Ihnen nichts nützen, Mylady. Sie können nirgendwo hingehen, und niemand kann Sie hören." Sein kräftiger Arm packte sie um die Taille, als er sie hochhievte und zum Hintertor ging. Sein quetschender Griff erschwerte ihr das Atmen und brachte sie auf eine verzweifelte Idee.

In der Hoffnung, er würde denken, sie sei ohnmächtig geworden, ließ sie sich in seinen Armen fallen. Er hob sie höher.

Phoebe wartete, bis sie die Hecke hinter sich gelassen hatten und einen direkten Blick auf die Terrasse hatten. Sie spannte sich an und holte tief Luft, warf ihren Kopf zurück und schlug dem Mann hart auf die Nase. Er brüllte vor Schmerz, und sein Griff um sie lockerte sich soweit, dass sie sich losreißen konnte. Phoebe hob ihre Röcke und stürmte auf das Haus zu, wobei sie aus Leibeskräften schrie.

Sie hörte den rauen Atem des Mannes, der hinter ihr immer näher kam.

Plötzlich blieb er stehen und rannte in die andere Richtung.

Direkt vor ihr kam Jim, der Diener, über den Rasen gerannt, um ihr zu helfen.

„Ein Mann hat versucht, mich im Garten zu entführen", sagte sie. Sie wies den Weg, drehte sich um und lief zurück zu ihrem Haus.

Der Schurke erreichte das Tor, das in die Gasse führte, bevor sie ihn einholen konnten. Das Geräusch von trabenden Pferden erreichte sie.

Phoebe und Jim eilten in die kleine Straße und suchten in beide Richtungen. Etwa auf halbem Weg zum Ende der Gasse fuhr eine Stadtkutsche schneller, als es in der engen Gasse sicher war, auf den Eingang der Straße zu.

Phoebe blieb stehen und schnappte nach Luft. „Er muss in diesem Wagen sein. Können wir rechtzeitig jemanden alarmieren, um ihn aufzuhalten?"

„Ich werde nach vorne gehen, Mylady“, sagte Jim. „Vielleicht erwische ich ihn, bevor er die Hauptstraße erreicht.“

Phoebe nickte. „Versuch es.“

„Erst wenn Sie in Sicherheit sind, Mylady.“

Als Phoebe sich umschaute, sah sie zwei weitere Lakaien auf sie zukommen. „Sie können mich bewachen. Geh jetzt, ich komme schon klar. Sei vorsichtig.“

Jim flitzte um die Hauswand herum. Die anderen Männer halfen ihr, das Tor zu kontrollieren, das immer verschlossen war. Der Schlüssel hing an seinem üblichen Platz. Der Unhold musste das Schloss geknackt haben.

Als Phoebe zum Haus zurückkam, waren Onkel Henry und Tante Ester schon da. Sie erzählte ihrem Onkel, was vorgefallen war.

„Hier? In meinem Garten?“, brüllte er. „Wenn ich herausfinde, wer das war, werde ich ihn aufhängen lassen!“

***

Phoebes Onkel schickte Marcus eine dringende Aufforderung, nach St. Eth House zurückzukehren.

Als er ankam, erzählte Phoebe ihm, was passiert war.

Marcus zitterte vor Wut, sein Blut pumpte schneller, selbst als er Phoebe in die Arme nahm, um sie zu trösten.

Der Entführungsversuch musste Travenors Werk sein!

Schuldgefühle verzehrten Marcus. Wenn er sie gewarnt hätte, wäre sie nicht allein oder ohne Dolch und

Pistole gewesen. Er würde ihr von der Gefahr erzählen müssen – und was er glaubte, über Travenor erfahren zu haben. Vielleicht würde das ausreichen, um sie vorsichtiger zu machen.

Alle trafen sich in St. Eths Arbeitszimmer und besprachen das weitere Vorgehen.

Jim kehrte zurück, um zu berichten, dass er die Kutsche gesehen hatte, als sie um die Ecke auf die Straße bog, aber sobald sie die Gasse verlassen hatte, gab es nichts, was sie von anderen nicht gekennzeichneten Kutschen auf der Straße unterschied konnte. Er war zu weit weg gewesen, um die Insassen zu sehen. Er hatte noch eine Weile gesucht – jedoch vergeblich.

Phoebe gab eine genaue Beschreibung des Mannes, der sie gepackt hatte, aber Marcus bezweifelte, dass sie ihnen etwas nützen würde. Solche Rohlinge konnte man in den Londoner Slums leicht finden.

Er zog Phoebe ein wenig zur Seite. „Ich muss dir sagen, was ich über Travenor herausgefunden habe. Ich hätte es dir schon früher sagen sollen. Ich habe ihn überprüfen lassen. Er ist viel gefährlicher, als wir alle dachten. Es gab missbräuchliche Vorfälle mit Frauen.“

Als er seinen Bericht beendet hatte, fing Marcus Phoebes Blick auf. „Und da ist noch etwas. Travenor war Teil einer Schmugglerbande, die ich auf den Westindischen Inseln zu zerschlagen half.“ Er holte tief Luft. „Travenor könnte hinter dir her sein, um sich an mir zu rächen. Ich werde das Gefühl nicht los, dass er hinter all dem steckt. Es tut mir leid, wenn ich derjenige bin, der ihn auf dich aufmerksam gemacht hat.“

Phoebe legte ihre kleine Hand auf Marcus' Wange. „Du musst nichts bereuen. Wir sind ihm mehr als ebenbürtig.“

Ester kniff sich in den Nasenrücken. „Wie dem auch sei, es wäre hilfreich zu wissen, ob tatsächlich Lord Travenor hinter all dem steckt. Da wir uns nicht sicher sind, müssen wir eine breitere Perspektive einnehmen, um Phoebe zu schützen.“

Marcus nahm die Hände von Phoebe. „Meine Liebe, bitte versprich mir, dass du nirgendwo alleine hingehst.“

„Ja“, sagte sie. „Das verspreche ich dir.“

„Danke.“

Ester lud Marcus ein, mit ihnen zu speisen, und später, als Marcus und Phoebe auf der Terrasse spazieren gingen, schaute sie ihn an. „War es das, was du über Travenor herausgefunden hast, das dich im Herrenhaus so aufgeregt hat?“

Marcus nickte. „Bis zu einem gewissen Grad. Der Rest bezieht sich auf meine Familie. Es tut mir leid, ich wollte dich nicht außen vor lassen. Ich bin nur so daran gewöhnt, meine Dinge selbst zu regeln.“

Sie streckte sich und küsste ihn. „Marcus, ich verstehe dich, aber wenn wir eine erfolgreiche Ehe führen wollen, müssen wir das Schlechte mit dem Guten teilen.“

Er hob ihre beiden Hände und küsste die Innenseiten ihrer Handgelenke. „Ich fange an, das zu begreifen. Reitest du morgen mit mir?“

Sie lächelte sanft. „Ja. Wir frühstücken nachher zusammen.“

Marcus nahm sie in seine Arme und hielt sie in Sicherheit. „Ich kann nicht zulassen, dass dir jemand wehtut.“

„Du weißt schon, dass ich auf mich selbst aufpassen kann, vor allem jetzt, wo ich vorgewarnt wurde?“

Er unterdrückte ein Knurren. Sie hatte sich lange genug selbst beschützen müssen. Jetzt war das seine Aufgabe, und er wollte sie verdammt noch mal beschützen.

***

Lord Travenor saß in seinem Arbeitszimmer, ein Glas Brandy in der Hand, als sein Stallknecht Figgins eintrat.

„Mylord. Der Versuch, Lady Phoebe zu entführen, ist gescheitert.“

Brüllend warf er das Brandyglas gegen den Kamin. „Verdammte Scheiße! Kann denn keiner seine Arbeit richtig machen? Schaff ihn weg. Wenn er gesehen wurde, kann ich den Kerl nicht mit mir in Verbindung bringen.“

Figgins nickte. „Ich treffe ihn heute Abend bei den Docks. Danach wird er mit niemandem mehr sprechen.“

„Sorg dafür, dass er das nicht tut.“ Travenor schritt vor dem Kamin auf und ab und kochte vor Wut. Figgins würde sich darum kümmern. Er war mit Travenor zusammen, seit dieser ein Junge war, und würde alles für ihn tun. Travenor knurrte. „Ich will, dass Lady Phoebe von mindestens zwei Männern verfolgt wird. Wenn es eine Chance gibt, sie zu schnappen, dann will ich sie nutzen, und sag ihnen, dass ich mich nicht abwimmeln lasse. Wehe, wenn sie nicht aufpassen. Ich kann es mir nicht leisten, erwischt zu werden."

„Ja, Mylord. Ich werde dafür sorgen, dass sie wissen, dass Sie es nicht mögen, enttäuscht zu werden." Figgins verbeugte sich und ging.

Verflucht sei Lord Marcus Finley, dass er sie für sich gewonnen hatte. Travenor hatte die verdammte Verlobungsanzeige nicht gesehen, aber er hatte davon gehört. Es war das Einzige, worüber die verfluchten feinen Leute sprachen. Er musste schnell handeln, wenn er Lady Phoebe entführen wollte. Im Haus ihres Onkels hatte man bereits Wachen postiert, also würde es dort nicht klappen. Travenor würde sich einen anderen Weg ausdenken müssen. Lady Phoebe würde ihm gehören, und er würde sie zurechtweisen. Danach würde es ihm ein Vergnügen sein, Lord Marcus Finley zu vernichten.

***

Der nächste Morgen war schön und frisch. Marcus und Phoebe ritten in Begleitung eines der Stallknechte von St. Eth zur Rotten Row, um dort zu galoppieren, und trabten dann durch den Park.

Als Marcus zum St. Eth House zurückkehrte, um Phoebe nicht noch einmal in Gefahr zu bringen, sah er auf dem Platz einen schmuddelig aussehenden Mann, der das Haus beobachtete.

Er ließ sie vom Knecht in das Haus bringen. Nachdem Ferguson die Tür geöffnet hatte und Phoebe hineingegangen war, schritt Marcus über die Straße auf den verdächtigen Mann zu.

Der Kerl rannte los und wich ihm aus. Marcus verfolgte ihn über den Platz. Wenn auch nur die Möglichkeit bestand, dass er seinen Auftraggeber kannte, würde Marcus den Mann zum Reden bringen. Er war seinem Kontrahenten dicht auf den Fersen, doch als sie die Upper Brook Street erreichten, stürmte der Mann in den Verkehr und sprang auf einen Wagen. Er rutschte aus und fiel auf der anderen Seite direkt in den Weg einer Kutsche. Die beiden Pferde preschten geradewegs auf ihn zu.

Der Mann schrie und die Pferde bäumten sich panisch auf, trommelten mit den Hufen und zertrampelten den Mann. Die unscheinbare, schwarze Kutsche rollte über den Körper, zermalmte ihn und fuhr weiter.

Irgendwie wusste Marcus, dass der Tod kein Unfall gewesen war.

Marcus kam zurück ins Haus und ging zu Phoebe, die immer noch in der offenen Tür stand.

„Marcus, was ist passiert?"

Er nahm ihren Arm und führte sie ins Haus. „Der Mann, der das Haus beobachtet hat, ist tot. Ich habe ihn verfolgt und eine Kutsche hat ihn überfahren."

Phoebe hielt sich den Mund zu. „Oh, Gott."

Marcus drückte sie fester an sich. „Der Lenker hätte anhalten können, hat es aber nicht getan. Es war Mord, wie ich annehme."

Sie waren beide still, als sie den Frühstücksraum betraten und sich setzten. Phoebes Hand zitterte leicht, als sie sich ein Croissant nahm und Tee einschenkte.

„Glaubst du, er hat das Haus meinetwegen beobachtet?"

Marcus nahm seinen Becher entgegen. „Ja, und um zu sehen, wer kommt und geht, um die Muster der Diener und ihrer Herren zu bestimmen." Marcus starrte sie unverwandt an. „Phoebe, eine Frage, die wir gestern nicht gestellt haben, war, woher der Schläger wusste, dass du im Garten warst. Ich glaube jetzt, dass jemand – oder mehrere Leute, dieses Haus und dich beobachtet haben. Wir müssen herausfinden, wo sie sich verstecken. Wie bist du gestern vom Haus in den Garten gekommen?"

„Durch die Seitentür." Ihre Augen weiteten sich. „Oh, Marcus, wenn man nachschauen würde, könnte man die Tür durch das Tor sehen."

Marcus presste die Lippen aufeinander. „Die Schurken waren schon da, bevor wir zurückkamen."

Phoebe warf Marcus einen Blick zu. „Wenn es Travenors Werk ist, warum ist er dann so unerbittlich?" Ohne seine Antwort abzuwarten, stand sie auf und begann zu laufen. „Was ist, wenn er nicht aufhört, nachdem wir verheiratet sind? Er könnte uns nach Charteries folgen, und wir wissen nicht, warum er mich will." Sie blieb stehen und drehte sich zu Marcus um. „Wir müssen ihn aufhalten."

Marcus nahm sie in seine Arme. „Das werden wir, meine Liebe. Ich verspreche dir, er wird dich mir nicht wegnehmen."

Sie blickte zu Marcus auf. „Ich will mehr Übung mit dem Dolch."

„Sehr gut, ich werde heute Nachmittag mit dir üben."

„Rose hat bereits ein Beinkleid genäht und meine Kleider geändert." Phoebe lächelte ein wenig. „Vielleicht setze ich einen neuen Modetrend."

Marcus lachte leise.

Henry und Ester betraten den Frühstücksraum. Als Marcus ihnen erzählte, dass das Haus überwacht wurde, waren sie empört.

„Wir müssen", sagte Phoebe entschlossen, „mit Sicherheit herausfinden, wer dahintersteckt, und der Sache ein Ende setzen."

Marcus nickte. „Wir müssen einen Weg finden, ihn herauszulocken."

Ester hielt ihre Tasse zwischen Tisch und Lippen. „Wir können unsere Leute in Straßenkleidung, Lakaien und Stallknechte losschicken, um herauszufinden, wer das Haus ausspioniert."

Phoebe nickte. „Ich bin sicher, sie wären dazu bereit."

Alle sahen Henry an, der geschwiegen hatte. Er hob die Brauen. „Das könnte funktionieren." Er sah jedem von ihnen in die Augen. „Wir haben weniger als vier Tage, bevor wir abreisen. Wenn wir das durchziehen wollen, müssen wir sofort anfangen."

Hermine und Hester betraten den Raum, blieben stehen und runzelten die Stirn. „Was ist passiert?", fragte Hermine. „Warum die langen Gesichter?"

Als sie davon erfuhren, boten die Schwestern sofort ihre Hilfe an.

Hermine nahm sich ein Croissant und knabberte daran. „Da Phoebe einkaufen gehen muss, können vielleicht einige der Männer jetzt ausgehen." Hermine warf Marcus einen Blick zu. „Wir nehmen zwei Diener mit, die uns bewachen."

Marcus warf einen Blick auf Phoebe. „Ich werde auch Covey schicken. Sei vorsichtig, meine Liebe."

Sie biss sich auf die Lippe. „Das werde ich. Es fühlt sich gut an, aktiv zu werden."

***

Phoebe grinste Madame an, die mit überschwänglicher Begrüßung nach vorne in den Laden stürmte.

„Bonjour, Lady Phoebe. Ich glaube, ich muss Ihnen alles Gute wünschen. Sie werden doch heiraten, *non*? Und zwar den sehr gut aussehenden Lord Marcus Finley. *Bien*, es ist, wie es sein soll. Eine schöne Frau heiratet einen gut aussehenden Mann."

Phoebe lachte. „Woher wissen Sie, dass er gut aussieht?"

„Ach, Mylady, ich habe seit Beginn der Kleinen Saison nur von Lord Marcus Finley gehört. Moi, ich glaube, es gibt keine anderen Herren in London. *Les jeune filles* sprechen nur von ihm. Sie sind doch wegen eines Hochzeitskleides hier, oder? *Mais dites moi*, wann soll es fertig sein?"

Hitze stieg ihr in die Wangen. „In einigen Tagen."

Madame klatschte vor Freude in die Hände. „Ah, der Herr Marcus liebt Sie sehr und kann es kaum erwarten. *Moi, je comprends.* Das ist immer so bei jungen Männern." Madame schüttelte den Kopf. „Kommen Sie, Sie müssen Ihr Ballkleid anpassen lassen und ich werde eine Zeichnung des Hochzeitskleides anfertigen. Machen Sie *eine Hochzeitsreise*? Die Mademoiselles *de la tonne* werden vor Verzweiflung weinen."

Phoebe errötete erneut, als ihre Schwestern auf den Stühlen zusammensackten und sich bemühten, nicht in Lachkrämpfe auszubrechen. Sie wusste nicht, was daran so lustig war, dass Marcus im Mittelpunkt der Aufmerksamkeit aller jungen Damen stand, und warf ihnen einen beschwichtigenden Blick zu. „Wir werden nach Paris reisen."

Madame klatschte in die Hände. „Ich kann Ihnen eine sehr gute Modistin in Paris empfehlen. Ich werde Ihnen ein Empfehlungsschreiben schicken. *Bien, allez, milady.*" Madame skizzierte schnell, während Phoebe für die letzte Anprobe stand.

Als Madame fertig war, zeigte sie die Zeichnung Phoebe und ihren Schwestern, während ein Lehrling die letzten Änderungen vornahm. Das Hochzeitskleid, das Madame skizziert hatte, war ganz einfach. Es hatte ein tief über Phoebes Brust ausgeschnittenes Mieder aus einem mehrfach gefalteten, durchsichtigen Stoff, kurze Ärmel – eher gerafft als gepufft –, die mit Saatperlen verziert waren, und Röcke aus schwerer Seide mit einer Schleppe.

„Madame, es ist wunderschön", sagte Phoebe. „Sind Sie sicher, dass es rechtzeitig fertig wird?"

„Natürlich, das wird gemacht. *Je le fais.*"

Hermine setzte sich auf, warf einen Blick auf Phoebe und wandte sich dann an Madame. „Madame, Lady Phoebe wird auch Negligés, Hemden und Unterröcke brauchen."

Madame nickte. „Oui, Mylady, aber sie sollte die meisten davon in Paris kaufen. Der Pariser Stil ist *trés chic*, und Mylord wird sie sehr mögen. Das versichere ich Ihnen." Madame wandte sich an Phoebe. „Mylady, ich werde Ihnen morgen früh Ihr Ballkleid schicken, zusammen mit den anderen Kleidern, die Sie bestellt haben, und allem, was Sie brauchen, bis Sie in Paris sind."

Phoebe bedankte sich und verließ mit ihren Schwestern das Geschäft.

Als sie die Bruton Street wieder erreichten, suchten sie heimlich die Gegend ab.

Covey, der Marcus erklärt hatte, dass er bei ihr bleiben würde, bis der Schurke gefasst war, schaute in ein Fenster auf der anderen Straßenseite. Jim, der Lakai von St. Eth, der ihr bei dem Entführungsversuch zu Hilfe gekommen war, hielt sich ein paar Geschäfte weiter in einer Tür versteckt. Phoebe achtete darauf, nicht zu verraten, dass sie sie gesehen hatte.

Während sie ging, lief ihr ein plötzlicher Schauer der Angst über den Rücken. Sie wurde beobachtet. Die gleiche Vorahnung hatte sie nach dem Verlassen eines jeden Ladens verspürt, aber ihr Gegner blieb außer Sichtweite.

Das Gefühl, gejagt zu werden, ließ nicht nach, aber schließlich blieb ihr nichts anderes übrig, als zum St. Eth House zurückzukehren.

Das Gefühl, die Beute von jemandem zu sein, ließ nicht nach.

***

An diesem Abend besuchten Marcus, Phoebe und ihre Familien den Ball von Lady Worth.

Die Familien betraten gemeinsam den Ballsaal. Nachdem sie die Treppe hinuntergegangen waren, trennten sich die Paare, um ihre jeweiligen Freunde zu finden.

Phoebe und Marcus fanden sich schnell von Gratulanten belagert. Marcus konnte sich ein selbstgefälliges Lächeln nicht verkneifen, als er beglückwünscht wurde, weil er die schwer zu fassende Lady Phoebe davon überzeugt hatte, endlich zu heiraten. Aber er spürte Phoebes Aufregung.

Er neigte seinen Kopf näher zu ihr. „Meine Liebe, was ist los?"

Ihre Lippen formten ein schmales Lächeln. „Nichts." Sie schüttelte leicht den Kopf. „Nein, das ist nicht wahr. Ich hatte keine Ahnung, dass du so ein großer Fang bist, als wir mit all dem hier anfingen. Die hochgezogenen Brauen, die ich sehe, implizieren, dass ich etwas getan hätte."

„Niemand könnte dich wirklich verdächtigen, so vulgär zu sein. Komm mit mir, meine Liebe." Er führte sie durch eine Tür, einen Flur entlang und in einen beleuchteten Salon. „Du bist immer noch aufgeregt, was hast du noch gehört?"

Phoebes Lippen verzogen sich. „Dass die Hochzeit so früh angesetzt wurde, weil ich Angst hatte, du würdest fliehen."

Marcus zog sie in seine Arme. Er wollte lächeln, aber sie würde es falsch auffassen. „Keiner, der uns kennt, würde das denken. Das Gegenteil ist der Fall. Du hast meine Erlaubnis, ihnen zu sagen, dass du mich auf eine fröhliche Jagd mitgenommen hast, denn das hast du in der Tat, meine Liebe."

Als sie ihm ein halbherziges Lächeln schenkte, küsste er sie auf den Scheitel. „Wo ist meine starke Lady, und seit wann kümmert es dich, was ein paar unhöfliche Personen sagen?"

Phoebe seufzte. „Ich nehme an, du hast recht."

„Ich habe Recht?" Marcus grinste. „Ich werde diese Worte in meinem Herzen aufbewahren. Man hat mir gesagt, dass ich sie nicht mehr oft hören werde, wenn wir verheiratet sind."

Sie kicherte. „Wer hat dir das erzählt, Flunkerer?"

„Du hältst das für Unsinn? Jeder verheiratete Mann, den ich kenne, einschließlich deines Bruders und deines Onkels, hat mich vorgewarnt." Er lächelte sie an und freute sich, dass ihre gute Laune zurückgekehrt war. Normalerweise war seine Phoebe sehr ausgeglichen, aber seit sie wieder in London waren, hatte sie eine unterschwellige Anspannung gezeigt.

Er führte das auf den Angriff zurück und hoffte, dass es nicht mehr als das war.

Marcus küsste sie sanft. „Ich höre, wie die Geigen einen Walzer anstimmen. Bist du bereit, wieder hineinzugehen und dich der wahnsinnigen Horde zu stellen?"

„Ja." Sie hob ihren Blick zu ihm. „Ich danke dir."

Er hielt sie noch ein paar Augenblicke in seinen Armen. „Es war mir ein Vergnügen, meine Liebe."

Sie nahmen ihre Plätze für den Tanz ein. Mit ihr zu tanzen war wie der Eintritt in seine eigene magische Welt. Sie entspannte sich, ihre tiefblauen Augen waren sanft.

„Ist dir klar, dass wir nicht mehr auf zwei Tänze beschränkt sind?"

„Ja."

Marcus hielt sie fester, als er sie durch die Schritte manövrierte. „Und wehe dem Mann, der versucht, dich heute Abend für ein Set zu fangen. Ich habe vor, unsere neugewonnene Lust zu genießen."

Sie lachte leise. „Sie sind sehr gierig geworden, mein Herr."

Er blickte ihr tief in die Augen. „Nur mit dir. Ich würde dich für immer in meinen Armen halten. Hast du etwas dagegen?"

Phoebes Atem stockte. „Nein, ganz und gar nicht. Ich möchte mit niemandem außer dir sein."

Als Marcus und Phoebe nach ihrem zweiten Walzer das Parkett verließen, ihren Arm fest in seinem, näherte sich Lord Travenor. „Lady Phoebe, ich möchte Sie um das Vergnügen des nächsten Walzers bitten. Wie ich sehe, haben Sie bereits zweimal mit Lord Marcus getanzt."

Phoebes Griff um seinen Arm wurde fester. Er hatte ihr gesagt, dass er Travenor verdächtigte, hinter dem Angriff zu stecken, und das hatte offenbar ausgereicht, um sie aufhorchen zu lassen.

Marcus setzte eine höfliche Miene auf, obwohl seine Augen hart waren. Er richtete sich auf und blickte auf seinen Feind herab. „Travenor, Sie werden immer langweiliger. Lesen Sie nicht die *Morning Post*?" Er wartete nicht auf eine Antwort. „Lady Phoebe ist meine Verlobte. Sie wird mit niemandem außer mir tanzen. Nähern Sie sich ihr nicht mehr."

Marcus hielt seinen kalten Blick auf Lord Travenors gerötetem Teint. Den ganzen Abend über hatte der andere Mann Phoebe angestarrt, wenn er dachte, dass niemand hinsah, aber Marcus hatte es gesehen und die lüsterne Eifersucht des Barons erahnt.

Lord Travenors Gesichtsausdruck verriet nur zu deutlich seine bösartigen Absichten. „Nun, es scheint, ich muss Ihnen Glück wünschen. Lady Phoebe, Lord Marcus." Travenor verbeugte sich und verließ sie, aber der Ärger, der von ihm ausging, war spürbar.

Phoebe lächelte Marcus erfreut an. „Ich mag es sehr, meinen eigenen Ritter zu haben."

Er lachte kurz auf, wollte aber Phoebe wegbringen. Travenor war ein Schurke der schlimmsten Sorte, und Marcus traute ihm nicht über den Weg.

Bald schlossen sie sich einer Gruppe von Freunden an, darunter die Lords Rutherford, Huntley und Worthington, die nach Champagner riefen.

Worthington grinste. „Ich hätte nie geglaubt, dass ich diesen Tag erleben würde, aber es scheint, als hätte das Schicksal seinen Lauf genommen."

Nach weiteren guten Wünschen fand sich Marcus neben Rutherford wieder. „Ich würde gerne über die Hochzeit sprechen."

Sein Freund hob eine Augenbraue.

„Ich möchte, dass ihr mich unterstützt", sagte Marcus. „Mein Bruder wird auch dabei sein, wenn er kann."

Rutherfords Lippen schürzten sich. „Es wäre mir ein Vergnügen. Ich würde es sogar nicht missen wollen." Er warf einen Blick auf Phoebe. „Aber sagen Sie mir: Was war vorhin mit Phoebe los?"

Marcus runzelte die Stirn. „Jemand hat das Gerücht in die Welt gesetzt, dass sie mich in die Ehe gedrängt hat. Wenn Sie hören, dass jemand es erwähnt, würde ich es als Freundlichkeit ansehen, wenn Sie sie aufklären und ihnen sagen würden, was für eine teuflische Zeit ich hatte, sie zu überzeugen, mich zu heiraten."

Rutherford verengte seine Augen. „Mit Vergnügen. Man sollte nicht sagen, dass die unangreifbare Lady Phoebe leicht gefallen ist." Sein Mund verzog sich zu einem reumütigen Lächeln. „Das würde den Rest von uns ungeschickt aussehen lassen."

***

Wut durchströmte Travenor, als er Lord Marcus mit Lady Phoebe am Arm herumlaufen sah. Lord Marcus, dieser verwöhnte Trottel, hatte ihn fast bedroht – einen Baron und wahren Mann, keinen Milchbubi. Lord Marcus behandelte ihn, als wäre er der Dreck unter den Füßen des großen Lords.

Nun, Lord Marcus mochte denken, dass Lady Phoebe ihm gehörte, aber er würde die Wahrheit noch früh genug erfahren.

Travenor behielt einen milden Gesichtsausdruck bei, aber sein Hass wuchs. Vielleicht würde er sie Lord Marcus überlassen, wenn er mit der Frau fertig war. Schmutzige Ware für Seine Lordschaft. Der Gedanke nahm Gestalt an. Wenn Travenor sie nicht heiraten konnte, würde er dafür sorgen, dass Lord Marcus Finley eine Frau bekam, die vor seiner Berührung zurückschrecken würde. Travenor lächelte. Er würde sich mit Ihrer Ladyschaft vergnügen und sich rächen. Wenn er sie nicht in London erwischte, würde er dorthin gehen, wo die Hochzeit stattfand, und sie dort in seine Gewalt bringen.

Später, nachdem er sie beide ruiniert hatte, würde er sie vielleicht einfach umbringen.

Kapitel 21

Nachdem er an diesem Morgen mit Phoebe geritten war und mit ihr gefrühstückt hatte, kehrte Marcus in sein Haus zurück, um sich umzuziehen, und schritt dann zurück zum St. Eth House, in der Hoffnung, seine Verlobte allein zu finden.

Ferguson bugsierte ihn ins Haus. „Guten Morgen, Mylord."

„Guten Morgen, Ferguson. Ich bin hier, um bei den Vorbereitungen für den Ball zu helfen. Können Sie mir sagen, wo ich Lady Phoebe finden kann?"

Der Butler wies Marcus den Weg zu einem Salon im hinteren Teil des Hauses, wo sie gerade etwas auf einem großen Tisch anstarrte.

Er nahm sie in seine Arme und küsste sie innig. „Was kann ich tun?"

„Wie ist deine Handschrift?", fragte sie prompt.

Er fragte sich, warum sie das wissen wollte, antwortete aber: „Man hält mich für einen eleganten Schreiber."

Sie reichte ihm einen Stapel Karten für das Abendessen bei ihrer Tante an diesem Abend. „Du kannst mit diesen hier anfangen."

Ihm fiel die Kinnlade herunter. Schreiber zu spielen war nicht das, was er sich vorgestellt hatte. „Das wird mich lehren, zu fragen. Ich dachte, du würdest sagen, es gäbe nichts zu tun, und du wolltest, dass ich dich genieße."

Phoebe lachte musikalisch. „Das klingt reizend, aber am Tag eines Balls gibt es immer etwas zu tun. Sei froh, dass es nicht die normale Saison ist. Ich würde dich Topfpflanzen verschieben lassen."

Marcus stieß einen dramatischen Seufzer aus. „Ich nehme an, dass ich nach unserer Heirat am Tag eines Balls wieder in meinen Club zurückkehren muss."

Der schmale Blick, den sie ihm zuwarf, brachte ihn zum Lachen. „Ich erwarte, mein Herr, dass Sie sich um Ihre Geschäfte kümmern – und zwar am Tag jedes Balls, den wir zu Hause veranstalten werden."

„Geschäfte? Welche Geschäfte sind das? Die, in denen ich dich satt und glücklich mache?" Er warf ihr seinen besten Wolfsblick zu und streichelte sie von den lockigen Locken im Nacken bis zu ihrem üppigen Hintern.

Phoebe errötete und hob eine hochmütige Braue. „Mylord, es ist schon schlimm genug, ohne dass Sie es noch schlimmer machen."

Diesmal seufzte er wirklich. Wenn sie schnell fertig würden, könnte er vielleicht etwas Zeit mit ihr allein verbringen.

Am Tisch sitzend, widmete er sich eifrig seiner Aufgabe. Er spitzte seine Feder mit dem Messer, das sie ihm gegeben hatte, und arbeitete unablässig, bis alle Karten für den Tisch geschrieben waren. Obwohl er lieber mit ihr schlafen würde, beschloss er, zuerst über die Bedrohung zu sprechen, die Travenor für sie darstellte.

Er wartete, bis sie die Sitzkarten gestapelt hatte, und sagte: „Phoebe, ich muss mit dir sprechen."

Sie blickte erschrocken auf. „Stimmt etwas nicht, mein Lieber?“

„Ich möchte über deinen Schutz sprechen. Du weißt, dass ich Travenor verdächtige, dich entführen zu wollen.“

Sie nickte.

Marcus legte seine Hände auf ihre schmale Taille und zog sie zu sich heran. „Der Wahnsinn, den ich gestern Abend auf dem Ball in Travenors Gesicht sah, beunruhigt mich mehr als zuvor. Versprich mir, dass du sowohl deine kleine Pistole als auch deinen Dolch bei dir tragen wirst.“

Phoebe biss sich auf die Lippe. „Ich verspreche es. Im Moment bin ich bereit, der Köder zu sein.“

Oh Gott. Das war das Letzte, was er wollte. Marcus nahm sie in seine Arme und vergrub sein Gesicht in ihrem Haar. „Nein, meine Liebe, du kannst das Risiko nicht eingehen. Wenn dir etwas zustoßen würde, wenn er dir wehtun würde, könnte ich es nicht ertragen.“

Ihre Stimme war seltsam ruhig, als sie antwortete: „Ich weiß, wie du dich fühlst, aber ich will keine Zielscheibe mehr sein. Wenn jemand hinter dir her wäre, was würdest du tun?“

Er musterte ihr Gesicht und stieß ein leises Knurren aus. Er würde genau dasselbe tun, was sie vorgeschlagen hatte. Doch sein Verstand und sein Herz sträubten sich gegen die Vorstellung, dass sie sich in Gefahr begeben würde.

„Wir können das morgen besprechen.“ Marcus zog sie grob an sich und befahl ihr wortlos, ihre Lippen für ihn zu öffnen. Er ließ all seine Angst und Frustration in seinen Kuss einfließen, als er ihren Mund eroberte, und zeige Phoebe dann eine angenehmere Verwendung für den Tisch als das Schreiben von Karten. Verdammt noch mal, es war seine Pflicht, sie zu beschützen. Er musste sie überreden, in Sicherheit zu bleiben.

***

Phoebe sah Marcus am Fuß der Treppe stehen und zu ihr heraufblicken, als sie hinunterstieg. Sein Blick wanderte über ihren Körper und er holte tief Luft. Seine Reaktion war genauso, wie sie es sich erhofft hatte.

Ihr Ballkleid war aus bronzegrüner Seide, und sie trug einen bronzefarbenen Unterrock, der mit einer gedrehten Kordel direkt unter ihren Brüsten befestigt war. Die Röcke des Kleides umschmeichelten ihre Kurven, und der Stoff schien die Farben zu wechseln, wenn sie sich bewegte. Das Mieder hatte winzige transparente Ärmel, die ihre Schultern fast nackt erscheinen ließen.

Er reichte ihr die Hand, als sie die letzte Stufe erreichte. „Meine Liebe, du bist eine Vision."

Phoebe war noch nie so glücklich gewesen.

Nach dem Abendessen, bei dem die Verlobung bekannt gegeben wurde, und dem Empfang, bei dem sie weitere Glückwünsche erhielten, gab Onkel Henry das Signal für den Beginn des Orchesters. Die Geigen ließen die Akkorde für einen Walzer erklingen.

Marcus führte sie auf die Tanzfläche. In seinen Armen blickte sie in seine wunderschönen türkisfarbenen Augen und verlor sich in einer Welt, in der nur sie beide existierten.

Sie spürte noch einmal die Wärme seiner Hand an ihrer Taille, als sie durch den Raum wirbelten, dann die Berührung seines harten Beins, als er sie durch die Schritte führte.

Bald wurde Phoebes Atem kürzer, und ihr wurde wärmer. Ein Kribbeln der Begierde schoss durch sie, und ihre Brustwarzen wurden hart und schmerzten.

„Phoebe?", fragte er. „Geht es dir gut?"

„Nein. Es muss einen Weg geben, um bei dir zu sein." Obwohl sie schon seit vielen Jahren während der Jahreszeiten im St. Eth House wohnte, war es das erste Mal, dass sie eine diskrete Tür brauchte, um das Zimmer zu verlassen. „Hinter dieser Palme befindet sich eine Tür. Wenn wir ein wenig spazieren gegangen sind und mit allen Gästen gesprochen haben, können wir hinausschlüpfen."

Marcus schüttelte leicht den Kopf. „Zu gefährlich. Die Dienerschaft benutzt sie. Wir würden wahrscheinlich mit einem von ihnen zusammenstoßen. Die Terrasse ist vielleicht die sicherere Wahl. Welche Zimmer führen dorthin?"

„Die hintere Stube wäre gut. Da wird niemand reinschauen." Phoebe ließ sich wieder auf den Tanz ein, zufrieden damit, dass sie zusammen allein sein konnten.

Am Ende des Stücks verließ sie die Tanzfläche am Arm von Marcus. Sie schlenderten durch den Raum, begrüßten ihre Freunde und Familienangehörigen. Langsam – und wie sie hoffte, unauffällig – machten sie sich auf den Weg zu den Terrassentüren.

Als sie versuchte, das Tempo zu beschleunigen, hielt er sie zurück. „Geduld, wenn wir gemächlich gehen, ist es unwahrscheinlicher, dass wir bemerkt werden."

Bald darauf wurde sie von Marcus auf die Terrasse hinausbegleitet. Phoebe wandte sich nach rechts. Als sie die Tür zur hinteren Stube erreichten, öffnete er sie und zog sie hinein. Er küsste sie auf die Lippen. Sie erwiderte seine Küsse mit hungriger Dringlichkeit.

Gerade als er die Tür schließen wollte, hörte er Schritte auf den Pflastersteinen.

Phoebe seufzte und lehnte sich gegen ihn. „Wer ist es?"

„Hermine und Edwin." Marcus ließ Phoebe los und trat ein wenig zurück.

Sie stöhnte auf. Das war so ungerecht. Ihre Familien hatten ihnen nicht erlaubt, gleich zu heiraten, obwohl sie es wollten, und jetzt konnte Phoebe nicht einmal mit Marcus allein sein.

Hermine lächelte, sagte aber nichts, während sie Phoebes Arm nahm und sie zurück in den Ballsaal führte.

Edwin nahm die von Marcus und kicherte. „Es hat keinen Sinn, mich finster anzusehen. Das Problem, das du hast, ist, dass Phoebe zwei ältere Schwestern hat, die vor ihr den gleichen Weg gegangen sind. Die kennen alle Tricks."

Marcus glühte.

Edwin lachte nur. „Nur noch ein paar Tage. Ihr werdet es schaffen, wir haben es auch geschafft."

Als sie wieder am Eingang des Ballsaals ankamen, durfte Marcus Phoebe hineinbegleiten, aber sie hatten keine Gelegenheit, wieder zu verschwinden. Fünf weitere Tage! Phoebe fragte sich, ob Marcus' Frustration mit ihrer eigenen übereinstimmte.

Wie es Marcus' Gewohnheit geworden war, traf er sich am nächsten Morgen mit Phoebe zum Ausritt. Als sie zum St. Eth House zurückkehrten, entdeckte er einen zerlumpten Jungen, der hinter einem Baum auf dem Platz lauerte.

Ein weiterer Beobachter.

„Marcus!", rief Phoebe. „An der Ecke steht ein schlichter schwarzer Wagen. Es sieht aus, als würde er sich zu uns heranschleichen. Könnte er es sein?"

„Ich will dich im Haus haben. Sofort." Nachdem er schnell abgestiegen war, hob er Phoebe von Lilly und warf dem Stallknecht die Zügel zu.

Zwei Raufbolde stürmten von der Seite des Hauses heraus.

„Mylord, passen Sie auf!", rief der Knecht und ging auf die Schurken zu, aber die Pferde scheuten und wichen vor Angst zurück.

„Bleib bei den Pferden", befahl Marcus. Er griff nach Phoebe, um sie hinter sich zu schieben, als einer der Schläger sie erreichte und den ersten Schlag ausführte. Marcus' Kiefer explodierte vor Schmerz. Er schlug dem Mann mit der Faust ins Gesicht und schrie: „Phoebe, lauf. Hol Hilfe aus dem Haus!"

Sein Angreifer kam erneut auf ihn zu und Marcus schlug dem Schurken mit der Faust auf die Nase. Blutend stürzte der Ganove zu Boden.

Marcus wirbelte herum und sah, wie Phoebe ihren Dolch zückte und den zweiten Rohling abwehrte, als dieser erneut nach ihr griff. Verdammt sei die Frau.

Warum hatte sie nicht getan, worum er sie gebeten hatte?

Marcus riss den Mann herum und schlug ihn mit einem rechten Haken gegen das Kinn nieder. Er zitterte vor Wut und einer Angst, die er noch nie gekannt hatte, und packte Phoebe an den Schultern. „Warum bist du nicht im Haus?"

„Es stand zwei zu eins, und er hat den Weg zur Tür versperrt."

Er drückte sie an sich und küsste sie ohne Rücksicht auf den Anstand voller Inbrunst.

Ein Lakai, der aus dem Haus gelaufen war, um die Schurken zu verfolgen, kam keuchend zurück. „Mein Herr. Sie sind weg", keuchte der Diener. „Sie wurden von einer schwarzen Kutsche abgeholt. Der Kutscher hatte einen Teil seines Gesichts verdeckt."

Verdammt noch mal. Die Schläger waren fort.

Er hielt Phoebe wieder an den Schultern und kämpfte mit sich, um sie nicht zu schütteln. „Ich sagte, du sollst weglaufen."

„Ich wollte es." Sie straffte ihren Kiefer. „Aber ich habe gesehen, dass du Hilfe brauchst."

„Es ist meine Pflicht, dich zu beschützen, nicht deine, mich zu beschützen."

Sie blickte finster drein. „Ich hatte meinen Dolch und es ging mir gut. Du hättest mir vertrauen sollen. Hättest du den ersten Mann gefasst, hätten wir jemanden, den wir befragen können."

„Und wenn du getan hättest, was ich gesagt habe, hätten wir sie beide", knurrte Marcus. Verflucht. Auf ihre Weise hatten sie beide recht.

Phoebes Wut verebbte. Sie liebten sich, warum war das so schwierig? Sie blickte wieder zu ihm auf. An seinem Kiefer bildete sich ein blauer Fleck, und er hatte eine Schnittwunde an der Wange. Sie nahm seine Hand. Sie war ebenfalls verwundet worden. „Wir müssen später darüber reden. Jetzt muss ich mich erst einmal um dich kümmern.“

Onkel Henry war in der Halle, als sie eintraten. Er rief nach Wasser, Seife, Salbe und einem rohen Beefsteak, das in den Frühstücksraum gebracht werden sollte.

Phoebe kümmerte sich um Marcus, während er ihrem Onkel erklärte, was passiert war.

Ihr Onkel schlug mit der Faust auf den Tisch. „Schon wieder? Das ist unerträglich.“

„Ich kann nicht zulassen, dass das so weitergeht“, sagte Phoebe. „Wir haben keine Garantie, dass es jemals aufhören wird, selbst wenn ich verheiratet bin.“ Sie hielt inne und holte tief Luft. „Ich schlage vor, wir erlauben ihm, mich zu entführen.“

Henry starrte sie an. „Dich entführen? Bist du verrückt geworden? Finley, bring sie zur Vernunft.“

Marcus rieb sich mit den Händen über das Gesicht und zuckte zusammen. „Ich habe es schon versucht. Sie will nicht auf mich hören. Die Idee gefällt mir überhaupt nicht. Wenn du eine bessere Idee hast, würde ich sie gerne hören.“

Männer, dachte Phoebe verbittert. „Ich bin dazu ausgebildet worden, mich selbst zu verteidigen. Ich habe ein Recht darauf, bei meinem Schutz zu helfen. Ich kann nicht glauben, dass ihr es mir nicht zutraut, dass ich helfen kann, die Sache zu beenden.“

Marcus runzelte die Stirn und seine Stimme klang eher wie die eines knurrenden Tieres. „Das ist es nicht. Ich weiß, du bist fähig. Aber es ist meine Verantwortung, mein Recht, dich zu beschützen. Ich verstehe nicht, warum du dich so töricht in Gefahr begeben willst."

„Töricht?" Sie war schon lange nicht mehr so kurz davor gewesen, ihre Fassung zu verlieren. „Wenn du das denkst, frage ich mich, warum du mich heiraten willst."

Ihr Onkel, der geschwiegen hatte, senkte die Brauen. „Phoebe, Finley hat recht. Es ist seine Pflicht, dich zu beschützen und für dich zu sorgen."

Phoebe fuhr sich mit der Hand über die Stirn. Das ergab überhaupt keinen Sinn. „Onkel Henry, wie kannst du auf seiner Seite stehen?" Das Gespräch verlief nicht in ihrem Sinne.

Zum Glück betrat Tante Ester das Zimmer. „Hör auf zu schreien. Man kann dich im ganzen Haus hören. Was ist hier los?"

Marcus und Onkel Henry öffneten ihre Münder.

Sie brachte die beiden Männer mit einem kurzen Blick zum Schweigen. „Phoebe, sag mir, was passiert ist."

Sie erzählte ihrer Tante von dem letzten Versuch und was sie dagegen zu tun gedachte. Henry und Marcus begannen beide zu sprechen, wurden aber wieder zum Schweigen gebracht.

„Wenn ich dich richtig verstehe, meine Liebe", sagte Tante Ester, „willst du dich entführen lassen, aber unsere Leute in der Nähe haben, um dich zurückzuholen, bevor dir etwas passiert. Habe ich das richtig verstanden?"

Vielleicht würden Marcus und ihr Onkel endlich auf sie hören.

„Ja, Tante Ester.“

Ihre Tante wandte sich an die Männer. „Henry, Marcus, ich verstehe, dass ihr Einwände habt. Es würde mich sehr wundern, wenn ihr keine hättet. Aber, mein Lieber, bevor du deine Gründe darlegst, hast du einen Alternativplan, der Phoebe von dieser Bedrohung befreien würde?“

Henry schüttelte den Kopf. „Marcus?“

Er blinzelte unter seinen Augenbrauen hervor. „Wie ich schon sagte, ich kann es nicht leiden.“

Ester betrachtete jeden von ihnen. „Können wir – wir alle, Hermines und Hesters Haushalt eingeschlossen – den Schutz bieten, den Phoebe brauchen wird? Denn“, – Tante Ester schaute ihre Nichte an und begegnete ihrem Blick –, „wenn wir das nicht können, dann würde dich dein Plan nur in noch größere Gefahr bringen.“

Mehrere Minuten lang herrschte Schweigen, während sie über die Einzelheiten nachdachten.

Marcus ergriff als Erster das Wort. „Darf ich Covey, einen meiner Männer, hierher rufen?“

Tante Ester neigte den Kopf. „Natürlich.“

Der Diener von Marcus betrat den Frühstücksraum, als Phoebes Schwestern und ihre Ehemänner eintrafen.

Tante Ester erzählte ihnen alles über den Versuch an diesem Morgen. Sie hörten in grimmigem Schweigen zu, bis die Tante sich an Marcus wandte und nickte.

Er gab Covey, der an der Wand lehnte, ein Zeichen, aufzustehen. „Haben Sie gesehen, was heute Morgen passiert ist?“

Covey verengte seine Augen. „Das habe ich, Mylord. Ich habe die Kerle und den schwarzen Wagen, der sie mitgenommen hat, gut gesehen. Es war die, die ich schon mal bemerkt habe. Wenn ich ihn noch einmal sehe, werde ich ihn erkennen. Es sah aus wie derselbe Mann, aber er saß zu weit hinten, als dass ich ihn gut hätte sehen können.“

Marcus musterte die Gruppe. „Seit dem ersten Versuch, außer wenn Phoebe bei mir war, ist Covey ihr gefolgt. Er hat sich die Personen notiert, die sie unter Beobachtung gehalten haben. Er hat die Kutsche gesehen, aber der Fahrer und der Insasse sind sehr darauf bedacht, nicht erkannt zu werden.“ Marcus richtete seinen Blick auf Phoebe. „Der Plan, den ich hatte, war, dass, wenn sie entführt würde, Covey auf dem Rücksitz des Wagens bleiben und eingreifen würde, wenn es irgendwelche Anzeichen von Gefahr gäbe.“

Der Blick von Tante Ester schweifte durch den Raum. „Nun, was sagt ihr alle?“

Hester sprach zuerst. „Ich glaube, Phoebe hat recht. Wenn dies ein Ende haben soll, muss sie sich entführen lassen.“

Edwin und John fingen an, heftig zu streiten, wurden aber von Tante Ester unterbrochen.

„Ich werde euch beiden sagen, was ich St. Eth und Marcus gesagt habe. Vielleicht gefällt euch dieser Plan nicht, aber wenn ihr keine Alternative habt, wird es nichts bringen, wenn ihr nur eure Ablehnung zum Ausdruck bringt. Niemandem gefallen diese Umstände.“

Sie verfielen in Schweigen.

Tante Ester fuhr zügig fort: „Nun gut, wir sind uns einig, dass es keine bessere Alternative gibt, wenn auch nicht alle glücklich über diese Vereinbarung sind. Last uns die Details besprechen.“

Geoffrey rieb sich das Kinn. „Ich denke, wenn Phoebe und Marcus verheiratet sind, werden die Versuche aufhören. Ich kann nicht erkennen, wie der Schurke davon profitieren könnte, sie nach der Hochzeit zu entführen.“

„Nein“, sagte Marcus entschlossen. „Wenn es Travenor ist, wird er nicht aufhören. Der Mann ist besessen.“

***

Travenor kochte vor ohnmächtiger Wut.

„Sie haben es wieder nicht geschafft, sie mitzunehmen? Wie konnte das passieren?“

Figgins erzählte die Geschichte weiter. „Es scheint, dass dieser Lord Marcus ziemlich geschickt mit seinen Fäusten ist.“

Travenor hatte Lord Marcus falsch eingeschätzt. Wer hätte gedacht, dass ein Fatzke kämpfen konnte? Ein weiterer Punkt auf Travenors Konto gegen den Bastard, der sein Leben zur Hölle gemacht, seinen Schatz gestohlen und ihn fast ruiniert hatte. Lord Marcus würde Lady Phoebe nicht bekommen. Niemals.

Travenor schüttete seinen Becher Blood and Thunder hinunter und knallte das Glas auf den Tisch. Er würde Lady Phoebe benutzen, um seine Rechnung mit Lord Marcus zu begleichen. Wenn sie sich nicht seiner Meinung anschloss und ihn heiratete, würde er dafür sorgen, dass sie nie mit einem anderen Mann schlafen würde. Alle Herren wollten eine Jungfrau zur Frau. Er würde Lord Marcus eine gut gebrauchte liefern.

Von nun an gab es keine Mittelsmänner mehr.

Travenor würde sich selbst um das Problem kümmern.

Kapitel 22

Phoebe und Tante Ester hatten eine Kutsche zur Bond Street genommen. Phoebe holte tief Luft, lächelte und ließ ihre Stimme so ruhig wie möglich klingen.

„Tante Ester, ich gehe zum Handschuhmacher. Ich bin in weniger als einer halben Stunde zurück." Sie warf einen Blick auf Rose, die pflichtbewusst hinter ihr folgte.

Covey hatte die schwarze Stadtkutsche in der Bond Street gesehen und Jim, den Lakaien, mit der Nachricht geschickt, dass alles für den Beginn des Plans vorbereitet sei.

„Wir können das schaffen", betonte Phoebe, als sie die Straße hinunterging. Sie zwang sich, sich nicht umzusehen, während sie ging, und hielt ihre Schritte gleichmäßig. Rose würde versuchen, den Bösewicht zu identifizieren und sich davonzumachen, um die anderen zu informieren.

Phoebe blickte nach unten und fummelte an ihren Handschuhen herum. Sie hoffte, dass diese gefährliche List ihren unbekannten Entführer dazu bringen würde, sich zu zeigen. Endlich würde sie wissen, wer hinter ihr her war und warum.

Alles verlief wie geplant. Marcus, ihr Bruder, ihr Onkel und ihre Schwäger, sowie Lakaien und Stallknechte aus ihren Häusern und Covey beobachteten alles auf der Straße, in den Geschäften und aus verschiedenen Fahrzeugen.

Phoebe berührte den Dolch in der Scheide, um sich zu beruhigen. Gestern Abend hatten die Damen Phoebes widerspenstige männliche Verwandte endlich davon überzeugt, dass sie ohne Lakai einkaufen gehen müsse, wenn sie sie entführen lassen wollten. Glücklicherweise hatte schließlich sogar Marcus zugestimmt, obwohl er darüber gar nicht glücklich war.

Heute Morgen hatte er sich bei ihr vergewissert, dass sie ihren Dolch und ihre Pistole dabei hatte, und sich Vorwürfe gemacht. „Wenn ich nicht so ein Unhold gewesen wäre und wenn ich schon vor Jahren zurückgekommen wäre, hättest du dich nie schützen müssen. Ich wäre da gewesen, um es zu tun."

Sie legte ihre Finger auf seine Lippen. „Quäl dich nicht. Wir sollten uns mit dem begnügen, was wir haben."

Sie würden in zwei Tagen nach Charteries aufbrechen. Sie wollte nicht auf dem Lande, von wo aus sie immer noch entführt werden konnte, oder in London oder sonst wo ständig auf der Hut sein. Phoebe holte tief Luft. Das würde heute enden.

Die Kutsche verlangsamte ihre Fahrt. Phoebe machte sich darauf gefasst, mitgenommen zu werden.

Plötzlich nahm die Kutsche wieder Fahrt auf und fuhr weiter.

Phoebe starrte dem Gefährt ungläubig hinterher und forderte Rose auf, weiterzugehen und zu beten, dass der Schurke etwas unternehmen würde.

Nach einigen Minuten kehrten Phoebe und ihr Dienstmädchen um.

Sie war so sicher gewesen, dass der Schurke versuchen würde, sie zu entführen. Phoebe ballte frustriert die Faust. Sie wollte, sie brauchte es, dass dies vorbei war, damit sie ihr Leben mit Marcus beginnen konnte.

***

Travenor hatte beobachtet, wie Lady Phoebe und eine wie eine Zofe gekleidete Frau die Leihbibliothek verließen. Zuvor hatte er sie noch nie ohne Diener gesehen. Misstrauisch schaute er sich auf der Straße um.

Mehr als die übliche Anzahl von Menschen verweilte in den Hauseingängen und schaute in die Schaufenster. Einer der Männer warf mehrere verstohlene Blicke auf Lady Phoebe.

Misstrauisch näherte sich Travenor ihr in seiner Kutsche und wurde langsamer, als er sich ihr näherte. Ihre Bewegungen änderten sich, ihr Körper spannte sich an, als ob sie darauf wartete, dass etwas passierte. Eine verdammte Falle!

Wütend klopfte Travenor zweimal mit seinem Stock auf das Dach seiner Kutsche, die daraufhin ihre normale Geschwindigkeit wieder aufnahm.

Auf dem Heimweg eskalierte sein Zorn immer weiter.

Gefolgt von seinem Stallknecht betrat Travenor die Halle seines Stadthauses, warf einem Lakaien seinen Hut und seinen Stock zu und stürmte dann in sein Arbeitszimmer. Er riss die Tür auf. Nachdem er sich ein Glas Brandy eingeschenkt und es hinuntergestürzt hatte, schaute er finster drein.

„Sie müssen mich für einen verdammten Narren halten, dass ich auf so eine Falle hereinfalle. Es würde mich wundern, wenn es im St. Eth's House noch einen Diener gäbe."

„Was werden Sie jetzt tun, Mylord?", fragte Figgins leise.

Travenor saß in einem großen dunkelbraunen Ledersessel neben dem Kamin. Er schüttete noch mehr Brandy in das Glas und kippte ihn hinunter. Es war klar, dass derjenige, der den Plan ausgeheckt hatte, dachte, Travenor wäre leicht zu fassen, aber er hatte lange auf Lady Phoebe gewartet und noch länger darauf, es Lord Marcus heimzuzahlen. Er hatte es jedoch nicht so weit gebracht, indem er stupide war.

„Finden Sie heraus, wo sie verheiratet werden, und schicken Sie ein paar Leute zum Anwesen, um die Dienerschaft zu befragen. Ich will wissen, wer da kommt und geht."

Figgins verzog verwirrt das Gesicht, als er das Glas seines Herrn nachfüllte. „Wann werden Sie es wieder versuchen?"

„Wenn sie es am wenigsten erwarten." Travenor trank seinen dritten Brandy in einem langen Zug aus. „Besorgen Sie mir eine Frau und sorgen Sie dafür, dass sie mehr verträgt als die letzte."

„Wohin soll ich denn gehen? Die französische Puffmutter sagte, sie würde Ihnen keine weiteren Mädchen mehr geben. Sie sagte, Sie hätten die letzte zu sehr geschlagen."

Travenors Unterleib zuckte bei der Erinnerung an den hellen Rock aus dem Haus von Madame Désirée, das rötlich-blonde Haar und die helle Haut. Ihre

Schreie um Gnade ließen seine Leistengegend immer noch zucken. Das einzige Problem war, dass die Hure zu leicht Prellungen bekam und sich nur langsam erholte. Er musste für die Tage bezahlen, an denen sie nicht arbeiten konnte, und die französische Schlampe würde ihn das Mädchen nicht mehr benutzen lassen.

„Geh zu Betsy. Sag ihr, ich will jemanden, der es hart mag – sehr hart."

***

An diesem Abend versuchte Phoebe, das Scheitern bei der Ergreifung ihres Angreifers zu verdrängen. In einem einfachen auberginefarbenen Seidenabendkleid stieg sie die Treppe hinunter. Marcus wartete in der Halle. Als sie die unterste Stufe erreichte, nahm er ihre Hand, drückte ihr einen Kuss auf die Handfläche und umschloss sie.

Phoebe lächelte. „Es wird nicht mehr lange dauern. Noch drei Tage, und niemand wird uns je wieder trennen."

In seinem Blick lag seine Liebe zu ihr, derselbe Blick, den sie an jenem Tag in der Bond Street gesehen hatte, von dem sie aber nicht wusste, was er bedeutete. Sie schwor sich, dass niemand – weder Lord Travenor noch sonst jemand – sie von Marcus trennen würde.

Er schlang seinen starken Arm um ihre Taille, und sie legte eine Hand auf sein Gesicht und flüsterte: „Du bist alles für mich."

Als Phoebe sich umdrehte, standen Hermine und Hester ganz still und starrten Phoebe und Marcus von der Zimmertür aus an.

Tante Ester, die die Treppe hinuntergekommen war, kicherte. „So, meine Lieben, haben sie sich in der Bond Street angeschaut."

Die Zwillinge drehten sich schnell mit großen Augen zu ihrer Tante um. Hester begann zu lachen. „Ich hätte sie noch am selben Tag in die Kirche gebracht."

Ester grinste schief und warf Marcus einen bösen Blick zu. „Ja, nun, das wäre etwas schwierig gewesen. Er wollte mir seinen Namen nicht nennen."

Marcus errötete. „Wenn ich mich vorgestellt hätte, hätte Phoebe vielleicht nie etwas mit mir zu tun haben wollen."

Phoebe zog die Brauen zusammen. Es war erst ein paar Wochen her, dass sie sich in der Bond Street getroffen hatten. „Es scheint so lange her zu sein."

Er verzog die Lippen, als ob er Schmerzen hätte. „Zu lange für mich, Mylady."

Die Zwillinge riefen aus, dass sie noch nie so hemmungslos gehandelt hätten, doch sofort wurde ihnen von Geoffrey, der mit Amabel in den Saal gekommen war, widersprochen. „Ihr wart beide genauso vernarrt. Wir haben es auf die Jugend geschoben." In den Augen ihres Bruders lag ein schelmisches Funkeln. „Ich hingegen habe mich bemerkenswert anständig verhalten." Alle lächelten, als Amabel immer mehr errötete, und er musste seine Bemerkung zurückziehen. „Wenigstens habe ich es nicht in der Bond Street getan", brummte er.

Beim Abendessen schien es eine unausgesprochene Entscheidung zu geben, nicht über Travenor zu sprechen, was Phoebe passte. Sie wollte nie wieder an ihn denken und betete, dass er auch beschlossen hatte, sie zu vergessen.

Das Gespräch drehte sich um die Hochzeit. Phoebe wäre es lieber gewesen, in einer kleinen Zeremonie zu heiraten, kurz nach ihrer Rückkehr aus dem Herrenhaus. Sie konnte es kaum erwarten, ihr Leben als Marcus' Frau zu beginnen. Endlich würde sie ein eigenes Haus haben, ein Anwesen, auf dem sie mit ihrem Mann arbeiten konnte und schließlich Kinder haben würde. Alles, was sie sich immer gewünscht hatte. Ein warmes Gefühl der Zufriedenheit legte sich über sie. Nichts würde ihr Glück trüben.

„Marcus, könnten wir morgen früh zu den Charteries aufbrechen? Wir haben vor der Hochzeit noch so viel zu tun, und ich würde mich gern mit den leitenden Angestellten treffen."

Er lächelte. „Wie du wünscht, meine Liebe. Sollen wir meine Kutsche nehmen?"

Phoebe schüttelte den Kopf. „Wenn du nichts dagegen hast, wäre es mir lieber, wir würden meine Reisekutsche nehmen. Wir werden sie nach der Hochzeit für die Reise nach Newhaven brauchen. Dein Curricle kann später heruntergebracht werden. Meinen Phaeton lasse ich normalerweise in der Stadt."

Nach dem Tee verweilten Marcus und Phoebe in der Halle, ohne sich trennen zu wollen.

„Bis zum Morgen." Er küsste ihre Hand.

Sie griff nach oben und drückte ihre Lippen leicht auf seine. „Ja, bis zum Morgen. Wenn du mich nach Hause bringen wirst."

***

Am nächsten Tag brachen Phoebe und Marcus auf, dicht gefolgt von Geoffrey und Amabel in ihrer Kutsche. Als Amabel zum ersten Mal in Cranbourne Place verweilte, hatte sie Phoebe ihr früheres Zuhause detailliert beschrieben. Nach all der Zeit würde sie es nun endlich mit eigenen Augen sehen.

Das Anwesen lag auf halbem Weg zwischen London und dem Küstenort Newhaven.

Marcus klopfte an die Decke und wandte sich an den Fahrer. „Halten Sie an der nächsten Anhöhe." Er wandte sich an Phoebe und sagte: „Von dort aus hast du einen besseren Blick auf das Haus und einen Teil der Landschaft."

Phoebe stand auf der obersten Treppe der Kutsche und blickte über einen Rasen mit einem See zu dem großen, weitläufigen, befestigten Haus aus hellgrauem Stein. Die Flügel standen wie die Spannweite eines Vogels aus dem Haupthaus herausgekippt.

„Die ursprünglichen Teile des Hauses stammen aus dem vierzehnten Jahrhundert", so erzählte Marcus. „Im letzten Jahrhundert war der berühmte Landschaftsarchitekt Capability Brown für den weitläufigen Rasen verantwortlich, der zu dem großen natürlichen See führt."

Phoebe konnte es kaum erwarten, die ursprüngliche Mauer, den Graben und das Tor zu sehen. Sie liebte Charteries bereits, und es würde ihres sein, ihr Zuhause. „Oh, Marcus, es sieht wie ein Schloss aus. Wie aus einem Märchen. Was für ein unglaublich schönes Haus."

„Ich habe noch nie so über Charteries gedacht." Er lächelte. „Ich sehe es gern mit deinen Augen." Er legte einen Arm um sie. „Mein Großvater fügte den georgianischen Portikus hinzu. Mein Vater hat weitere Verbesserungen vorgenommen. Wir haben Badekammern in den Hauptwohnungen und viele der älteren Zimmer sind vergrößert worden“, sagte er stolz. „Ich fordere dich heraus, ein zugiges Fenster oder einen rauchenden Kamin zu finden.“ Marcus warf Phoebe einen liebevollen Blick zu. „Ich hoffe, es wird dir gefallen.“

„Das tue ich bereits.“

Als sie vor der Tür anhielten, war Geoffreys Kutsche nicht weit hinter ihnen. Lord und Lady Dunwood standen auf den Stufen, ebenso wie Marcus’ Nichten.

Lady Dunwood trat vor, als Phoebe aus der Kutsche stieg, und umarmte sie. „Willkommen in deinem neuen Zuhause, meine Liebe. Wir sind alle so glücklich, dich in Charteries zu haben.“

„Ich bin auch gerne hier, Mylady“, sagte Phoebe und erwiderte die herzliche Umarmung.

Lady Dunwood hielt Phoebe an den Schultern fest. „Bitte, nenn mich Isabel.“ Sie zögerte und errötete. „Vielleicht wirst du mich eines Tages Mamma nennen.“

Phoebes Kehle schmerzte ein wenig und sie blinzelte die Tränen des Glücks zurück. „Danke, Isabel.“

Lord Dunwood begrüßte Phoebe, während Isabel Marcus, Amabel und Geoffrey willkommen hieß. Isabel führte Phoebe zur Tür, wo Arthurs Töchter darauf warteten, vorgestellt zu werden. „Phoebe, darf ich dich Anne und Emily vorstellen? Kinder, Lady Phoebe wird euren Onkel Marcus heiraten. Kommt und macht eure Aufwartung.“

Es waren hübsche Mädchen von zehn und acht Jahren, etwas größer als gewöhnlich, mit dunkelbraunen

Locken und strahlend blauen Augen, die den gleichen Farbton hatten wie die von Marcus. Phoebe streckte ihnen ihre Arme entgegen. „Nennt mich bitte Tante Phoebe, denn das werde ich in Kürze auch sein." Zu ihrer Freude stellte sie fest, dass sich die Mädchen – wie auch ihre anderen Nichten und Neffen – zu ihr hingezogen fühlten. Phoebe hielt beide einige Augenblicke lang sanft und flüsterte ihnen aufmunternde Worte zu, bevor sie ihre Hände in die ihren nahm und die große, alte, mit Marmor und Leinen verkleidete Halle betrat.

Anne und Emily plapperten aufgeregt und erzählten Phoebe alles über sich selbst, während sie sie in einen Salon führten.

Marcus beobachtete seine Verlobte, und sein Herz schmerzte vor Liebe zu ihr.

Seine Mutter schaute ihn mit großen Augen an. „Wie macht sie das nur? Ich war mir sicher, dass die Mädchen schüchtern vor ihr sein würden. Sie lernen nicht viele neue Leute kennen."

Marcus zuckte mit den Schultern und warf einen Blick auf Amabel. „Du müsstest es wissen."

Amabel zuckte ebenfalls mit den Schultern. „Marcus, es hat keinen Sinn, mich zu fragen. Ich habe keine Ahnung, welchen Zauber Phoebe auf Kinder ausübt." Sie schürzte die Lippen. „Ich kann dir nur sagen, dass Hesters und Hermines Schützlinge in sie vernarrt sind. Caldecott und Fairport beschweren sich, dass Phoebe sie zu Heiden macht. Ich vermute, wenn Miles älter ist, wird er genauso schlimm sein." Seine Schwester hielt einen Moment inne und blickte zur Tür hinaus. „Es ist gut, dass Phoebe diese Wirkung hat. Anne und Emily werden sie brauchen."

Marcus lachte leise auf. „Nicht, wenn Phoebe sie zu Heiden macht.“

Amabel schlug ihn spielerisch. „Nein, es ist nur so, dass alle Kinder sie so sehr lieben, dass sie es gar nicht erwarten können, ihre Aufmerksamkeit zu bekommen. Sie benehmen sich wirklich gut für sie.“

Marcus erreichte Phoebe und nahm ihre Hand. „Komm und lerne meinen Bruder kennen.“

***

Arthur, der Graf von Evesham, lag auf einer Liege, zugedeckt mit einer Decke und aufgestützt mit Kissen. Marcus räusperte sich und versuchte, den Knoten loszuwerden, der sich beim Anblick von Arthurs Zustand gebildet hatte. Er sah aus wie jemand, der bis zum Schluss durchgehalten hatte.

Marcus begann, sie einander vorzustellen.

Phoebe unterbrach ihn. „Lord Evesham, wir sind uns schon einmal begegnet. Ich bin mir ziemlich sicher, dass mein Schwager, Fairport, uns vorgestellt hat, vor einigen Jahren. Sie waren auf Amabels und Geoffreys Hochzeit, obwohl wir dort nur ein paar Worte gesprochen haben.“

Arthur setzte sich mühsam auf. „Ja, wie konnte ich das nur vergessen? Wie ist es Ihnen ergangen, Lady Phoebe?“

Sie legte ihm eine Hand auf die Schulter. „Rühren Sie sich nicht von der Stelle und nennen Sie mich bitte Phoebe. Sie sollen ja schließlich mein Bruder werden.“

Arthur hielt ihr mit einem sanften Lächeln die Hand hin.

Phoebe nahm ihn und zog ihn in eine Umarmung. „Ich freue mich sehr, Sie wiederzusehen. Marcus hat mir so viel von Ihnen erzählt. Er sagte, Sie hätten einen sehr guten Einfluss auf ihn."

Arthur stieß ein schwaches Lachen aus, das in einen Hustenanfall überging. Schließlich war er in der Lage zu sagen: „Kein so guter Einfluss, dass er nicht verbannt wurde."

Phoebe warf Marcus einen Blick zu. „Ja, aber es war ja auch das Beste für ihn."

Marcus ergriff die Hand seines Bruders. „Arthur, wie geht es dir?"

„Mir geht es gut, Kleiner. Mir geht es gut, und das wird auch so bleiben, solange ich auf der Erde bin." Arthur winkte Phoebe zu einem Stuhl in der Nähe.

Nachdem sie sich gesetzt und ihre Röcke geglättet hatte, lächelte Phoebe strahlend. „Arthur, Marcus hat mir erzählt, dass du die Mädchen über das hinaus unterrichtest, was ihre Gouvernante ihnen beibringt."

„Ja, das tue ich", antwortete Arthur. „Ich hatte viel Zeit zum Lesen, und da sind mir ein paar Bücher von Bentham in die Hände gefallen. Die Mädchen studieren die Klassiker, aber auch Latein, Griechisch, Politik und Immobilienverwaltung".

„Ich bin beeindruckt. Meine Mutter war eine große Anhängerin von Bentham, Wollstonecraft und dem Marquis de Condorcet. Meine Schwestern und ich wurden alle auf dieselbe Weise erzogen."

Arthurs Augen leuchteten vor Neugierde. „Das ist erstaunlich und sehr ungewöhnlich."

Marcus warf einen Blick auf Phoebe und sagte dann zu seinem Bruder: „Phoebe und ihre Schwestern wurden auch in Selbstverteidigung und dem Gebrauch von Waffen unterrichtet.“

Arthurs Augen wurden groß. „Ist das wahr?“

„Oh, ja.“ Sie lachte. „Sehr zum Leidwesen meines Bruders, denn wir haben meistens gegen ihn gekämpft. Meine Schwestern taten das mehr als ich, da sie älter sind und ich auch mit ihnen trainieren konnte. Geoffrey hat mir einige sehr wichtige Boxtechniken beigebracht.“

„Welche Waffen haben Sie benutzt?“

„Wir lernten den Kampf mit dem Kurzschwert. Wir lernten auch etwas Boxen, Ringen und Schießen.“ Sie nahm Marcus’ Hand. „Ihr Bruder hat mir kürzlich den Umgang mit dem Dolch beigebracht.“

Geoffrey hatte sich einige Augenblicke zuvor zu ihnen gesellt.

Arthur fragte: „Wie gut sind deine Schwestern in Selbstverteidigung?“

Mit einem stolzen Grinsen antwortete Geoffrey: „Sehr gut.“

Arthur schwieg einen Moment, bevor er zu Phoebe sagte: „Das ist eine interessante Idee. Ich möchte, dass die Mädchen in der Lage sind, sich selbst zu schützen, wenn es nötig ist. Wären Sie bereit, Anne und Emily zu unterrichten?“

„Ja, natürlich. Wenn Sie erlauben, das war meine Absicht. Meine Schwestern kommen heute an. Wir können für morgen eine Unterrichtsstunde vereinbaren. Es wird Spaß machen, uns alle hier zu haben, um den Unterricht für Ihre Töchter zu beginnen.“

Sie bemerkten, dass Arthur die Augen zufielen. Er brauchte Ruhe, deshalb verabschiedete sie sich für den Moment.

Marcus begleitete Phoebe zur Haupttreppe und war erstaunt über ihre mühelose Gabe, andere dazu zu bringen, sich in ihrer Gesellschaft wohlzufühlen. Arthur hatte sich zu ihr hingezogen gefühlt, genau wie seine Töchter, und dafür war Marcus dankbar. Sein Bruder würde nun wissen, dass sie die perfekte Frau war, um Anne und Emily eine Mutter zu sein.

Isabel zeigte Phoebe das Zimmer, das sie bis zur Hochzeit haben würde, und stellte ihr Tibbs, Isabels Zofe, zur Verfügung, bis Phoebes Dienstmädchen eintraf.

„Bevor es dunkel wird", sagte Isabel, „musst du Marcus dazu bringen, dir die Gärten zu zeigen. Wenn du möchtest, wird Tibbs dich in den kleinen Morgenraum begleiten, wo Marcus dich treffen kann."

Nachdem Phoebe Lady Dunwood versichert hatte, dass sie vor allem die Gärten sehen wolle, wurde Phoebe mit der Zofe allein gelassen, die ihr Wasser zum Waschen brachte und ihr beim Umkleiden half, bevor sie sie zu Marcus führte.

Er legte ihr einen warmen Wollschal um die Schultern, um sie vor der kühleren Luft zu schützen, bevor er sie nach draußen führte. Diese Gärten hatte Mr. Brown, der berühmte Landschaftsgärtner, nicht angerührt, sondern in ihrem urtümlichen Zustand belassen.

Ein Weg führte von der Terrasse zu einem Brunnen, von dem aus weitere Gartenwege zu verschiedenen Bereichen und einem dahinter liegenden Waldgebiet führten.

Die Blätter des Waldes färbten sich bereits in leuchtende Gelb- und Orangetöne.

Phoebe schob sich näher an Marcus heran. „Es ist wunderschön. Jetzt verstehe ich, warum Amabel es so sehr liebt."

Zufrieden lächelte er Phoebe an. „Dich hier zu haben, fühlt sich richtig an."

„Ja, für mich auch, als ob es schon immer so sein sollte."

Sie gingen auf den See zu, und auf der anderen Seite einer kleinen Brücke kam ein Bauwerk im griechischen Stil in Sicht.

„Dürfen wir reingehen?"

Marcus nahm ihre Hand in seine. „Ja."

Als sie das achteckige Gebäude erreichten, stellte sie fest, dass es größer war, als es auf den ersten Blick schien, mit Blick auf den See auf der einen und die Wiese auf der anderen Seite.

Marcus öffnete die Tür und trat zur Seite, als sie eintrat. Zwei Kamine flankierten den Raum an den gegenüberliegenden Enden. Er war mit Sofas, Sesseln und einer Schlafcouch gut ausgestattet. Es war das letzte Möbelstück, auf das sich ihre Aufmerksamkeit richtete.

Sie blickten sich in die Augen, bis Phoebes Blick auf Marcus' Lippen fiel. „Trauen wir uns?"

„Ja." Er beugte den Kopf und berührte mit seinen Lippen sanft die ihren. Sie griff nach oben, schlang ihre Arme um seinen Hals und öffnete ihren Mund für ihn. Zuerst gab es keine Dringlichkeit, sondern nur den Frieden, mit ihm zusammen zu sein.

Marcus zog ihre Zunge in seinen Mund und streichelte sie mit seiner eigenen. Ein Schauer der Lust durchfuhr sie, und er hob sie in seine Arme und trug sie zur Liege. Nachdem er sie darauf gelegt hatte, streckte er sich neben ihr aus.

Sie wollte mit ihm schlafen, seine nackte Haut an ihrer spüren, aber der Raum war zu kalt, als dass sie ihre Kleidung hätten ablegen können. Phoebe unterbrach den Kuss und sah ihn an, um sich zu orientieren.

Er schlug ihre Röcke hoch, wobei er darauf achtete, sie nicht zu zerknittern, und öffnete die Knöpfe seiner Hose, sodass sein voll geschwollener Schaft zum Vorschein kam. Er spreizte ihre Beine, hob sie leicht an und drang in sie ein.

Phoebe wölbte sich auf und trieb ihn an, während er sich tief in ihr vergrub und sie dann fast verließ. Die Spannung in ihrem Körper nahm mit jedem Stoß zu. Bald schluchzte sie und versuchte, seine Hüften zu packen, um ihn schneller und tiefer zu bewegen, während sie ihre Beine um ihn schlang.

„Marcus, Marcus, bitte“, schrie sie heraus, als sie in Ekstase geriet.

„Phoebe, meine Liebe.“ Er folgte ihr über den Gipfel der Lust.

Nachdem er sie losgelassen hatte, sackte er neben ihr zusammen. Er hielt sie fest und zog ihren Schal um sie herum. Das, und die Wärme seines Körpers, hielt sie warm.

„Phoebe“, fragte er, „wo ist dein Zimmer?“

„Im Westflügel.“

„Wo im Westflügel?“

Als sie es ihm gesagt hatte, war er so still, dass sie sich Sorgen machte. „Was ist los?“

„Du bist so weit weg von mir untergebracht, wie es nur geht", sagte er reumütig, „und von allen anderen umgeben."

Phoebe kam auf einem Arm hoch und blickte auf ihn herab. „Das haben sie absichtlich gemacht, nicht wahr?"

Er zog sie an sich. „Das müssen sie. Ich frage mich, wie genau man uns beobachten wird."

Sie ließ sich gegen ihn sinken und stöhnte. „Noch zwei Tage bis zur Hochzeit. Vielleicht können wir uns wieder hierher begeben."

„Wir können es sicher versuchen. Jetzt sollten wir zurückkehren, bevor jemand nach uns sucht."

Als sie ins Haus zurückkehrten, war der Rest ihrer Familie bereits eingetroffen. Sie begrüßten sie und stellten fest, dass die Zimmer ihrer Schwestern zwischen ihrem Zimmer und dem oberen Flur zu Marcus' Räumen lagen. Sie würden Phoebe bewachen wie die Gorgonen am Tor.

Phoebe tauschte einen genervten Blick mit ihm aus. Die Chance, dass es ihr gelingen würde, unbemerkt in sein Zimmer und wieder zurück zu gelangen, war gerade deutlich gesunken.

***

Die Sonne stand schon tief am Himmel, als sich alle wieder auf den Weg machten, um sich zum Abendessen umzuziehen. Marcus begleitete Phoebe auf den Flur.

Ihre Schwestern hielten sich vor einem ihrer Zimmer auf und unterhielten sich.

Marcus flüsterte: „Treffen wir uns früher im Salon?"

Phoebe seufzte. „Das wird unsere einzige gemeinsame Zeit sein. Unsere Freunde werden am Morgen ankommen, und die restlichen Gäste, die über Nacht bleiben, werden am späten Nachmittag erwartet.“

Marcus zog eine Grimasse. „Wir werden uns wohl mit der Enthaltsamkeit abfinden müssen, bis wir verheiratet sind.“

Nicht, wenn sie etwas dazu zu sagen hätte.

***

Covey war in Marcus’ Zimmer, als dieser sein Zimmer betrat, um sich zum Abendessen umzuziehen.

„Und?“ fragte Marcus.

„Es waren ein paar Fremde im Dorf, die sich nach Arbeit hier erkundigt haben.“

Marcus runzelte die Stirn. „Männer oder Frauen?“

„Ein paar Männer und eine Frau.“ Covey kratzte sich an der Seite seines Gesichts. „Sie reden wie Londoner.“

„Das gefällt mir nicht“, sagte Marcus. „Ich werde sie im Auge behalten.“

Kapitel 23

Phoebe verbrachte eine angenehme, wenn auch einsame Nacht in dem hübschen Zimmer, das man ihr zugewiesen hatte, und stand am nächsten Morgen früh auf.

Rose summte, als sie die Kleider ihrer Herrin auslegte.

Phoebe öffnete den Bettvorhang und griff nach ihrem Umhang. „Wie gefällt es dir hier?"

Rose grinste. „Tibbs, die Zofe Ihrer Ladyschaft, hat mir das Haus und das Gelände gezeigt, und ich habe die anderen leitenden Angestellten getroffen. Sie scheinen gut ausgebildet zu sein. Ich denke, wir werden hier sehr glücklich sein, Mylady."

Phoebe ging zum Waschtisch und machte ihre Morgentoilette. „Da du ja im Haus herumgeführt wurdest, kannst du mir den Weg zum Frühstücksraum zeigen?"

„Mir wurde gesagt, dass die Familie noch im kleinen Frühstücksraum essen wird." Rose schüttelte Phoebes Kleid aus. „Sie gehen die Treppe hinunter und nehmen dann den Korridor auf der rechten Seite, bis Sie einen anderen erreichen."

Phoebe verließ ihr Zimmer und fand Marcus vor ihrer Tür.

Er nahm ihren Arm und sagte: „Ich konnte nicht zulassen, dass du verlorengehst."

Sie lächelte. „Ich glaube, ich war in Gefahr, das zu tun. Ich hatte vor unserer Ankunft hier keine Ahnung, dass es so viele Korridore, Treppen und Wendungen gibt."

Nachdem sie zwei Gänge zur Rückseite des Hauses hinuntergegangen waren, betraten sie einen leuchtend gelben Frühstücksraum, der auf den Rosengarten blickte.

Marcus führte sie zu dem polierten Kirschtisch. Die dazugehörige Anrichte war vollgestopft mit silbernem Serviergeschirr.

Als der Diener eine Kanne Kaffee auf den Tisch stellte, schaute sie sich um, aber es gab keine entsprechende Teekanne.

Phoebe rümpfte die Nase, und Marcus schnitt eine Grimasse. Er hatte ihr von der Vorliebe seines Vaters für Kaffee statt für Tee erzählt. Das Fehlen von Tee am Morgen war eines der Dinge, die Marcus an Dunwood House missfielen.

In St. Eth House konnte Marcus den Frühstückstee mit ihr genießen, aber jetzt? Wenn sie in Charteries glücklich werden wollten, musste sich das ändern.

Phoebe beschloss, so weiterzumachen, wie sie es vorhatte. Immerhin hatte Lady Dunwood gesagt, dass sie ihr das Haus überlassen würde.

Phoebe rief den Diener herbei und sagte: „Bitte lassen Sie sofort eine Kanne Tee bringen." Sie hatte ihre Auswahl auf der Anrichte getroffen und wandte sich wieder dem Tisch zu, nur um den Lakaien mit offenem Mund an derselben Stelle stehen zu sehen. Phoebe warf einen Blick auf Marcus, der sich in seinem Stuhl zurücklehnte und dessen Augen funkelten, als sei er bereit, sich unterhalten zu lassen. Sie lächelte den

Lakaien höflich an. Kaffee war das einzige Getränk, das sein Vater im Frühstücksraum der Familie servieren ließ, so lange Marcus sich erinnern konnte.

„Wie ist Ihr Name?"

„Tim-Timothy, Mylady", stotterte er.

In gleichmäßigem Ton sagte Phoebe: „Timothy, gibt es einen Grund, warum Sie nicht getan haben, worum ich Sie gebeten habe?"

Er richtete sich ein wenig auf, vielleicht glaubte er, auf festerem Boden zu stehen. „Mylady, der Tee wird nicht am Frühstückstisch serviert."

Phoebe sah ihn einen Moment lang an und sagte dann entschlossen: „Aber ich trinke keinen Kaffee, und ich hätte gerne Tee. Bitte kümmern Sie sich sofort darum."

Der Diener verließ den Raum, um wenige Augenblicke später mit Wallace, dem Butler der Dunwoods, zurückzukehren, der sich vor ihr verbeugte. „Guten Morgen, Mylady. Timothy sagte, Sie hätten um Tee gebeten."

Phoebe behielt ihr Lächeln bei, aber ihre Worte waren von Verzweiflung geprägt. „Guten Morgen, Wallace. Ja, das habe ich."

Als er sie anschaute, als wüsste er nicht, was er tun sollte, blickte sie an die Decke. „Wirklich, Wallace, das ist eine lächerliche Unterhaltung. Wollen Sie mir etwa sagen, dass ich keinen Tee am Frühstückstisch trinken darf? Denn wenn du das tust, werden wir uns streiten. Ich frühstücke nicht in meinem Zimmer, und ich muss meinen Tee zu trinken. Ich möchte die Hausherrin nicht beleidigen, aber wenn es sein muss, werde ich selbst in die Küche gehen und ihn zubereiten und dann die Angelegenheit mit Lady Dunwood besprechen."

Lord Dunwood wählte diesen Moment, um einzutreten. Er blickte von Wallace zu Phoebe. „Du bist früh auf, meine Liebe. Stimmt etwas nicht?"

Wallace verbeugte sich. „Mylord, Lady Phoebe hat darum gebeten, dass der Tee am Frühstückstisch serviert wird."

Lord Dunwood wandte sich an Phoebe und lächelte. „Möchtest du einen Kaffee, meine Liebe?"

Aus dem Augenwinkel sah Phoebe, wie Marcus sich die Hand vor den Mund hielt, um ein Lachen zu unterdrücken. Das war nicht hilfreich. Phoebe versuchte, ihre Miene zu wahren. „Nein, danke. Mylord, ich möchte weder unhöflich zu demjenigen sein, der bald mein Schwiegervater sein wird, noch möchte ich die Gewohnheiten Ihres Hauses stören, aber ich trinke keinen Kaffee. Ich hätte gern meinen Tee. Mein Dienstmädchen hat gestern meine eigene Mischung in die Küche geschickt, sie ist also verfügbar."

Lord Dunwood starrte sie fassungslos an und sagte dann: „Wallace, was stehst du hier herum? Bring Lady Phoebe ihre Kanne Tee."

Wallace verbeugte sich, ohne seine Verblüffung zu verraten, und verließ den Raum.

Phoebe warf einen Blick auf Marcus, der sie ansah und den Kopf neigte. Anhand seiner Geste erkannte Phoebe, dass sie eine wichtige Schlacht bei der Festlegung ihrer zukünftigen Aufsicht über das Haus gewonnen hatte.

Kurze Zeit später wandte sich Marcus an seinen Vater. „Papa, warum ist hier noch nie Tee serviert worden?“

Lord Dunwood sah ein wenig verlegen aus. „Mein Vater wollte nichts anderes als Tee serviert bekommen. Während einer Reise zu den Westindischen Inseln hatte ich mir angewöhnt, Kaffee zu trinken. Eines Morgens, als ich zurückkam, bat ich um Kaffee. Mein Vater sagte mir, dass er es nicht erlauben würde, dieses Getränk zu servieren. Als ich sein Erbe antrat, war ich entschlossen, meinen eigenen Weg zu gehen. Ich ordnete an, dass nichts anderes als Kaffee serviert werden durfte.“ Ein wenig verlegen fuhr er fort: „Der erste Streit, den ich mit deiner Mutter hatte, drehte sich um den Tee. Sie frühstückt deswegen in ihrem Zimmer.“ Lord Dunwood sagte zu Phoebe: „Mir ist zu Ohren gekommen, dass ihr gern gemeinsam frühstückt. Ich nehme an, wenn das so bleiben soll, müsst ihr das Essen so anordnen, wie ihr es mögt. Vor allem, da du die Kontrolle über den Haushalt haben wirst. Ich werde Wallace sagen, er soll dafür sorgen, dass das Personal tut, was du verlangst. Es tut mir leid, meine Liebe, dass mein Erlass so ein Problem geworden ist.“

Phoebe beugte sich vor und tätschelte seinen Arm. „Wenn das das schlimmste Problem ist, haben wir alles richtig gemacht, Mylord. Vielleicht wird Lady Dunwood jetzt zu uns stoßen?“

Dunwood lächelte. „Vielleicht wird sie das.“

***

Der Rest des Vormittags war in der Tat arbeitsreich. Phoebe, ihre Schwestern, ihr Bruder, deren Ehepartner und Marcus trafen sich mit Anne und Emily auf dem Hof neben dem Haus, um mit den ersten Kampfstunden der Mädchen zu beginnen.

Danach arrangierte Lady Dunwood für Phoebe eine Besprechung mit der Haushälterin, Mrs. Armstrong. Bis dahin sollte Marcus Phoebe durch den Flügel begleiten, der ihnen gehören würde, und, wenn es die Zeit erlaubte, auch durch andere Bereiche, um sie mit ihrem neuen Zuhause vertraut zu machen.

Der größte Teil ihres Teils des Hauses war im vorigen Jahrhundert gebaut worden. Als sie einen Korridor entlanggingen, sah sie eine alte, gewölbte Holztür.

„Marcus, wo führt die hin?"

Er starrte ihn einen Moment lang an, bevor er sagte: „In einen der alten Türme, glaube ich. Ich hatte ihn ganz vergessen. Willst du ihn sehen?"

„Ja. So etwas gibt es in Cranbourne Place nicht."

Als er die Tür aufzog, strömte kühle Luft heraus. Eine spitz zulaufende Treppe, die von langen, schmalen Fenstern beleuchtet wurde, führte in die nächste Etage.

Phoebe hielt ihre Röcke hoch, um nicht in den Staub zu geraten. Am oberen Ende der Treppe stand eine weitere alte Tür. Sie zerrte daran, und sie öffnete sich knarrend.

„Marcus, ein Solar!" Phoebe betrat die runde Kammer, die einst der Privatraum des Burgherren gewesen sein musste. Der Raum war von raumhohen Fenstern umgeben, die nur einem marmorgeschnitzten Kamin mit spärlich bekleideten griechischen Frauen Platz machten. Die Fachwerkdecke über ihnen hatte geschnitzte Balken. Draußen war es kalt, doch auch ohne Feuer war der Raum sonnig und warm. Sie ging zurück zu Marcus. „Ich liebe diesen Raum. Ich habe schon Häuser mit solchen privaten Rückzugsorten besucht, aber hier einen zu finden, übertrifft alles. Kann ich ihn als mein Wohnzimmer haben?"

Er lachte und schwenkte Phoebe herum. „Du kannst alles haben, was du willst. Es wird etwas Arbeit erfordern, es wieder in Form zu bringen."

Es war schmutzig und hatte ein paar kaputte Möbelstücke, aber nichts, was eine gute Reinigung nicht beheben würde. Sie lächelte. „Es wird perfekt sein. Die Reparaturen können wir während unserer Hochzeitsreise durchführen lassen."

Die Tour war fast beendet. Phoebe ging zielstrebig auf ihr Schlafgemach zu, als ein Bote eintraf.

„Mylady, Ihre Ladyschaft sagt, sie ist bereit, Sie mit der Haushälterin, Mrs. Armstrong, zu treffen."

Marcus runzelte die Stirn. „Lady Phoebe wird sie am Kopf der Treppe treffen."

Der Lakai verbeugte sich und verschwand eilig.

„Wir hätten diese verflixte Tour im Schlafgemach beginnen sollen."

Phoebe griff nach oben und drückte ihre Lippen auf die ihres Verlobten. „Aber dann hätte ich weder meinen Raum gefunden, noch den Rest des Flügels gesehen. Unser Schlafgemach wird eine Überraschung für uns beide in der Hochzeitsnacht sein."

***

Während sie bei der Haushälterin war, erhielt Phoebe die Nachricht, dass ihre ersten Gäste, Miss Marsh und Lord Rutherford, eingetroffen waren.

Phoebe fand Annas Zimmer und ging zu ihrer Freundin. „Anna, willkommen in Charteries. Ich nehme an, ich darf das jetzt sagen und muss nicht bis morgen warten."

Anna grinste. „Ja, du darfst mich willkommen heißen."

Phoebe umarmte sie. „Wie war deine Reise?"

„Ganz wie erwartet. Phoebe, das ist ein wunderbares altes Haus. Du brauchst mir nicht zu sagen, dass du glücklich bist. Du siehst so aus."

Phoebe blinzelte die Tränen zurück. „Anna, ich war noch nie so glücklich. Ich ... ich fühle mich, als wäre ich endlich nach Hause gekommen." Sie schüttelte sich ein wenig, unfähig zu glauben, dass all ihre Träume wahr wurden. „Wie läuft es mit Rutherford?"

Anna senkte die Brauen und sagte streng: „Lord Rutherford ist von den heiratswilligen Müttern und ihren Töchtern verwöhnt worden. Er dachte tatsächlich, er könnte seine Aufmerksamkeit von dir auf mich lenken, und ich würde sofort gehorchen. Er merkt, dass ich nicht so leicht zu erobern bin."

Phoebe lachte. „Wann wollt ihr denn heiraten?"

Bestürzung ersetzte das Funkeln in Annas Augen, und sie verzog das Gesicht. „Oh, Phoebe, ich weiß nicht, ob wir heiraten werden. Er hat sich jahrelang nach dir gesehnt, und jetzt ist diese plötzliche Wandlung da. Natürlich weiß ich nicht, ob er mich liebt, oder wie ich herausfinden kann, ob er es tut."

„Anna, du weißt, dass ich nie geglaubt habe, dass er sich ernsthaft für mich interessiert." Phoebe runzelte die Stirn. Ja, bei Rutherford würde Anna sich sicher sein müssen, sonst würde er sie mit Füßen treten. „Du hast Zeit, seine wahren Gefühle zu erfahren. Du hast so lange gewartet – ein wenig länger kann nicht schaden und sogar sehr viel Gutes bewirken. Es wäre nicht gut, wenn du eine ungleiche Ehe eingehen würdest, was passieren würde, wenn du ihn liebst und er deine Zuneigung nicht erwidert."

Anna seufzte. „Ich weiß, deshalb soll er auch nichts von mir bekommen, bis er sich bessert."

***

Ein paar Minuten später betraten Phoebe und Miss Marsh den Salon und fanden Rutherford mit Marcus vor.

Marcus begrüßte Phoebe und Miss Marsh, die einen kurzen Blick auf Rutherford warf.

„Phoebe, kannst du mir die Gärten zeigen, die von meinem Schlafgemach aus zu sehen sind?"

„Ja. Wir haben Zeit. Das meiste ist bereits arrangiert." Phoebe sah Marcus an. „Ich bin Rose und Covey begegnet, als sie unsere Kleidung in unsere neuen Räume brachten. Ich hoffe, Rose denkt daran, mir genug zum Anziehen bis nach der Hochzeit dazulassen."

Marcus zog an der Klingel und bat den Lakaien, der antwortete, die Schultertücher für die Damen zu bringen.

Rutherford räusperte sich. „Wann segeln Sie nach Frankreich?"

„Wir wollten eigentlich gleich nach dem Hochzeitsfrühstück abreisen, haben aber beschlossen, bis zum nächsten Nachmittag zu warten."

Miss Marsh lächelte Phoebe strahlend an. „Ich bin so neidisch. Ich wollte schon immer mal Paris sehen."

Rutherford murmelte: „Wenn du mich heiraten würdest, würde ich dich nach Paris mitnehmen."

Miss Marsh ignorierte ihn entweder oder hatte es nicht gehört, sie fuhr fort: „Wie lange werdet ihr voraussichtlich weg sein? Und werdet ihr eine Rundreise machen?"

Marcus grinste. Rutherford hatte eine ziemliche Herausforderung vor sich. „Ich habe ein Schiff in Newhaven. Wir werden nach Dieppe segeln und nach Paris reisen. Dort werden wir voraussichtlich mehrere Wochen verbringen."

Nachdem die Lakaien mit den Tüchern der Damen eingetroffen waren, fragte Marcus Phoebe: „Dürfen wir uns zu euch setzen?"

Phoebe warf einen Blick auf Miss Marsh, die über diese Aussicht nicht gerade erfreut schien. „Mein Lieber, wenn es dir nichts ausmacht ...“

„Natürlich nicht, Rutherford und ich haben noch einige Dinge zu besprechen, die seine Pflichten bei der Hochzeit betreffen."

Nachdem die Damen gegangen waren, sagte Marcus: „Sie geht Ihnen wirklich aus dem Weg."

„Ich habe es bemerkt", antwortete Rutherford mürrisch. „Ich weiß nur nicht, was ich dagegen tun soll. Ich habe es wohl gründlich vermasselt, aber ich habe keine Ahnung, wie – oder warum."

„Mylord", sagte ein Lakai an der Tür. „Lady Dunwood will Euch sehen."

„Sag ihr, ich bin gleich da." Marcus wandte sich an Rutherford. „Wir können nach dem Essen reden, wenn Sie wollen."

„Ja. Danke."

Im Laufe des Nachmittags trafen die Gäste, die in Charteries übernachten wollten, in einem stetigen Strom ein und erfüllten das Haus mit Lärm und Fröhlichkeit. Phoebe schloss sich Marcus an, und sie befanden sich in einem Salon mit einigen neu eingetroffenen Gästen, als ein Lakai sie fand.

„Mylord, Mylady, Ihre Ladyschaft bittet Sie, sie in ihrem Salon zu besuchen. Es ist dringend."

Marcus tauschte einen Blick mit Phoebe aus, und sie entschuldigten sich bei ihre Gesellschaft. Phoebe eilte dem Diener hinterher und sagte mit leiser Stimme: „Ich hoffe, es ist nichts mit Arthur."

Marcus nickte grimmig.

Sie wurden in die Stube seiner Mutter geführt. Als sie das Zimmer betraten, war Marcus erstaunt, nicht nur seine Eltern und seine Schwester, sondern auch Lord und Lady St. Eth sowie den Rest von Phoebes Familie vorzufinden. Nüchterne Gesichter begegneten ihnen.

„Arthur?" flüsterte Marcus.

Tränen erstickten die Stimme seiner Mutter. Sie konnte nur nicken.

Marcus' Kehle schnürte sich zu. „Ist er ...?"

Papa schüttelte den Kopf. „Nein, aber der Arzt war gerade hier. Es wird nicht lange dauern. Arthur möchte mit euch beiden sprechen."

Phoebe drückte Marcus' Hand. „Wir werden sofort gehen."

Marcus schritt zügig den Flur entlang zum Zimmer seines Bruders, wo Arthurs Töchter, Anne und Emily, bei ihm waren. Den Mädchen standen die Tränen in den Augen, während sie versuchten, nicht zu weinen. Arthur lag in Decken gehüllt auf einer Couch zwischen den Fenstern. Obwohl der Raum warm war, war seine Haut erschreckend blass und klamm, sein Atem ging schwer. Marcus dachte an all die Jahre, die sie getrennt voneinander verbracht hatten, und bedauerte jedes einzelne von ihnen.

Phoebe ging schnell zu Arthur hinüber. Sie ließ sich auf die Knie sinken und nahm eine seiner Hände. Marcus stellte sich neben sie. „Sag uns, was du willst." Ihre Stimme war rau und sie vergoss viele Tränen.

Arthur lächelte sie an, so schön, dass Marcus blinzelte. Sein Bruder rief die Mädchen näher zu sich. „Ich habe nicht viel Zeit. Das sagen wir schon eine ganze Weile, ich weiß. Aber dieses Mal ist es wahr." Er hob seinen Blick zu Marcus und Phoebe. „Ich möchte, dass ihr mir beide versprecht, dass ihr, falls ich bis dahin sterbe, so heiratet, wie ihr es am Morgen geplant habt. Versprecht mir, dass ihr es nicht hinauszögert. Geht nach Frankreich. Bei eurer Rückkehr wird alles hier sein."

Da er sich nicht traute zu sprechen, nickte Marcus knapp.

Arthur drehte seine Töchter zu Phoebe hin. „Anne, Emily, ich weiß, dass ihr eure Tante Phoebe bereits liebt."

Sie sahen sie mit traurigen Augen an und fielen ihr in die Arme, die sie ihnen entgegenhielt.

Er nickte. „Es ist mein Wunsch, dass ihr sie wie eine Mutter behandelt."

Stumme Tränen kullerten über ihre Wangen, als sie nickten.

„Marcus, du kennst meine Wünsche bezüglich meiner Töchter. Wenn die Zeit gekommen ist, wird unser Geschäftsmann dich über ihre Anteile informieren und ..."

Marcus hob seine Hand und hielt seinen Bruder auf. „Ich werde sie behandeln und lieben wie meine Töchter. Mach dir keine Sorgen. Wir", – er drückte Phoebes Schulter –, „werden uns um sie kümmern wie um unsere Kinder."

Arthur ergriff Marcus' andere Hand. „Mama und Papa kennen meine Wünsche, alle. Ich bin jetzt ein bisschen müde. Bitte ruf die Krankenschwester zu mir."

Phoebe drückte die Mädchen an sich. „Schickt nach mir oder kommt in mein Zimmer, wenn ihr mich braucht."

Anne und Emily nickten.

Marcus half Phoebe beim Aufstehen und beugte sich hinunter, um seinen Bruder zu umarmen. „Wir werden tun, was du willst."

Schweigend, die Hände ineinander verschränkt, machten sich Marcus und Phoebe auf den Weg zurück zum Wohnzimmer seiner Mutter. Er öffnete die Tür. Phoebe trat ein, und er nahm neben ihr Platz. Sein Blick schweifte durch den Raum und blieb bei seiner Mutter hängen. „Hast du ihnen von der Veränderung in Arthurs Zustand erzählt und was er von uns will?"

„Ja." Frische Tränen flossen über ihre Wangen.

Marcus wandte sich an die anderen. „Arthur hat uns gesagt, dass er möchte, dass wir heiraten, was auch immer zwischen jetzt und morgen früh passieren mag. Wir haben versprochen, seinen Wunsch zu respektieren. Auch wenn es unsere Entscheidung nicht ändern wird, würden wir gerne wissen, ob jemand von euch Einwände hat."

Keiner hatte diese. Schließlich beschloss man, keinem der Gäste zu sagen, wie nahe Arthur dem Tod war.

Der Rest des Tages verging, wenn auch nicht in Heiterkeit – obwohl es einige Momente gab – so doch zumindest in herzlicher Gelassenheit. Leises Lachen war hier und da in den Zimmern zu hören.

Am Ende des Abends, bevor Phoebes Schwestern sie in ihr Gemach begleiteten, konnte Marcus einige Minuten mit seiner zukünftigen Braut allein sein.

„Was machen die da?", fragte er, als Hester und Hermine in Phoebes Zimmer gingen und die Tür einen Spalt offen ließen.

„Es gibt eine alte Hochzeitstradition der Familie Cranbourne", antwortete sie, „die ich vergessen hatte. Meine Schwestern werden die Nacht mit mir verbringen."

Marcus küsste Phoebe tief und sehnsüchtig und wünschte sich nichts sehnlicher, als diese Nacht mit ihr zu verbringen, und er schwor sich, dass es das letzte Mal sein würde, dass sie sich trennten.

Nach einigen Minuten zogen ihre Schwestern Phoebe sanft von Marcus weg. Geoffrey führte ihn ins Billardzimmer und fluchte leise vor sich hin, während seine Schwägerinnen schallend lachten. Edwin klopfte Marcus auf den Rücken.

„Finley, hör auf zu jammern. Wir haben es alle überlebt, und du wirst es auch", fügte John in scheinbar sanftem Ton hinzu. „Das wird die Hochzeitsnacht noch viel süßer machen."

Marcus sah ihn finster an.

Geoffrey war sehr gut gelaunt. „Marcus, du hast vor der Hochzeit genug Zeit allein mit Phoebe verbracht. Du kannst dich jetzt nicht beschweren."

Er konnte. Die Kugeln auf dem Tisch waren bereits vorbereitet. Als er das Spiel zielstrebig begann, gewann er einige Pfund von seinen neuen Familienmitgliedern, und er konnte sich in eine bessere Stimmung versetzen.

Bis er erfuhr, dass alle seine Schwäger die Nacht mit ihm verbringen würden.

„Woher", fragte Marcus, „kommt dieser verdammte Brauch?"

Geoffrey schüttelte den Kopf. „Ich erinnere mich nicht."

John, der Erste von ihnen, der geheiratet hatte, sagte, als ob er sich an ein weit zurückliegendes Ereignis erinnerte: „Der alte Graf erzählte mir, dass es aus einer verdorbenen Ehe stammte, die so lange zurückliegt, dass das wann verloren gegangen ist. Die Ehe war arrangiert worden. Der Bräutigam war nicht glücklich darüber. Die Braut, eine Cranbourne, war willig genug." John lehnte seinen Billardstock gegen den Tisch. „Das Paar hatte sich vor der Hochzeit nur ein paar Mal getroffen, und dann auch nur mit Anstandsdamen. Man hatte sie nie allein gelassen, weil der Ehevertrag vorsah, dass die Braut Jungfrau sein sollte. Wie es damals üblich war – und auch heute noch zumeist der Fall ist – wusste die Braut nichts von dieser Bedingung."

„Was ist passiert?", fragte Marcus.

Johannes fuhr fort. „In der Nacht vor der Hochzeit, so hieß es, fand der Bräutigam die Kammer der Braut und entjungferte sie. Am nächsten Tag, nachdem das Ehegelübde abgelegt worden war, nahm er sie mit ins Bett und verkündete seiner Familie, dass sie keine Jungfrau mehr sei. Die Braut argumentierte natürlich, dass ihr Verführer ihr Mann gewesen sei. Glücklicherweise konnte die Zofe der Braut Blut auf der Bettwäsche ihrer Herrin nachweisen, und die Zofe hatte gesehen, wie der Bräutigam in der Nacht zuvor die Kammer betreten hatte. Seit dieser Zeit werden alle Cranbourne-Bräute von den Frauen der Familie bewacht." John lächelte. „Da die Cranbourne-Frauen etwas temperamentvoll sind, nehme ich an, dass auch die Bräutigame bewacht werden, um sicherzugehen, dass sie nicht weglaufen."

Die anderen lachten, aber Marcus grinste. Er würde auch gerne weglaufen, aber dieser Bräutigam würde seine Braut mitnehmen.

Kapitel 24

Phoebe wachte auf, als die Sonne durch die Fenster schien. Ihre Schwestern waren weg, und Rose bereitete ein Bad vor. Phoebe fragte sich, ob Arthur noch bei ihnen war.

„Rose, hast du etwas über Lord Evesham gehört?"

„Mylady, er ruht sich aus und schickt seine guten Wünsche für den Tag. Ich werde Ihr Frühstück bald fertig haben."

Als Phoebe auf die Uhr schaute, stellte sie erschrocken fest, dass es fast neun Uhr war. Die Hochzeit war um elf.

Phoebe sprang auf und wollte sich noch einer Reihe von Aufgaben widmen, die sie erledigen sollte, bevor sie sich für die Zeremonie anzog.

„Mylady, es hat keinen Sinn, sich zu beeilen", sagte Rose. „Sie dürfen diesen Bereich nicht verlassen, bis Lord St. Eth kommt, um Sie in die Kapelle zu begleiten."

Phoebe setzte sich wieder auf ihr Bett. „Was soll ich denn zwei Stunden lang machen? So lange brauche ich nicht, um mich anzuziehen."

Rose gluckste. „Sie könnten tun, was andere Damen tun, und noch ein wenig schlafen, aber darauf habe ich keine Hoffnung. Nachdem Sie gefrühstückt haben kommen Ihre Schwestern und Lady St. Eth, um Ihnen beim Anziehen zu helfen."

Phoebe starrte sie an. „Was hast du gesagt?"

Rose lächelte. „Mehr Tradition."

Zum ersten Mal in ihrem Leben erlaubte Phoebe sich, sich verwöhnen zu lassen. Ihr Badewasser enthielt Zitronen, Bergamotte und Lavendel. Ihre Schwestern hatten ihr eine Creme für die Haut mitgegeben. Ihr Haar wurde gewaschen und vor dem Feuer getrocknet, während alle Anwesenden ihre Kleidung bereitlegten. Ihre Schwestern und ihre Tante warteten darauf, dass Rose Phoebes Haar zu einem hohen Knoten zusammensteckte, sodass die Locken über Phoebes Schultern flossen.

Tante Ester hielt einen antiken Kamm mit Amethysten und Perlen in der Hand, der den Knoten festhalten sollte. „Phoebe, das ist etwas Geliehenes und ziemlich alt. Er wurde in der weiblichen Linie meiner Familie weitergegeben und von der Braut an ihrem Hochzeitstag getragen."

Hesters Augen wurden feucht, als sie Phoebe einen langen Strang aus perfekt aufeinander abgestimmten Perlen, durchsetzt mit Amethysten, um den Hals wickelte, sodass drei Stränge entstanden, und sagte: „Mama hat sie dir hinterlassen, damit du sie zum ersten Mal an deinem Hochzeitstag trägst."

Hermine nahm ihre rechte Hand und steckte einen Saphirring auf den Finger, der bis gestern Abend den Ring getragen hatte, den Marcus ihr geschenkt hatte. Dieser Ring würde in kurzer Zeit ihr Ehering sein. „Und das", sagte Hermine, „ist neu, von Hester und mir."

Hester reichte Phoebe ein Taschentuch. „Nein, nein, du darfst nicht weinen. Das macht deine Augen rot. Was bist du doch für eine Gans, Phoebe."

„Ich weine nicht", sagte Phoebe wahrheitswidrig. „Ich wusste nur nicht, dass der heutige Tag so einschneidend sein würde. Ich dachte, ich würde wie jeden Tag aufwachen, aber um zu heiraten. Ich wusste nicht ... mein Herz würde ..."

Tante Ester umarmte sie. „Nein, natürlich nicht, meine Liebe. Du warst noch zu jung, um bei den Hochzeiten deiner Schwestern dabei zu sein. Selbst deine Mutter hielt es nicht für richtig."

Phoebe dachte über die Gespräche mit ihren Schwestern am Vorabend nach und stimmte zu. Sie hatte keine Ahnung, dass so viel zwischen einem Mann und einer Frau stattfinden könnte, und sie hatten ihr einige sehr aufregende Ideen gegeben, was sie und Marcus tun könnten.

Phoebe verschluckte sich an einem Schluchzen. „Ich wünschte, Mamma wäre hier."

Ihre Tante nahm sie sanft in den Arm. „Das tun wir alle, und ich glaube, sie ist im Geiste hier. Also lächle und sei glücklich, dass du einen Mann heiratest, den du liebst. Sie ist überglücklich für dich." Tante Ester richtete sich auf. „Komm, es ist höchste Zeit, dass wir gehen. Dein junger Mann wird denken, du hättest es dir anders überlegt."

Phoebe schenkte ihr ein wässriges Lächeln. „Niemals, ich gehöre ihm."

***

Onkel Henry stand mit Phoebe an der Tür der Kapelle und sagte ernst: „Bist du sicher, dass du das willst?"

Sie nickte. „Ja, Onkel Henry. Das ist genau das, was ich will."

Er blickte auf sie herab. „Ich freue mich für dich. Meine Liebe, du hast noch nie so schön und so glücklich ausgesehen."

Sie lächelte und spähte den kurzen Gang hinunter zu Marcus, der mit Rutherford und Edwin sprach. Sie dachte an den Tag im Gasthaus, als sie nur seinen Rücken sehen konnte. Später hatte er ihr gesagt, dass er wusste, dass sie ihn ansah, weil er sie spüren konnte. Er drehte sich nun um und sah sie an, als wäre sie die einzige Frau in der Kirche. Ihr Herz füllte sich mit Liebe. „Danke, Onkel Henry, dass du das gesagt hast. Ich fühle mich wunderschön."

Entgegen aller Konventionen waren alle ihre Nichten und Neffen, die alt genug waren, um selbst zu gehen, bei der Hochzeit dabei. Die jüngsten Jungen und Mädchen, die Rosenblüten und grüne Blätter auf den Steinboden streuten, gingen vor ihren Schwestern, die die Hände von Phoebes jüngsten Nichten hielten. Zwei ältere Jungen blieben zurück, um die lange, abnehmbare Schleppe ihres Kleides zu halten.

Als der Vorbeimarsch abgeschlossen war, machte sich Phoebe am Arm von Onkel Henry auf den Weg zu ihrem zukünftigen Mann.

Marcus, flankiert von Rutherford und Edwin, hatte sich umgedreht, als er sie spürte. Er konnte nicht glauben, was für einen Anblick sie bot, als sie den alten Kirchengang hinunterging.

Rutherford lehnte sich an ihn. „Finley, Sie sind ein Glückspilz. Sie ist das exquisiteste Mädel, das ich je gesehen habe.“

Marcus nickte leicht. Das war das Wort, exquisit. Seine Frau, Geliebte und Freundin. Sie kam am Altargeländer an, und St. Eth legte ihre Hand in die von Marcus. Sein Lächeln entsprach dem ihren, als sich ihre Blicke trafen, bevor sie sich gemeinsam dem Priester zuwandten.

Phoebe sprach ihr Gelübde deutlich aus, ebenso wie er.

Als sie zu Mann und Frau erklärt wurden, schlug er Vorsicht und Anstand in den Wind und küsste sie, ein leidenschaftlicher Kuss des langen Wartens und eines neuen Anfangs. Dann nahm er ihren Arm und sie verließen die Kirche, um in ihr neues Leben zu starten.

Als sie an Phoebes Tante und Onkel vorbeikamen, flüsterte Ester Henry zu: „Es war eine sehr gute Idee, dass sie hier und nicht in St. George‘s geheiratet haben. Sie hätten die Menge schockiert, wenn sie sich entschieden hätten, sich zu küssen, vor allem so.“

Phoebe und Marcus grinsten den Rest des Weges durch den Gang.

***

Arthur hatte den Wunsch, von der Hochzeit seines Bruders und Phoebe zu erfahren. Die Krankenschwester stand im hinteren Teil der Kirche und schlich sich nach der Trauung hinaus, um ihm die Nachricht zu überbringen.

„Ich bin froh, dass die Hochzeit zustande gekommen ist. Jetzt sind meine Töchter Teil einer neuen Familie.“

„Ja, mein Herr. Nun ruhen Sie sich aus.“

Er fiel in einen friedlichen Schlaf.

Die Krankenschwester machte weiter, bis sie merkte, dass Arthur zu leise war. Sie legte ihre Hand auf seinen Hals. Er war gestorben. Sie legte ihre Klöppelarbeit beiseite und stand auf. „Wir müssen seiner Familie sagen, dass er von uns gegangen ist.“

Arthurs Diener, Timmons, hielt sie auf. „Sie erinnern sich, was Seine Lordschaft sagte.“

Sie setzte sich wieder hin und starrte den Mann an, den sie von Kindesbeinen an aufgezogen hatte. Tränen flossen über ihre faltigen Wangen. „Ja, Lord Marcus und Lady Phoebe sollen ihren Neuanfang genießen. Aber die Welt hat heute einen lieben und wunderbaren Mann verloren.“

***

Marcus und Phoebe führten die kurze Prozession in den großen Ballsaal, in dem das Hochzeitsfrühstück für die Gäste vorbereitet worden war. Er stellte Phoebe dem örtlichen Adel und den wenigen Adelsfamilien vor, die in der näheren Umgebung wohnten. Mit einigen von ihnen war sie bereits bekannt. Sie alle versprachen Brautbesuche nach der Rückkehr des Brautpaares aus Frankreich.

Am Nachmittag, nicht lange nach dem Anschneiden der Torte, traten die Gäste ihre Heimreise an.

Als die letzte Kutsche abfuhr, trat Timmons an Marcus heran. „Lord Evesham.“

Marcus hatte gedacht, er sei vorbereitet, aber sein neuer Titel klang seltsam in seinen Ohren. Er starrte den Diener an und sah die Traurigkeit in seinen Augen. „Ist Arthur …?"

Timmons nickte. „Ja, Eure Lordschaft, er ist vor ein paar Stunden gestorben."

Phoebe kam auf ihn zu und Marcus legte seinen Arm um sie, weil er sie berühren wollte. „Meine Liebe, darf ich dir Timmons vorstellen, Arthurs Kammerdiener."

Timmons verbeugte sich. „Es tut mir leid, Mylady."

Sie schaute Marcus an und biss sich auf die Lippe. „Arthur?"

Marcus' Kehle schmerzte und er hatte Mühe, die Worte herauszubringen. „Ja. Er hat uns verlassen." Er hörte ein Keuchen und erkannte, dass Anne und Emily in der Nähe standen. Er und Phoebe nahmen die schluchzenden Mädchen in ihre Arme. Sie hielten die Mädchen fest, bis sie vom Weinen erschöpft waren und Priddy, ihre Gouvernante, sie wegbrachte.

Verzweifelt wollte Marcus jemandem die Schuld dafür geben, dass man es ihnen nicht früher gesagt hatte, aber Arthur hatte es so geplant, dass sie ihre Hochzeit genießen sollten, und es gab niemanden, mit dem man darüber streiten konnte.

Marcus saß auf dem Sofa, den Kopf in den Händen, bis Phoebe eine davon in ihre nahm. Er hob den Kopf und starrte sie durch den Nebel der Trauer hindurch an.

„Komm." Sie drängte ihn, aufzustehen. „Es ist Zeit, dass wir allein sind."

Nachdem sie ihren Familien einen schönen Tag gewünscht hatten, folgte Marcus Phoebe in ihre Räume.

Sie öffnete die großen, geschnitzten Flügeltüren zu einer Halle, die wiederum zu ihrem Schlafgemach, den Salons und den Ankleidezimmern führte. Eine Reihe von Fenstern säumte die Wand ihres Schlafzimmers, gab den Blick auf den See frei und machte den Raum hell und luftig.

Das große Himmelbett war mit cremefarbenen Kreppvorhängen behängt, die mit Blumen und Ranken in verschiedenen Größen und Stilen und in unterschiedlichen Farben verziert waren. Die Fensterverkleidungen waren im gleichen Muster gehalten. Türkische Teppiche bedeckten den größten Teil des Fußbodens.

Phoebes Nachthemd war auf dem Bett ausgebreitet.

Ihre neuen Zimmer waren wunderschön, aber das würden sie erst später zu schätzen wissen. Im Moment litt ihr Mann unter Schmerzen und brauchte ihren Trost.

Marcus sah sich um. Seine Stimme war voller Emotionen. „Gefällt es dir?"

Wenn er über das Zimmer reden wollte, würde sie das tun. „Ja, es ist schön. Als ob jemand genau wüsste, was ich mag."

Sein Atem stockte. „Nun denn, Mylady, ich bin froh, dass es dir gefällt." Tränen trübten seine Augen. „Ich kann nicht glauben, dass Arthur fort ist. Ich wollte mehr Zeit mit ihm verbringen. Er starb kurz nach unserem Gelübde."

Phoebe legte ihre Arme um Marcus' Hals und musterte sein Gesicht. „Es ist nicht so, wie wir es uns vorgestellt haben. Aber es ist das, was wir haben. Dein Bruder hat uns ein letztes Geschenk der Liebe gemacht. Wir werden sein Leben weiter in Ehren halten."

Plötzlich, als ob ein Damm in ihm brechen würde, schloss er sie in seine Arme. „Oh, Gott, Phoebe, ich weiß nicht, was ich ohne dich tun würde." Er begann zu schluchzen.

Sie weinte leise mit ihm und hielt ihn in ihren Armen. Marcus erzählte ihr, wie nahe er und Arthur sich gestanden hatten, bis er weggeschickt worden war. Wie schuldig er sich fühlte, weil er nach dem Tod seiner Schwägerin und bei der Krankheit seines Bruders nicht für ihn da gewesen war. „Phoebe, ich darf dich nie verlieren." Begierig nahm Marcus ihre Lippen in Beschlag.

Ihre erste Vereinigung war hart und schnell, als Marcus seinen Kummer und seine Angst in sie schüttete, und sie hieß ihn in ihrem Körper willkommen und besänftigte ihn mit ihrer Liebe.

***

Sie musste geschlafen haben, denn sie wurde von seinen Küssen wach. Sie schlang ihre Beine um ihn und drängte ihn zur Seite, dann noch tiefer, weil sie wollte, dass er sie noch mehr beanspruchte.

Phoebe gab sich den Wellen der Lust hin, die er ihr schenkte, und sie nahm sie auf und brach in einen wilden Taumel der Lust aus.

„Phoebe, meine Liebe, ich brauche mehr", flüsterte Marcus, als er sie auf den Bauch drehte. Er legte ein Kissen unter ihre Hüften und drang erneut in sie ein, um sie an sich zu ziehen.

Sie hatte gedacht, dass er nicht tiefer in ihr sein könnte, aber sie hatte sich getäuscht. Es war, als ob er wirklich eins mit ihr war. Die sinnliche Spannung stieg mit jedem langen, tiefen Stoß, bis ihre Kontraktionen unkontrollierbar wurden und sie vor Lust zerbarst und ihn mit sich riss. In diesem Moment wusste sie, dass sie ihn von ganzem Herzen liebte.

***

Marcus stand auf und zündete einige Kerzen an. Er starrte auf die schlafende Gestalt seiner Frau hinunter, die kaum von einem Laken bedeckt war, ihr Haar wild über die Kissen verstreut. Gott, er liebte sie. Sie hatte genau gewusst, was sie tun musste, um ihn letzte Nacht zu beruhigen.

Nachdem er eine Kerze geholt hatte, ging er in den angrenzenden Salon, wo er Wein, Limonade und verschiedene Essensangebote für sie vorfand. Er schenkte ein Glas Wein ein, bevor er ihr das Tablett brachte.

Phoebe erwachte, streckte sich und setzte sich auf.

Er stellte den Teller auf einen kleinen Tisch neben ihr.

„Schau, was sie uns mitgebracht haben.“

Sie streckte die Hand aus und nahm sich eines der kleinen Sandwiches.

„Möchtest du Limonade oder Wein?“, fragte er.

Phoebe kaute und schluckte. „Limonade, bitte. Wie spät ist es?“

Marcus schaute aus dem Fenster. „Dunkel.“

Sie schüttelte den Kopf, grinste aber. „In der Tat, das hatte ich gar nicht bemerkt. Wann fahren wir nach Newhaven?“

Marcus lächelte schelmisch und ließ seinen Blick über ihren Körper gleiten. „Erinnerst du dich nicht? Erst nach dem Mittagessen. Wir können so lange schlafen, wie wir wollen."

Phoebe hob ihr Glas und trank einen tiefen Schluck. „Hm, ja, Schlaf ist das, was ich brauche."

Marcus nahm ihr den Kelch ab und stellte ihn auf das Tablett. „Sie, Mylady, sind eine lüsterne Frau geworden."

Phoebe blickte zu ihm auf, streckte sich auf dem Bett aus und wackelte mit dem Busen. „Wie fühlt es sich an, seine eigene lüsterne Frau zu haben?"

Er stöhnte, verzichtete auf das Essen und Trinken und rutschte neben sie. „Meine eigene Frau? Hmm."

Phoebe begegnete seinem Blick und legte ihre Handflächen auf seine Brust. „Ihr Eigentum. Kommen Sie zu mir, Mylord."

Er war dankbar, dass sie diesen Teil ihres Lebens mit der gleichen Leidenschaft angegangen war wie den Rest des Lebens.

Vor allem jetzt, wo er sie so sehr brauchte.

***

Phoebe erwachte, als die Morgendämmerung das Zimmer in ein sanftes Licht tauchte. Sie hatte sich an Marcus gekuschelt, mit dem Rücken an seine Brust, sein Arm hielt sie an sich gedrückt. Langsam und leise löste sie sich vom Bett und schlüpfte hinter den Wandschirm, um sich etwas zu essen vom Tisch zu holen.

Wenig später stand Phoebe neben dem Bett, verschlang das letzte Sandwich und blickte auf ihn herab.

Er war wunderschön. Er war groß, schlank und hatte breite Schultern. Das dunkle Haar auf seiner Brust, durch das sie so gern mit den Fingern fuhr, verlief in einer dünnen Linie über seinen straffen Bauch, dann hinunter zu dem Lockennest zwischen seinen Beinen und seinem männlichen Glied, wie ihre Schwestern es genannt hatten. Phoebe leckte sich über die Lippen. Selbst im Ruhezustand wirkte sein Glied groß, obwohl sie nichts hatte, womit sie es vergleichen konnte. Es zuckte und dehnte sich.

Sie ließ sich wieder auf das Bett sinken und betrachtete sein Glied genauer, nahm es in die Hand und ließ ihre Finger über die weiche Haut gleiten. Es war faszinierend, wie es anschwoll. Phoebe blickte auf und sah, wie Marcus sie angrinste.

„Hast du vor, irgendetwas mit meinem Schaft zu machen, oder reicht es dir, ihn nur zu halten?“

Schaft, ein anderes Wort dafür. Sie fragte sich, wie viele Worte es noch dafür gab. „Ich weiß es nicht. Es ist erstaunlich, wie er auf meine Berührung reagiert.“

Er grunzte. „Er hat auf dich reagiert, seit ich dich zum ersten Mal gesehen habe.“

Phoebe schaute auf seinen völlig verhärteten Schaft. „Wirklich?“

„Wirklich.“ Er setzte sich auf und hob sie über sich. Sein Schaft richtete sich gegen ihren Bauch auf.

Phoebe streichelte ihn erneut. Seine Muskeln spannten sich an, und sie fragte sich, wie lange er ihr erlauben würde, ihn zu erforschen. „Ich weiß, dass man es auch männliches Glied nennt. Wie viele andere Namen gibt es dafür?“

Ein tiefes Stöhnen entrang sich ihm. „Phoebe, du wirst mein Untergang sein. Man nennt es auch ein Schwert, und es gibt mehrere Worte, die ich dir nicht sagen werde.“

Sie runzelte leicht die Stirn. „Sind sie vulgär?“

„Äußerst vulgär, und es würde mir nicht gefallen, sie aus deinem Munde zu hören.“

Ihre Schwestern hatten ihr erzählt, dass manche Männer gerne schmutzig redeten. Phoebe glaubte nicht, dass sie es tun würde, und sie war froh, dass ihr Mann es auch nicht tat. Als sie sich streckte, fand sie seinen Hodensack. Die neuen Wörter und die anderen Dinge, die sie letzte Nacht von ihren Schwestern gelernt hatte, waren hilfreich.

Marcus' Stimme war tiefer und körniger. „Phoebe, meine Liebe, bitte sag mir, was du zu tun gedenkst. Du hast doch einen Plan?“

Sie warf ihm einen bösen Blick zu und näherte sich seinen Beinen.

Er blinzelte. „Du kannst nicht wissen, dass ...“

Sie beugte sich über ihn, berührte mit ihrer Zunge sein steifes Glied und nahm es in ihren Mund. Ihre Lippen schlossen sich um ihn. Er schmeckte moschusartig und salzig, anders, aber nicht unangenehm.

Er wurde härter und sackte zurück. „Deine Schwestern. Ich hatte keine Ahnung, dass Frauen solche Dinge besprechen.“

Phoebe begann zu kichern, fand es aber schwierig, mit ihm im Mund zu lachen. Marcus' Hände verhedderten sich in ihrem Haar, während sie leckte und saugte. Sein Atem ging in Keuchen über.

„Genug, bitte. Komm zu mir.“

Sie ließ ihn los. Marcus hob sie hoch und ließ sie langsam auf seinen feuchten Schaft sinken. Phoebe keuchte auf, als er sie vollständig ausfüllte. Sie legte ihre Hände auf seine Brust, und er hielt ihre Hüften und bewegte sie auf und ab, bis sie sich selbst bewegte und merkte, dass sie das Tempo und die Tiefe seines Eindringens kontrollieren konnte.

Er knetete ihre geschwollenen Brüste und reizte ihre bereits strammen Brustwarzen, bevor er eine davon in den Mund nahm und seine Zunge darum kreisen ließ. Er saugte, während er die andere sanft drückte. Aber das war noch nicht genug.

„Mehr, bitte. Ich kann nicht mehr." Sie verstummte, als Marcus seine Hand in ihre Locken legte und sie massierte. Die vertraute Spannung durchströmte sie und Wellen von Wärme wühlten tief in ihr auf. Schließlich wölbte sie sich mit einem ekstatischen Schrei zurück und kam. Marcus folgte ihr.

Als die Wogen verebbten, ließ Marcus sich zurück in die Kissen fallen und zog sie mit sich.

Sie schloss die Augen und wollte gerade wieder in den Schlaf sinken, als ihr plötzlich ein Gedanke kam. Sie sollte diese Woche ihre Regel haben und war froh, dass es nicht dazu gekommen war. Seltsamerweise fühlte sie sich nicht so unwohl wie sonst und fragte sich, ob die intime Beziehung zu Marcus eine medizinische Wirkung hatte. Wenn ja, dann müsste sie sie öfter haben.

***

Als Marcus das nächste Mal erwachte, war es bereits hell. Aus dem Nebenzimmer ertönte das Klirren von Porzellan.

„Ist das Essen?", fragte Phoebe und warf die Decke zur Seite. „Ich bin hungrig."

Marcus brachte sie zum Schweigen. „Warte hier. Ich werde sehen, was wir haben." Er schlüpfte in seinen Morgenmantel und spähte in die Stube.

Phoebe zog sich ihren Umhang an und trat hinter ihn.

Rose und Covey deckten einen Tisch mit Brötchen, Butter, Gebäck und Marmelade. Marcus räusperte sich, um sie wissen zu lassen, dass er da war. Rose blickte zur Tür und errötete heftig, bevor sie sich abwandte.

Covey grinste. „Ja, du hättest das alles mir überlassen sollen. Ich habe versucht, dir zu sagen, dass Seine Lordschaft nicht angezogen sein würde, aber du wolltest mir nicht glauben. Wenn du vorhast, den Tisch für sie zu decken ..."

Als Marcus versuchte zu entscheiden, wie er mit dem potenziellen Rückschlag umgehen sollte, betrat Phoebe mit einem breiten Lächeln den Raum.

„Rose, wie nett von dir. Vielen Dank, dass du daran gedacht hast." Das Gesicht des Dienstmädchens nahm unter Phoebes Worten wieder seine gewohnte Farbe an. Phoebes Lächeln verblasste ein wenig, als sie sich an Covey wandte. „Und Covey, wie nett von dir, dass du mir hilfst."

Nun, das war kein guter Anfang.

Rose hob ihr Kinn und sagte: „Mylady, ich dachte, Sie wären bald wach. Soll ich Ihren Tee holen?"

Phoebe lächelte wieder. „Ja, bitte sehr, und ich glaube, Seine Lordschaft hätte gerne etwas Nahrhafteres zu essen." Sie hielt inne. „Wenn ich es mir recht überlege, möchte ich das auch."

Rose machte einen Knicks und verließ den Raum.

Marcus warf einen Blick auf Covey. „Wir werden nach dem Mittagessen aufbrechen. Ich würde gern nach Newhaven fahren, solange es noch hell genug ist, damit Lady Evesham durch das Dorf schlendern kann. Aber zuerst kannst du Rose helfen, den Rest des Frühstücks zu bringen, und dich um das Badewasser kümmern."

Covey murmelte etwas vor sich hin, verbeugte sich und ging.

„Oh je." Phoebe runzelte die Stirn. „Meinst du, wir werden Probleme zwischen den beiden bekommen?"

Marcus rieb sich die Stirn. Es war viel zu früh, um diese Diskussion zu führen. „Das hoffe ich nicht. Covey hat mich immer begleitet, durch dick und dünn."

Das Kinn seiner Geliebten straffte sich. „Ich verstehe, was du meinst. Rose ist mit mir zusammen, seit ich fünfzehn bin. Sie müssen nur lernen, zusammenzuarbeiten." Sie zuckte leicht mit den Schultern. „Du sprichst mit Covey. Ich werde dasselbe mit Rose tun."

Marcus öffnete seinen Mund und schloss ihn wieder. Zum Teufel. Er würde sich nicht zum ersten Mal mit seiner Frau über die Dienerschaft streiten. Zumal es so aussah, als hätte Covey damit angefangen.

„Marcus."

„Ja, meine Liebste."

„Ich denke, wir sollten unsere Reise um eine Woche oder so verschieben. Ich möchte bei Arthurs Beerdigung hier sein, und du solltest sicherstellen, dass mit der Vormundschaft alles in Ordnung ist."

Er zog sie in seine Arme. „Du hast recht. Wir werden unsere Reise verschieben." So sehr er sie auch für sich allein haben wollte, er konnte seine Verantwortung nicht verleugnen. Eine davon war, seinem Bruder einen gebührenden Abschied zu bereiten und sich zu vergewissern, dass mit seinen Nichten alles in Ordnung war.

***

Später an diesem Morgen nahm Phoebe ihre Schwestern und ihre Tante zur Seite und sagte ihnen, dass sie und Marcus etwa eine Woche lang in Charteries bleiben würden.

„Du musst auch Trauerkleidung bestellen, meine Liebe", sagte Tante Ester. „Niemand wird erwarten, dass du sie in Paris trägst, aber in England wird sie notwendig sein."

„Ich werde einen Brief an Madame Lisette schicken."

Hester und Hermine sahen sich an, und Hester sagte: „Wenn du möchtest, bleiben wir noch eine Weile hier bei dir."

Phoebe ließ den Atem los, den sie angehalten hatte. Ihre Familie hier zu haben, mit den Kindern, würde ein großer Trost sein. „Ich danke euch. Ich möchte, dass ihr bleibt."

Tante Ester lächelte. „Wir werden unsere Abreise ebenfalls verschieben."

„So", sagte Phoebe. „Das wäre erledigt."

***

Ein paar Tage nach Arthurs Beerdigung, als Phoebe zu ihren Räumen eilte, packte sie ein starker Arm um die Taille. Sie stieß einen kleinen Schrei aus, bevor sie den Duft und die breite Brust ihres Mannes erkannte.

Er küsste sie auf die Schläfe. „Du hast es eilig."

„Ja, ich habe Emily und Anne versprochen, dass meine Schwestern und ich heute Nachmittag das Schießen üben werden."

Seine Lippen hinterließen eine Spur von Küssen mit offenem Mund an ihrem Hals. „Stört es dich, wenn ich mit dir komme?"

Phoebe drehte sich in seinen Armen. „Ganz und gar nicht."

„Mylord!", sagte Covey und schritt schnell den Korridor entlang. „Wir haben ein Problem."

Kapitel 25

Marcus zog Phoebe an seine Seite. „Covey, was ist los?"

Covey warf einen Blick auf Phoebe und dann wieder auf Marcus. „Das soll Ihnen einer der Lakaien sagen, der im Bordell war."

„Bordell?", fragte Phoebe verwirrt.

Marcus rieb sich mit einer Hand über das Gesicht. Oh, Gott. Wie sollte er ihr das erklären? „Ich wusste nicht, dass wir hier eines haben."

„Das tun wir jetzt." Coveys Mund verzog sich zu einem humorlosen Lächeln. „Diese Frau, von der ich Ihnen erzählt habe? Sie hat sich in der Taverne niedergelassen und gibt allen unseren Dienern Sonderkonditionen. Sie stellt auch eine Menge Fragen."

„Travenor", sagte Marcus.

„Das vermute ich auch. Ich habe Ihnen gesagt, dass Männer wie er nicht aufgeben. Hat ein paar Schrauben locker, der Mann."

Phoebes Blick wanderte zwischen Covey und Marcus hin und her.

„Was ist hier los, und wieso ein Bordell?"

Er blickte seinen Diener an. „Das musstest du unbedingt erwähnen." Seine Frau musste sich zwangsläufig in die Sache einmischen. „Meine Liebe, lass mich das machen. Du hast genug zu tun, ohne dich auch noch einzumischen."

Ihr Gesicht errötete, und sie öffnete ihren Mund.

Er fuhr fort, bevor sie etwas sagen konnte. „Es ist nichts, was eine sanftmütige Dame wissen sollte."

Einen Moment lang dachte Marcus, sie würde zuschlagen.

„Ich bin jetzt eine verheiratete Frau, und es gibt keinen Grund für dich, Geheimnisse vor mir zu haben. Wenn es wie in einem Bordell ist, sag es einfach. Du wirst mich nicht schockieren. Sag mir, was jetzt los ist!"

Marcus versuchte, einen Ausweg aus dieser Situation zu finden, und scheiterte. Wenn er ihr nicht befehlen wollte, ihm zu gehorchen, was er nicht wollte, würde er es ihr sagen müssen.

Er ergriff ihre Hand und schritt den Korridor entlang. „Komm, ich erkläre es dir auf dem Weg. Wir glauben, dass Travenor eine Frau im Dorf hatte, die Informationen von unseren Dienern erhalten hat."

„Wie ein Spion?"

„Ja. Um uns im Auge zu behalten, wie er es in London getan hat. Covey hat neue Leute in der Gegend entdeckt. Der einzige Grund, warum ich das nicht erwähnt habe, ist, dass ich es, ehrlich gesagt, vergessen habe."

„Ich verstehe. Es war eine schwierige Zeit." Phoebe musste laufen, um mit ihm Schritt zu halten. Sie hatte schon von Bordellen gehört, und ein Hurenhaus war nur ein anderer Begriff. Da sie wusste, dass französische Spione manchmal die fleischlichen Bedürfnisse der Männer gegen sie einsetzten, war sie nicht überrascht, dass die Prostituierte leicht an Informationen von einigen der männlichen Angestellten gelangt war.

Ihr Magen drehte sich um und sie fühlte sich schlecht. Es war noch nicht vorbei; Travenor, oder wer auch immer, wartete nur auf den richtigen Zeitpunkt, um zuzuschlagen, wenn sie und Marcus nicht auf der Hut waren.

Als sie zu den Stallungen gingen, bat sie einen der Diener, ihre Schwestern rufen zu lassen.

Als sie die Ställe erreichten, knieten zwei Stallknechte und drei Diener auf dem Boden und wurden von einigen der anderen männlichen Bediensteten bewacht. Marcus wandte sich an Turner, den Stallmeister. „Haben sie geredet?"

Turner schlug methodisch mit einer Peitsche auf seine Hand. „Sie werden es verraten, oder es wird ihnen leid tun."

Marcus stemmte die Fäuste in die Hüften. „Ich glaube nicht, dass wir das brauchen werden." Er wandte sich an die Männer auf dem Boden. „Einer nach dem anderen werdet ihr mir jetzt erzählen, was ihr der Frau gesagt habt."

Lichtfetzen durchdrangen die Düsternis des Stalls, kleine Staubkörner schwebten in der Luft.

Phoebe stellte sich in den Schatten, damit die Männer frei sprechen konnten, aber das Schweigen war von Spannung geprägt, bis schließlich einer der Diener das Wort ergriff.

„Sie fragte mich, wer kommt und geht und wann die Lieferungen erfolgen. Werde ich meine Stellung verlieren, Mylord?"

Marcus schüttelte den Kopf. „Nein. Du konntest nicht wissen, dass sie nicht nur neugierig ist, sondern dass eine Gefahr im Anmarsch ist. Diese Frau ist ein Teil davon. Ich brauche alle Informationen, und wenn es ein nächstes Mal gibt, wirst du wissen, dass du nicht so vertrauensselig sein darfst." Er ging in die Hocke und sprach mit den Männern, befragte sie eingehend über die Prostituierte und alle Fremden, mit denen sie zu tun hatte.

Phoebe verstand endlich, wie er so erfolgreich geworden war. Er prüfte jede einzelne Information und bildete ein Ganzes. Eines, von dem sie nicht froh war, dass es existierte.

Jemand, wahrscheinlich Travenor, hatte einen Plan erstellt und darauf den exakten Grundriss des Grundstücks und des Hauses festgehalten, und er war dabei sehr geschickt vorgegangen. Nur die Bediensteten, die am wenigsten Verdacht schöpfen würden, waren mit dem Sonderangebot angesprochen worden.

Phoebes Schwestern traten ein und hörten ebenfalls zu. Phoebe erwartete halb, dass sie ihre eigenen Fragen oder Kommentare abgeben würden, aber die Zwillinge blieben still, bis Hester Phoebe zur Seite zog.

Phoebe ging mit, aber als sie das Ende der Treppe erreicht hatten, sagte sie: „Ich wollte bleiben, um Marcus zu helfen."

Hester lächelte ein wenig. „Phoebe, Marcus ist ein Mann, und du musst ihm erlauben, genau das zu sein."

Phoebe schüttelte den Kopf. Ihre Schwester hatte Unrecht. „Du verstehst das nicht. Wir haben eine gleichberechtigte Partnerschaft vereinbart."

„Trotzdem, meine Liebe", sagte Hermine, „es gibt Zeiten, in denen Marcus die Führung übernehmen muss. Er wäre nicht der Typ Gentleman, den du heiraten wolltest, wenn er das nicht täte."

Phoebe betrachtete ihre Schwestern. „Aber Hermine, du hast die Wegelagerer besiegt."

„Ja", sagte sie. „Ich habe getan, was nötig war, um meinen Mann und seine Familie zu retten, aber ich ziehe es vor, Edwin seine Stärke zeigen zu lassen. Kein Mann möchte sich unbedarft fühlen."

Phoebe wollte gerade antworten, als ihr Mann auf sie zuging.

„Marcus, mein Liebster, was wirst du jetzt tun, wo du weißt, dass Travenor hier irgendwo ist?"

Marcus legte seinen Arm um ihre Taille und drückte sie fest an sich. „Wir werden die Frau befragen. Mit etwas Glück werden wir genug herausfinden, um einen Angriff zu verhindern. Der Rest der Dienerschaft sowie meine Eltern und deine Familie müssen darüber informiert werden, dass jemand Informationen sammelt."

„Was ist dein Plan?"

Marcus küsste ihre Schläfe. „Warten, bis er zuschlägt. Wir haben nicht genug Beweise für einen Prozess vor den Lords." Er nahm ihr Kinn zwischen zwei Finger und neigte ihren Kopf nach oben. „Denk an dein Versprechen, dass du nicht allein nach draußen gehst und dass du deinen Dolch und deine Pistole tragen wirst."

Phoebe erschauderte. Allein der Gedanke, dass Travenor sie berührte, ließ ihre Haut kribbeln, als ob ein Aal sie berührt hätte. Sie trat näher an ihren Mann heran. „Wie du willst. Ich habe keine Lust, in den Händen dieses Wahnsinnigen zu landen."

Marcus geleitete Phoebe und ihre Schwestern hinein. „Wir müssen alle versammeln und sie vor dieser neuen Gefahr warnen." Er überließ es Wallace, dem Butler seines Vaters, sich um die Dienerschaft zu kümmern.

Sobald ihre Familie und die von Marcus im Morgenzimmer versammelt waren, übernahm er das Kommando. Seine Stimme war tiefer und härter, als er erklärte, was entdeckt und zusammengefügt worden war.

Phoebe sah den Respekt, der ihrem Mann entgegengebracht wurde. Sogar Onkel Henry hörte Marcus zu und stimmte ihm zu, und obwohl er ihr erzählt hatte, dass er schon viele Männer unter manchmal schwierigen Umständen betreut hatte, hatte sie das noch nie gesehen oder gespürt.

Vielleicht hatten ihre Schwestern recht, und Phoebe sollte lernen, sich von ihm beschützen zu lassen.

***

Aus zehn Tagen waren mehr als vierzehn Tage geworden, und Phoebes Regelblutung war immer noch nicht gekommen.

Sie drückte ihre Hand auf ihren Bauch und wünschte sich, dass sie ein Kind darin hätte.

Schließlich ging sie zu Hermines Zimmer und klopfte. „Komm herein."

Phoebe öffnete die Tür und ging zum Fensterplatz hinüber. „Kann ich mit dir über etwas sprechen?"

Hermine legte ihr Buch zur Seite und lächelte. „Natürlich."

Phoebe schluckte. „Woher wusstest du, dass du ein Kind erwartest?"

Das Lächeln ihrer Schwester wurde breiter. „Nun, wir sind alle so regelmäßig, dass Papa zu Mama gesagt hat, er wisse genau, wann ein anderes Anwesen besucht werden muss oder wann er in die Stadt flüchten muss. Wie spät bist du dran?“

Wärme stieg in Phoebes Gesicht auf. „Fast zwei Wochen.“

Hermine lehnte sich zurück. „Das Herrenhaus.“

Phoebe nickte reumütig. „Wahrscheinlich in der ersten Nacht.“

„Nun, es ist noch zu früh. Mal sehen, was die nächsten zwei Wochen bringen. Dies ist immer die gefährlichste Zeit.“

Phoebe starrte auf ihre Hände, die die Fransen ihres Schals verknoteten. „Soll ich es Marcus sagen?“

Hermine lachte vergnügt. „Meine Liebe, jeder Mann, der sich mit der Zucht von Tieren auskennt, weiß, wie man es herausfindet. Wir können nicht verbergen, dass wir unsere Regelblutung haben oder nicht haben.“

Phoebe stand auf und umarmte ihre Schwester. „Ich danke dir. Ich wünsche mir so sehr ein Kind.“

„Die meisten von uns tun das. Kinder sind unsere größte Freude. Lass dich nicht falsch beraten, was du sicher nicht lassen wirst, und lass dich von Marius nicht in Watte packen. Männer werden unmöglich, wenn wir zunehmen.“

Phoebe grinste. „Ich erinnere mich, dass Hester gedroht hat, John zu verlassen, wenn er nicht aufhört, sie in Watte zu packen.“

Hermine schüttelte den Kopf. „Er wäre uns gefolgt, und Edwin hat sich geweigert, sie beide sechs Monate lang im Haus zu haben.“

***

In dieser Nacht schlüpfte Marcus ins Bett, legte seine Hand auf ihren Bauch und musterte ihr Gesicht.

„Besteht die Möglichkeit, dass du ein Kind in dir trägst?"

„Möglicherweise. Ich bin spät dran."

Er küsste sie. „Sollen wir noch etwas üben?"

Sie liebten sich sanft, als hätte er Angst, ihr weh zu tun.

Später lagen sie sich in den Armen, und Phoebe wollte nirgendwo anders mehr sein. Marcus küsste ihr Haar mit seinen Lippen. „Soweit wir wissen, gibt es keine Spione mehr im Dorf. Willst du übermorgen nach Paris abreisen?"

„Wenn du meinst, dass es sicher ist, zu gehen. Es wird schön sein, wenn wir allein sind."

***

Am Abend vor ihrer Abreise saßen Phoebes Familie und Isabel – Lord Dunwood war mit Onkel Henrys Vollmacht für eine wichtige Abstimmung in die Stadt zurückgekehrt – nach dem Abendessen bei Süßigkeiten zusammen, als die Erzieherin der Mädchen, Priddy, mit Anne den Raum betrat.

„Meine Damen, Anne möchte euch etwas sagen."

Phoebe lächelte und hielt ihrer Nichte die Hand hin. „Was ist los, meine Liebe?"

Anne nahm die Hand von Phoebe. „Als wir draußen waren, sah ich einen Mann im Wald. Er stand ganz nah an einem Baum, als ob er sich verstecken wollte, und er beobachtete uns. Ich habe ihn nicht erkannt, also konnte er nicht hier arbeiten, denn ich kenne jeden, und er sah nicht so aus, als wäre er von hier."

Phoebe nickte. „Das ist sehr gut. Kannst du ihn beschreiben, Liebes?"

Anne verzog das Gesicht. „Ich konnte seine Gesichtszüge nicht genau erkennen, aber seine Kleidung war seltsam. Er trug einen langen Mantel mit einem roten Schal um den Hals und einen Hut mit einer breiten Krempe."

Phoebe umarmte sie. „Das ist eine sehr gute Beschreibung. Wenn du ihn siehst – oder jemanden, den du nicht wiedererkennst – komm sofort zu uns. Sag es auch Emily. Priddy, ich danke dir."

Nachdem Anne und Priddy gegangen waren, rieb sich Marcus mit der Hand über das Gesicht. „Verschieben wir unsere Reisepläne wieder?"

„Nein", sagte Phoebe. „Soll er uns doch verfolgen. Ich werde mich nicht mehr verstecken. Wir können Vorsichtsmaßnahmen treffen."

Marcus zog die Brauen zusammen, nickte aber. „Nun gut. Dann also morgen. Mit etwas Glück wird diese Situation bald ein Ende haben."

***

Am nächsten Morgen betrachtete Marcus die beiden Reisekutschen, die in der Einfahrt standen, mit Unmut.

„Ich dachte, wir würden nur mit unseren persönlichen Dienern reisen. Ich wusste nicht, dass Phoebe vorhat, die Kutschen mitzunehmen."

St. Eth lachte bellend auf. „Du reist mit deinen persönlichen Dienern. Aber Phoebe hat drei und du nur einen." Er klopfte Marcus auf den Rücken. „Keine Sorge, mein Junge, wenn du zurückkommst, kannst du froh sein, dass du nicht noch eine Kutsche und Pferde hast, wenn sie welche findet, die ihr gefallen." St. Eth hatte ein irritierendes Grinsen im Gesicht. „Ester sagte mir, dass Phoebes Modistin ihr ein Empfehlungsschreiben an einen in Paris gegeben hat."

Marcus schloss die Augen und erschauderte. „Das ist ein Aspekt des Ehelebens, an den ich nicht gedacht hatte."

St. Eth gluckste. „Nein, daran denkt keiner von uns."

Inzwischen hatten sich auch Edwin, John und Geoffrey zu ihnen gesellt, die alle ärgerlich lächelten. Marcus versuchte, nicht finster dreinzuschauen. „Ist sie immer so unterwegs?"

Geoffrey grinste. „Immer, es sei denn, sie flieht vor dir. Ich habe sie noch nie so leicht reisen sehen."

„Wenigstens lässt sie die Möbel zurück", sagte John. „Ich hatte eine Urgroßmutter, die ihr halbes Haus mitgenommen hat, als sie auf Reisen ging."

Phoebe kam auf sie zu und legte ihre Hand auf Marcus' Arm. „Was ist los? Ist etwas nicht in Ordnung?"

Er konnte nicht länger wütend auf sie sein. Er wollte einfach nur schnell weg. „Nein, ich habe nur nicht verstanden, dass wir die Kutschen nehmen würden."

„Aha." Sie nickte weise. „Ich habe zuverlässige Informationen, dass es bei all den Engländern, die auf den Kontinent strömen, schwierig ist, geeignete Transportmittel zu finden. Soweit ich weiß, ist die Situation bei den Pferden nicht so schlimm." Ihre schönen Lippen runzelten sich. „Obwohl ich durchaus bereit bin, Pferde zu kaufen, wenn es sein muss, möchte ich keine Kutsche in Auftrag geben, wenn es nicht sein muss.“

Marcus hob eine Augenbraue. „Wie bitte?“

Sie errötete. „Oh, ich hätte wohl sagen sollen, dass wir keine Kutsche in Auftrag geben wollen. Es tut mir leid, mein Lieber. Ich habe mich so sehr daran gewöhnt, meine Reisen so zu bestellen, wie ich es für richtig halte, dass ich vergessen habe, dass ich jetzt auch an dich denken sollte. Ich denke, ich werde mich daran gewöhnen. Wenn ich in der Zwischenzeit zu sehr in die Gänge komme, musst du es mir sagen.“

Er lächelte sie an und behielt seine Gedanken für sich: *Wie soll ich das anstellen?* „Sollen wir gehen?“

„Gib mir ein paar Minuten.“ Sie drückte seinen Arm.

Während Phoebe sich von den Damen verabschiedete, sorgte Marcus dafür, dass die Vorreiter bereit waren. Es gab nur einen guten Weg, um die Hauptstraße zur Küste zu erreichen, und das war eine sehr enge Gasse, nicht einmal breit genug, um die Kutsche zu wenden, gesäumt von Wälder auf beiden Seiten. Er wollte sicherstellen, dass Phoebe geschützt war, falls sie angegriffen wurden.

Dreißig Minuten später fuhren die Kutschen die Auffahrt hinunter. Die Verabschiedung von Phoebe war größtenteils umsonst gewesen. Ihre Schwestern, ihr Bruder und deren Ehegatten begleiteten sie zur Hauptstraße.

„Das Schiff wird mit der Flut am frühen Morgen auslaufen. Wenn wir in Newhaven ankommen, werde ich es dir mitteilen.“ Sie hatte ihren Nacken in einem merkwürdigen Winkel geneigt, als sie zu ihm aufsah und ihn rieb.

Marcus hob sie auf seinen Schoß.

„Das ist viel besser“, sagte sie. „So kann ich dich sehen, wenn wir reden.“

Er grinste und küsste sie. „Was ist in dem Korb?“

„Ich glaube, ich sehe eine Flasche Portwein, aber sonst weiß ich nichts. Wir können nachsehen.“

„Später.“ Marcus schloss die Jalousien. Phoebe war weich und warm an ihm. Diese Position war viel besser.

Nur wenige Minuten später wurde die Kutsche langsamer. Er klopfte auf das Dach und John Coachman öffnete die Luke. „Da ist etwas auf dem Weg. Wir haben es gleich weg.“

Ein Schauer kroch Marcus den Rücken hinauf. „Es ist eine Falle. Schick einen der anderen los, um die andere Kutsche zum Anhalten zu bewegen, und reite dann nach Charteries, um Hilfe zu holen. Sag allen anderen, dass sie in Alarmbereitschaft sein sollen.“

„Sollen wir das Hindernis wegräumen, Mylord? Wir können dort nicht weiterkommen, und die Straße ist zu schmal, um die Kutsche zu wenden.“

„Verhaltet euch so natürlich wie möglich. Covey wird darüber wachen.“

„Marcus“, sagte Phoebe, „er kann nichts tun. Er ist mit Rose in der anderen Kutsche.“

Marcus fluchte leise vor sich hin. „Er wird wissen, dass er die Kutsche außer Sichtweite bringen und umkehren muss. In der Zwischenzeit sollten wir genug Männer haben, um einen Angriff abzuwehren.“

Sie zog ihre Pistole heraus. „Ich kann helfen.“

„Du“, knurrte er, „du bist sein Ziel. Bleib hier, lass die Jalousien herunter und schließ die Tür ab.“

Die Kutsche war nach Phoebes Vorgaben gebaut worden. Das war an sich nicht bemerkenswert, aber die Innenausstattung war es. Es gab Licht, ein Klapptisch stand an der Stelle, an der sich sonst die zweite Tür befand, und die Kutsche hatte ein starkes Schloss. Von außen sah die Kutsche jedoch so aus, als hätte sie auf beiden Seiten Türen. Rollos aus Leder bedeckten die Glasfenster. Die Rollos waren dick genug, um Schutz zu bieten, falls die Fenster zerbrachen. Phoebe warf ihre Arme um seinen Hals. „Marcus, wenn dir etwas zustoßen würde, wäre mein Leben nicht mehr lebenswert."

Er küsste sie fest und schnell. „Du trägst unser Kind in dir. Das ist etwas, wofür es sich zu leben lohnt, aber wenn ich euch beide verlieren würde, hätte ich nichts mehr. Du hast die Pistole, mit der wir geübt haben, und deine eigene. Hab keine Angst, sie zu benutzen. Meine Liebe, dieses Mal musst du schießen, um zu töten, und wenn du hörst, dass geschossen wird, leg dich auf den Boden."

Phoebes Augen füllten sich mit Tränen, aber sie nickte.

Er sprang auf den Randstreifen, wartete, bis er das Schloss klicken hörte, und wandte sich dann an den Kutscher. „Was ist auf der Straße?"

„Eine tote Kuh, Mylord", antwortete John Coachman. „Genau in der Mitte, sodass es keine Möglichkeit gibt, sie zu umgehen."

„Verdammt. Man braucht mindestens drei Männer, um sie zu bewegen. Sie werden unbewaffnet sein. Und dann wird Travenor zuschlagen."

„Ja, Mylord. Sollen wir uns einfach setzen ..." Ein lauter Schuss ertönte und eine Kugel flog über Marcus' Kopf hinweg.

Kapitel 26

„Runter!", rief Marcus. Er schaute sich um, um sicherzugehen, dass niemand verletzt worden war, bevor er sich hinhockte und versuchte zu erkennen, woher der Schuss gekommen war. Der Kutscher war zu den Pferden gegangen, um sie daran zu hindern, mit der Kutsche zu flüchten. Ihre Vorreiter standen mit gezogenen Pistolen hinter der Kutsche. Einer hatte ein Baker-Gewehr.

Eine Gruppe von Männern tauchte aus dem Wald auf der gegenüberliegenden Seite der Straße auf. Die meisten ihrer Waffen waren auf die Kutsche gerichtet, der Rest auf Marcus und seine Männer. Sie waren in der Überzahl.

Er rief den Reitern zu: „Was wollt ihr?"

Ein Tuch verdeckte das Gesicht des Mannes, der sein Pferd vorwärtstrieb. Als er das Halstuch herunterzog, war sein Lächeln das pure Böse. Travenor. „Ganz einfach, Mylord. Ihr Leben oder Ihre Frau."

Wut erfüllte Marcus. Er wollte den Bastard töten, aber wenn er die in den Falten seines Mantels verborgene Pistole zeigte, würden die Männer, die ihn bewachten, schießen und möglicherweise Phoebe treffen. Er machte eine Show, indem er sich ruhig den Kiefer rieb, während er schnell seine Optionen überdachte.

Mit trägem Tonfall antwortete er: „Das Angebot ist nicht gut genug."

Travenor errötete, sein Pferd wich unruhig aus. „Vielleicht sollte ich mit Lady Phoebe sprechen und ihr Ihr Leben anbieten, damit sie mit mir kommt. Das letzte Mal, als ich ihre Kutsche aufhielt, ist sie entkommen. Dieses Mal will ich sie haben."

Schurke. „Nein." Marcus schoss. Travenors Pferd scheute in letzter Sekunde und der Schuss durchschlug Travenors Arm statt sein Herz. Weitere Schüsse ertönten, und eine Kugel streifte Marcus' Schläfe. Er stolperte und hielt sich an der Seite des Wagens fest, um sich aufrecht zu halten. Er konnte nicht alles sehen, was auf der anderen Seite des Fahrzeugs geschah, aber er hörte ein Stöhnen. Mindestens ein Mann war getroffen worden, aber wer?

Travenor war schadenfroh. „Ich glaube, es würde mir sehr viel Freude bereiten, wenn ich Sie dazu bringen könnte, mir dabei zuzusehen, wie ich Ihre Frau nehme, bevor ich Sie töte, Mylord. Sie müssen sich aber keine Sorgen um sie machen. Ich werde sie bei guter Gesundheit halten, solange sie mich zufriedenstellt."

Phoebe keuchte. Marcus wies sie an, in der Kutsche zu bleiben.

„Sie werden Ihre dreckigen, schlecht erzogenen Hände niemals an meine Frau legen."

„Ist das so, mein Herr? Dann werden Sie es auch nicht mehr. Erschießt sie."

Ein Schuss krachte durch die Kutsche. Phoebe schrie auf, dann verstummte sie. Marcus erstarrte, als eine dunkelrote Flüssigkeit unter die Wagentür sickerte. Gott, Phoebe! Er riss die Tür auf. Der Inhalt ihres

Essenskorbs lag verstreut auf dem Boden, die Portweinflasche war zerbrochen, und Phoebe war verschwunden.

„Wir haben sie, Mylord", rief einer von Travenors Männern.

„Lasst mich sofort los." Die Stimme von Phoebe war wütend. Gott sei Dank war sie noch am Leben. Marcus hatte die Falltür vergessen. Steine und Schmutz flogen unter der Kutsche hervor, als Phoebe mit dem Mann kämpfte, der sie unter der Kutsche hervorzog.

Travenor lachte. „Bringt sie zu mir."

Marcus schnappte sich die zweite Kutschenpistole und steckte sie in seine Tasche. Er richtete sich auf und drehte sich wieder zu Travenor um. Einer der Schläger hielt eine Pistole auf Marcus gerichtet, als Travenor nähertrat. Er drückte Phoebe an seine Brust und rammte ihr eine Pistole an den Kopf.

Marcus' Männer kamen näher, aber sie konnten nichts tun, solange Travenor Phoebe festhielt. Er fragte sich, wo sein Lakai mit dem Baker-Gewehr war, und hoffte, dass er freie Schussbahn hatte.

Travenor streichelte Phoebe mit der Waffe über die Wange. „Soll ich sie hier nehmen, damit alle sie sehen können?"

Marcus biss die Zähne zusammen. Jeder Muskel in seinem Körper spannte sich zum Angriff an, als er gezwungen war, seine Frau in Travenors Händen zu sehen. „Sie werden nicht lange genug leben, um aufgehängt zu werden." Marcus begegnete Phoebes ängstlichem, aber entschlossenem Blick. Sekunden später glitt ihre Hand vorsichtig unter ihren Rock und verschwand für einen Moment, dann blitzte ein silberner Splitter auf.

Travenor brüllte wie ein Stier, der kastriert wurde, und krümmte sich so lange, bis Phoebe sich mit dem Dolch in der Hand losreißen konnte. Blut floss zwischen Travenors Beinen hindurch. Sie fiel zu Boden und rollte am Straßenrand weg.

Travenor richtete seine Waffe auf Phoebe und Marcus' Herz blieb stehen. Er würde nur eine Chance bekommen, sie zu retten! Er hob seine Pistole und schoss Travenor in die Seite seines Kopfes. Der Mund des Ganoven öffnete sich, und seine Waffe fiel zu Boden. Chaos brach aus. Schüsse wurden abgefeuert. Einer seiner Lakaien fiel. Weißer Rauch und der beißende Geruch von Schwefel erfüllten die Luft, es war wie auf einem Schlachtfeld.

Marcus stürzte zu Phoebe, die am Boden lag und deren Rücken blutverschmiert war. Dann hörten die Schüsse auf. Der Boden bebte, und Travenors Männer flohen die Straße hinunter.

Marcus fuhr mit der Hand über den Rücken seiner Frau und suchte nach einer Wunde, aber da war nichts. Er hob sie in seine Arme. „Phoebe, Phoebe, meine Liebe, geht es dir gut?"

Sie drückte ihn fest an sich. „Mir geht es gut, aber du wurdest getroffen. Marcus, da ist so viel Blut!"

Seine Kehle schnürte sich zu. Sie war in Sicherheit. Sein Kopf begann zu pochen, als ob ein Pferd darauf getreten wäre. „Es ist nur eine Schramme. Ich bin schwer zu tötend."

Phoebes Hand wanderte zu ihrem Bauch. Marcus' Herz schlug schneller. „Ist mit dem Baby alles in Ordnung?"

Sie schwieg einen Moment lang und richtete ihre Aufmerksamkeit nach innen, dann lächelte sie. „Ja, ich glaube schon. Der Überlebenswille muss in der Familie liegen."

Er drückte sie enger an sich. „Von nun an wird es eine Tradition sein."

Phoebe gluckste wässrig, und er küsste sie sanft, als er wollte, dass seine Liebe sie und ihr Kind umfing.

„Wollt ihr euch den ganzen Tag im Dreck wälzen", fragte Hermine, „oder habt ihr einen Plan, wie es weitergeht?"

Er drückte Phoebe an sich und prüfte, was er von der Gegend sehen konnte. Pferde liefen umher und Leichen lagen auf der Straße.

Er blickte zu Covey auf. „Wie viele haben wir verloren?"

„Ein Toter, Mylord, und zwei Verwundete auf unserer Seite", sagte Covey. „Fünf, Travenor nicht mitgezählt, auf der anderen Seite." Covey grinste. „Ihre Ladyschaften haben eine gute Figur gemacht, einer tot, der andere verwundet, Mylord, ebenso wie unser ehemaliger Soldat. Er hat zwei Tote zu verantworten."

Hermine blickte Hester süffisant an. „Nun, wir wissen, wer von uns beiden Schießübungen braucht."

Hester antwortete beschämt: „Ja, nun, ich muss zugeben, dass ich mir nicht die Zeit genommen habe. Das muss sich natürlich ändern."

Ihre Ehemänner gesellten sich zu ihnen, und die beiden Paare sahen Marcus und Phoebe an.

„Er wird sich schon an unsere Frauen und ihre Art gewöhnen“, sagte Edwin. „Ich tat es.“

„Lass sie in Ruhe“, sagte seine Frau. „Er hat heute genug Schrecken erlebt. Als wir überfallen wurden, habe ich wenigstens nicht gezaudert.“

Edwin begegnete ihrem Blick. „Nein, du hast recht, meine Liebe, ich hätte mich ganz anders verhalten, wenn du es gewesen wärst.“ Er öffnete die Kutschentür, holte ein paar Servietten heraus und schüttete Wasser darüber. „Marcus, lass uns dich ein bisschen sauber machen. Wenn du so zurückkommst, wird deine Mutter einen Herzanfall bekommen. Übrigens, das ist das letzte Mal, dass ich dir eine gute Flasche Portwein gebe.“

Phoebe nahm die Tücher und reinigte die Seite seines Kopfes.

Er zuckte bei ihrer Berührung zusammen und versuchte, seine Gedanken auf etwas anderes zu richten, bis sie fertig war.

„Wir müssen die Kuh wegbringen.“

Hermine runzelte die Stirn. „Kuh? Ist es das, was auf der Straße liegt?“

Phoebe seufzte. „Lord Travenor hat das arme Ding getötet und es zurückgelassen, um den Weg zu versperren.“ Sie blickte ihre Schwester an. „Woher wusstest du, dass du kommen musst?“

Hester lachte und reichte Marcus einen schweren Goldring. „Lady Dunwood erinnerte sich daran, dass Lord Dunwood Marcus den Siegelring schenken wollte. Wir versuchten, euch einzuholen, als der Vorreiter uns entdeckte. Gerade noch rechtzeitig, würde ich sagen.“

„Sehe ich auch so“, sagte Marcus. „Ich danke dir. Wir müssen die Toten und Verwundeten zurück nach Charteries bringen.“

„Einer der Vorreiter ist zurückgegangen. Er wird einen Wagen mitbringen“, sagte Hester.

Es schien, als hätten sie nicht lange gewartet, bis zwei Wagen eintrafen. In den einen wurden die Toten geladen, in den anderen die Verwundeten.

Phoebe hielt sich an Marcus fest, der stolperte, als er versuchte, aufzustehen.

„Ich habe ihn“, sagte Edwin.

Sie warf einen Blick in ihren Wagen. Was für ein Durcheinander. „Wir nehmen den Gepäckwagen zurück nach Charteries.“

***

Lady Dunwood stürzte nach vorne, als Phoebe aus der Kutsche stieg. Ihre Augen weiteten sich. „Marcus. Geh sofort ins Haus.“

Ein Lakai eilte herbei, um zu helfen.

Sie verschränkte ihren Arm mit dem von Phoebe. „Oh, meine Liebe, was für eine schreckliche Sache, die passiert ist.“

Phoebe zwang sich zu einem Lächeln. „Ja, ich bin sehr traurig über den Mann, der gestorben ist, und wegen der Verwundeten. Wir müssen etwas für ihre Familien tun.“

„Natürlich, das werden wir. Wie mutig von euch.“

„Nein. Ich habe getan, was ich tun musste. Es waren die anderen, die geopfert haben. Ich denke, Marcus wird mir zustimmen.“

„Phoebe hat recht. Unser erstes Anliegen ist es, uns um die Familie des Verstorbenen zu kümmern.“

***

Ein paar Tage später nahmen alle Bewohner von Charteries an der Beerdigung des Vorreiters teil, den sie verloren hatten.

Lord Dunwood stimmte zu, dass die Familie in ihrem Haus bleiben durfte und eine Leibrente erhielt.

Die Schurken wurden auf dem Feld der Armen begraben. Einer der verwundeten Männer bekam Fieber, und einige Tage lang dachte man, auch ihn zu verlieren, aber schließlich kam er durch.

Am Abend vor der amtlichen Untersuchung saß Phoebe an einem langen Tisch in der Bibliothek und blätterte in Debrett's Peerage und einem Buch über die Familien Englands, als Marcus hereinkam.

„Was machst du da?“, fragte er.

„Ich will sehen, wer Travenors Erbe ist.“ Sie legte das Buch weg und zog die Brauen zusammen. „Ich habe ihn gefunden. Er ist ein Vikar.“

Marcus setzte sich auf den Stuhl neben sie. „Wenn Travenors Verfehlungen aufgedeckt werden, wird es für den neuen Lord Travenor und seine Familie, falls er eine hat, schwierig werden.“

Phoebe rieb sich die Stirn. „Sein Ruf wird es nicht überleben. Der Skandal wird zu groß sein.“

Marcus nickte langsam. „Ich werde es meinem Vater sagen. Niemand will Unschuldige verletzen. Er wird nur feststellen müssen, dass der Angriff von

Unbekannten verübt wurde und Travenor dabei ums Leben kam.“

Phoebe legte den Wälzer weg und küsste ihren Mann. „Es ist gut, dass dein Vater Richter ist.“

***

Ein paar Tage später fand Marcus Phoebe in ihrem Privatraum.

„Ich habe deine Kutsche reparieren lassen.“

Das war eine gute Nachricht. Sie lächelte und schlang ihre Arme um seinen Hals. „Wann willst du aufbrechen?“

„Morgen, wenn es dir recht ist.“

„Morgen ist wunderbar.“

***

Phoebe und Marcus kamen am späten Nachmittag in Newhaven an.

Marcus begrüßte den Wirt des Gasthauses wie einen alten Freund und stellte Phoebe vor. Nach einem Gespräch mit ihr bestellte Marcus das Abendessen für eine Stunde, und sie machten sich auf den Weg, um das Dorf und den Hafen zu besichtigen.

Phoebe machte einen kleinen Hüpfer. „Ich habe noch nie einen Hafen besucht oder Schiffe gesehen.“

Er zeigte ihr die verschiedenen Schiffstypen. Dann führte er sie zum Ende des Piers und zeigte auf die Schiffe. „Schau direkt gegenüber dem Leuchtturm. Siehst du die Jacht im Hafen?“

Nach einem Moment nickte sie. „Ja." Sie schmiegte sich eng an seine Seite, und er rieb ihren Arm.

„Das ist die Lady Phoebe."

Phoebe drehte sich in seine Arme. „Lady Phoebe? Wie lange hast du sie schon?"

Sein Nacken errötete. „Seit ungefähr fünf Jahren."

Sie keuchte und blickte zu ihm auf. „Fünf Jahre? Damals warst du noch auf den Westindischen Inseln. Was wäre passiert, wenn wir nicht geheiratet hätten?"

Marcus war es egal, wer zuschaute, er drückte sie an sich. „Ich liebe dich. Ich habe mir nie erlaubt, auch nur die Möglichkeit in Betracht zu ziehen, dass du nicht meine Frau sein würdest." Er schaute sich um. Dieser Bereich war viel zu öffentlich für seine Bedürfnisse. „Lass uns zurück zum Gasthaus gehen."

„Einverstanden." Sie setzten sich in Bewegung. „Es muss eine große Ehre sein, ein Schiff nach sich selbst benannt zu haben."

Wenn sie nur wüsste, was für eine Ehre das war. Ein kleines Grinsen umspielte seinen Mund. „Das kann man wohl sagen."

Phoebe ließ die neuen Informationen in ihrem Kopf Revue passieren, bis ihre Überlegungen durch einen unflätigen Schrei unterbrochen wurden.

„Ahoi, mein Herr", rief ein alter Seemann. „Haben Sie vor, Ihren Namen zu ändern? Das bringt Unglück, wenn Sie es nicht richtig machen, und zwar mit viel Rum."

Eine Namensänderung? Was war das?

Marcus' Grinsen verbreiterte sich zu einem Lächeln. „Du wirst deinen Rum woanders finden müssen. Ich habe meine Lady Phoebe geheiratet." Sie hatten den alten Mann eingeholt, der geschrien hatte. „Meine Liebe", sagte Marcus. „Erlaube mir, dass ich dir Mr. Hawkins vorstelle."

Das Gesicht des Alten verzog sich zu einem fast zahnlosen Lächeln. „Nun, es hat ja auch lange genug gedauert." Er verbeugte sich vor Phoebe. „Mylady, Sie haben da einen richtigen Kerl. Loyal wie der Tag lang ist."

„Ja, ich bin sehr glücklich. Sagen Sie mir: Was ist so schlimm daran, den Namen eines Schiffes zu ändern?"

„Aberglaube eines Seemanns", antwortete Marcus. „Wenn auch nur der kleinste Rest der alten Bezeichnung übrig bleibt, ist das gefährlich für das Schiff und die Mannschaft. Die meisten Seeleute wollen nicht auf einem Schiff arbeiten, das umbenannt wurde."

Ihre Augen weiteten sich, als sie endlich verstand, was er getan hatte. „Der Name eines Schiffes ist also eine große Verpflichtung."

„Ja."

Phoebe war fassungslos. Während der vergangenen Jahre hatte er sie wirklich heiraten wollen, und er hatte nie sicher gewusst, ob sie überhaupt wieder mit ihm sprechen würde. Sie lächelte und blinzelte ihre Tränen zurück. „Ich danke dir."

Marcus hob ihr Kinn an und küsste sie. „Phoebe, ich habe dich vom ersten Moment an geliebt, als ich dich sah. Auch wenn du es damals nicht wusstest, war meine erste Verpflichtung, mein Leben zu ändern, die zweite war mein Schiff, die dritte unsere Ehe. In den letzten acht Jahren und für den Rest meines Lebens bist du die einzige Frau, die ich je lieben werde."

Sie stellte sich auf die Zehenspitzen und schlang ihre Arme um seinen Hals. „Und du bist der einzige Mann, den ich je lieben werde.“

Der alte Seemann gackerte. „Das schreit nach Rum.“

Epilog

Phoebes Schwestern und seine Tante kamen in der ersten Juliwoche in Charteries an.

Tante Ester teilte Onkel Henry mit, dass er, wenn er nicht zu ihr nach Charteries käme, ohne sie zurechtkommen müsse – bis nach der Geburt von Phoebes Kind.

Tante Ester kam mit drei Reisekutschen an und brachte all die Kleidung, Möbel und Ausrüstungsgegenstände mit, die sie und Phoebe ihrer Meinung nach brauchen würden, sowie mehrere Bedienstete, um dem Haushalt der Charteries nicht zur Last zu fallen.

Zwei Wochen später wachte Phoebe mit Wehen auf. „Marcus, hol meine Tante."

Er drehte sich um, seine Augen waren schwer vom Schlaf. „Warum bist du wach?"

Sie legte ihre Hand auf ihren Bauch, als eine weitere Wehe einsetzte. „Hol Tante Ester, sofort!"

Er sprang auf. „Jetzt? Das Baby kommt jetzt?"

„Ja. Ruf auch den Arzt und die Hebamme."

Marcus versuchte, eine Kerze anzuzünden, fluchte und zerrte am Klingelzug.

Kurze Zeit später betraten ihre Tante, ihre Schwestern und ihre Schwiegermutter den Raum.

„Marcus", sagte Isabel. „Geh und warte auf den Arzt und zeig ihm den Weg, wenn er kommt."

Er schaute finster drein. „Gut, aber ich komme wieder hier hoch."

Tante Ester und Isabel hatten schon alles vorbereitet, als der Arzt kam. Er verbeugte sich vor Phoebe. „Mal sehen, wie weit Sie schon sind, Mylady."

Nach seiner Untersuchung sagte er: „Es wird nicht mehr allzu lange dauern."

Das war gut.

Ihre Schwestern gaben ihr Schlucke von Wasser und Brühe.

Einmal, als Rose hereinkam, erhaschte Phoebe einen flüchtigen Blick auf Marcus, der durch den Korridor schritt. Plötzlich hatte sie das Gefühl, in zwei Teile zu zerbrechen und schrie auf.

Marcus stürmte in den Raum. „Halt, mein Herr", sagte der Arzt. „Sie müssen draußen warten. Ich werde Sie rufen, wenn Sie gebraucht werden."

„Ich bleibe genau hier", knurrte Marcus.

Der Arzt murmelte etwas vor sich hin, dass das keine gute Idee sei, sagte aber nichts weiter.

Phoebe war froh, dass Marcus da war, der ihre Hand hielt und versuchte, sie zu beruhigen. Schließlich befahl der Arzt ihr zu pressen.

Tränen der Freude und Erleichterung standen Marcus in den Augen, als er dem Arzt ihren schreienden Sohn abnahm. Er übergab das Baby an Phoebe und fiel dann prompt in Ohnmacht.

Tante Ester betrachtete die liegende Gestalt von Marcus. „Das ist der Grund, warum Ehemänner während der Geburt nicht im Zimmer sein dürfen."

„In der Tat“, stimmten Hermine und Hester zu.

„Ich frage mich, ob ein Kind zu bekommen eine weitere Sache ist, die Marcus mir verbieten wird“, überlegte Phoebe und drückte ihr Baby an sich. Die Damen sahen sie fragend an. „Um mich zu schützen.“

Isabel blickte auf ihn herab. „Er war schon als Kind eigen und sehr beschützerisch.“